高效学习法则 > 适用于各年龄学生

打造学习能力·掌握学习方法·培养学习兴趣

好方法 会学习 高成绩 大全

☑ 学习一定有方法 ☑ 高分一定有诀窍

取得优异的学习成绩,升入重点高中,考入理想大学,是每一位中学生的奋斗目标,掌握好的学习方法,才能达到事半功倍的效果。

成功的人生源于努力学习。学出好成绩的关键在于掌握好的学习方法。本书为渴望学出好成绩的孩子提供了一系列切实可行的学习方法,是孩子们提高学习成绩的良师益友。

- 掌握学习过程中的科学方法
- 最科学的课外学习方法
- 掌握科学的思维方法
- 轻松应对考试
- 科学处理学习中的困境
- 培养优秀的学习能力
- 培养良好的学习心理

婉 茹/编著

内蒙古文化出版社

图书在版编目（CIP）数据

好方法会学习高成绩大全/婉茹著. —呼伦贝尔：内蒙古文化出版社，2010.9

（蓝梦文丛；9）

ISBN 978 – 7 – 80675 – 757 – 4

Ⅰ.好… Ⅱ.婉… Ⅲ.故事—作品集—中国—当代 Ⅳ.I267.8

中国版本图书馆CIP数据核字（2009）第169924号

（蓝梦文丛；9/温暖你一生的亲情故事）

好方法会学习高成绩大全

出版发行：内蒙古文化出版社

（呼伦贝尔市海拉尔区河东新春街4付3号）

电　　话：0470 – 8241422

邮政编码：021008

印　　刷：北京市兆成印刷有限责任公司

责任编辑：丁永才

经　　销：全国新华书店

开　　本：600mm×1010mm　1/10

印　　张：43

字　　数：43千字

版　　次：2010年9月第1版第1次印刷

书　　号：ISBN 978 – 7 – 80675 – 757 – 4/I·585

定　　价：48.00元

版权所有　违者必究

前　言

　　学习的过程，应当是用脑思考的过程，无论是用眼睛看，用口读，或者用手抄写，都是作为辅助用脑的手段，真正的关键还在于用脑子去想。把学知识和学方法结合起来，发展能力学习中，不但要掌握各科的基础知识，而且要与学习一些科学的研究方法结合起来，培养有效地从事学习、工作和探索未知事物的能力。有了这些能力，就可以学得快而好，长大后就有更强的独立工作能力和发明创造能力。

　　学习必须讲究方法，而改进学习方法的本质目的，就是为了提高学习效率。对大部分学生而言，提高学习效率就是提高学习成绩的直接途径。学习效率是决定学习成绩的重要因素，我们如何提高自己学习效率呢？

　　提高学习效率并非一朝一夕之事，需要长期的探索和积累。前人的经验是可以借鉴的，但必须充分结合自己的特点。影响学习效率的因素，有学习之内的，但更多的因素在学习之外。首先要养成良好的学习习惯，合理利用时间，另外还要注意"专心、用心、恒心"等基本素质的培养，对于自身的优势、缺陷等更要有深刻的认识。

　　学习方法是通过学习实践，总结出的快速掌握知识的方法。因其以学习掌握知识的效率有关，越来越受到人们的重视。学习方法，并没有统一的规定，因个人条件不同，选取的方法也不同。其中，有人专门总结的特殊定向的学习训练方法，如速记等，可对其他学习者，产生启发效果和借鉴作用。

　　学习方法是一个庞大的系统，内容很广泛。一般分为三个类别：一是一般学习方法，包括记忆方法、读书方法等基本的学习方法；二是具体学科学习方法，如语文学习方法、数学学习方法、英语学习方法等；三是与操作动作有关的操作性活动的学习方法，如书写、绘画、音乐等学习方法。本书就是按照这一理论构建了规律篇、学科篇和技能篇三篇结构。

除上述结构特点以外，本书最大的特点是强调注重方法，教你学会"巧学"。如果把庞博的知识比喻成地球的话，那么我们给你的就是如何用一个杠杆把地球撬起的方法。

本书为你提供的学习方法之多达数百种。在书中还配有生动形象的图片便于你能很快地理解和运用这种学习的方法进行有效地学习。

此外，本书汇集了许多基层教师在长期教学实践中摸索出的教学成果。在此，我们对各种学习方法的创立者表示深深的谢意！

愿您能在本书中寻找到适合您自己的快快乐乐学习、轻轻松松取得好成绩的方法！

由于时间仓促，水平有限，书中错误疏漏之处在所难免，敬请读者批评指正。

目 录

规律篇

课堂学习法 ……………………………………………………… 2

明确目标听课法 ………………………………………………… 2
课堂笔记听课法 ………………………………………………… 3
"五到"听课法 …………………………………………………… 5
要点听课法 ……………………………………………………… 6
针对性听课法 …………………………………………………… 6
提高听课效率六法 ……………………………………………… 7
课堂学习小诀窍 ………………………………………………… 9

记忆法 …………………………………………………………… 12

记忆模式区分法 ………………………………………………… 12

一分钟记忆力比赛法 …………………………………………………… 14

循序渐进记忆法 ………………………………………………………… 15

变换顺序记忆法 ………………………………………………………… 15

单侧体操记忆法 ………………………………………………………… 15

列表记忆法 ……………………………………………………………… 16

重要内容免受抑制法 …………………………………………………… 17

网络记忆法 ……………………………………………………………… 18

连锁记忆法 ……………………………………………………………… 18

主干记忆法 ……………………………………………………………… 20

链式记忆法 ……………………………………………………………… 21

浓缩记忆法 ……………………………………………………………… 23

归类记忆法 ……………………………………………………………… 24

口诀记忆法 ……………………………………………………………… 25

谐音记忆法 ……………………………………………………………… 29

四步记忆法 ……………………………………………………………… 30

重复记忆法 ……………………………………………………………… 37

分段记忆法 ……………………………………………………………… 38

抗干扰快速记忆法 ……………………………………………………… 39

"三背"法 ………………………………………………………………… 41

朗读记忆法 ……………………………………………………………… 41

及时复习记忆法 ………………………………………………………… 42

运用各种感官记忆法 …………………………………………………… 43

动笔记忆法 ……………………………………………………………… 43

音乐记忆法 ……………………………………………………………… 44

"一读四默记"记忆法 …………………………………………………… 45

"备忘卡"记忆法 ………………………………………………………… 46

"记忆卡"记忆法 ………………………………………………………… 46

透明薄纸的神奇功效 ································· 47

编码记忆法 ······································· 48

预习法 ··· 53

预习要诀 ··· 53

自学竞赛预习法 ··································· 54

自觉预习法 ······································· 54

整册教材预习法 ··································· 57

预习指导法 ······································· 58

画知识树预习法 ··································· 60

扫除障碍法 ······································· 62

逐段归纳法 ······································· 62

找出疑点法 ······································· 63

圈点标记法 ······································· 63

习题试解法 ······································· 64

复习法 ··· 65

"四化"复习法 ··································· 65

三步复习法 ······································· 66

"符号"复习法 ··································· 67

练习复习法 ······································· 67

卷子复习法 ······································· 68

分析试卷法 ······································· 68

集体复习法 ………………………………………………………… 70
三段复习法 ………………………………………………………… 71
锥型复习法 ………………………………………………………… 73
"趁热打铁"复习法 ………………………………………………… 74
"彩珠结网"三步复习法 …………………………………………… 74
四步及时复习法 …………………………………………………… 77
计划复习法 ………………………………………………………… 79
"高效"复习法 ……………………………………………………… 81
四轮复习法 ………………………………………………………… 82
课后总结法 ………………………………………………………… 89
编写"错题集"复习法 ……………………………………………… 89

集中注意力法 ……………………………………………… 91

集中注意力模式训练法 …………………………………………… 91
"闹中求静"法 ……………………………………………………… 92
呼吸集中精神法 …………………………………………………… 93
冥想训练法 ………………………………………………………… 94
集中注意力的诀窍 ………………………………………………… 95

读书法 ……………………………………………………… 97

"记账"读书法 ……………………………………………………… 97
"提炼"读书法 ……………………………………………………… 98
"五遍读书法" ……………………………………………………… 98
制作读书笔记法 …………………………………………………… 99

"四遍八步"读书法 ··· 100

快速阅读法 ··· 101

"茶几"阅读法 ··· 102

"站立"读书法 ··· 103

"结构模型"读书法 ·· 104

参考书使用方法 ··· 105

预测阅读法 ··· 107

超级学习阅读计划法 ··· 108

拍照式阅读法 ·· 109

"全脑阅读法" ·· 110

PQRST 五步读书法 ·· 111

SQ3R 五步读书法 ·· 112

精读法 ··· 118

泛读法 ··· 119

朗读法 ··· 120

快速阅读法 ·· 122

默读法 ··· 122

无声阅读法 ··· 123

浏览法 ··· 123

跳读法 ··· 124

目的决定读书法 ··· 125

整体阅读法 ··· 126

猜读法 ··· 129

限时阅读法 ··· 129

寻　读　法 …………………………………………………………… 130

闪示阅读法 …………………………………………………………… 131

提高阅读效率的诀窍 ………………………………………………… 131

手指引导阅读法 ……………………………………………………… 132

扫　读　法 …………………………………………………………… 133

思维培养法 …………………………………………………… 134

纵横思维法 …………………………………………………………… 134

逆向思维法 …………………………………………………………… 134

分合思维法 …………………………………………………………… 135

质疑思维法 …………………………………………………………… 136

克弱思维法 …………………………………………………………… 136

求　同　法 …………………………………………………………… 137

求　异　法 …………………………………………………………… 138

共　变　法 …………………………………………………………… 138

剩　余　法 …………………………………………………………… 139

PMI思考训练法（或称三思法，三分钟思考法）…………………… 139

TEC思考法（五分钟思考法）……………………………………… 140

信息交合法 …………………………………………………………… 141

分步思维法 …………………………………………………………… 143

其他学习方法 ………………………………………………… 145

制订学习计划法 ……………………………………………………… 145

考试注意法	147
压力减轻法	149
习惯养成法	150
运动健脑法	151
考试心理调整法	154
爱好引导法	155
科学用脑法	156

学 科 篇

语文学习法 …… 160

聊天学习法	160
古诗背诵法	161
比较学习法	162
图表填空预习法	163
提 要 法	164
四轮识字法	165
四步阅读法	169
读写结合法集锦	170
改变厌读倾向的妙方	172
文章归纳六法	173
朗读学习法	174
巧记汉字五法	175
作文出新的窍门法	177

作文构思法···179
作文过渡法···180
作文结尾法···182
作文巧妙开头法···183
增强作文文采六法··185
应急作文法···186
听力作文法···187
考场写作控制法···187
调 试 法···189
ＫＪ写作法··190
作文快速修改三法··190
写作训练四法··191
"三维"创新作文法··192
作文弥补二法··194
四步作文程序训练法···195
四步选材法···196
看图作文"四步法"··198
给材料作文"五步法"···199
自我评价作文法···200
作文批改三法··200
作文审题法···202
语感训练法···207
提高中学生背诵效率六法···································208
交流会学习法··209
"换词"学习法··210
列表分类学习法···210
数字学习法···211

改错学习法……………………………………………………………213

散文线索把握法………………………………………………………214

歌诀学习法……………………………………………………………215

语法分类系统学习法…………………………………………………216

"算式"学习法…………………………………………………………217

速 读 法………………………………………………………………219

编卡学习法……………………………………………………………220

"四化"学习法…………………………………………………………221

语文学习"三字经"……………………………………………………223

"三多"学习法…………………………………………………………223

文言文背诵九法………………………………………………………224

"木兰诗式"学习法……………………………………………………226

大散文的阅读技巧……………………………………………………226

文言文实词意义确定的方法与技巧…………………………………227

分析人物形象的"三忌、三要"法……………………………………230

插图学习法……………………………………………………………231

倒 背 法………………………………………………………………233

命题复习法……………………………………………………………234

"读写比翼双飞法"……………………………………………………236

创造性复述学习法……………………………………………………237

课堂诵读"六环节"法…………………………………………………238

辐射联想复习法………………………………………………………240

论据分析三法…………………………………………………………241

变换式语文学习法……………………………………………………242

高考语文复习法………………………………………………………243

"五步三课"学习法……………………………………………………244

语言衔接题解题方法…………………………………………………245

英语学习法 ……………………………………………… 248

"五勤"学习法 …………………………………………… 248
语音学习法 ………………………………………………… 249
丰子恺23遍学习法 ……………………………………… 250
英语口语八练法 …………………………………………… 251
低年级学生口语训练法 …………………………………… 253
英语听力训练法 …………………………………………… 254
语法学习三法 ……………………………………………… 255
疯狂英语学习法 …………………………………………… 257
英语科学记忆十四法 ……………………………………… 258
英语连字符使用法 ………………………………………… 271
"三D"学习法 ……………………………………………… 273
快速阅读法 ………………………………………………… 275
"四多"法 …………………………………………………… 276
"自评"法 …………………………………………………… 276
"五阶段"英语写作法 ……………………………………… 279
符号批改法 ………………………………………………… 284
幼儿单词记忆法 …………………………………………… 285
课文学习十步法 …………………………………………… 287
"猜测"阅读法 ……………………………………………… 289
英语学习的几种常见方法 ………………………………… 291
听力捷径八法 ……………………………………………… 293
英语逆向学习法 …………………………………………… 297
提高阅读能力的诀窍 ……………………………………… 298

听力应试法 ································· 300

四、六级听力填空题应试实战法 ········ 302

听力训练"四助法" ······················· 303

交友谈话法 ································· 305

英语长句翻译技巧 ························ 306

四、六级英译汉应试实战法 ············· 309

短文改错题应试法 ························ 311

作文应试法 ································· 312

口语训练五法 ······························ 313

图式英语阅读法 ··························· 314

英语阅读小技巧 ··························· 315

听力材料选择法 ··························· 316

精听法 ······································ 316

泛听法 ······································ 317

英语复习"三段六法" ···················· 318

记笔记学习法 ······························ 319

应考12法 ·································· 320

英语谚语学习法 ··························· 323

数学学习法 ································· 325

"三要"学习法 ······························ 325

数学审题法 ································· 326

趣味数学法 ································· 328

列表分析法 ································· 328

数学概念学习法 ··························· 329

把握"先后"学习法 ………………………………………………………… 331

整体思想解题法 …………………………………………………………… 332

"三算结合"学习法 ……………………………………………………… 335

超级学习法 ………………………………………………………………… 336

逆差口诀法 ………………………………………………………………… 338

数学定理学习法 …………………………………………………………… 339

应用题图解法 ……………………………………………………………… 341

广义减元解题法 …………………………………………………………… 342

应用题解答"三读法" …………………………………………………… 345

数学日记学习法 …………………………………………………………… 346

其他学科学习法 …………………………………………… 347

"讨论式"历史学习法 …………………………………………………… 347

时间表述理解法 …………………………………………………………… 348

历史浓缩学习法 …………………………………………………………… 349

历史年代记忆法 …………………………………………………………… 350

方位记忆法 ………………………………………………………………… 353

历史地图学习法 …………………………………………………………… 356

人物评价法 ………………………………………………………………… 359

参与式政治学习法 ………………………………………………………… 361

化学复习五法 ……………………………………………………………… 363

物理实验复习法 …………………………………………………………… 365

生物"标本"学习法 ……………………………………………………… 368

地理学习八法 ……………………………………………………………… 368

地理归纳法 ………………………………………………………………… 373

综合分析法 ……………………………………………… 375

重点复习法 ……………………………………………… 376

辐射联系法 ……………………………………………… 377

综合系列比较法 ………………………………………… 378

技 能 篇

音乐学习法 …………………………………………… 382

达尔克劳兹音乐学习法 ………………………………… 382

柯依达音乐学习法 ……………………………………… 382

奥尔夫音乐学习法 ……………………………………… 383

辅导儿童音乐学习的基本方法 ………………………… 384

儿童音乐学习七法 ……………………………………… 385

音乐概念学习法 ………………………………………… 387

音乐游戏法 ……………………………………………… 390

胎 教 法 ………………………………………………… 394

美术学习法 …………………………………………… 396

蜡笔画学习法 …………………………………………… 396

水墨画学习法 …………………………………………… 397

图案画学习法 …………………………………………… 399

书法学习法 401

临摹法 401
执笔法 403
用笔法 406

附：学习格言 411

规律篇

课堂学习法

明确目标听课法

有位数学教师,在课上教了四个基本概念,并明确告诉学生要当堂检查。在这种情况下,绝大多数学生都确定了十分具体的课堂目标:要当堂搞懂和记住所学内容。经出题检查,全班 40 个人,得 100 分的有 22 人,90 分的 4 人。这说明 90% 以上的学生的课堂学习效率是比较高的。

人的大脑犹如汽车,老师要引导学生思维的汽车驶向何方,行驶多远的路程。不同型号、不同质量的汽车要有哪些区别,这显然是至关重要的。

有的同学上课睡觉,或者上课时听不进去,老师在上面讲,他在下面看课外书,或偷偷跟同学说闲话。主要原因都在于上课没有明确的思维方向,不知自己该干些什么。老师讲的目标超出自己的实际,不愿用力追,也有时老师讲的自己已经懂了,自己不设别的目标,于是大脑也处于方向不明状态,这样下来,一节课当然一无所获。

因此,要想取得较好的学习效果,提高课堂效率,制定明确、具体的听课目标不失为一个好方法。但一定要考虑个人的实际情况,避免压力过大或一无所获。

课堂笔记听课法

"笔记"是人脑有效的外存贮器,是人的记忆能力的延伸。课堂上除了要专心听讲外,适当地做点笔记,不仅有利于理解和记忆所学知识,促进积极思维,增强听课效果,而且也为课后复习提供重要依据线索,长此下去,还能提高书写速度和整理文字的水平。

课堂上应记些什么呢?一般认为应记以下五个方面的内容:

(1) 记知识的结构老师系统的板书、重要的图解和表解等记下来有利于理解知识间的联系,形成知识网络,更好掌握事物发展的规律。

(2) 记重要内容和典型事例老师所讲的重要内容,如重要的知识点,重要的思考方法,典型的例题,新颖的解法,独到的见解等,应尽可能记下来,有利于把握重点提高能力。

(3) 记课本上没有的内容有时为了能更系统,更深入地讲解某个问题,老师往往会补充一些课本上没有的材料,把它记下来,有利于课后的复习,有利于深入地理解某个问题。

(4) 记不懂的问题课堂上对某个问题一时听不懂或理解模糊,把它记下来,便于课后自己深入钻研或请教老师和同学帮助解决。

(5) 记听课心得体会如对某个问题,过去不理解,现在突然明白了,由此产生一些联想;对某个问题的学习过程中有时往往会产生一些新的想法、新问题;……这些问题稍纵即逝,及时记下来,有利于提高学习质量。

课堂笔记有下列几种有效方法:以上是记课堂笔记的一般做法。

1. 板书记录法

板书是教师经过精心设计的一堂课的内容提要,对学生理解讲课内容、重点、难点有很大的帮助,因此,每一堂课上都应把教师的板书记录下来,以便课后复习,加深理解。

认真记好每堂课教师的板书,复习起来就有了方向,能少走弯路。所以,板书记录法是一种重要的笔记形式,也是提高学习成绩的一种方法。

2. 范例摘录法

　　教材受篇幅的限制，容量有限，教材上的练习题也有限。老师为了帮助学生进一步理解教学内容，往往根据教材内容举一反三，补充一些书上没有的例题，以挖掘知识的深度广度。这些例题常常十分重要，对概念的理解、知识的融会贯通，都有很好的参考价值，因此需要记录下来，以便加深印象。

　　如外语课讲到单词与短语时，常会出现一词多义、一词多用、词随境迁的情况，这时，老师会针对性地列举不少例子。其中有不少特殊的情况，应随时记下来，以后就可以举一反三，收到较好的效果。再如在数理化学习中，老师常在教材例题的基础上设计一些"变题"，这对加深理解教材与灵活运用定理、公式等都十分有益，应及时地记下来，便于课后自学，达到触类旁通。

3. 重点摘记法

　　有些学生在课堂上一个劲地记笔记，老师讲什么、写什么，他们也就记什么，人很累，但学习效果并不好。其实，上课不要光忙着记笔记，而首先要仔细听，并对老师提出的问题积极开动脑筋，等真正听懂了再去记笔记。每天晚上，还要根据课堂上听到的和下课后想到的，写出一个摘要来。每个月最好把这些摘要重新整理一次，把其中的废话全删掉，将所有的内容综合起来，整理出一个阶段的学习成果来。这样的笔记，就是通过思考理解后完全消化了的东西，所学的知识也就掌握得比较牢固了。

　　当然，这种笔记方法比较适合高中生、大学生，对初中生、小学生似乎要求太高一些。但是，记笔记确实不能全面开花，而应选择重点，更需要多动脑筋。

　　记好课堂笔记还应注意以下事项：

　　(1) 要处理好听课与笔记的关系课堂上应以专心听讲，积极思考为主，笔记为辅。要记重点，要少而精，不要句句、字字都记，跟不上时不要勉强记，可课后再找同学或老师补记。

　　(2) 要有一定的笔记速度做好课堂笔记，要求书写速度比平时快一些，文字要简明不啰嗦，有时甚至只写几个字也行，要尽可能使用符号、代号，只要看得懂就可以。为了加快书写速度，可使用笔蕊柔软的2B铅笔或圆珠笔，写起字滑溜顺畅。

　　(3) 要形式多样化记课堂笔记的形成可多种多样，如摘抄式、提高式、质疑式、综合式、心得式、研讨式、批注式、图表式等，不同学科的笔记方式也不尽相同，如：语文科多用批注式，数学科多用提要式。

　　(4) 要在理解的基础上再记课堂上有些问题先要经过一番思考咀嚼，消化后再落笔记下来。没有理解透彻，不经消化，一味抄下来，抄得再多也是徒劳的。

(5) 要经常整理、复习课堂笔记课上记的笔记有时较凌乱，有时有缺漏，课后应及时整理，补记缺漏，补写体会。课堂笔记要结合教材经常进行翻阅复习，巩固所学知识，加深对教材的理解，甚至产生新的效益。切忌"上课记笔记，复习背笔记，考后全忘记。"

(6) 要合理安排笔记本笔记本可以这么安排：把笔记本打开后，右边这页可以叫做正页。在正页靠右边三分之一处，划一竖线，把正页分为两部分，正页主要用来记老师的板书，在竖线的右侧主要记上课时学生自己发现的需要思考的问题，老师强调的重点问题和注意事项，学生自己的重要体会，等等。

而笔记本左边这一页，可以叫做副页，副页主要在预习和课后复习时用。如果用一般的练习簿做笔记本的，上页可当作正页，下页当作副页。

"五到"听课法

用好课堂的时间非常关键，不要把希望寄托在课外、寄托在延长学习时间上。用好课堂时间，就要认真听课，听课时力求做到'五到'：耳到、眼到、口到、心到、手到。"

耳到即耳听。注意听老师的讲授，听同学的提问，听大家的讨论，听同学的不同见解，听老师答疑。

眼到即眼看。认真看教材，看必要的参考资料，看老师的表情，手势，看老师的板书，也可以看优秀同学的反应。

口到即口说。复述老师讲的重点，背诵一下重要的概念、定理，大声朗诵老师指定的段落，大胆提问，大胆回答老师的提问。

手到即手写。写老师讲授的重点，抄有价值的板书。听课时，边听边在教材上圈圈重点，批注一下感想，画一画难点。

心到即动脑筋，对接触的知识积极思考。

耳到、眼到、口到、心到、手到，多种感觉器官并用，多种身体部位参与，自然加强了大脑不同部位参与上课的主动性，大脑处理信息的能力也加强了。

要点听课法

老师讲得多，如果什么都想听，都想记，结果会手忙脚乱，冲淡了重点，应该听老师讲的重要例证和解题的思路，听到妙处，记在笔记上，量不大，但收获很多。另外，还应注意听难点。老师讲的，过去已明白的，基本不用心去听，可以做自己选的题。预习时的难点，记下来，一旦老师讲到这里，便全神贯注地听，重要的记在笔记本上。这样听课，有张有弛，突出难点，收获较多。

美国曾有人对 180 名学生做过实验：把这些学生分为 A、B、C 三组，每组学生都收听相同内容的录音带。规定 A 组必须将所听内容逐字逐句笔记下来；B 组只听，不做一点笔记；C 组只记讲授内容要点。测试结果是：A 组和 B 组的学生只记住全部内容的 37%，C 组学生记住 58%。做不做笔记，以及怎样做笔记，效率之差竟达 21%。

C 组学生之所以优于 A、B 两组，关键在于他们抓要点，适当做笔记。这样学生的大脑便腾出时间来用于思考、分析、记忆，当然容易把握老师讲授内容的重点、难点，有助于深化、扩展、掌握教材内容。

针对性听课法

上课前要认真预习，阅读教材，把不懂的问题记下来。这样，上课时老师讲些什么，哪些自己已知了，哪些需要弄个明白，做到了心中有数。上课时，听讲就有了针对性，已经明白的问题，听了等于复习一次。到自己不明白的问题，就听得格外仔细、认真。如果老师对这处难点讲得不细、不透彻，你还可以在课堂上及时提问。你不会的东西，也常常是大多数同学不会的东西，既代表了同学们的心声，又帮助老师了解学生情况，抓住教学中的重点难点。如果你提的问题，不具有普遍性，老师征求别的同学的意见，大家认为没必要在课堂上再讲一遍了，那也不要紧，你还可以课后再个别向老师请教。学生带着问题上课逐渐成为课堂的主人、学习的主人，大大提高了课堂学习的效率。

提高听课效率六法

听课是学生获得知识，发展智能的主要途径，学习质量的高低，主要取决于课堂上听课效率的高低。怎样提高听课的效率呢？

一、提前做好听课准备

课前做好各种听课准备，是提高听课效率的前提。

(1) 用品准备上课前，必须准备好课本、练习本、笔记本，要削好铅笔、装好圆规、灌满钢笔水等，有时还要准备好模型。不要等到老师讲课了，才找这找那，这样不仅会浪费课堂上宝贵的时间，而且会影响听课思路。

(2) 知识准备一般来说，每个新知识都是从旧知识的基础上，逐步提高的。实践证明，学生是可以从旧知识的复习中得出新知识的。所以，要学好新课，一方面要复习好旧课，另一方面要预习好新课。这样学生带着问题有目的地去听课，效率就会更高。

(3) 体力准备平时除了要积极参加体育锻炼外，还要合理安排好作息时间，保证小学生每天有9小时睡眠时间，中学生每天有8小时睡眠时间，并做到早睡早起。夏天要适当午睡，但时间不宜过长，1小时左右即可。课间要充分利用好，要到教室外吸收新鲜空气，做些轻微的身体活动。这样就能保持良好的精神状态去听课，效果自然会更好。

(4) 心理准备听课不能带着情绪，不能凭对老师印象的好坏，不能凭有没有兴趣。无论哪一科、哪一位老师上课，都必须认真去听。不同的老师，不同的学科，有着不同的教学方法，这些方法不可能适应一个班几十个同学，而是要指导学生在摸清老师的教法特点的基础上去适应老师的教学方法。

二、上课高度集中注意力，专心听讲听，包括听老师讲和听同学讲。

(1) 听老师讲应带着以下目的听老师讲：

①听老师是怎样讲清新旧知识的联系的；

②听老师是怎样分析课文、怎样讲解有关概念、定律、定理、法则、公式的概括、

推导及应用的;

③听老师是怎样讲解重点、难点内容的;

④听老师是怎样在新课结束时作总结性发言的。

(2) 听同学讲应带着以下目的去听同学讲:

①听同学是怎样回答老师提出的问题的,哪些答对了,哪些答错了,应怎样纠正;

②听同学是怎样提出问题的,这些问题我为什么不能提出来。

三、上课仔细看

看,就是观察。观察要仔细,要有目的,要有条理,不能粗心,不能盲目,不能随意。还要通过观察发现问题,提出问题,解决问题。那么课堂上应看些什么呢?

(1) 看老师的板书,看同学的板演老师的板书是一节课的主要内容、重难点、知识的推导过程和最后结论及注意点的浓缩。因此,应仔细看老师的板书,必要时还要记下来。内容较多时,对板书还要及时看,以免被老师擦掉。课堂上还必须注意同学在黑板上的解题板演,看看同学的解题步骤、方法、结果是否和自己相同。

(2) 看老师或同学画图与演示有些难题,一经老师画条辅助线,画个草图或用教具演示一下,就会变得不难了。因此,要仔细看老师是怎样画图和演示的,而且还应要求自己会根据题意画出正确的图形,并会做演示。对同学的画图与演示也应要求学生认真观察并和自己的做法对照。

(3) 看课文中关键的词句和段落就是当老师讲解课文中关键的字、词、句或段落时,学生要一边听讲,一边思考,一边看课文。

四、善于想

想,就是思考。"学而不思则罔。"课堂上如果学生不善于思考,老师的课讲得再好,也是没有好效果的。

因此,听课时,要做到眼、耳、手、口、脑并用,即做到心到、眼到、口到、耳到、手到。

要积极地开动脑筋,多问几个"为什么",多想几个"怎么办"。如讲某个概念时,就要想一想:为什么要建立这个概念?它是怎样引出来的?它的内涵、外延是什么?运用时,要注意一些什么问题?等等。

五、敢于问

陶行知先生曾说过："发明千千万，起点是一问。禽兽不如人，过在不会问。智者问得巧，愚者问得笨。人力胜天工，只在每事问。"课堂上要鼓励自己敢于问，敢于发表自己的见解，敢于暴露自己的问题。

只要是经过自己反复思考的，不论正确与否，都应真正勇敢地讲出来，请老师、同学们帮助评判；对不懂或不理解的问题，也要敢于讲出来，让老师和同学们了解自己的疑问，听听老师和同学是怎样理解和解答这个问题的，绝不能不懂装懂。

六、勤于解

解，就是解题。每学习一个新知识都是为了用来解决新的实际问题的。对于课堂上所学的新知识来说，解题就是一种检验，又是巩固的需要。特别是数学课，如果只学法则概念，不进行习题演算，则无异于纸上谈兵。因此，对于课堂上教师安排的一些练习题或小测验，要认真地解答，以便及时地巩固知识，及时发现问题，进行弥补。

课堂学习小诀窍

一、主动参与课堂讨论

课堂讨论能促使学生积极思考，加深对所学知识的理解。即使自己意见不对，也能及时发现自己的弱点，及时克服。讨论时学生听取了各种意见，自己容易受到启发而产生新的创意。

讨论还能锻炼一个人的口头表达能力，提高人的辩论能力。

课堂讨论好处很多。同学们一定要珍惜讨论的机遇，不做局外人，不"闭关自守"，自觉参与到小组讨论或全班讨论之中。

二、多举手发言

改变后进生的办法之一，就是鼓励他们上课时举手发言，回答老师的提问。

在全国各地上课，爱举手发言的同学绝大多数都是成绩优秀的同学，他们越积极回答问题，课堂学习效率越高，成绩越好。成绩越好，越爱发言，于是形成良性循环。

反过来，后进学生担心自己说错，不愿举手，老师问到头上了，常常也吞吞吐吐不愿说。越不愿说，越不会说，不想说，上课效率越低，成绩越低，就越不想说，于是形成恶性循环。一个问题，常常很多人举手要求回答，老师每个人都照顾到是不可能的。对举手的人来说，有两重意义：第一，请求回答；第二，是增加上课的责任感，增强注意力。即使没有得到回答的机会，第二种意义还是明显的。

因此，扔掉顾虑，多举手发言是促进学习的好办法。

三、做好课堂练习

课堂练习是学习中从理论到应用的一种实践活动，是巩固知识和检验学习效果的重要手段。

绝大部分老师在课堂上都安排近三分之一的时间用于学生做练习。

有的同学，听完课后拿到练习不会做，这是没有学懂知识，应尽快复习教材，再看看例题。

有的同学勉强会做，也常常会发现一些问题，或理解不深，或记忆不牢。这就要边复习，边加强练习，练习多了，熟练了就好了。

要提高练习的效率，就要掌握练习要领。练习要领是：

要坚持先复习，后练习，不要拿起练习就做。

要坚持独立思考，独立完成练习，不要遇难而退，轻易问人。

要坚持理解消化，立足于懂，不要图快。

要坚持数量适当，有代表性，不要贪多或过简。

做练习的基本方法是：仔细审题，认真答题，全面检查。

仔细审题

即对练习题进行认真阅读、思考，弄清题中告诉些什么（条件），要求你做些什么。练习常常是课本知识的引伸、拓展、演化，或者是变通应用。如不仔细分析思考，消化理解，就不能掌握实质。要运用什么知识去解决问题就不能准确判断，造成解答失误。审题一般可以从以下步骤去考虑：

①逐字逐句读题，勾画出关键词句。

②列出条件、结论。

③寻找解答的对应知识。

认真答题

　　是指灵活运用知识分析解题的途径，并在解答中做到列式、运算、推理、作图等步步无误。

　　答题过程中，关键的一步是从已知条件和未知中，找出解题的途径。寻找解题途径的方法，有从已知到未知的综合法，有从未知到已知的分析法，还有两者结合的分析综合法。其次是答题过程要合理。答题时的途述、形式、运算、推理、作图等一定要有充足的理由，每一步都要有起初的命题作依据，而且遵循正确的思维规律和形式。答题要清楚，简洁。

全面检查

　　指对已解答的练习进行查漏补缺，看解答是否正确、合理、简捷、清楚。检查是练习的一个十分重要的环节。

　　有的同学愿意做题，但不愿检查。以致会做的题，由于马虎，错了也不知道，久而久之，形成不良习惯。

　　检查应着眼于三点：一查解题的正确性。即查在解题过程中运算、推理、列式、作图和所得结果等是否正确无误。二查解题的合理性，即查解题的每一步是否都有充足的理由。三查解题的完满、清楚。即查解答是否解决了题目所提出的全部问题，是否有条理，表达清楚，并符合一定的格式要求。

　　上述三种小窍门可是课堂学习的法宝哦，不信就试试看喽。

记忆法

记忆模式区分法

我们有三种基本的记忆模式：听觉记忆模式、视觉记忆模式、运动记忆模式。要想提高记忆力，首先应搞清楚自己属于哪一种。

听觉记忆型

——要听到自己读出声音才能记住所学内容
——经常要通过大声讨论才能解决某个问题
——通过大声重复或多次背诵记得最牢
——最易记住有节奏感或音乐感的信息
——宁可听一本书的录音而不愿坐下来看书本

视觉记忆型

——要先看图解说明才能理解所学内容
——对那些亮丽、富于视觉刺激的东西感兴趣
——向来喜欢附有图表说明的课本
——当试图在头脑中勾勒事物时，就仿佛在做"白日梦"
——能够真正看到说话者本人时，会记得更好

运动记忆型

——要静静地连续坐好几分钟会很不舒服

——一般说来，通过体力参与而在运动中学习效果最佳

——几乎时刻让身体的某一部分处于运动状态

——喜欢的书本和故事都是动感很强的

对偏向听觉型的学生

●提供机会用口头方式训练他们，或让他们自己选择一个同学或朋友一起操练。

●帮助他们把信息有节奏地组织起来——一首诗，或一首快板都行。

●布置阅读任务，让他们大声朗读，要么一边读一边录音，然后把录音放出来听，作复习用。

●在学习区域内尽量减少容易引起分心的事物。

对偏向于视觉型的学生

●为他们提供五颜六色的足够空间来写和画。

●鼓励他们一边听课一边做笔记或乱写乱画。

●如果可能的话，强调书上和笔记里的重点信息，要他们逐一画出图案（不管他们认为画得多么糟糕），将图案与字母、单词、事件等联系起来。

对倾向动觉记忆型的学生：

●鼓励他们在学习过程中经常停下来活动。

●提供写和画的足够空间。

●让他们读一些动感很强的故事。

●教他们一边听课一边做笔记或标出重点信息。

总结语：

大多数人发现自己至少有两种记忆模式占优势，甚至可能三种都比较突出。没有人仅限于某一种记忆模式！如果你不能肯定哪一种模式最适合你或你的孩子，不妨将三种逐一进行试验，直至找到最佳模式。最合适的记忆模式可能每天都发生变化，重要的是为每个人找到最适用的记忆方式与复习方法。

一分钟记忆力比赛法

一分钟记忆力比赛，主要强调学生会珍惜时间，意识到一分钟的宝贵，增强全身心进入记忆状态的能力。

即使学习后进，非常贪玩好动的同学，一分钟全神贯注注意记忆目标的能力也是有的。而当人全神贯注去记忆时，人自身的惰性干扰、自我压抑、情绪波动干扰都能降到最低点，而潜在的记忆能力，在冲破这些干扰、压抑之后，当然容易开发出来，于是记忆效率常常是平常的2倍，甚至是3倍、4倍。

竞赛方法是：请同学们准备好纸、笔，但暂时不用。请同学们坐直，等着老师宣布记忆内容，这时同学们全身心都调整到紧张的参赛状态。老师讲：过一会儿，老师打开一张大图表，上面写着互不相关的词汇，大家用60秒时间尽可能多地记忆，60秒过后，老师收起大图表，同学们开始默写。

讲过之后，老师将大图表打开，同学们全都瞪圆了眼睛，屏住呼吸恨不得把图表上的词全搬到脑子中去。平时最不爱学习的学生都投入了竞赛之中。

60秒很快过去，老师收起图表，同学们立即开始默写。结果效果极佳。因为时间又短促、紧迫使学生来不及想没用的东西。

搞一分钟记忆力比赛的目的，就是引导同学们忘记发愁，排除犹豫，甩开拖拉，说背就背，当然大家都发现了果断的、全新的自我。

许多心理学实验都证实，大脑工作效率最高之时，是离规定完成任务时间最近之时。

常常听演员问："离开拍还有几天？"临到开拍前，背诵台词的能力就会突然倍增。

愿同学们利用大脑的记忆规律，多搞1分钟、2分钟、5分钟记忆力比赛，以扶植起一个强大的、有良好记忆力的自我。

循序渐进记忆法

很多科学家都谆谆教导我们，学习必须循序渐进，必须打好基础。任何一门学科，初级的知识和方法如果掌握不好，高一级的内容就难以学习和掌握。如不把四则算术学好，学代数就困难；不把初等数学的基础打好，就很难掌握高等数学的知识。心理学家认为，新知识的学习受已有知识经验的有力制约，这一原则曾经是数世纪来教育理论与实践的基本原理。因为新知识是通过它们在已有的知识体系中取得了地位而获得的。新知识的掌握是在旧知识的基础上进行的。因此，在安排学习时就应该循序渐进，由浅入深，由少到多，一步一个脚印，逐渐积累才能收到较好的记忆效果。

我国宋代大学问家朱熹把学习方法总结为："读书之法，在循序而渐进，熟读而精思。"可以说"循序而渐进，熟读而精思"这是治学方法的基本原则。

变换顺序记忆法

学习材料自身有一定的顺序，复习时，抛弃原先材料记忆的顺序，自由地安排记忆材料的位置，这也是复习的一个好方法。例如，历史本来是按时间或朝代的先后顺序发展的，复习时，打破顺序，重新组合一定的位置，这样会促使思考，防止思维定势，有益于强化记忆。这种学习方法适于多种变换方式的考试。

单侧体操记忆法

单侧体操记忆法，就是经常做左半身体操，充分发挥右半脑作用，以增强记忆的方法。

脑科学研究者认为，左右脑的功能是不同的。心理学实验表明，大脑右半球相当于一个表象存储系统，主要记忆各种形象材料，如图形、闪光、音乐、震动等信息；大脑左半球相当于一个字词存储系统，主要记忆语言、文字、抽象符号等。这两半球的分工不是绝对的，而是互相联系、互相配合、互相补偿的。

人的右半脑支配左半身，左半脑支配右半身。大部分人爱用右手，因此造成左右脑发展不平衡。国外学者根据左右脑的不同功能，创编了单侧体操，目的在于加强大脑右半球的作用，以担负部分左半脑的功能。进行单侧体操，强化右半脑的功能，减轻左半脑的负担，把两半球都利用起来，会收到惊人的记忆效果。

单侧体操的基本要领是：立正，左手紧握上举，左臂屈伸，仰卧，左腿向上直举，再向左侧倒下；左臂直举靠近头部，自由下垂；身体向左倾倒，以左手和右足尖触地支撑身体，左臂伸直，身体笔直斜躺，弯左膝起身，俯卧撑，左足向上高抬，右臂尽量不用力。其实，只要左侧身体得到运动，特别是左手得到运动就行，完全可以根据自己的特点自编体操。经常做单侧体操，有利于增强记忆力。

列表记忆法

通过列表把相关的材料进行对比和对照，使之醒目异常，这样便于记忆材料的特点和它们之间的联系。

列表不是无顺序、无规律地罗列，而是把材料分别集中起来，放在表中适当的位置上。往往是一张表整理出来了，条理也清楚了，脑子也记住了。因为在查找、分类和编制表格的过程中，大脑已经进行过积极的思维和加工，知识已经条理化了。

例如：初中代数中的指数式和对数式是两个容易混淆的知识点，不但它们的写法和读法容易记错，而且相同字母在两个式中的名称也容易混淆，为了记清这些内容，可以列表如下：

名称	表达形式 ($a>0$, $a\neq 1$, $N>0$)	读法
指数	$a^b=N$	a 的 b 次幂等于 N
对数式	$\log_a N=b$	以 a 为底 N 的对数等于 b

在各科学习中都可以通过列表把许多知识集中起来，不仅使记忆过程省时、省力，

而且使记忆效果准确、牢固。例如地理课中自然带的分类、分布、地区、气候特点、植物特点、动物特点，总计35项内容，前后共8页篇幅。背诵这8页书，不但费力，而且没必要，设计一张表格，就大大削减了不必要的内容，记忆起来，省力多了。

列表记忆，运用范围广，类型多种多样，常用的有：

①一览表。即站在统观全局的角度，对识记材料进行鸟瞰，掌握其相互关系，以便于全面记忆。
②系统表。使识记材料系统化，便于通盘掌握和整体记忆。
③比较表。即对识记材料进行比较和分类，从特征上掌握知识材料。
④统计表。即把带有数据的识记材料制成表格。
⑤关系图。即用简单的图式把知识间的关系表示出来，以便于形象记忆。
⑥网络图。即用图示来突出知识各方面的关系。
⑦示意图。即把要记忆的材料图画化，画图时线条要简洁，立意新颖，最好用彩笔效果更好。

重要内容免受抑制法

心理学中有这样的实验：编出毫无意义的字词15个，订出顺序来按此顺序复述几次，每次都把记下来的打上"√"，没能记住的打上"×"。实验的结果显示，差不多都在中央第七或第八个字词，"×"号较多。也就是说，最初及最后的部分较容易记住，中间的一些字句不管重复几次都很难记牢。

原因在于，反复按顺序记忆后，后面的字词受前面的干扰，回想脑部活动将被抑制，这就是"顺向抑制"，前面的字词受后面字词的干扰，发生"逆向抑制"，引起较难记忆的现象。因此，位于顺序中央的字句，由于受到前后两方向的抑制，便不容易记得住。为提高记忆效率，就要注意把重要的知识内容排在最前面，或排在最后面，以避免受到双向抑制。

网络记忆法

网络记忆法就是编织知识之网。网的特点就是有纲有目，纲目分明，虽然千丝万缕，但却井然有序，能够纲举目张。人们学习知识，在长时间里，要记忆的事物非常之多，而且千头万绪，也像编织网络一样，抓住主要的带动次要的，并且使各部分保持有机的联系，形成知识的体系和整体结构。学生复习课程的主要任务就是使知识融会贯通，编织知识之网，形成系统化的知识，和构建整体认知结构。例如，初中的植物学中，有关绿色开花植物的形态、构造和生理功能这一完整而系统的知识分为六个部分（植物体的基本结构、种子、根、茎、叶、花和果实），学校教学用了二十八节课才学完，历时十四个星期。在系统复习之前，这些知识在脑子里有些散、乱，通过复习和思考，进行加工整理，就能使植物学的知识系统化起来。在头脑里散、乱的植物知识，形成了系统、牢固、结构完整的知识之网。

在运用网络记忆法去进行记忆时要注意几点，1.分清主次，抓纲带目，纲举目张；2.抓住事物间的有机联系，使知识条理化，层次分明；3.编拟提纲，帮助记忆。

连锁记忆法

连锁记忆法，就是将不同的事物通过形象思维串联起来的记忆方法。有些书上把它叫做相关联想记忆法。

连锁记忆方法常常用来记忆多种缺少关联的词语、名称。

例1. 下面有10个词语，怎样把它们较快地记住呢？

冬瓜 茶叶 钢笔 山峰 黄牛 脸盆 电视机 电灯 棉被 玉米

用连锁记忆法可以这样记：

冬瓜里面是一支钢笔，钢笔套里跑出一头黄牛，黄牛把电视机撞碎了，电视机里有一床棉被,棉被里飘出许多茶叶,茶叶遮盖了山峰,山峰坐落在脸盆里,脸盆下面压着一盏电灯,电灯里有一棵玉米在发光。

例2. 东北三省有九大工业:

钢铁 化学 石油 机电 煤炭 汽车制造 森林 机械制造 造纸

用连锁记忆法可以这样记:

通红的铁水流成了乌黑的石油,石油凝结成了煤炭,煤炭上突然长出森林来,森林上面长着一片片纸,纸上画着一个化学试管,试管里装有一台大型发电机;汽车将发电机从试管里拖出来,一下子又撞到机械制造的大车床上。

例3. 下面有8个英语单词:

face(脸) bike(自行车)
bag(书包) chick(小鸡)
bee(蜜蜂) cake(蛋糕)
bed(床) hand(手)

这8个英语单词怎样用连锁记忆法来记忆呢?编制连锁记忆的内容可分两步走:先是谐音,再是连锁记忆。

这8个英语单词可分别谐音为:

face(脸)——废
bag(书包)——白鸽
bee(蜜蜂)——哔
bed(床)——别的
bike(自行车)——拜客
chick(小鸡)——却客
cake(蛋糕)——咳一咳
hand(手)——汗的

接下来可以将上述谐音进行"连锁":

脸残废了(face),只好把它藏进书包里;书包里有一只白鸽(bag),白鸽去追蜜蜂,蜜蜂"哔"(bee)的一声飞走了;它飞到床上,床上有别的人(bed);别的人骑自行车去拜客(bike),拜的是小鸡。没想到小鸡关起门来却客(chick)。那人只好回家吃蛋糕,呛着了咳一咳(cake),它忙用有汗的手(hand)擦嘴。

例 4. 有 14 味补阴药，一味味都佶屈聱牙，要记住着实不易：

　　玉竹　麦冬　胡麻仁　天冬　百合　沙参

　　旱莲草　黄精　白芍　龟板　桑寄生　女贞子　鳖甲　石斛

用连锁记忆法则十分容易就解决了该问题：

　　沙僧（沙参）脖子上挂着白（百合）玉（玉竹）石（石斛）做的佛珠，经过两个冬天（天冬麦冬），到达了胡（胡麻仁）旱（旱莲草）地区，遇到黄妖精（黄精）变化的洁白（白芍）漂亮的女贞子，挡住道路要同他商量（桑寄生），求他帮助用龟鳖骨（鱼板、鳖甲）补好阴森的洞府。

主干记忆法

　　读一本书或学一篇文章，都要先把握住重点，把重点记住。重点可以作为记忆的"主干"，然后再在这些主干上添枝叶等次要事件。在学习文、理科时，均可利用此法。现举一例。例：秦始皇统一中国是在公元前 221 年。在此之前我国的历史可追溯到公元前 21 世纪，这一段在历史上称为先秦部分。这一段历史可以先记住主干：

　　夏约前 21 世纪～约前 16 世纪

　　商约前 16 世纪～约前 11 世纪

　　周西周约前 11 世纪～前 771 年

　　东周前 770 年～前 256 年

　　春秋时代前 772 年～前 481 年

　　战国时代前 403 年～前 221 年

　　记忆住上述的主干，就可以添枝加叶了。如以商朝为例：商朝约有 600 年的历史。共传 17 代，31 王，这可以作为商朝的主干去记忆。

　　显而易见，如果要把历史教科书中有关部分逐字背下来是很困难的。但如此首先把重要的历史事件挑出，跳跃式地记入大脑中，使它们成为记忆的"主干"。然后再在这些主干上，添枝叶等次要事件。这样记忆下来要容易得多。当你要想起它的时候，首先浮现出来的是你先记住的主干,接着,那些细碎的杂事也会跟着浮现出来。这种方法能够避免犯记错朝代的大错误。另外,当你无暇记忆时,这种"重要事件主义"的记忆法,也能用来应付考试。利用起来又迅速又不会有大错。

链式记忆法

一、记一五步,步步相连法

记一五步、步步相连就是每识记一个单个材料都要经过"看清、熟读、释义、书写、再现"五个连环动作来完成,每步都要紧密相连接。

第一步:看清——第一眼要看清、看准所记单个材料的形象,给大脑输送一个清晰而准确的信号。如记汉字,第一眼就要看清、看准汉字是由那些笔画组成,以及每个汉字的结构和排列次序。看的时间3~5秒钟。

第二步:熟读——紧接着第一步在看清、看准的前提下,立即连续诵读(或默念,或拼读)所记单个材料的音(拼音或念名称)。诵读或拼读的次数2~3遍,诵读的时间3~5秒钟。

第三步:释义——紧接第二步在连续诵读之后立即诵读和理解所记材料的释义。诵读的次数2~3遍,诵读时间10秒钟左右。

第四步:书写——紧接前三步把看、读的单个材料连续写3遍。写时要边写、边念、边想义,用时15~20秒钟。

第五步:再现——即回想,紧接前四步,眼睛离开材料,将前四步所记单个材料的形、音、义,回忆默背一遍,使三者在大脑里形成一个完整的概念。如回忆不清,立即重复一遍,重新建立印象,用时3~5秒钟。

以上五步连环,是使单个材料的多个因素(形、音、义等)在25~45秒左右的时间内,同时动用眼、口、手、耳、脑等多个器官一齐工作,建立起鲜明的独立的初识印象。

二、套记套习、递增递减法(以连续记5个单个的材料为例)

当第一个单个材料按上述五步连环记完后,立即开始用同样的五步法增记第二个单个材料,记完第二个以后,立即回头复习第一个(复习时只念一遍读音和释义,下同)。

第一个复习完后,立即复习刚记过的第二个,复习完第二个,立即增记第三个,增记完第三个,减掉第一个(暂不复习);立即复习第二个,复习完第二个,立即复习第三个,复习完第三个,增记第四个,第四个记完后,减掉第二个;立即复习第三个,复习完第三个,立即复习第四个,复习完第四个,增记第五个,第五个记完后,减掉第三个;立即复习第四个,第四个复习后,复习第五个,第五个复习完后,回头复习第一个和第五个(因第一个和第五个比其他三个少复习了一遍),接着把第一个至第五个从头到尾复习一遍。如此增一减一,链式套记练习。

连续五个单个材料的公式为:

记一接记二,
记二复习一和二,
记三复习二和三,
记四复习三和四,
记五复习四和五,
记完复习一和五,
最后复习一至五。

在套记复习,增一减一的识记过程中,要善于分配注意力,使注意力不时地由这一点转移到那一点。每记一个要"清一下脑",不要互相混淆,不要怕遗忘。

根据每个人的记忆力和所记材料的难易程度,也可采用跳隔套习法(即每记两个或三个再回头复习),或五个一气记完再回头复习。这两种方法,不如个个套记套习效果好。

三、连环复习,按时按段法

连环复习,按时按段是识记五个以上(连续识记几十、几百、几千以上)材料时,一环扣一环的复习方法。连环复习是:当记完上述五个单个材料(第一小组)之后,紧接着用同样方法增记第二小组,记完第二小组后,回头复习第一小组和第二小组,复习完第二小组后,增记第三小组,减掉第一小组暂不复习,复习第二小组和第三小组,接着回头复习第一小组和第二小组,然后将第一小组至第三小组从头到尾复习一遍。

每个大组、单元、阶段的复习方法与小组的复习方法相同。

按时按段是,按时间记忆和按阶段记忆的复习要求。

"按时"复习的要求是:如全天进行大量识记时,早上记的早上全部复习一遍,上午记的上午全部复习一遍,下午记的下午全部复习一遍,全天记的晚上全部复习一遍。第二天开始记新的材料之前,要把前一天记的全部复习一遍。如果每天记忆的时间很少,数量不大,也要当天记的当天复习。

"按段"复习的要求是：每个单元、每个阶段（或多个单元、多个阶段）识记完后，不管识记的时间长短都要进行总复习（包括整个材料记完后的总复习）。总复习的次数、时间可因人而异。如记过的材料比较熟，总复习一两遍即可正常向下进行；如不熟，应停止记新的材料，待复习几遍较熟悉之后再向下进行。单元复习时，要注意打乱复习，减少跟随关系，易于迁移；自学或教学，单元复习时要适当增加练习次数。

在单元复习、阶段复习及总复习过程中，可把经过多次复习仍记不住的"难点"拣出来，当做新材料重新"回炉"，突破重点。

整个材料记完后要根据自己的记忆能力，确定复习的时间间隔和次数。

识记与复习的定律是：套记套习，随记随习。

浓缩记忆法

所谓浓缩记忆法，就是把要"过"的内容高度浓缩，看见一个字、一个词，便可迅速回忆起全部内容。从而大大提高效率，节省时间。具体说，有以下几种方法：

一、内容浓缩法

就是根据材料主干，将其内容的精华和核心进行高度压缩或分解，用最简单、最本质、最概括的文字表达出来。如复习中国古代史的井田制，可将其内容浓缩为："国王所有，诸侯享有，奴隶耕作，形似'井'字"。或者进一步浓缩为"王有、侯用、奴耕、井形"。这样记忆的好处是在需要回忆这段内容时，只要酌情在每段话上"添枝加叶"就可以了。内容浓缩法需要积极地思维和辛勤地筛选，只有这样，才能把精华提炼出来。在浓缩的过程中，删繁就简，择精选萃，使知识在数量上大幅度减少，在质量上成倍增长，显著地提高记忆效率。如北魏孝文帝改革，其主要内容是：①颁布均田令；②接受汉族的先进文，令鲜卑贵族采用汉姓，穿汉服，说汉话，与汉族通婚；③迁都洛阳并采用汉族统治阶段的制度。可浓缩为："一均、二化、三迁治"。这样根据起来顺口，记起来便当，需要回忆时再逐一添上内容就行了。

二、字头浓缩法

就是将每句话、短语或词的字头提出并按顺序串联起来进行记忆。字头浓缩法在识忆中形成知识结构的整体缩影，特别在记忆较多的人名、地名时能发挥良好的效果。

如记忆丝绸之路中几个地名，可将长安、河西走廊、新疆、安息、西亚、大秦等提取浓缩为："长河新,安西大"。再如，中国民族资产阶级革命团体的建立,其主要领导人——兴中会的孙中山，华兴会的黄兴，光复会的蔡元培，日知会的刘静庵，可浓缩记成："兴华光日、孙黄蔡刘"。字头浓缩法简单易学，方便好用，既提高兴趣，又便于记忆。所以在复习中应不拘一格地发挥它的作用。

浓缩记忆法，是符合记忆规律的一种好办法。

归类记忆法

美国有一个学者让两组被试者识记12个词，一组按词的种属关系组织起来识记，另一组则随机识记。结果，归类组四次识记的词数分别为73、106、112、112，而随机组分别是20.6、38.9、52.8、70。可见归类对记忆的帮助是很大的。根据信息理论的观点，记忆的归类就是把信息加以有效的编码，这样它就容易在记忆库中储存，同时更便于提取。要做到记忆的有效归类，可以从下面几个方面入手：

(1) 通过比较找出知识之间的内在的各种联系，这样可以使知识更加趋于系统化、条理化和概括化，记忆的效率也就得到了提高。

(2) 运用各种笔记法，帮助知识的整理和归纳。俗说说："最浅的墨水也胜过最好的记性。"因为做笔记的过程是对材料加深理解与加强复习的过程。所以，在学习中，你必须要求自己多动笔，做各种形式的笔记。笔记的主要形式有：读书摘要、读书札记、读书批注和读书心得等。

(3) 把知识制成网络图表，以便于记忆。把所学的知识进行梳理，按内部结构列成分类图表或制成网络图，这样就使它们一目了然、直观、简明和系统化。

(4) 善于制作各种剪报和卡片。虽然我们说过人的记忆容量是很大的，但是与无限的科学知识相比，它到底还是有限的，因此我们要善于利用记忆的替代工具。比如制作剪报或知识卡片，特别是要善于利用电脑网络技术。

例如：下面有12件事物：

砖头、汽车、手表、眼镜、木材、轮船、衣服、水泥、雪橇、手套、钢筋、飞机。

要一下子记住它们是不容易的。如果我们把它们分类为：

文具类：钢笔、墨水、笔记本、书包。

卫生用品类：毛巾、衣架、肥皂、刷子。

电器类：收录机、电冰箱、电风扇、洗衣机。

这样分类以后再记忆，就比较容易了。

怎样进行分类，决定于分类的目的和标准，可以根据不同的目的，进行不同的分类。例如，可以按记忆对象的性质、构造、技能、材料、大小、颜色、重量、场所、时间等进行不同的分类。但不论怎样分类，对一个分类系列来说，只能使用一个标准，而且各类事物之间必须是互相排斥的，不能相容的。如果不是一个标准，事物之间互相兼容，那么这个分类的结果就会造成概念混淆，反而对记忆不利。

如下面的分类：有家百货商店把商品分为四类，儿童玩具、塑料制品、日用品和新型商品。这里面的"塑料制品"和"儿童玩具"、"日用品"、"新型商品"都是相容的概念，即"塑料制品"可以是"儿童玩具"或"日用品"，也可能是"新型商品"。这样的分类所造成的混乱，对记忆显然是不利的。

所以，分类记忆法强调分类的科学性、明确性，在这个前提下，它才能对记忆有所帮助。

口诀记忆法

人的记忆力是有差别的，但有些小朋友记忆力差，并不是因为脑子不好，而是对要记忆的知识不感兴趣，而有的小朋友就比较有方法，他们能够采取有趣的方式，记住比较枯燥的知识。

对于内容比较枯燥的知识，首先要弄清这些知识有什么用。懂得了为什么要学这些知识，就有了积极性，然后再采取编歌谣、编顺口溜等方式，记住难记的知识。

例如，我国劳动人民根据丰富的实践经验，把一年中的气候变化用二十四个节气来表示。

二十四个节气为：

立春、雨水、惊蛰、春分、清明、谷雨、立夏、小满、芒种、夏至、小暑、大暑、立秋、处暑、白露、秋分、寒露、霜降、立冬、小雪、大雪、冬至、小寒、大寒。

每个节气间隔半个月。一般来说，在7月以前，每个月里的两个节气，一个在6日，一个在21日；在7月以后，每个月里的两个节气，一个在8日，一个在23日。这种规律有时可能会有一两天的出入。

这样多的内容很难记住。如果把它编成口诀，那就容易记忆多了。

口诀如下：

二十四节气歌

春雨惊春清谷天，夏满芒夏二暑连；
秋处露秋寒霜降，冬雪雪冬小大寒。
上半年为六、二一，下半年为八、二三；
每月两节不更变，最多相差一两天。

像这样一种以口诀形式来记忆的方法就叫做口诀记忆法。

口诀记忆法的用途十分广泛。如标点符号，小学生一般不容易辨别和记忆，如果用口诀记忆法，他们就不容易忘记了。

标点符号记忆歌

一句话说完，写上小圆圈；(。句号)
句中有停顿，小圆点带尖；(，逗号)
并列语句间，点个瓜子点；(、顿号)
并列分句间，逗号顶圆点；(；分号)
引用原话前，上下两圆点；(：冒号)
疑惑或发问，耳朵坠耳环；(？问号)
命令或感叹，滴水下屋檐；(！感叹号)
引用特殊词，蝌蚪下下窜；（""引号）
文中要解释，月牙分两边；(（）括号)
转折或注解，直线写后边；(——破折号)
意思说不完，六点紧相连；(……省略号)
强调词语句，字下加圆点；(·着重号)
书名要标明，四个硬角弯。(《》书名号)

要使用好口诀记忆法，首先要对所记忆的内容认真进行研究，这样才有可能编出形象、准确的记忆口诀来。如下面的《历史朝代名号歌》：

历史朝代名号歌

夏后殷商西东周，春秋战国秦皇收。
西汉东汉魏蜀吴，西晋东晋兼五胡。
匈奴羯氏羌慕容，拓跋代北后称雄。
北齐梁陈是南朝，北魏齐周称北朝。
北周灭齐传于隋，隋又灭陈再统一。
隋亡唐兴称富强，五代十国各称王。
契丹兴起在北方，建号为辽入汴梁。
五代梁唐晋汉周，宋朝建国陈桥头。
女真建金先灭辽，打破汴京北宋消。
南宋偏安在江南，蒙古兴起国号元。
灭金灭宋归一统，元朝统治九十年。
明代共传十六君，满洲初起号后金。
后金国号改为清，入关称帝都北京。
人民觉悟革命起，清帝退位民国立。
人民民主再胜利，万众一心奔共产。

如果对历史不研究、不熟悉，是编不出这样完整的历史朝代歌的。

其次，由于实际需要，口诀是人人都可以自己编的。比如周恩来同志就曾经把我国省市区的名称编写成一首歌诀：

两湖两广两河山，
五江云贵福吉安，
四西二宁青甘陕，
还有内台北上天。

第一句指的是湖南、湖北、广东、广西、河南、河北、山东和山西，第二句指的是江苏、浙江、江西、黑龙江、新疆、云南、贵州、福建、吉林和安徽，第三句指的是四川、西藏、辽宁、宁夏、青海、甘肃和陕西，第四句指的是内蒙古、台湾、北京、上海和天津。

这样一首地名诗，对初学地理者记忆各个省、市、自治区的名称是非常有用的。（注：当时只有30个省、市、自治区，1988年以后才有了海南省、香港和澳门特别行政区及直辖市重庆。）

《二十四史》是记载中国历史的一部浩瀚巨著,其作者为各朝代的大家鸿儒,人数很多,名字也不好记。于是,有人便编了四句韵文:

司马班范陈房沈,一肖二姚魏李菜。
征寿刘煦欧阳宋,薛修脱濂延玉臣。

第一句,"司马"是写《史记》的司马迁,"班"是写《汉书》的班固,"范"是写《后汉书》的范晔,"陈"是写《三国志》的陈寿,"房"是写《晋书》的房玄龄,"沈"是写《宋书》的沈约。

第二句,肖子显编写《南齐书》,姚思濂编写《梁书》、《陈书》,肖编一部,姚编二部,所以说"一肖二姚"。"魏"是编写《魏书》的魏收,"魏书"和"魏收"音近,记住了它,前后史书的作者就不会张冠李戴了。"李"是编写《北齐书》的李百药,菜是编写《周书》的令狐德棻等。

第三句,"征"是编写《隋书》的魏征等人,"寿"是编写《南史》、《北史》的李延寿,刘煦是《旧唐书》的编写者,欧阳修、宋祁等是《新唐书》的编写者。

第四句,薛居正编写《旧五代史》,欧阳修编写《新五代史》,脱口等编写宋、辽、金三史,宋濂编《元史》,张延玉编《明史》。最后之所以加一个"臣"字,一则是沿用封建时代的口气,二则是为了凑韵脚。

有了这首口诀,对这些历代名人就有了一个基本概念,对学习《二十四史》也有很大帮助。

再如,戌(xū)、戍(shù)、戊(wù)、成(chéng)4个字很容易混淆,有人就编了一个口诀:

戌戍戊成易模糊,
请把口诀来记住:
横戌点戍空心戊,
横要弯钩把成读。

这样一来,就很容易把这四个字分辨开了。

提示:使用口诀记忆法忌"滥",口诀过多就起不到趣味作用,反而会成为一种累赘。

谐音记忆法

所谓谐音记忆法，就是把有些知识按照其他同音汉字去理解，使原来无意义的音节变成有意义的词句，使之生动、有趣，可以收到出奇制胜的效果。

比如学习历史时，一定会学到1901年（辛丑年）义和团运动被八国联军和清政府残酷镇压后，清政府与八国联军在北京签订了丧权辱国的《辛丑条约》，其内容主要有四点：一、要清政府赔款（银）4亿5千万两。二、要清政府保证禁止人民反抗。三、允许外国驻兵。四、修建东交民巷为使馆区。这四点是并列的，一时记不下来。如果用四个字来概括，"钱""禁""兵""馆"，就容易记了。

但这四个字又没有意义上的联系，也不太好记。如果取其谐音就是"前进宾馆"。一想到这四个字，就可联想到条约的全部内容了。

地理老师让同学们记住中国的10条大河：辽河、海河、黄河、黑龙江、鸭绿江、怒江、珠江、澜沧江、长江、雅鲁藏布江。如果硬记很费劲，略加思考，可变成10个字："辽、海、黄、黑、鸭"，这是用5条河的字头组成的；"怒猪（珠）滥（澜）长牙（雅）"则是用了谐音，记住这10个字，也就记住了10条河的名称。

学习英语，也可以用谐音记忆法，比如记 food（食物）时，想到"富的"，记 field（原野）时，想到"废物的"；记 tomorrow（明天）时，想到"偷猫肉"，记 rose（玫瑰花）时，想到"肉丝"；记 map（地图）时，想到"卖布"。初学英语，这样记起来比较容易。

用谐音法记忆一次绝对值不等式的解集：

$|x| > a \quad x > a$ 或 $x < -a$
$|x| < a \quad -a < x < a$

可记作："大鱼取两边，小鱼取中间"。同时联想到吃大鱼只吃两边的肉，而吃小鱼掐头去尾只吃中间。

用谐音法记物理公式：

电功的公式 $W = UIt$，可记作："大不了，又挨踢"。电流强度公式，$I = Q/t$，可记作："爱神丘比特"。

用谐音法记忆氧化—还原反应中氧化剂与还原剂的判断可记作："杨家将"，即"氧化降"。意为氧化剂中的元素化合价降低;反之,还原剂中的元素化合价升高。

谐音记忆法常用于记忆电话号码。比如,电话"653037"可以谐音记为"老虎上东山去"。电话"672313",可谐音为"绿漆亮,闪一闪"。

一些商家采用了一些特别的谐音电话号码,使顾客能方便地记忆。如上海的一家出租汽车公司,叫车电话为"62580000"谐音为"你让我拨四个零";曾经有一家大食品商店,电话为"222777",用上海方言谐音为"来来来,吃吃吃",一下子就让人记住了。

在数学上,记忆圆周率π的位数是件很有趣的事。

圆周率22位数为:"3.1415926535897932384626"可谐音为"山巅一寺一壶酒,尔乐苦煞吾,把酒吃,酒杀尔,杀不死,乐尔乐"。

提示:使用谐音法要注意两点:

一是谐音法不是注音,而是形象。二是谐音形象越新奇越好,因为只有新奇的形象才能帮助记忆。

谐音的基本方法是换字,要尽可能找出被换字的多种读音,然后根据某个读音,择取自己最容易记忆的一个汉字加以替换。"如"1"可换成"衣"、"姨"或"意"等,也可换成"要"、"药"等汉字。用谐音来替换,无须对汉字的读音加以各种规范的限制,只要自己认可就行了。

四步记忆法

记忆,是通过大脑细胞活动,记住感知过的事物,并在一定条件下重现或在这一事物重新呈现时,确认曾感知过。感知过的事物达到长期记忆,需要经过识记、保持、认知(再认)、回忆(再现)四个阶段。

第一,识记阶段

通过感觉器官,将所得信息保留在脑中,称为识记。要提高记忆效果,首先必须有良好的识记。识记是记忆的一个基础环节,是通过反复感知过程,借以形成比较巩固的暂时联系。它是记忆的必要前提,没有识记,记忆就不能形成;而记忆的形成一般要经过多次识记,也有经过一次就能永久记住的。

从识记的目的上看,识记分无意识记和有意识记;从记忆方法上看,分为意义识记和机械识记。

1. 无意识记,事前无确定的识记目的,也不用任何有助于识记的方法,而是外界的各种影响通过无意识记,在潜移默化中被人们接受。有许多知识人们是通过无意识记积累起来的。日常生活经验大多通过无意识记而获得。人们所接受的教育内容,也有许多是通过无意识记而取得的。无意识记不需要意志努力,消耗精力少,教师如果通过无意识记,让学生接受良好的教育,积累知识经验,既能减轻学生负担,又能提高教育质量。

2. 有意识记,是明确了识记目的,并运用一定方法的识记,还需要有一定的意志努力。人们系统地掌握科学知识,主要依靠有意识记。在其他条件相同的情况下,有意识记的效果比无意识记的效果要好得多。凡是有较长期识记任务的材料,保持的时间就长一点;相反,只有短期识记任务的材料,保持的时间就短一点。实验表明:让学生记两段难易程度相等的材料,并且讲明第一段明天检查,第二段在一周后检查,但实际上都在两周后检查。结果表明第二段材料识记的效果远比第一段好,这是因为长期的识记任务,能引起大脑细胞更为复杂的智力活动和更大的积极性之故。

不同的识记任务影响着识记的方法、进程和效果。例如,对于一篇文章,可以要求识记它的基本内容、主题思想,也可以要求逐字逐句地背诵下来。前一种情况,学生在识记时就注意文章各部分的逻辑关系,并试图列出内容的提纲,这种识记的进程在开始时比较缓慢,等到融会贯通,理解了全文的论据和逻辑结构后,识记的进程就会大大加快起来。而后一种情况,学生在识记时就逐字逐句地诵读,并且时时试图背诵,这样,识记的进程乃是逐步进展的。

在学习中还应明确具体的识记任务。知道应识记什么材料,这些材料应当识记到什么程度,否则不分主次,企图识记一切,则浪费精力。

3. 意义识记,也叫理解识记,是通过对材料的理解而进行的识记,即学习并运用已有的知识经验,积极地进行思维,弄清材料的意义及其内在联系,从而把它记住。例如,要记住 $s=vt$ 这个公式,就要弄清楚 s,v,t 的意义及它们之间的关系。s 代表距离,v 代表速度,t 代表时间,距离等于速度乘以时间。对上述意义了解之后,从而记住 $s=vt$ 这个公式,这就是意义识记。大量实验证明,以理解为基础的意义识记在全面性、精确性、巩固性和速度等方面,都比机械识记好。艾宾豪斯做了七次实验,每次用英国诗人拜伦的长诗《唐璜》中的六节为学习材料,约八十个字音的诗,只需要八次就可以正确背诵,而同样数量字音的无意义音节,差不多需要八十次诵读,才能正确背诵,成10与1之比。可见,识记有意义材料比识记无意义音节容易得多。

意义识记之所以优于机械识记,这是因为材料的意义反映了事物的本质及其内在联系,也反映了识记材料和学习者的知识经验联系,即新材料被纳入到学习者已有的知识系统之中,这样记忆的效果也就更好。

4. 机械识记，是依靠机械重复而进行的识记。学习者只按材料表现形式去识记，而不了解材料的意义及其之间的关系，如记上述公式，不了解s,v,t,代表什么，也不了解它们之间的关系，而按照它们的前后顺序去背，这就是机械识记。从认识的效果看，机械识记不如意义识记，但是机械识记在学习中也是必要的，因为学习中总有一些材料本身很有意义，但限于学习者的水平，一时难于理解，也只能先用机械识记，以后随着知识的增加逐步加以理解。

意义识记和机械识记是人们识记的两种基本方法。意义识记要有机械识记作基础，而机械识记也要靠意义识记来帮助，因为意义识记的效果大，费力小。有些材料如外语单词、历史年代、数字等，仍可以和意义联系起来记，如816449362516941这个十五位数，背起来十分吃力，但了解到这是9至1的平方数，马上就能记牢。

第二，保持阶段

保持是记忆的一个重要环节，指人对事物识记后形成的知识经验，在恢复前以暂时联系痕迹的形式存留于大脑中。如果这种暂时联系受到刺激物的影响，就会活跃起来，原有的知识经验以回忆（再现）或认识（再认）的形式恢复起来。如果暂时联系被抑制，原有的知识经验就不能恢复，于是产生遗忘。因此，把保留在脑中的信息加以记忆保存，是巩固记忆、实现再认和回忆的重要保证。

保持识记，首先要借助表象加深记忆。记忆表象，是感知过的事物不在面前时，头脑中再现出来的形象。它是在过去对同一类事物多次感知的基础上形成的，因而具有一定的概括性。

它不只是事物形象的简单重现，而是上升为对事物的感性认识，成为对客观世界的直接感知向抽象思维过渡的中间环节。它的形成与分析器有关，故分为视觉、听觉、运动觉等现象。

表象是记忆的主要内容，我们能够回忆过去的事物，并且再认出曾经接触过的事物，主要是依靠表象实现的。表象具有直观性和概括性两个特征。

表象的直观性和概括性是密切联系在一起的。它是从知觉向思维过渡的重要环节和桥梁。从生理机制上看，表象是由于人脑中刺激痕迹的再现而产生的，这就是信息的储存，同时可以被加工、编码排序。现代认知心理学认为，表象是双重编码的，既可以是图像编码，也可以是语言编码。图像和语言在一定条件下可以互译，因为抽象概念的相互限制就可成为具体图像。如红、圆、硬。球、寸、直径，这几个词所指的都是抽象概念，而在"直径三寸的硬红圆球。"这句话中，由于这几个抽象概念的相互限制，就表达出来一个具体的东西。所以图像可以通过编码以语言的形式储藏起来；语言可以通过译码而恢复为图像，如再造想象。

我们利用这个特点，可以更好地掌握知识和发展智力。例如，儿童只能按实物计算，不能做口算或心算。先让儿童用实物计算，然后把实物遮住，再想着原来的实物计算，即利用表象计算，经过这个环节，儿童就能较快地进行口算或心算了。再如学历史，一边看书，一边接触实物而引起的真实感，能够加强记忆和理解。在书本上获得的历史知识，再经过实地考查加以印证，想象当时的风物情景，缅怀历史舞台上各种人物的行为、事件。只要置身于那些情境，闭上双眼，你的脑中就会产生广阔的联想。此时的心境一旦和某个历史事件结合起来，就会产生牢固的记忆效果。任何时候，只要再现当时的那些去过的地方，有的历史事件就能清晰地浮现在眼前。一边看书，一边接触实物而引起的真实感，能够加强记忆和理解。此外，亲临现场考察，实际上也会增加对历史人物和事件的感情。这样，就会激发进一步学习和研究历史的兴趣，因而能加深理解有关历史知识。

心理学家关于表象在儿童学习语文中的作用的实验研究，也证明表象在具体感知和抽象思维中的重要作用。实验要求小学二年级学生概括一篇课文的中心思想。实验步骤是，教师和学生一起先标出每个故事情节的标题，然后将全班学生分成三组：第一组是学生阅读课文后，直接进行概括；第二组是同时看一张与这段故事有关的图片；第三组阅读课文后，让学生用口头语言描述每段的故事情节（即用语言引起表象），然后再拟出每段的标题。实验结果是：

第一组很难完成任务，学生拟的标题与课文主题不一致；第二组受直观的静止图片影响，有很大的局限性；第三组完成最好。由此证明，学生在语言的帮助下，经过口头描述，头脑中有了明确的情节表象，因而比第一组（缺乏明确表象）、第二组（缺乏概括表象）的成绩都好。

保持识记，要明确易于记住的种类。

记忆的内容可分四种：一是形象记忆或表象记忆，是以感知过的事物形象为内容的记忆；二是逻辑记忆，是以词语、概念、公式、法则、定理和规律等逻辑思维过程为内容的记忆；三是情绪记忆或感情记忆，是以体验过的某种情绪或情感为内容的记忆；四是运动记忆，是以做过的运动或动作为内容的记忆。在记忆实践活动中，这四种记忆是相互联系综合进行的。

易于记住的种类：一是情节记忆，对过去一些情节和事情的记忆，如被狗咬了一下。二是事实记忆，如自己生活中经历的实际事情。三是语义记忆，如我们记得"蝴蝶"是一种有四个色彩斑斓的大翅膀的昆虫。人们能记住数万个字和它的意思。四是感觉记忆，人们都有很强的视觉、听觉、感觉记忆，能记住数千个人的音容相貌，许多人也能记住自己特别喜爱的乐曲的音调或鲜美菜肴的味道。五是技巧记忆，如吃饭、穿衣、打球、骑车、走路、说话等等，都是幼年时学习的技巧。六是本能记忆，新生儿"记得"吸吮母乳，成人"记得"呼吸、睡眠、消化等。这种遗传的记忆清楚地表明一个人在身体和思想上的特征。

　　保持识记，要善于从短时记忆发展为长时记忆。以记忆形成或保持时间的长短为根据，可划分为瞬时记忆、短时记忆、长时记忆。只贮存两秒种的记忆称瞬间记忆，由于它在感觉基础上产生，又叫感觉记忆。一分钟之内的记忆称短时记忆。听课时既听也记笔记，就是靠短时记忆。查到一个电话号码立即拨电话，但用过后再也回忆不出。这种短时记忆的广度仅有七个音节或七个汉字，把七个小单位组成一个"块"。短时记忆只能容纳这个块。在短时记忆中必须排除一个旧的块才能进入一个新的块，先进入的先排出。因此在短时记忆中开头的块记得差，中间的块次之，后学的块记得好。

　　长时记忆是指一分钟以上直到许多年甚至保持终身的记忆。它是短时记忆加上重复的结果，但也有些长时间记忆是由于印象深刻而一次形成的。

　　在记忆信息消失之前，把必须记忆的内容反复出声复习背诵，就能使短时记忆时间延长；充分地理解短时记忆的性质，集中精力，反复练习记忆，就能使短时记忆变为长时记忆。

　　在长时记忆中，大量的是以意义的方式对信息进行编码的，即对所学材料按意义加以整理、归类、贮存与提取。材料的组合依赖于概念的分类，大多数要经过语言加工，但记忆编码方式也有听觉和视觉。语义的记忆以网络形式贮存材料。每个概念是一个节点，它和上下概念相连。如"鸟类"和"有翅膀"、"能飞"、"有羽毛"等属性相连。人们在回忆时，从一个概念开始，可以联系到上下左右的有关概念。从一个节点到另一个节点需要时间；层次系统愈多，判断的时间也愈长。如"鸟类"和"动物"、"金丝雀"相连。实验表明："金丝雀会唱歌"在语义网络组织的同一层次上，判断所用时间最短，"金丝雀会飞"则需要从"金丝雀会……"的节点移动一个层到"鸟类"节点上，判断所用的时间增加；"金丝雀有皮肤"则需要从"金丝雀会……"的节点移动两个层次到"动物"节点上，判断所需要的时间更长。材料组织程度愈高，也愈容易提取，高度组织起来的材料记忆得最好。从长时记忆系统中提取信息时有一个搜寻过程，层次组织有利于这种搜寻，因此，提高了记忆效果。

　　保持识记，要发挥记忆的生理机制作用。

　　记忆和保持就是在大脑皮层上形成暂时的神经联系，在头脑中留下痕迹，并在反复刺激这些痕迹的条件下得到巩固。再认和回忆则是暂时神经联系的痕迹在有关刺激影响下的重新活动。

　　人类的记忆由于词的参与，不仅可以在具体事物之间形成暂时神经联系，还能在词与词之间形成暂时神经联系，这就使人的记忆内容丰富多样，并且容易进行；由于词的参与，使人的记忆能自觉地、有目的地、有计划地进行。

　　记忆是整个中枢神经系统的功能，是不同神经部位参加的联合活动，但不同部位所起的作用是不同的。信息贮存多数发生在大脑皮层，但在边缘系统、丘脑、脑干网状结构，甚至脊髓也具有贮存信息的功能。在一系列学习活动后，可能在神经元之间形成新的突触联系或突触部位发生变化（突触长、突触间隙变窄等）使神经冲动容易通过。在神经元内记忆的贮存需要脑内蛋白质合成，但蛋白质的合成受一化学物质的支配。

　　从短期记忆发展为长期记忆，有一个巩固的过程。记忆的编码是由细胞体内合成蛋白质对突触的直接影响而完成的。脑是全身最大的化学物质转换处之一。神经元不停地合成蛋白质，合成得越快，人的智力也越活跃。神经活动的每个方面几乎都与胶质细胞有关。胶质细胞的分裂和繁殖也可能是学习过程的部分。胶质细胞也能像液晶那样同周围电场发生共振。也就是说，它们可能有半导体的特征。它们就像晶体管在电路中放大弱信号那样，能拾取神经系统中微弱的电变化并把它们放大数千倍。请想象，你头脑中有1000亿个晶体管，这意味着细胞体产生的蛋白质的运动速度是每天2.8米，一至二小时达到突触，如果轴突很短，则只要几分钟，这对记忆有重要意义。记忆是经验的保持。经验在记忆中是变化发展的。记忆的恢复也是保持内容变化的表现。记忆在识记之后需要有一段巩固发展的过程。遗忘是记忆内容变化的最明显表现。

　　因此，应该充分利用你的大脑。科学对大脑功能的研究，为不断发展成人大脑的潜力提供了最有指导意义的启示。为了帮助你开发这个天然的潜力，你应该做到以下两点：

1．运用大脑。

　　成人的大脑和小孩的大脑一样，凭经验而逐渐成熟。如果我们要充分利用大脑的内在潜力并在一生中继续发展智力，我们必须尽可能地为大脑提供丰富的、多变的和有各种刺激的环境。在二十岁以后智能似乎下降的一个主要原因是，在这个年龄段正规学校教育停止了，而我们没有为脑提供学习任务和训练。在中学或大学毕业后，许多人不像在校时那样用脑，因而脑的潜力明显下降。大脑同身体的任何器官一样，如果不常用，就会衰退。

2．训练大脑。

　　"教育"这个词是从拉丁文来的，意思是"导出"，即充分开发一个人的潜力。如果在二十岁时还没有充分开发所有的潜能，那么应该继续受教育，应该继续学习，继续进行智力开发，不断地进行智力训练。尤其要从环境中得到益处，尽可能多方面地同周围环境产生积极的相互作用。看电视（如果看有益的节目）可以给你提供多种多样的刺激，但一般都是消极的刺激，对大脑的发育没有多大好处。最好是直接同客观世界相互作用，同优秀的思想交流，研究新的领域（把它们同旧领域结合起来研究），随时随地锻炼你的智力，开发自己的潜力，为自己提出难题，并很有兴趣地去做。

　　许多一生都在继续学习的人证实了上述实验结果。许多科学家、大学教师和学

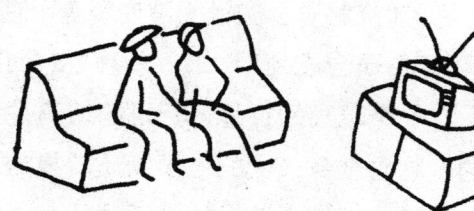

识渊博的人在一生中给自己提出许多问题，不停地开发自己在许多不同领域研究的知识，他们的智力没有发生明显的退化，一直到老年，他们的脑细胞仍有旺盛的活力。爱因斯坦是人类历史上最有创造才能的人物之一，他一直从事他的理论工作，直到他七十六岁逝世之前。英国的哲学家、数学家、历史学家、政治家和雄辩家罗素有杰出的记忆力，他在九十五岁时，仍以惊人的速度从事写作并在世界事务中发挥重要作用。

由此可知，如果你想充分利用你的大脑，就要运用它，充分地训练它！

第三，再认阶段

对学习过的知识，复习时首先尝试回忆，对想不出的部分，只有通过再认，即复读，才能转化为回忆。再认，可能有不同的速度和不同的确定性，这取决于两个方面：一是对已学过知识的识记巩固程度。保持巩固，再认就容易；不保持巩固，再认就困难。二是对当前呈现的事物同已经验过的事物相类似的程度。事物总是在变化的，如果事物变化不大，就有可能再认；如果事物发生了很大的变化，就难以再认。

在再认发生困难的情况下，就转化为回忆。这时，开始只是对目前呈现的事物产生一种熟悉感，还不能确认这一事物同以前所经验过的事物是否一样。后来，通过回忆，发现了同先前的印象有共同特征时，就再认了这一事物。再认，要依靠各种线索来进行，它的一部分出现可以唤起对其他部分的记忆。如再认一个人的姓名，是依靠记忆中他的姓名和他的面貌、言行、身份等形成的联系，于是面貌、言行、身份等就成了再认这个人的线索。

对学过的知识能够再认，虽然具有记忆的成分，但不等于已经记住。因为看书时能够再认，也能理解，但离开书就回忆不出，无法回答问题。

第四，回忆阶段

回忆，分有意回忆和无意回忆。无意回忆是不由自主地想起来的某些旧经验，因"触景生情"使一件往事偶然涌上心头。有意回忆是自觉地去追忆以往的某些经验。例如学生在考试时回忆以往学过的材料。

回忆有直接的，如对乘法表或十分熟悉的外语单词，通常可以直接回忆起来。回忆也有间接的，即要通过一系列的中介性联想才唤起旧经验。例如，我们一时不能直接想起"五四运动"的年份，就要利用"十月革命"和"中国共产党的成立"等历史事实进行联想：它是1917年"十月革命"影响下发生的，肯定在1917年之后；它又为党的成立做了准备，所以肯定发生在1921年党成立之前。通过这样的联想，就能回忆起1919年发生了"五四运动"。这种回忆需要一定的意志努力才能实现。回忆时经常发生干扰：如占优势的活动或情绪状态，由于负诱导而引起抑制，妨碍回忆。再如写作时有一个常用字怎么也回忆不起来，这是因为写作构思时占优势的活动抑制对那个字的回忆。又如，有的学生怕考不好，引起情绪紧张，抑制了需要回忆的答案。在回忆发生干扰时，一时不能回忆起需要的经验，最简单的方法是转移注意，暂停回忆，放松到一定时间，抑制解除之后，需要的经验往往会自然而然地回忆起来。

有时不能回忆起所需要的内容，是由于回忆中有错误，或选择了错误的中介性联想。例如，在回忆第一次法国资产阶级革命和巴黎公社的时间关系及这两个事件的年代时，误把18世纪80年代的法国第一次革命当做18世纪90年代，这时应该找线索或参考资料，从各个方面验证回忆的结果，以便改正错误，使回忆顺利进行。

回忆常常以联想的形式出现，由一种经验想到另一种经验，或由已想起的一种经验又想起另一种经验。客观事物是相互联系的，事物之间的不同关系反映在人脑中，就形成各种不同的联想，如接近联想中的类似联想、对比联想和因果联想。大量形成联想和充分利用联想是提高记忆效果的有效方法。

再认和回忆过去经验的恢复，是提取信息的两种形式。能回忆的，一般都能再认；能再认的，不一定能回忆。在考试中，是非题与选择题主要是通过再认来解答；问答题与填空题主要是通过回忆来解答。仅靠再认不能作为牢固保持的可靠标准，但要达到回忆的程度，一般则首先要能再认，但又不能停留在再认的水平上。有的考生把再认水平误认为回忆水平，自认为会的问题却答不出来，吃了大亏。

"四轮复习法"中第四轮"回忆，进行检验复习"，是保证考场上准确提取知识回答问题的最有效方法。

重复记忆法

记忆的天敌是遗忘，而遗忘的天敌是重复记忆。及时的复习巩固是良好记忆的保证，它使得遗忘的脚步放慢。及时的复习大致有这样三种做法：(1) 当堂复习。每次快下课时，老师总要做一些小结，归纳和总结本堂课的重点和难点，因此这时你必须认真听讲，它能起到复习的效果。然后，在下课时，用一两分钟的时间像放电影似的把上课的内容再回顾一下。(2) 当天复习。很多学生都没有养成这个习惯，上完一天课到家后，从不把当天教的内容再回顾一下，看看自己还有没有不懂的地方。一般讲，每天回家后，你必须把当天的学习内容温习一下，要知道这时是遗忘最快的时候。(3) 周复习。一周的课结束后，利用周末休息的时间将一周来学过的知识系统地复习一下。复习时，采用浏览课本和笔记的方式，边浏览边回忆有关的知识。

采用重复法取得良好记忆的有许多例子。

我国著名科学家茅以升在83岁时还能背诵出圆周率小数点后100位的准确数值，当人们惊奇地向他询问记忆诀窍时，他的回答是："说起来很简单，重复！重复！再重复！"

丰子恺是我国著名的漫画家、文学家、美术家、音乐教育家。他曾留学日本，后又翻译了大量外国文学作品，他学习外文有一种特殊的方法：他要求自己对每篇课文都读22遍：第一天读第一课10遍；第二天读第二课10遍，第一课5遍；第三天读第三课10遍，读第一课、第二课各5遍；第四天读第四课10遍，读第二、第三课各5遍，再读第一课2遍。

每读一遍，写"读"字一笔，22遍读完，正好把繁体的"读"字写完。这样，记忆的效果很好。丰先生几个月后，就能看外文的长篇小说，并从事翻译了。

德国哲学家狄慈根说过："重复是学习之母。"记忆是在反复中进行的，重复是同遗忘作斗争的最有力的武器之一。遗忘是记忆"痕迹"的淡漠或消失，重复可以加强大脑皮层的"痕迹"。重复学习不仅有修补、巩固记忆的作用，还可以加深对所记内容的理解。俗话说，书读百遍，其义自见，讲的就是这个道理。

采用这种方法，要科学安排重复的次数、间隔，以求得最好的效果。

分段记忆法

饭要一口一口地吃，文章要一段一段地背。不少孩子面对一大堆要背的课文，真有一种"不知从何背起"的感觉，有的孩子甚至由此丧失了信心。分段记忆是一种使你找到从何起步，树立信心的好办法。

所谓"分段记忆法"，就是把要背的课文分成若干段，每一大段里又可分若干小段。如此这般，原为一大篇化成了若干小篇，若干小篇又可化成若干小段。一小段一小段记并不困难。信心自然有了。

采用分段记忆法的好处是：化整为零，增强记忆的信心；化难为易，在记住一段后会获得成功的喜悦，调动记忆的积极性。

心里学家米罗曾用实验证明：每人平均一次记忆的最大限量在7个左右的数字或单词。我们虽然不需要像米罗那样硬要把所学习的材料分为7个一组来记忆，但是碰到要背历史年代、外语单词等，最好还是把它们分成七八个为一组来记，效率比较高。

一碗饭，你如果着急，想一口吞下去，反倒吞不下去。面对十几个篮球，你越想一下子把它们抓起来放进箱子里去，越抓不住。想抓得越多，反倒抓得越少，常常抓了这个，掉了那个。反过来，你一次只抓一个，很快一个个都放到箱子里去了。

可见，化整为零，化大为小，是符合记忆规律的好方法。

抗干扰快速记忆法

在喧闹的环境下一分钟记50位左右无规律的数字，听记60句互不关联的句子，在记忆中能达到一心两用（即在外界喧闹的环境中同时发生阅读书报并记忆数十位数字和词组），而且遗忘速度大大慢于传统记忆方法，这可能吗？可能！创造这一奇迹的，就是荣获吉尼斯之最证书的倪新威创立的"抗干扰快速记忆法"。

心理学研究表明，干扰是造成遗忘的重要原因，在人们的记忆过程中，只要经过18秒种的干扰，人们的遗忘率就可能高达90%以上。因此如何解决干扰问题，是一个世界性的难题，美国从50年代起就开始研究这一课题，但至今仍没有重大突破。而这似乎也正是人们对倪氏"抗干扰快速记忆法"青睐有加的原因。

说起记忆的方法，不外乎机械记忆，形象记忆，联想记忆与意义记忆等，但传统方法一贯强调用脑时精力要集中，周围环境也要相对安静，而这在现实中往往是很难做到的。但是，运动员在带球过程中可以眼观六路，判断敌友的位置；驾驶员可以在瞬间了然各种仪表的变化；还有可以双手同时书写不同的文字，两眼同时阅读不同的文章，这些都说明人类完全可以做到"一心二用"，因而也就可以在抗干扰中实现快速记忆、处理、存储信息。所谓"抗干扰快速记忆法"也与以往的记忆术一样是建立在联想、想象、图形及谐音等基本方法上。只是更加系统、更加科学化了。比如记长串数字时，把既无意义又枯燥难记的数字分组编码，再转换成有意义、语义新奇有趣的中文句子，如将"128615"转化成"婴儿穿着八路军的衣服"，简单易记。

在日常生活中常常听到许多家长报怨孩子成绩不如人意，想尽了许多办法又请家教又上补习班，结果花了大量精力效果也不是很好。事实上造成孩子成绩不理想的原因主要还是学习方法不好，学习能力不强。人们平时学习只注重"战术问题"——花多少时间去背单词、公式、性质、课文；每天做几十个题。而绝大多数同学忽视"战略问题"——从未花时间去研究"采用什么方法去记忆，怎样记忆效果更佳，如何用最短时间达到最佳的学习效果，如何提高素质。

记忆力是人类学习的一项基础能力，记忆是智力的构成因素之一，记忆力的好坏对学习有直接影响，在记忆过程中，多数同学采用"不断重复"的方法来记忆，这样做既苦又累而且不易达到效果。事实上许多材料不采用重复方法记忆而采用联想效果反而好得多。联想是人们由一件事想到另外一件事的一种心理活动，记忆的原理是联想，将要记忆的材料与已有的知识充分联系起来。联想不仅有助于记忆，而且对各门学科的学习有直接的益处。常用的联想有对应联想、串联联想，比如语文中生字的读音，意义解释均可利用对应联想来记忆。

①彳同亍——胡同（联想胡同在街中间）

②女医心——和善可亲（联想到女医生心地善良，和善可亲）化学元素符号记忆钾（一）K(联想家里来了客人），钠（一）Na(纳读音Na联想起来）。

英语单词Car的意思是小汽车，借助Car我们很容易记住Cart马车（联想Car+t—马车）。

除了对应联想以外，串联联想在学科中也有许多的应用，比如化学中元素周期表，金属元素的活动性。对于不溶于水的物质碳酸钡、碳酸钙、碳酸锰、碳酸锌、碳酸亚铁、碳酸铜、碳酸银若采用串联联想就很容易记忆住（串联联想钡、钙、锰、锌、亚铁、铜、银——想成"被盖"厚了做"梦"、"醒"了，看身上"压铁铜"里面装满了"银"子）。

在记忆中若充分地运用联想，就会使我们记忆变得轻松多了。

学习中好的学习方法往往可以起到事半功倍的作用，但是只有方法而没有能力也是不行的，好比有了一辆自行车而不知道怎样骑车那样，发挥不了自行车的优势。针对学习中所需要的各种能力应逐项训练，比如"书写速度"是人们学习中需要的一项基本能力，未经训练的人一分钟很难书写阿拉伯数字85以上，多数在70以下。人们的记忆能力也是可以训练的。

"三背"法

获得 1995 年吉林省文科高考第五名的封锐同学十分讲究背功。认为学习文科，一定要讲求一个"背"字。正如卖油翁所言：第亦无他，惟乎熟耳。

所谓"三背"，是哪三背呢？

其一曰背得细。

细到正体字，斜体字，注解，地图，图解，画像，林林总总，不一而足。因为"今日之高考，涉及范围之广，委实让你不可有一处照料不到"。

其二曰背得熟。

熟到什么程度呢？封锐谈到："我的不少同学准备了好几套教材，一套放在家里，一套放在学校，一套撕碎了做成小条，时时背，处处背，其情其景，堪称悲壮。"

其三曰背得巧。

要注意背书技巧。封锐同学认为，现在介绍记忆方法的书市面上也不少，也不妨买来看看："但我以为，模仿别人的方法总有牵强生硬之感，而在学习过程中的自创则更原汁原味，收放自如。"他主张自己总结、归纳记忆方法。

封锐同学最后说，背功做得好，至多也就解决 60% 的问题。背得熟还得用得活才行。

朗读记忆法

有的同学默读记得快，也有的同学朗读记得快。

双方都说自己的方法好，认为对方的方法不好。经过对比，都用自己的方法，记同样的内容，比了几次，不相上下，双方得出结论，记忆方法因人而异，全看自己平时习惯用哪一种，喜欢的、常用的，就是好方法。

但是，有的同学学习英语单词也不愿大声朗读，这就不好了。学习外语尤其需要朗读。我国有一位著名诗人苏阿芒，经过自学，居然掌握了20多种文字。他在谈朗读对于记忆的意义时，说过这样的话："我一开始就对世界语产生了极其浓厚的兴趣，所以在学习这种语言时，就特别注意练习发音和记忆单词。每天早晨，总要按时高声朗读世界语课文，不论寒来暑往，更不论风雨阴晴，十几年如一日，每天早晨的半小时朗读坚持不懈……"由此看来，朗读能字字入脑，有利记忆。当然这样做要在课间或教室可以说话时，不能不顾别人只管自己朗读，干扰了别人安静的自习。

及时复习记忆法

德国心理学家艾宾浩斯以自己为例进行实验，他本来记住了13个毫无意义的音节，1小时后，只记住了44%，遗忘了56%；两天以后，只记住了记忆材料的28%，遗忘了72%。但是，在这以后，他遗忘的内容就不多了，如果用坐标表示，如下图：

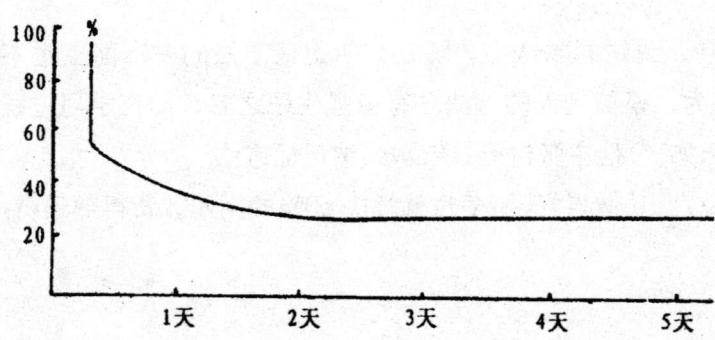

后来的科学家们都承认这个实验，称这个坐标曲线为艾宾浩斯遗忘率曲线。后来的科学家还指出：①如果等记忆的内容完全忘记以后，再重新记忆，不如在记忆还没有模糊时，及时复习，加以强化。②在学习记忆9小时之内，趁大脑中还有记忆痕迹时，重复练习，虽然只花10分钟的时间，却比5天以后用1小时复习效果要好得多。③但是，在刚记忆不久（半小时到1小时）遗忘率尚不高时，就重复地复习，是没有什么意义的。

英语课上，我们学会并记住了20个单词，甲同学当天晚上用10分钟复习，第二天早晨又用了10分钟复习，晚上仍占用5分钟复习巩固。乙同学就不然了，他在英语课上也学会并记了那20个单词，当堂反馈测验，他跟甲同学一样得了满分。但是，他当天晚上没来得及复习，第二天早晨、晚上，竟忙着做数学题了，也没顾及复习英语。第三天清早，他一下子用了25分钟复习那些单词，第五天，老师又进行测验，甲同学得分明显高于乙同学，原因是甲同学遵循了复习的及时性原则。

运用各种感官记忆法

在记忆时，尽可能使我们的全部感官，即眼、鼻、耳、口（舌）、触（皮肤）都活动起来，这样记忆起来效果好。据心理学家分析，当人的全部感官都受到刺激时，人的记忆要较往常更深刻。因此，一般来讲自学就不如听老师讲效果好，因为自己阅读只用视觉，而听讲既用视觉，又用听觉。

动笔记忆法

有些知识，记忆比较困难，此时不妨动笔抄一遍。俗语说的好："好脑筋不如烂笔头。"抄一遍比读两遍印象还要深刻。

当然，该方法使用起来会比较麻烦。如果记忆内容篇幅过长则不宜采用该方法，费时费力。

音乐记忆法

罗扎诺夫与好友，教育学博士阿莱库·诺瓦科夫一起把各种学习体系结合起来，把多年研究的发现融合成暗示，快速学习和睡眠学习。比如睡眠学习，他们把要学习的信息分成每4秒钟一组信息，每组信息7或8个单词，记忆实验表明，这是极限值。他们还试验出，弦乐有着非常和谐的泛音的巴洛克音乐对提高记忆力有着非同一般的效果。每分钟60到64拍的音乐有助于全方位地提高记忆力，效果最好。缓慢的巴洛克音乐真正可以称为"超级记忆音乐"，慢节拍还使人产生"时间延伸"的感觉。

罗扎诺夫和诺瓦科夫在他们的实验室里，继续探索其它音乐的作用。他们利用的前苏联和保加利亚音乐疗法几十年研究留下的遗产作指导，而且还有有益身心的古典音乐的精华，开发出一种"主动"音乐。研究表明，具有某种传统音乐特征的"主动"音乐对身心一体化有更多的好处。在这种"主动"音乐会上，他们完全采用莫扎特、贝多芬和勃拉姆斯创作的协奏曲和交响乐。伴随着这种特殊音乐，他们开发出一种精致的富有戏剧性的方法来阅读故事和对话，学生在"主动"音乐的"伴奏"下全神贯注于教材并记下关键内容。罗扎诺夫发现，与教学紧密配合的这种特殊音乐有机地连结了左右半脑，并把这些信息牢固地印在了记忆深处，被动音乐紧跟着"主动"音乐，形成了动态组合。

不久，罗扎诺夫开发出一个快速学习项目，即暗示法。开始上课的时候，罗扎诺夫的研究人员发现，音乐所发挥的作用超过了他们的期望。每天晚上，成人学生经过一天的工作，已经很疲乏了，但几小时的快速强记课并没有让他们感到精疲力竭，反而让他们精力充沛。打印出来的生理图表显示：肌肉压力、血压及脉搏跳动都有所下降。充实的学习体系也有益于健康。头痛及其它病痛消失了，过敏症消失了。研究者还发现，当学生开始全身心地投入学习的时候，各方面的人格似乎得到强化，学生的心情更加愉快，创造力和直觉力得到提高，注意力更加集中，好像整个意识都在延伸。音乐虽说不能算作该系统中唯一起作用的因素，但为大脑进入更高的效率状态提供了条件。在为进一步开发利用大脑打开机遇之门的体系中，音乐确实起着相当重要的作用。

对于研究人员来说，重要的是学习记忆力极大地增强了。一个试验组——年龄从22岁到60岁——展示出了他们优秀的记忆成绩，而这种成绩以前只能通过瑜珈功才能达到。仅一天时间的训练，测验显示，他们记住了一千个外语短语，几乎一半是语言中的积累词汇，记忆率达到97%，一切都轻轻松松地获得。当学生还没走出研究所时，他们感到自己刚才的经历很奇特,但他们却不知道,他们遇到的这个巨大的了不起的神就是他们自己。

罗扎诺夫断言:"人类的记忆从本质上来说是无限的。"他对催眠术的研究表明,在我们的潜意识中,我们都有超级记忆。他说:"我们的大脑能记住大量的信息,衣服上的纽扣数,楼梯台阶数,人行道中的裂缝,到公共汽车站的脚步。"发生在我们身边的一切都好像在我们的记忆中。罗扎诺夫说,排除各种功能障碍,人类的大脑可以通向所有"未知的感觉世界"。慢拍的巴洛克音乐表明,有一种有效方法可以让大脑意识不受干扰,开拓通往自然超级记忆的通道。在人们发现如何调动自己的潜意识大脑的时候,他们也发现自己的"潜力"是无限的。

"一读四默记"记忆法

在心中默记的方式对理解课业非常有效,但知道这个道理并实际应用于课业上的人却不多。

对学习心理及记忆法颇有研究的学者盖兹,曾作过一项实验,将十六句无意义的英文字母,以四种方式来记忆背诵,调查所能接受记忆量的多寡。要求用九分钟的时间记下这些字母,第一种方法是用全部时间来阅读,第二种是以五分之三的时间用来读,五分之二用来默记,第三种是五分之二时间用来阅读,五分之三默记,最后一种则是五分之一时间用来阅读,五分之四默记。实验结果显示,第一种以九分钟时间全用来阅读的受测者,记忆量约占百分之三十五,而第四种情形所获得的记忆比率占百分之七十四为最高。由此可知默记时间愈长,记忆量愈多。约四小时后再进行测试,发现第一种情形的受测者,记忆量只剩下百分之十五,而第四种则剩百分之四十八。

默记不但能记住背诵内容,而且能记得时间长。所以当我们合起书本测验自己到底是否记住内容时,便可发现自己是否真的记住,还是部分记住。由上述的实验,我们可以了解到,默记最好用读一遍,脑子里背四遍的方法。

"备忘卡"记忆法

一般的备忘卡形式都是正面为原意,背面为解释。等念完一张卡后,在正面划上一杠作记号,然后强迫自己一定要在写完一个"正"字时,将卡片内容全部记下。因为,记忆卡只有正、反两面很容易念完,而且内容也比较少,如果限定自己在念完几遍之后一定要记下,这种做法便能加深记忆,效果也十分显著。

"记忆卡"记忆法

(一)多途记忆卡有利于强化记忆

使用记忆卡最大的好处,是能随心所欲的改变排列顺序。

例如,可将历史有名事件,依其发生顺序排在卡上,或在记忆卡上全写成战争事件,依次排好。也可将本国史的卡片和世界史的卡片相混,或许能发现彼此有意外的关连,而加深记忆。

(二)将记忆卡一个项目分为数张,便于联想。

在图书馆找书或期刑等资料,必须先查阅索引。根据十进分类法(NDC),一般哲学、历史、社会科学等为一类,我们可以从"索引"及"作者索引"两种分类卡中,找出书名及作者,如此便能很快找到自己所要的书籍。

不仅是图书馆,电话簿上也有个人及企业公司的名称,虽与图书馆分类情形不同,但同样便于查找。此法也可以应用在学习上,例如,将西洋医学引入日本的杉田玄百,首先制作有关他生前事迹的"主卡",在"主卡"内写上重点。然后再作其著作"解体新书"、"兰学事始"及其得意门生"大柑规玄氵尺"三张副卡,在卡上用红字写"参照'杉田玄百'"如果拿到"大柑规玄氵尺"的卡片,就会想起"杉田玄百"卡片的内容,而明白整个项目的相关性。

（三）巧妙利用彩色记忆卡，可以提高学习进步。

将卡片分为红、绿、黄、白四色，依不同用途分别使用。将日本文学和与日本语有关的资料记在白色卡片上，绿色卡片则作记录学习的课程及心得之用，黄卡记有预定学习完的时间，而红卡则当便条纸使用。

站在色彩心理学的立场来看，这种明色系的色彩混合，能使心情开阔，具有消除紧张情绪的作用。在日本，这种色彩卡的使用并不普及，各位不妨尝试亲自动手制做。现以制作单词卡为例，先准备好数只不同颜色的彩色笔，按单词的重要性及使用频率，用彩色笔涂满卡片的三分之一，剩余的部分则写上单词，再按顺序排列整齐。重点单词重点着色，这样只要看到卡片的颜色就知道进度。

透明薄纸的神奇功效

许多学生在背诵英文单词，或是语文中某段落以及历史中的地名、年号、史实等时，常用手遮住背诵的部分，等记下来之后才将手移开。

用手或垫板遮盖默记的内容，并非理想的做法，若以透明薄纸遮盖，则更有成效。将薄纸覆盖于内容表面，确定自己已经记下之后，就将该部分用黑色的涂笔涂黑，让自己看不见内容。

这样一边背诵，一边反复确定记下的内容，可省下用手遮盖的麻烦，也比较方便。

为了培养对那些自己不喜欢课程的解读力，可使用多色彩笔，例如：较难的词汇用黑笔涂掉，连接词部分用蓝色，专有名词、定理用黄色等等，以各颜色区分，仿佛玩绘画游戏一样生动有趣。

这个方法虽然有点麻烦，但若能善加利用的话，便能轻易记下重点，对课业的提高确实有效。

编码记忆法

编码记忆法是联想和链锁记忆法的一种。这种方法曾为古代的演说家、记忆术表演者所喜爱，在当时被称之为"场所"记忆法，或叫位置记忆法，或培哥法等等；现代的记忆专家如日本的高木重朗、美国的哈利·罗莱因等也很重视研究和运用，并与现代科学相联系，使之更加科学化，称之为编码记忆法。

链锁记忆法，一环扣一环，按着顺序联想记忆，有其优点，但若在回忆时忘了中间哪一环，就会卡住，连不下去。编码记忆法则弥补了这一缺陷。所谓编码就是把要记忆的事物编成固定的号码，然后再加以记忆。

在运用编码记忆法去记忆事物之前，先要掌握一套编码记忆系统，以此作为记忆工具。在编制这套记忆工具时，各人可根据自己的情况，把自己熟悉的事物组成编码记忆系统。有人把个人房间和熟悉的家具设备，按其固定位置及一定顺序进行编码，组成一个编码系统。

例如，1——房门，2——放鞋板，3——衣架，4——电视机，5——录音机，6——书桌，7——书柜，8——床等等。

有的喜欢将身体的各部位自上而下按顺序进行编码，组成一套编码记忆系统。例如，1——头，2——额，3——左眼，4——右眼，5——鼻子，6——嘴，7——下颚，8——左耳朵等等。

有些人喜欢用自己熟悉的衣服位置，街道商店位置等进行记忆编码，那就只有因人而异，不再一一列举。组成一套编码记忆系统后，要将编码序号与有关事物的形象进行联想，反复练习，熟练记住。在进行对事物的记忆时，要将记忆的事物排成顺序与编码系统对应。逐个将它们与序号及其相联系的物体进行形象或奇幻形象联想，经过练习，把整个系统都熟记住。此时，一说某个序号，你就能回忆出要记的事物；当然一说某一事物，你也能回忆出它的序号是什么。例如要你记住的材料是：飞机，铅笔，星星等等。你如果用的是房间设备记忆编码系统，其做法如下面例子：1——房门——飞机，联想飞机穿过巨大的房门，飞机翅膀撞到门框上了；2——放鞋板——铅笔，联想一根木棒大的铅笔砸在鞋板上，鞋被砸坏了；3——衣服架——星星，联想一颗流星撞倒衣服架，把心爱的衣服给烧掉了，好可惜呀！

如果你采用另一套编码记忆系统，如身体位置编码系统，或者街道商店编码记忆系统，你可以采取另外的相对应的联想。这种编码系统的序数可少可多，少则几个、十几个，多则几十个。因此，能进行记忆的材料也可少、可多，依据需要而定。

上述方法看起来简单，但由于此记忆法可将分散的材料组织在一起，并采用形象联想和奇特形象联想，因而识记和回忆效果都非常好。编码记忆法应用非常广泛，日常生活、各种类型的工作都可运用，实践证明其效果惊人。对于教师学生来说，学习书本知识也可以用，那就是将要记住的知识，按其内容分成若干部分，提出要点，把要点与编码系统对应记忆。有些教材的内容也可以直接与编码体系对应记忆。大家可视学习材料情况而定。请你试用一下，看看提高记忆力多少倍。

高木重朗先生在他的著作《怎样提高记忆力》一书中，归纳出88条记忆术，但最基本的记忆技巧就是联想、记忆链和编码的应用。这些方法都能有效地提高记忆力，在运用过程中我们必须注意以下三项原则。

1. 要树立全部记住的明确目标。比如我们要记住10件事，则必须全部记住。如果你觉得有一两个记不住也行，有了这个念头，就根本记不住了。

2. 对所要记忆的事物，必须仔细观察。如不认真地观察，就不能清晰地想出事物的形象，也就不会很好地进行形象联想。

3. 联想内容及其形象不能改变。进行联想时，只要一开始联想，内容及其形象就稳定住，不能改变，不能再考虑是否还有别的、更好的联想内容。否则，在回忆时就容易出现混乱。

数序形象挂钩法数序形象挂钩法全名称为数序形象挂钩奇幻联想记忆法。它是由我国贵州省的一位心理学家王洪礼教授经过实验研究归纳提出的。实验证明非常实用有效。它具有识记和回忆速度快、保持时间长、数量多、质量高等优越性。它是奇幻联想记忆法中较为有效的一种方法。它还具有操作简便，形象性强，不受具体事物限制，能够编码几百个乃至更多个数序形象挂钩的特点。可用于记忆数量大的系列材料，如用于记忆105个化学元素，或记忆几百个乃至更多位数的大数目字等。

现在我们将数序形象挂钩法介绍给大家，供大家学习应用，研究提高。

数序形象挂钩奇幻联想记忆法的组成部分可分为：1. 数序系列部分，即数字序列，就是1、2、3、4、5……2. 与数字形象相似的物象，还要将物象赋予奇象加工改造，使之进一步和数字形状相似，例如，与1的形状相似的有铅笔，电线杆；与2的形状相似的物象有小鸭子等。将数字与其相似的物象一一对应，就制作出一套数序形象挂钩系统。然后将这一挂钩系统进行复述记忆，熟练掌握，背诵自如，就可以用它作为挂钩联想要记忆的材料了。3. 是运用，称之为奇幻联想记忆。就是用数序形象挂钩去记忆要记的事物，将数序形象与要记忆的事物的形象进行联想和奇异联想，而且要使联想形象具体鲜明，生动强烈，荒诞离奇，并涉及自己的情趣，或熟悉的事物。然后进行复述，达到熟练程度，形成牢固联系。

现在我们再将王洪礼教授制作的数序形象挂钩系统及其运用举例介绍于后，供大家参考。当然，制定一套数序形象挂钩系统要费许多时间，为了使大家方便，我们介绍从1至110的挂钩图象显示。

例如：1—笔，2—鸭，3—螃蟹，4—钢锯，5—弹簧称钩，6—水壶，7—镰刀，8—铁链，9—火钎，10—铁环，11—筷子，12—鸭杆，13—骆驼，14—小旗，15—肉钩，16—拖布，17—锄头，18—花瓶，19—火炬，20—鸭蛋。以下不一一叙述，例图如下。

例图：数序形象挂钩系统

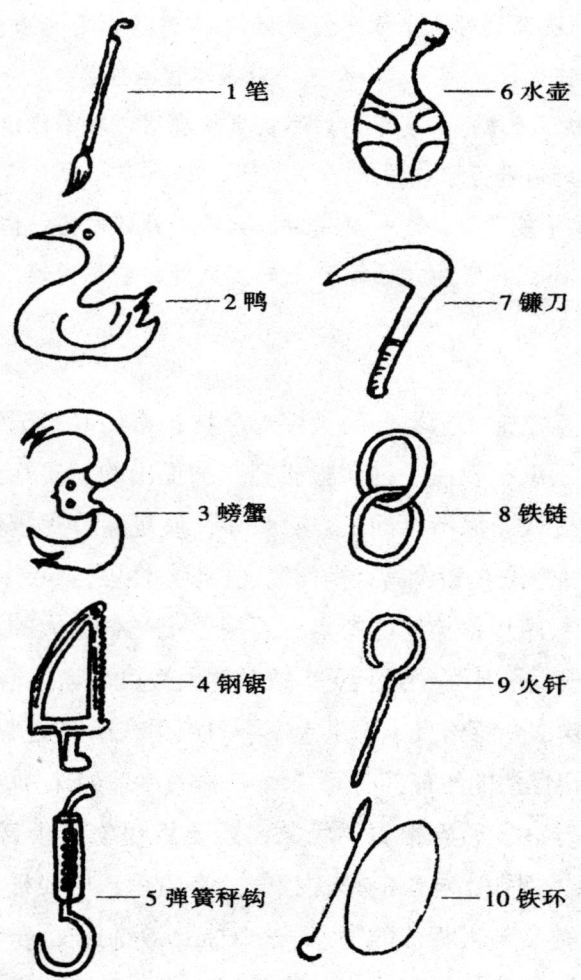

例图：数序形象挂钩系统

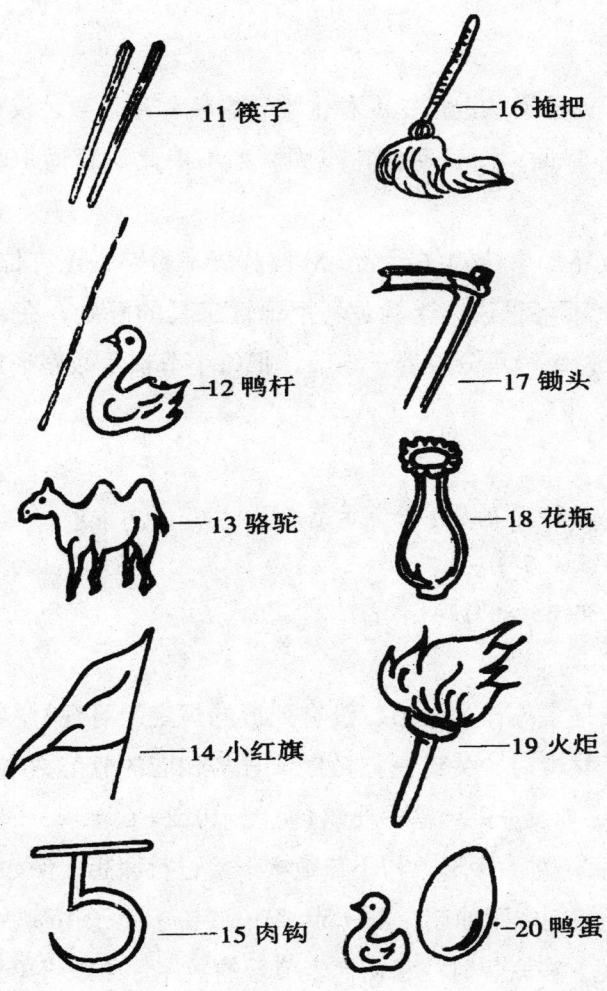

我们可以参照上述说法。最好能制定出自己的数序形象挂钩系统，制定时要运用自己熟悉，印象深刻的形象，便于记忆。数序形象挂钩系统确定后，要花一点时间反复复述练习，牢记在头脑中，练习复述时，要对挂钩形象进行奇异联想，并赋予奇幻意义，使之记忆牢固，回忆速度快，便于应用。

下面我们举些应用数序形象挂钩的例子。

例1：要记住12对脑神经，(1)嗅神经，(2)视神经，(3)动眼神经，(4)滑车神经，(5)三叉神经，(6)外展神经，(7)面神经，(8)听神经，(9)舌咽神经，(10)迷走神经，(11)副神经，(12)舌下神经。12对脑神经中都有神经这两个字，我们只记住一、二个关键字即可，要记住这些材料，可用1至12的数序形象挂钩去联想，如下所述。

1 笔—嗅神经：我用笔在白上衣袖（嗅）子上画了一朵香花。

2 鸭—视神经：鸭子的视神经被我用手术刀切断。

3 螃蟹——动眼神经：螃蟹的两只大眼睛像红宝珠那样一动一动的。

依此类推。

有的研究者用数序形象挂钩法记忆105种化学元素名称和号数，仅用2小时25秒的识记时间，便可以熟练背诵，而长期保持牢固。如不用此法背诵105种化学元素，往往用时多，而且记不牢。

实验指出：有人用数序形象挂钩法记忆300位圆周率数字，还有位记忆高手记住几千位圆周率数字，简直不可思议。这就是利用记忆工具的好处。在记忆长材料时，注意将长材料分成若干段，每段再分成若干小节，把每小节都用数序形象挂钩去钩住，进行奇幻联想。

例2：将圆周率3.1415后的数字分节示范如下：

数序与节号：1 2 3 4 5……

圆周率 3.141592 65 35 89 79……

在分节上，用两位或是多位作为一节，没有死板的规定，可视材料的具体情况及个人的要求而定。在记忆材料时，关键是把数序节号与相应的分节数字转换成相应的数序形象挂钩的奇象联想。如：1—92=笔—仙鹤（见图示）；2—65=鸭—马蹄形磁铁；3—35=螃蟹—香蕉；……然后，对数序形象与小节数字形象进行联想。例如：1—92=笔—仙鹤：笔箭一般地飞向天空刺中了仙鹤；2—65=鸭—磁铁：鸭子用颈驮着马蹄形磁铁跑；不——列举。由上可见，在联想时注意使代表节号的数序形象或奇象处于主动地位，如笔、鸭等处于主动地位；代表数字的数序形象如仙鹤、磁铁处于被动地位。

预习法

预习要诀

预习的最大好处在于它能减少听课时的盲目性，使自己的思路清晰，思维活跃。预习还能使自己在上课时有"饥饿"感，更好地把握老师讲课的重点，使新旧知识融会贯通。此外，在实践中，预习能增强学习的信心，听课会有一种"大部分懂了"的感觉，觉得越学越易学，越学越想学。

预习方法是从下述几方面着手。

首先，课前预习教材。先把将要学的内容细读一遍，把每字每句含义吃透。对于例题，不要急着看解答，而应自己动动脑筋，试做一下，而后带着求知的迫切感仔仔细细看解答，印象就特别深。再思考一下，本课的主要内容是什么，和所学知识有什么联系，做到前后贯通。

其次，是自我"质疑"。在预习过程中，或多或少，总会有"拦路虎"。多问几个"为什么？"如外语单词，语文词义，自己动手查阅工具书就能解决。其它实在解不了的难题，就在书上做好记号，等着在课堂上向老师提问，以求解答。

再次，关于预习的时间安排。大家一般认为预习应放在上新课之前，这当然是有效的。更重要的是，预习要抓好平时的积累，利用平日、周末、寒暑假，由点到面，由分散到系统地预习，一步一个脚印，持久不懈，形成良性循环。一般平日早晨用于读英语，周末适于做练习，寒暑假是系统预习的大好时间。比如利用寒暑假把数学、英语的一册书全部预习完，会使你受益匪浅。

最后，检验预习效果。主要的方法是动手解题，从解题过程中可以找出自己的薄弱环节。通常先做课本上的习题，因为这些习题针对性最强。当然，也可以选择参考书上的习题做。但难易必须紧扣教纳要求，答案要有分析，这样便于理解。做对的，说明预习有成效，实在做不出的，决不能放过，一定要设法弄懂为止。否则，预习的效果要大打折扣。

自学竞赛预习法

一个人一生中只有约五分之一的时间是在校学习，学龄以前和成年以后主要都靠自学，没有自学能力，将来不会获得更多的有用的知识，已经学了的知识和自己工作的实际也常常挂不上号。要培养自学能力，预习无疑是一种有效的方法。

一个人容易产出惰性，开展自学竞赛能很好地调动起个人的学习自觉性、主动性。同时，还可以增强信心，由必须依赖老师到敢于自己走路。当然，这种自学竞赛还可以锻炼大脑的思维能力，培养注意力，帮助你更扎实的掌握知识。

自学竞赛预习法其实很简单，可以和几位同学约好，看看在一定期限内谁预习的内容多，如此一来，有压力自然就有动力，学习速度会突飞猛进。不过，利用该方法进行预习切忌只追求数量而忽视质量，囫囵吞枣。

自觉预习法

凡事预则立，不预则废。课堂学习是整个学习过程的中心环节，而自觉做好课前准备是提高课堂效率的重要条件。

预习是指在老师讲课以前，先自己独立阅读新课内容，做到初步理解，做好接受知识的准备。通过预习，能弄清楚新课的基本内容，上课就容易跟得上老师的思路，随时作出积极的反映，做到积极发言；通过预习，发现自己知识的缺陷和不懂的问题，以便上课时有的放矢地听讲，重点突出，提高听课效果；通过预习，及时查漏补缺，能够加强新旧知识融会贯通的能力，从而培养了自己的独立思考、分析归纳、综合推理的能力。

怎样进行预习呢？学会预习主要就是学会读教科书，培养自己独立获取知识的自学能力。

首先，弄清新课课题，了解大意。语文中一篇课文的题目常常点明了文章的中心、主要内容、主题思想和体裁。因此，我们可以通过"题目"这个"眼"仔细窥察全篇，悟出它的立意，把标题与内容相联系，加强对课文的理解。如《黄山奇石》这个课题，弄清"黄山"是一风景区的名字；"奇"是奇形怪状的意思就会得出，《黄山奇山》主要就是介绍黄山的奇峰怪石。

其次，在预习新教材时要边读边想边划。例如，预习《蝙蝠和雷达》一课，读第一遍时，边读边划出不认识的生字。课文中有一"系"字，这是一个多音字，读时把握不了它的正确读音，也可以划下来。读完，利用查字典的方法解决问题。读第二遍时，读通课文。读第三遍时，边读边划出不理解的词语。如课文中的"清朗"、"摹仿"、"敏锐"、"横七竖八"等。读完利用查字典和联系上下文的方法理解词义。读第四遍时，边读边划出课文后面思考练习题的答案。例如"思考·练习"中第1题默读课文，回答问题：(1)科学家为了揭开蝙蝠夜间飞行的秘密，做了几次试验？都是怎样做的？试验证明了什么？(2)蝙蝠是怎样用嘴和耳朵配合飞行的，请你用自己的话说一说。这两个问题，课文中都有明确的回答，边读边划出答案。读第五遍时，有感情地朗读课文，这一遍是在前四遍理解的基础上体会作者的写作目的，了解作者情感。

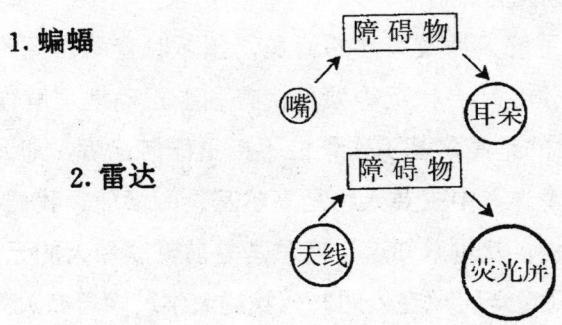

预习数学，应先研究教材，掌握公式原理的推导过程，再阅读例题的解答过程，接着巩固记忆公式、定理及解题过程。

预习自然等学科时，应做一些实验帮助自己的理解。如《溶解》一课，可以通过实验帮助我们理解"溶解"一词。试验如下：

什么是溶解

(1)分别取食盐和沙子放入水中，观察结果。沙子沉在瓶里，盐不见了，通过实验帮助我们理解"溶解"一词。

(2)再取白糖、食用碱面、洗衣粉、粉笔灰、食油、煤灰……放入水中，哪些能在水中溶解，能溶解的写在书本中的表格里。

通过实验，了解事物的事实、结果，掌握实验的构思方法，以求提高科学的思维能力。

预习时，还应边读边思，反复琢磨。只有把从容阅读和深入思考很好地结合起来，才能体会到，读的书味道愈浓，便愈有味道，愈愿从容去读，愈从容去读，则愈读味道愈浓，也就愈觉得读书乐趣无穷。

第三，通过课外读物，了解人物及事件的背景。预习时查阅作品的写作年代以及与课文有关的人物、历史背景、社会状况等项目，有利于正确地理解作品的思想内容和时代意义。《小摄影师》讲的是高尔基工作繁忙不接见任何记者，却允许一个少先队员进他的办公室为他照相的事。其中主要人物是高尔基。阅读前，我们不了解他是谁，是个怎样的人？通过查阅资料，就可以知道：高尔基是前苏联伟大的无产阶级文学家、苏联文学的创始人，发表了《童年》、《在人间》、《我的大学》、《母亲》等多部小说。

最后，预习新课要做好预习笔记。预习时将预习中自己已经理解的问题有条不紊地写下来，可以使自己对新知识的认识更深刻、更全面、甚至有独到理解。预习时将自己无法理解的问题记录下来，以便向老师请教，作为上课听讲的重点。例如，《蝙蝠与雷达》中，我们在预习关于雷达与蝙蝠的关系时，课文没有现成的答案。于是，我们在理解的基础上总结一下，把所需要理解的内容做个笔记，用图表示出来：

蝙蝠与雷达探物比较这个图示简单、明了，既可以帮助自己理解它们之间的关系，又可以在课堂上检验自己理解的正确与否。

预习自然课的实验要作好笔记。例如：物距、焦距、物像的关系：

物距〉焦距时物像：
物距＝焦距时物像：
物距〈焦距时物像：

在掌握了预习方法后，还要持之以恒地去做，这样成绩才能提高。

整册教材预习法

有的教师认为开学就举行"期末"考试是不遵守教学计划，违反教规。但如果该方法能让学生学得积极、主动、轻松、效果好，违反一点常规办法也是好事。当然，开学就举行考试意味着学生应在假期内自学整册教材。（所谓"期末"考试是指在半年前，用本册教材的期末试题考学生，以检测假期中学生自学这册教材的效果。）

那怎样进行整册教材预习呢？以语文为例做以下解释。

(1) 列生字表。

生字表一般指教材下面加拼音的字。把现代文生字和文言文生字分开列表。如果有兴趣、有时间，也可以再找一找，没加注音的字还有多少不认识的，也列入表里。

(2) 列新词表。

把课文中加注解的词中需掌握的词列成表。重点是动词、形容词，必要的名词也列入表内。

现代文和文言文也要分开列。这些词不仅列表，还要在教材上依次给它们编上号，这样容易引起注意，还能明确自己的学习进度。

(3) 单元分析。

统计本册教材共几个单元，记叙文、说明文、议论文、文言文等各占几单元。这样能明确本学期文章体裁的重点。

(4) 习题归类。

统计每篇课文后的练习题总数共多少道，再将这些题分成4种类型，分别统计出数字。字、词、句训练题多少道？语法、修辞、逻辑训练题多少道？听说训练题多少道？读写训练题多少道？一般说来每册书约140～150道题，要掌握的约100道题左右。

(5) 知识短文归类

本册教材，知识短文一共多少篇，其中读写听说知识短文几篇？语法知识短文几篇？

(6) 书后附录。

写清本册教材的书后附录是什么，对我们学好语文有什么作用。列文学常识简表。按照时代顺序，列出这册教材涉及的作家、诗人的名字、身份、作品名称、节选自何处、有何名句、作品体裁，外国作家要单列出来，写清他们的国籍、生活年代、作品名称和体裁。

写这样一份教材分析，篇幅大约在1500字以内，初次写一份需3小时左右，以后每册新书都写，效率就能高些。

教材分析完了，每位同学再制定一个假期自学时间表，每天拿出半小时学语文。

首先学在教材分析中所列的生字表、生词表、文学常识简表。这些知识老师不讲，学生自己也能学会。如：学会了文言文的字词，这册书的文言文不靠老师，学生大体上也能翻译了。

然后自己读知识短文，课后的字、词、句及其他基础知识训练题也可以试着做。要求背诵的课文，也不用老师教，开学前就开始背诵了。

这样，到开学的时候，一本新书中主要的知识大部分都掌握了。

预习指导法

1. 不同性格的学生，预习时应注意扬长避短外向型性格的学生应力求克服粗心大意、不求甚解的思维特点；内向型性格的学生，应力求改变思维过细、反应缓慢的毛病。

2. 应根据各自家庭与学习的具体情况，选择最佳的预习时间或是作业完成后预习，或是饭后预习，或是睡前预习，或是早起床预习，或是课前三分钟预习……应根据各自的实际情况进行确定。一般来说，选择相对安静的环境和精力比较旺盛的状态下进行预习效果较佳。

3. 要根据教材的难易程度和学生自己的实际情况来决定预习时间的长短教材的重点、难点、注意点等要多花点时间，多看几遍，多问几个为什么？(但不一定要把所有问题都在预习时弄清楚)反之，预习比较顺利，就不必花费太多时间。对自己擅长的学科可少安排或不安排时间预习。

4. 对不同教材内容、不同学科，预习的重点与方法也应有所不同如数学科，遇到数学概念时，要抓住关键词句思考，在文字阅读上下功夫，等等。

5. 预习的方式多种多样，主要有：

①阅读式。就是预习时通读课文，理解的内容一带而过，陌生的内容认真研读，要在重点、难点的地方划线、加框、加点，以引起听课时注意。

②难点式。即在通读教材的基础上，寻找出疑难问题，把不懂的记下来，然后请教老师或同学，或在上课时特别注意听老师讲解。

③操作式。有些教材内容，单靠苦思冥想不够，若能动手做一个简易的实物演示一下，便往往可以收到事半功倍的效果，而且记得特别牢固。

④试答式。试答式是检验预习效果最好的方法。就是预习课文后。若没有遇到什么难点，就可以试看课本中的题目，若解答都正确，说明预习效果好。

⑤讨论式。有时单独预习后，可以找些同学对某个问题从不同角度进行讨论，以利开阔思想，逐步锻炼自己思维的灵活性。

⑥笔记式。为使预习能真正收到好的效果，有必要将预习中产生的问题总结出来，整理清楚，记录在笔记本上，以便教材讲解后，填上正确的答案。

以上各种预习方式有时交叉在一起使用。除此之外，预习的方式方法还有许多，应要求学生在自己的预习实践中，创造出更加适合自己实际情况的各种各样的预习方法来。只要学生能长期坚持预习，坚持独立思考，是会收到很好的效果的。

画知识树预习法

画知识树，目的在于培养学生把厚书读薄的能力，从总体上把握某一个学科的知识系统，胸有全局，重点清楚不容易出现大的知识漏洞。

以语文为例做以下解释。

六本书中系统的语文知识大致有四部分：基础知识、文言文、文学常识、阅读和写作。这是第一层次。

再进一步分析，就会发现，基础知识还包括语音、文字、词汇、句子、语法、修辞、逻辑、标点这样八个方面。文言文包括字、实词、虚词、句式四个方面。文学常识包括外国、古代、现代、当代四个方面。阅读和写作包括中心、选材、结构、表达、语言、体裁六个方面。这是第二层次，共23个方面。

再进一步分析，每个方面又包括基本知识点，如语法，就包括词类、词组（现在叫短语）、单句、复句四个知识点。这是第三层次，大约130多个知识点。

打个比方说，这张语文知识结构图，像中国交通图。

第一层次的知识像省，第二层次的知识像市、地，第三层次的知识像县，第三层次以下，还有更细密的知识点，好比乡镇一样。

学生将教材知识划分为不同层次，再把握住了一、二、三层次这些主要的知识，总体语文教材怎样读，总共要学哪些知识，哪些先学，哪些后学，哪些是已知的，哪些是未知的，就可以做到心中有数了。

这样，学生就可以驾驶着思维的汽车，在知识的原野上奔驰，一个层次一个层次，一个类别一个类别地征服语文知识目标，就不会感觉语文知识混乱而无从下手了。

语文知识树

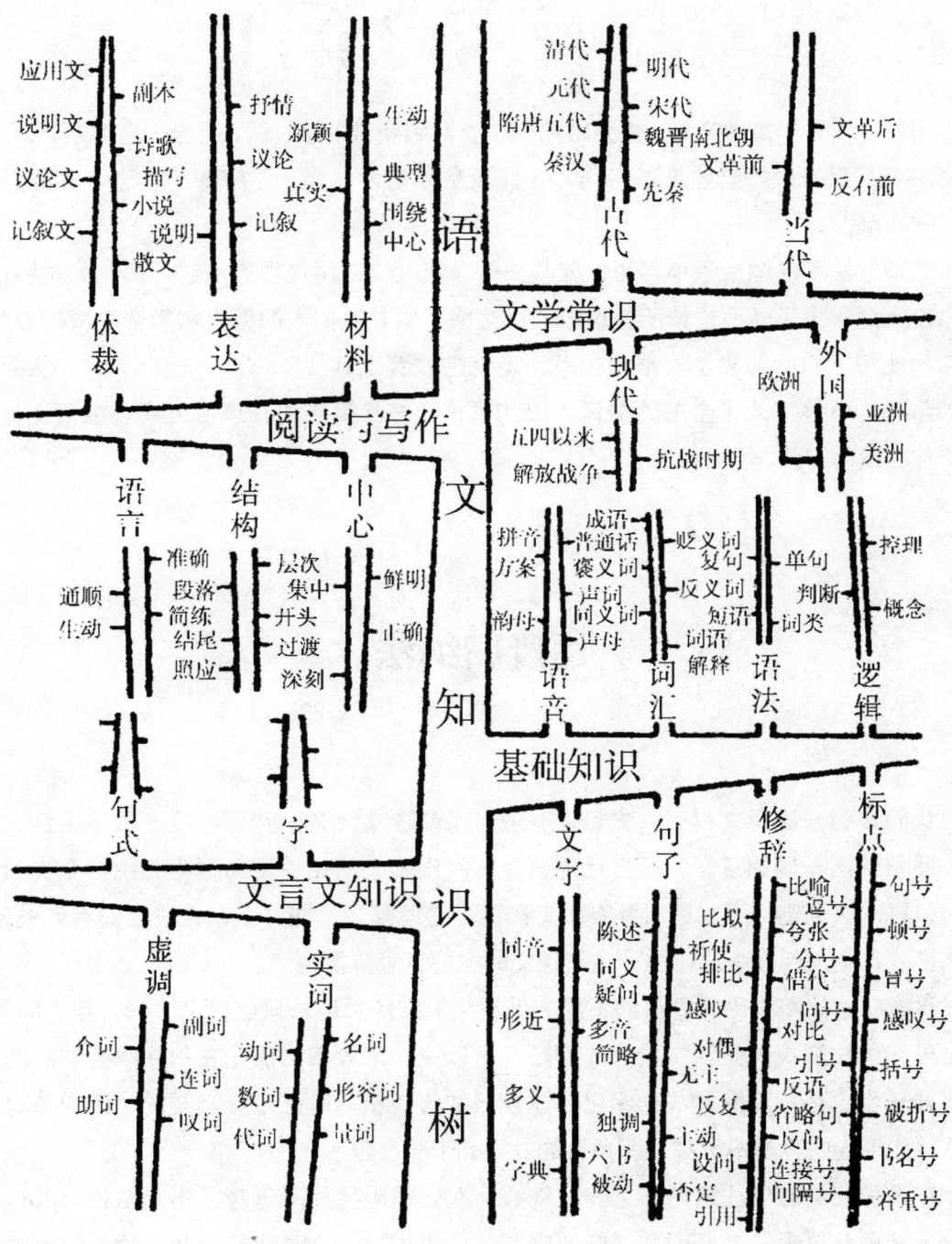

扫除障碍法

例如在预习一篇课文时，先要粗读一遍。遇到疑难的字、词，要查一查字典、词典，扫清障碍。只有做好这些准备工作，才能通顺地朗读课文，了解课文大意，并加深对课文的理解。

这种方法不仅适用于小学生，就是一些成年人也常用这种方法学习。比如张海迪，她靠自学翻译出了《海边诊所》这本书。这除了她具有惊人的毅力和勤奋的精神以外，还和她使用了扫除障碍法有很大关系。她就是靠着工具书，一个字一个字的扫除翻译上的障碍，最终完成了全书的翻译。由此可见，扫除障碍法在预习上或在学习上，都是一种有效的方法。

逐段归纳法

我们拿到一篇课文以后，先粗读一遍，了解课文大意，然后一段一段地慢读，读一段便归纳出一段的意思，用自己的语言或找出书上的相关语句作为归纳。全文读完以后，再从头浏览一下，看看共有多少段落，各段都写了些什么，各段之间有何关系，全文可分几个大部分等。这样，这篇课文的主要意思就清楚了。

逐段归纳法和扫除障碍法的不同之处在于：扫除障碍法只解决字、词、句的问题，而逐段归纳法解决的是课文内容的问题。可以说，逐段归纳法是在扫除障碍法的基础上更进一步，是扫除障碍法的深化。逐段归纳法在预习时是十分必要的，因为预习完成后，如果连内容都不清楚，那预习的效果就十分有限了。

在逐段归纳时要注意两点：一是细心。在归纳时要反复思考，不能粗枝大叶，否则就可能理解错误。二是耐心。归纳需要一段段进行，这是比较花时间的，因此需要足够的耐心。要认识到，逐段归纳不仅是预习课文的问题，也是培养和锻炼细心和耐心的方法。

找出疑点法

预习时还需要多用心分析，找出疑问，这样才能在上课时带着疑问听讲，加深对问题的理解和认识。

那么，怎样才能发现疑点和疑问呢？这就需要在预习时开动脑筋，用心分析，不轻易放过那些难以理解和有疑问的地方。这些疑难之处，如果能通过已掌握的知识加以解决最好，不能解决时，可以记在预习笔记上，通过上课来把它弄懂。古人说："学而不思则罔"，说的就是这个意思。

圈点标记法

著名语言学家王力先生看过的书，空白处写满了文字，既有对书籍内容的评价，也有自己的读后感。毛泽东同志在阅读《伦理学原理》一书时，用工整的毛笔楷书，把批注写在书眉、空白的地方和字里行间，共写下了13100多字。列宁读《哲学笔记》时，还使用了许多数学上的符号，如"）"（大于）、"〈"（小于）、"＝"（等于）等等。

这些名人所用的读书方法，就叫做圈点标记法。所谓圈点标记法，就是在书中空白之处，将自己的心得和发现的疑点，以及应着重注意的地方，用圈圈点点或者符号标示出来。这样做的好处很多，不仅读后不易忘记，而且把重点、难点勾划了出来。

对小学生来说，这种方法也是适用的，特别是对于高年级学生。如果一个学生能做到这一点，就说明他是十分认真的。

关于圈点、勾划、着重的一些符号，则没有统一的规定，可以根据各人的需要，自己确定所用的符号。一般来说，"？"表示疑问，"！"表示感叹和惊奇，"。"、" "表示着重。

需要注意的是，在进行圈点标记法时，仅限于学生的自备用书，向公家借的书就不宜这样做了。爱护公物，爱护图书应该成为每一个学生的美德。

习题试解法

在老师还没有讲解习题以前，可以在预习时尝试着去解答某些习题。这至少有两点好处：(1) 习题是课文重点、难点的体现，预先做习题可以了解课文的重点和难点。(2) 在试解习题的过程中，如果能做出来，可以提高解题的信心和兴趣；如果解不出来，或者解错了，则可以提醒自己在课堂上必须认真听课，才能把习题搞懂。

"四化"复习法

"四化"复习法具体就是指消化、简化、序化、系统化的复习方法。

(1) 消化。

这是知识有效的存储的基础与前提。如果对所学的知识不理解，就谈不上真正的消化。如果只是"死记硬背"，机械地重复记忆，即使背得滚瓜烂熟，所复习的内容在我们的头脑中，也只能像油浮在水面上一样，不能同头脑中已有的知识融合在一起，这就会出现"消化不良症"。

要消化，就要从自己的实际出发。复习时，回头一看学过的知识有许多很陌生，许多不会。此时如果急躁、贪多，什么都想学，想一口吃成个胖子，结果只能贪多嚼不烂，复习跟没复习区别不大。要治疗"消化不良"，就不能贪多求快，要从一点一滴做起，稳扎稳打，步步为营，宁肯少些，也要好些。

(2) 简化。

这是总复习关键的一环。所谓简化，就是前面所说的把厚书读薄。如画"语文知识树"、"数学知识树"等方法，就是一种把书读薄的方法。

简化的关键是将知识浓缩概括，将繁杂的知识简单化，零乱的知识条理化，相互之间逻辑化。经过加工整理，就可以用简单明了的公式、符号和图表等多种形式，将知识纳入有机的体系之中；就能把知识变成自己的，既利于记忆储存，又便于提取使用，运用时就能做到思路纵横伸展，左右逢源。

(3) 序化。

这是从占有知识到牢固储存知识过程中的重要一步。从某种意义上讲，"序化"的过程，也是对知识进行"集装"的过程。如同轮船装货，同样多的货物，用"集装箱"装比起散装来，所占体积要小得多，装卸效率要高得多。有条不紊地将输入的信号分别装入大脑的各个有关功能区，进行编码和存储。如果复习中能按各学科知识的内在规律与联系，进行比较、分析、分类、综合和小结，各种知识都可以有规律地进入存储系统之中。

(4) 系统化。

某些同学理解的系统化，就是经过查缺补漏，能全面系统地掌握知识。这跟前面说过的"简化"、"序化"有相同的地方。某些同学喜欢这样总结他的复习经验，尽管在逻辑上有经不住推敲的地方。但这样思考久了，运用时间长了，便也不失为一种有效的、特殊的复习方法。

三步复习法

该方法主要适用于考生。

第一步(3～4月份)是系统复习阶段。一般是把所学知识系统地复习一遍。这一遍着重是狠抓"双基"，吃透教材。

复习方法不是重读课本或强记定理和公式。如果你平时学习方法得当，那么只需要翻阅一下笔记，或读一下课文画了线、做了标记的内容就行了。

然后，要对主要内容、观点和论点进行概括和总结，再按照一定的逻辑体系，融会贯通地组织材料，做到：纵向联系成一线，横向联系成一片，不仅搞清每个原理的来龙去脉，而且使知识系统化。在掌握知识内在联系、加深理解的基础上，再运用原理和公式解答各类习题。

第二步(4月初～5月中旬)是查缺补漏阶段。针对自己的薄弱环节，再打一次歼灭战，使自己的知识整体化，做到无较大缺漏。

第三步(5月中旬～6月3日)是最后回顾、贯通、巩固和运用知识自测的阶段。

这三步是就一般情况而言，不是绝对的。要注意两点：一是要与教师的辅导尽可能相结合。二是要从自己的学习实际情况出发，与自己掌握知识的实际情况相结合，不能千篇一律。

"符号"复习法

首先将题目分类，若是一般性的，自己也没错的题目，将其放在一边；自己做对了，但题目设计得很好，打个"O"；由于题目的小陷阱，或是思路有误，做错的题目，打个"△"；自己几乎没有什么思路，一筹莫展的题目，打个"☆"。这样将题目分类以后，再复习时就十分方便了。对于画"☆"的题目，一定要反复研究，仔细推敲其解题的方法和技巧，宁慢勿快，把问题吃透，做到再遇上同类题目能够较快有正确的思路和方法；对于画"△"的题，当时弄懂了以后，隔一段时间再复习一次，下次做同类题时，提醒自己不再犯同样的错误。最后，在冲刺复习阶段，浏览试题中画"△"和画"☆"的，如果同样类型的题多次被画上符号，则一定要引起重视，必须在该题上好好研究。

"符号"复习法对不同的题给予不同的符号，并给予相应的"待遇"，区别对待，效率当然高，收获自然大。

练习复习法

练习复习法就是以练习来加强复习的方法，是提高学习成绩的一种有效的复习方法。练习复习法与题海战术不同，练习复习法认为练习的重点在质而不在量，强调"少而精"。而题海战术是极端错误的，费时费力，且并无多大的效果。

那究竟需要做哪些练习题才不致成为题海战术呢？以下三类练习题是复习时必须要做的：

第一，要做关于重点的练习题。重点是课文的主要内容、主要部分。掌握了重点就掌握了知识。所以教材中的重点有关的练习题是必须做的，是不能放过的。

第二，要做关于难点的练习题。难点是课文中难懂的部分，不弄懂难点就不可能真正掌握知识。所以有关难点的练习题是必须做的。

第三，要做关于疑点的练习题。疑点就是自己还没有搞懂的地方，不搞懂当然更不行，所以有关这方面的习题当然更应该做。

当然，要做上面三方面的练习题，并不等于别的练习题不要做，教师布置的作业那更是必须做的。

可是，上面三类练习题从哪里来呢？到哪里去找呢？这一方面要求父母帮助找，假日闲暇时，能经常去书店看看。现在书店中，关于各门功课的练习、指导书特别多，可找一两本名校名师出的书。另一个办法就是上课认真听课，教师在讲课中会重点讲到这些问题的。总之，只要做有心人，书中的重点、难点、疑点的练习题是不难找到的。

卷子复习法

"卷子复习法"的具体做法是：

第一，将自己独立做过的卷子（学校发的或别的途径的）分学科编辑成册，最好编上顺序号，以便查找。

第二，把老师的讲解记录在卷子上。比如有的题做错了，就把正确答案记在边上。有的题做对了，但还有其它解题方法，也可记在旁边。

第三，每隔一段时间，或是模拟考试前，将几大本卷子拿出来，游览一遍，重点去看有记录、有记号的地方。

这样，就使每一张卷子都发挥其最大的效用，对卷子上的题目都真正消化理解了。

分析试卷法

具体做法是在作业、考卷发下来以后，把每道题都重新认真地"研究"一番，"研究"

出题人的想法、目的；自己做的哪些对；对的是不是方法好；步骤要不要补充、精简；错的为什么错，是否概念问题等。对一些应引起注意的问题都用红笔标出来，提醒注意，"研究"完了以后，把做错的地方全都用最好的方法、最精练的步骤重新解答一遍，写在试卷空白处，直到翻来复去地把试卷"研究"透了才分类收起来。

通过总结试卷，还能发现有许多错，并不是自己不会，而是不细心。这次忽视这一点，那次又忘了那一点，往往在考试中不能正常发挥水平。

学生考试，就如同士兵打仗一样。士兵对自己经历的每一次战斗，都会记忆犹新，学生对自己经历的每一次考试，也会久久不忘。从这个角度看，"分析试卷法"是符合记忆规律的。

分析试卷，不仅仅可以找出自己以往犯的错误，更重要的是还可猜测出题趋向，定下自己的复习战略。换句话说，分析试卷，不仅是为了向后看，也更是为了向前走。

日本学者分析说：入学考试的试题逐年翻新，不可能出过去已经出过的完全同样的题目。但是把以前出过的题目稍微加以变化重新出来，却并不新鲜。特别是各科的题数和形式等，若是同一所高中的考试每年或者至少两三年内是变化不大的，这是事实。下面就讲述一下分析方法，请看清这一点。

Ⅰ再生法—(1)简单解答法—(2)完成法—(3)记述法

Ⅱ再认法—(4)真假法—(5)组合法—(6)多词选择法—(7)订正法—(8)配列法—(9)图解法

Ⅲ混合形式—(10)理解力的测验

题目的分析不外乎①出题形式；②内容等这两方面。

出题的形式，通常使用上面那样的分类。其中，最常用的形式是(2)、(3)、(6)、(10)，下面加以简单的解释。

(2)完成法

提出一些缺欠一部分字数、绘画、图形、图表等的文章，要求补上所缺部分，使其完整。这种形式，要求在日常的研究和业务中有丰富的再生知识，因此作为考试的一种形式的可能性是非常大的。但是，在出现论文体和各种相同的正确答案时，判分容易出现差错，有难以答题的缺点。当一项比较重要的知识，它只有一个正确答案而同时可以提出各种解答的情况下，这种形式是最适用的。

(3)记述法

也叫做论文式。回答要求用记述形式，作文、论文就是这种形式的代表。但是纯粹的记述法有①判分误差大，②判分需要时间等缺点，所以设有许多各种各样的限制。最常使用的限制是：①字数，②文中问题等。

(6) 多词选择法

在三个以上的答案中，选择一个或一个以上的答案。通常分下面两个部分。

a. 质问文，或不完全的叙述文——这是主干部分。
b. 应答文，对质问进行回答，或由完成语文等形式组成。

这种形式，使用最广的是客观式考试的形式。入学考试题目用选择法的大概有4～5个。

(10) 理解力测验

给一篇文章和图表、数表等，看对它的理解程度。高中入学试题中数学除外，语文、社会、理科、英语等最常用这种形式，通常是由下面的两部分组成。

a. 问题文。阅读资料，通常使用长文章。
b. 设问。由要求回答的题目和指示回答方法两部分组成。回答的形式是多种多样的，最多的是完成法和多词选择法。历史题目有时也用配列法。

这位日本学者的分析方法，对我们有很大的启示我们完全可以借鉴他的方法，从事相应的试卷分析工作。

集体复习法

古语曰：独学而无友，则孤陋而寡闻。复习也应注意集体交流。具体步骤如下：

(1) 三四个同学在一起，复习并探讨有关学科的重点、难点和一些容易混淆的问题。答案不能统一或者不懂的问题就记下来，回去分别寻找正确答案。

(2) 经过一段时间的复习，模拟老师出的卷子，每人在理解的基础上出一张卷子。同时将做好的答案写在另一张纸上，标好每一道题的分数，以便批改时计分。

(3) 相互交换出好的试卷，然后答题。做题目的同学要认真对待，不要看书也不要问别人，要在规定时间内完成。

(4) 把做完的题目交给出题的同学，进行批改计分。然后大家一起针对错题进行研究分析，找出原因，因为通常做错的题目一般都是没有掌握的知识点。如果对有些题目大家说法不一，那么第二天可以去问老师。

这种方法既有针对性，又可以让每个同学都得到全面的提高，在运用这一学习方法时，要注意以下几点：

(1)相互复习前，每个同学都应认真作好准备，不打无准备之仗。复习时应积极发言，畅谈自己的想法，不能只当"旁听生"。

(2)复习时注意力要集中，要认真听别人发言，不能嬉闹，不能闲聊，以免浪费时间，一无所获。

(3)答题时要仔细，把它当做一次测验，检验一下自己对基本阶段知识的掌握程度，以便及早发现问题。

(4)批改时要负责，不要因为一味地追求高分而对错题也不加指正，这样对做题的同学是极不负责的。

这种方法适用于各种学科，特别是在数学方面十分有效。

三段复习法

第一段，全部学科的总复习。

①列出重要内容一览表。

为了便于记忆和应用，你要把重要内容列成一览表，将其纵横关系整理清楚，做到一目了然。

一览表可以一张张分别做，也可以综合在一张大纸上。

对于那些需要背诵的、互不连贯的内容，则可以使用卡片来记忆。

这一阶段的工作，主要是整理一览表和卡片，在以后的阶段复习中，只要不时地加以使用便可以了。

②消除疑点。

在完成了"整理"工作后，就应开始实质性的复习了。这时候往往会遇到一些疑难问题。一般来说，这类问题大多是有关考试的"关键性问题"。一定要理解深透，如果能以这类问题为中心开展相互讨论，必然大有好处。比如讨论中，你无法扼要说明问题，这就表明你对那个问题仍未彻底掌握。

第二段，全力突破成绩不佳的科目。

这一阶段主要目的，是突破成绩不佳的科目，但这并不是说其他科目可以丢开不管。

①重点在于做练习。

这个阶段的复习重点在做练习，以训练应用能力。像数学、物理等学科，可以使用习题集之类的书。所做的练习，要和教材的基本内容有关，并参照有关的一览表。

语文、英语等学科，要以教科书为中心，反复练习读法、译法、语法等。这些学科的知识范围较宽，复习时应把思路放开些，把有关的知识联系起来进行综合练习。

②征服较差学科的方法。

征服较差学科，最重要的是巩固基础。

基础不扎实，却猛看各类参考书，或是做各种很难的练习题，不但浪费了时间，效果还不会好。关键是应真正掌握基本的概念、公式、定理等。

复习这类学科，最好是与一位擅长这些学科的同学一起进行，这有利于你在短时间内提高成绩。

面对一门学科，你也不能平均使用力量，可以把了解的部分作一般的复习，把主要精力集中在加强薄弱环节上。

第三段，各科重点复习。

①把教科书的整个体系印在头脑中。

在复习的第三阶段，你可能已经将教科书的内容复习多次。但有些地方是花了很多时间重点复习过的，有些地方是轻描淡写一扫而过的，对全部教科书之间的联系，还没有一个整体的概念。如果不把这些零散的知识按一定的顺序整理成一体，临到考试，由于前后左右的相互关系不尽明白，就难以运用自如。

你要把第一阶段整理的知识系统一览表拿出来，再专心地看一看，将内容按顺序和它们之间的关系记在脑子里。

记忆的时候，光看是不能完全解决问题的，你至少要把重要的项目背出来，写在纸上。对总的线索有所了解后，其他内容顺藤摸瓜，按逻辑顺序充实，不必那么费劲就记牢了。

②由近而远的复习策略。

考试的最后冲刺阶段，一般人往往按考试范围的顺序，"由远而近"地复习，即先复习某一学科的第一册，从1、2、3、4页开始，再复习第五册、第六册。这样复习有好处，开始很用功、很周密。但也有的同学随着时间越来越紧，越往后，越松垮，最后匆匆结束。还有的一看时间不够用，便抱着听天由命的态度，或干脆把后面部分省去，以"碰运气"的侥幸心理来对待考试。

其实，后面部分的内容和前面相比，是对前面知识的综合，难度也高，出题的可能性当然也大。既然如此，却把大部分时间花在前面的内容上，便有些得不偿失。

另外，后学过的知识复习起来印象还比较深，回忆起来，比较省时间。

后学的知识，一般综合性比较强，常常牵涉到前面的知识，这样在复习后学的知识时，遇到以前学过的较模糊、拿不准的知识，再随时往前复习，容易使前后知识联系起来，两者都加深了印象。

总之，临近考试的冲刺阶段，对重要内容，先复习最近学过的，然后再一步步向以前学过的知识延伸，这样复习，效率更高些。

锥型复习法

心理学的研究成果表明，一个人1~1.5分钟可以记忆1个信息块，而每一门学问，估计大约包含5万个信息块。如果1分钟记忆1"块"，那么记忆5万"块"信息，大约需1000小时；以每星期学习40小时计算，掌握一门学问，大约需6个月。

所谓锥型学习法，就是选定专一的学习目标，集中时间，集中精力，攻其一点，务求突破。

运用"锥型学习法"之所以会取得那么高的学习效率，道理就在于：其一，排除了干扰，减掉了无效劳动，减少了犹豫、拖拉的时间。其二，在一段时间内，用"大运动量"的学习，集中一点，强化刺激，促进了记忆。其三，学习节奏的加快，缩短了新知识与旧知识点的联系，促进了新旧知识的融会贯通，促进了知识结构的建立。

"锥型学习法"适用于学习一门新知识，当然也会适用于复习一门已经初步学习过的知识，假如你能把总复习时间分成几个阶段，每一阶段集中精力，突破一个学科，尤其是自己原先认为没有把握的学科，一定会收到满意的效果。

"趁热打铁"复习法

这是通过及时复习，克服遗忘、强化记忆的方法。它在课后复习中广泛使用，最为常见。科学实验表明，人们记忆学习材料后，在3～7天内遗忘最快。一般来说，在9小时以内，趁着头脑里还有些记忆痕迹时，花10分钟复习的效果比在5天或10天以后花几小时复习的效果还要好。及时复习，就要赶在遗忘之前，在记忆犹新的时候，"趁热打铁"，可以收到事半功倍之效。

这种复习方法的一般步骤是：

(1)每天晚上用一定时间，对当天所学的新课作一次复习。可以先回想，重温新课的主要内容，再翻开课本或笔记本核对，深入理解。

(2)复习后再做作业。通过作业练习，深化理解和运用新课的知识。

(3)对记忆难点（如英语单词、语文背诵课文等）在当晚临睡前或第二天起床后再花少量时间，加以复习巩固。

运用此法有两个要点：

①贵在"及时"。要把握学习的有效时机，养成"今日事今日毕"的好习惯。

②遵循学习规律，坚持先复习后作业。即使没有书面作业，也应坚持复习。

"彩珠结网"三步复习法

"彩珠"就好比是一个个知识点，必须把这些"彩珠"结成网才行。网当然不是那么容易结的，所以得分"三步"才行。高中的数理化知识系统性、逻辑性都很强，高考只抽测其中的一百多个知识点，在高三的分章节复习中，老师会把一个个独立的知识点讲解给大家，但在复习完之后，同学们常会感到各个知识点支离破碎，不能形成一个完整的体系，不能融会贯通，灵活运用。要在整个知识体系的基础上掌握知识点，可以分以下三步：

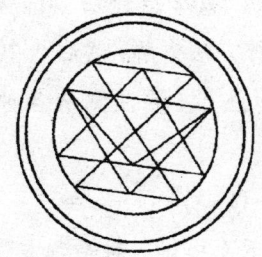

第一，读书、联想，透彻理解知识点中的"关键概念"。例如，在理解物理电磁感应一章中的自感现象时，"自感电动势的大小与磁通量的变化率成正比"，其"关键概念"为"变化"、"率"这两个词。所谓"变化"，就是指它跟磁通量的大小无关，磁通量再大，没有变化也就没有自感电动势的产生。所谓"率"，即$\triangle\phi/\triangle t$，而不是变化量$\triangle\phi$。也就是单位时间内变化的多少，即变化的快慢。这样，我们就很容易理解下面这两个曲线的道理。

类似的，同学们可以联想到刚复习过的章节中的内容："交流电"一章中由$\varepsilon=n\triangle\phi/\triangle t$知中性面处无感生电动势；"力与速度"一章中的加速度的概念，"加速度是速度的变化率"，知新温故，这样不就可以更好地理解这些概念吗？

有的时候，我们甚至可以进行跨学科联想。例如，物理中楞次定律说"感生电流的方向总是阻碍磁通量的变化"，何谓"阻碍"，（而不是"阻止"），这就是说它要尽量减少引起磁通量变化的势力的影响，然而却不会完全消除它。类似的，我们就可以联想到化学平衡移动原理："平衡移动的方向总是阻碍引起平衡于移动的变化的影响"，这里的"阻碍"，也具有相似的含义。假如有下面这道题：

在密闭容器中$2SO_2+O_2=2SO_3$达到平衡，向容器中充入O_2，则再次达到平衡时容器的压强比原来。（增大）充入O_2要使容器中压强增大，平衡移动又使压强倾向减小，但"阻碍"≠"阻止"，平衡移动是次要影响，故而压强增大。

仔细想想，这不就是哲学上的主要矛盾和次要矛盾的观点吗？实际上，理科知识有很多相通之处，要勤于联想，活学活用，这样不但理解得深刻透彻，而且津津有味，趣味盎然呢！

第二，关键的概念弄清楚了（包括其内涵和外延），我们就应该理论结合实践，解决些具体题目了。不适当地做些题目，要想真正学好数理化几乎是痴人说梦。尤其对数学，做题就显得更重要了。像"不等式"、"方程"等章节就要求我们必须做一定数量的练习。当然，做题也并非越多越好，盲目地跳入题海，有时会搞得焦头烂额，事倍功半，关键还是要思考，要真正地动脑子。在做题之前，同学们可以先看一些有讲解的例题，分析理解它所体现的原理和方法，然后自己做题时也试着应用，一方面巩固自己对知识的理解，另一方面也能通过自己解题时的症结引发思考，促进和推动对知识的应用。例如解一道数学方程式时，我们就会想到求根法、等量代换法、三角法、数形结合法、拼凑法等一系列的方法。我们要努力培养自己的发散思维，用多种方法去解，然后从中挑选出最合适的方法。"一题多解"是一个促进能力增长的好法子（要注意从各种尝试中总结出最成功的方法），如下题：

解方程：$-x^2+1 / (1-x^2)+1 / (1-x)^2+(1-x)^2=3$

注：可用三角法、等量代换法。下面提供一种最简方法：令 $(1-x)^2+1 / (1-x)^2=t$，得 $t=2$ 再令 $(1-x)^2=m$，最后可得 $x=0$ 。

总之，通过若干个看题—做题—思索（发散思维）—总结（聚敛思维）的过程之后，就能达到理论与实践的"相长相生"。

最后一步，学完一个或几个知识点之后，停下手来，在大脑里认真地"过一遍"："关键概念"有哪些，它的内涵和外延是什么，会出现哪些典型的题型，各种题型如何去解，要注意哪些事项，和以前的知识有什么"亲缘关系"，又有什么异处，……这样我们就把这个知识点编入了我们的整个知识网络之中，或者说，这个知识"节点"就有机地生长在了整个"知识树"上，将来面对有关问题就能游刃有余，灵活做答，如果我们将这一个个的知识称作彩珠的话，下面这种掌握知识点的方法，不妨就称作"彩珠结网"三步法吧！

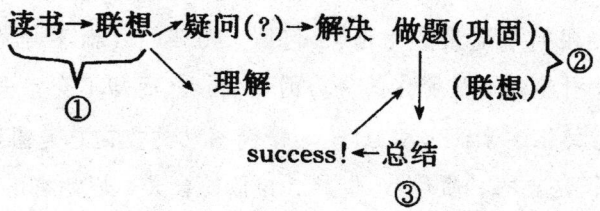

另外，建议同学们在每个知识点掌握之后，都在本子上做一个小结，整理一下知识梗概、难点，最好能准备一个"疑难问题详解本"，把自己做错的题或者颇费一番周折才解出来的很有价值的题整理一下，自己的感悟、收获都可以写上（实际上相当于把这些题又分析解答了一遍）。

四步及时复习法

第一步 尝试回忆

这是一种积极的复习方法。下课后不要忙于翻书,而是先考考自己:这一课老师讲了几个问题,哪些已经弄明白了,哪些不明白,哪些理解得还不透,边回忆边把重点写出来,如果能回忆出全部或大部分内容,就证明自己的预习和听课的效果好,在领会的基础上对所学知识基本记住了。如果回忆不出,就要查出原因,改进预习和听课方法。回忆后再看书查笔记,从而提高看书和整理笔记的积极性和针对性,因为此时你会自然地把回忆不起来的部分作为看书和整理笔记的重点。

这种尝试回忆,比直接看书、看笔记复习的效果好得多。因为在回忆中要追寻思索的过程,概括上课所学的主要内容,一旦想不起来,就要千方百计地动脑筋寻找回忆的线索。一个经常"考考自己"的学生,不仅记忆力大增,还能养成勤于动脑筋的好习惯,改变"人们总是逃避艰苦的思考"的弱点。

第二步 精读课本

学校教育都是以课本为主,学生的知识结构的建造,最根本的是读懂教科书。凡是教科书,都是经典著作。它是教育部门组织专家、学者和有经验的教师依据教学大纲,根据知识的科学体系,针对学生的年龄特点和社会发展的需要而编写的,一般写得精练、严谨和深刻,是一般参考书无法代替的。教科书是教与学的共同依据,是考试的主要依据。记住并理解教科书的内容,也就抓住了基础和根本,什么样的考试也难不住。

精读课本是在预习、听课、尝试回忆的基础上进行的。阅读应有所侧重,要抓住回忆时想不起来、记不清楚、印象模糊的部分。看书时要勤动手,把重点、新概念和容易忽略的部分画出来,并记下简要体会、高度概括课文内容的语言,以及有利于记忆、带提示性的语句,以后再复习时就能迅速抓住要点,回忆起关键的内容。特别是在空白处把新概念的名称写出来,复习时容易记住。

第三步 整理笔记

经过对预习笔记课堂笔记和复习笔记,不断充实、修正、加工,再经过这一步整理,笔记就变成了以后复习的宝贵资料。

笔记应当分正副页两部分。用正页记课堂笔记。例如,这堂课的题目,听讲时的体会、疑问、老师强调的重点、容易出错的问题等。整理笔记时,补上漏记的部分,更正不准确的部分,同时把记录中的疑问弄明白,确保笔记的完整性和准确性。副页主要记预习笔记。例如,预习时发现自己掌握得不太好或已经忘记的旧概念、定理和公理,新发现的问题和体会,容易出现的错误和容易混淆的概念,参考书上摘录下来的与本课有关的精彩内容,补充书上或老师讲课中的不足等。

只要下功夫把笔记整理好,使之线索清晰,中心突出,内容精练,复习时就会大大节省查书、找资料、重新思考、临时归纳和重新记忆的时间。尤其是在考试前复习时,笔记会帮助你取得事半功倍的效果。

笔记记忆法,是强化记忆的最佳方法之一。研究结果表明,做笔记的学生比不做笔记的学生在测验和考试中成绩要好得多。例如,有一项实验,在开始讲课后九周内,对听课者进行一次测验。做笔记的人获得了65%的分数,而不做笔记的人只得了25%的分数。做笔记的人在测验前能够按照笔记进行复习和背诵,而不做笔记的人只能依靠以前那点记忆。

做笔记有三大好处:

一是做永久性的记录,对于以后的学习和复习都是非常有益的,对于建造人生知识大厦具有极高的价值。

二是这种永久性的记录有助于克服头脑中记忆和储存知识时的局限性。这一点在那些常常要涉及图表、数字和公式的讲解课上表现得更加明显。我们的记忆能力,即使对于熟悉的材料,也不可能在短时间内应付大量的具体细节。教育所要实现的是长时间记忆,所以将内容做笔录是非常必要的。

三是在做笔记的过程中,由于牵涉到视觉、听觉等多种感觉,因而可以加深记忆,促进学习。

做提纲式的笔记,使学过的知识很容易从记忆中再现出来。听课笔记,要做到既让自己的思维跟上讲课人,同时又记下可供以后进行回忆的足够的内容。由于你不是自始至终全都埋头做笔记,因此在听课时也可以把时间更多地用于理解老师所讲的内容上。事实上,要把这种提纲式的笔记做好,就必须理解授课的内容。如果只是零星地记下一些突出的短语或感兴趣的内容,那样的笔记可能显得凌乱而空洞。

第四步 勤问解疑

对学过的知识,通过及时复习,彻底扫除理解上的障碍,发现疑点及时问:问课本、问工具书(包括参考书)、问同学、问老师。看参考书如同请教老师,目的在于加深对课本知识的理解，一般是在阅读教科书并对其有了基本了解后，再去看参考书。例如预习阶段和复习阶段精读课本后，再围绕学习的中心内容看参考书的有关部分。对照着看老师讲的某项内容，凡与老师讲的一样的，略读即可；对不同的，又有利于加深理解的要细读。学会从不同角度，用不同方法对同一问题加以理解，提高阅读能力，促使掌握知识向深度和广度发展，使学习过程逐渐形成良性循环。

现在学习参考书很多，不要见书就买，见书就看，要精选最有价值的参考书，每学科有一本主要参考书就可以了。

计划复习法

面临中考、高考，有的同学复习有条不紊，步步为营，学习很有章法。

也有的同学到总复习时，面对知识量大，常常顾此失彼。也有的一片茫然，什么都想抓什么也抓不住。

两者复习效果差距很大，分析原因是多方面的，其中之一，在于前一类同学善于制定切实可行的复习计划。

制定复习计划，一般要注意以下四点：

(1) 知识量。

根据大纲和中考、高考要求，看看准备考试要掌握多少知识。

不妨打开书的目录，认真统计一下。

科目数量章（课）页习题（道数）实验（次数）难点

语文

数学

英语

每科升学科目，要知道有多少章、多少节、多少道习题和多少个实验，这是最基本的统计。

总复习制定计划更重要的是要按知识体系重新编排知识量。特别是语文学科，不能按课文顺序，一定要按"语文知识树"的体系重新编排知识量。因为总复习要按知识体系复习，往往要打乱原来的章节顺序。一般情况是，把属于同一中心内容的章节编排在一起复习，这样复习时，中心突出，收效大。掌握知识量，不仅仅是一项简单的统计工作，还有一个分类问题、系统化问题。掌握了系统的知识量，制定计划时，心中就会有数。

对优秀学生来说，由于平时已搞过专题复习，对知识量分布就了如指掌，总复习时只不过是再加工提炼一次而已。

有的同学直到总复习时，才第一次对知识进行分类和系统化，虽然晚了一些，但这样做了，还是能明显提高复习效率。

(2) 时间量。

对知识量有数，怎样消化、吸收这些知识，显然需要时间。

有的学校大部分时间是在老师的指导下进行复习，真正归自己自由支配的时间是有限的。

老师支配的时间要紧紧跟上，除此之外，只要肯挤，能用于自己支配的时间还是不少的。即使每天老师 7 节课全都安排满，一点不给学生自己支配，你在早自习还可有 1 小时，晚自习可有两小时，中午及下午倘若安排得好，也可挤出 1 小时。这样，全天用于自己支配的时间就能达到近 4 个小时，这是一笔很大的财富，精打细算，能做很多事情。

(3) 欠债量。

初中或高中几年学习过程中，有些知识没学或没学好，自己心中要有个数。要统计一份知识和能力的"欠账单"。

三年或更多年份形成的债务，很难在半年时间内全部还清，面对这份"欠账单"，你就要分辨一下轻重缓急，计算偿还每份债务需要的时间，再计算一下自己复习所能支配的时间总量。确定一下，哪些债务能够偿还，哪些能偿还一部分，哪些根本就不可能有时间偿还。先明确有所不为，才能做到有所为。一般说来，先要偿还那些小债务，先偿还有得分点的记忆性债务。

(4) 老师复习的进度。

总复习是在老师指导下进行的。因此，制定总复习计划时，个人的复习计划，应当服从老师的复习计划。除了自学能力很强的同学外，一般不要自己另搞一套和老师不一致的计划。掌握老师的总复习进度计划十分重要，如果你不考虑老师的计划，或不知道老师的计划，自己就是定了个人计划，结果也往往被老师的计划冲垮。

有了以上四个数据后，制定个人复习计划就做到了心中有数，能够从这些实际出发了。制定个人复习计划时，切忌平均使用时间。每个学生的情况不一样，各门学科的特点也不一样,知识掌握程度又不一样。对自己的弱科,难度大的学科,要多花点时间。

总之,四个数据清楚了,定复习计划就能做到不脱离实际,胸有全局、脚踏实地定出的计划,就容易实现。

"高效"复习法

要提高学习效率,必须紧紧抓住复习这一环节。要搞好复习,以下这些方法值得参考:

①复习时间、内容安排要适当。不要把相近的学科连续起来,这样容易感觉单调、疲劳,降低复习效率。还要注意劳逸结合。如思想家卢梭复习时,就能合理安排时间,他连续研究几个领域不同、难度各异的问题,使大脑得以调节和休息,从而保证整天用功而不觉疲乏。他早上攻读哲学,中午翻阅地理、历史。此外,还穿插干一点体力劳动,以消除大脑疲劳。

②复习时要认真阅读教材和课堂笔记,认真做作业,在理解上下功夫。理解是记忆的基础,理解了,才能把知识记得住,记得牢。

③要以自己复习为主,要经常"过电影",检查复习的效果。闭上眼睛,在大脑的荧光屏上放映各科知识的图像,甚至把重要的章节的每一段文字,都在大脑中一字不差地放映出来。

④总复习要制定复习计划,这样才不至于顾此失彼,才能高度集中注意力。阶段复习要及时、经常。教育家乌申斯基曾把记忆中的知识比做"建筑物"。复习应当是巩固建筑物,而不应当是修补已经崩溃了的建筑物。

⑤围绕中心,及时复习,巩固深化知识。复习的首要任务是巩固和加深对所学知识的理解和记忆。首先,要根据教材的知识体系确定好一个中心内容,把主

要精力集中在教材的中心、重点和难点上,不真正搞懂,决不放松。其次,要及时巩固,防止遗忘。复习最好在遗忘之前,倘若在遗忘之后,效率就低了。复习还要经常,不能一暴十寒。

⑥查缺补漏,保证知识的完整性。平时学习中难免出现理解或记忆上的知识缺漏,通过复习,一旦发现,要及时弥补,加强薄弱环节,学得更扎实。事实证明,凡是抓紧复习的同学,经常对知识查缺补漏,很少在学习上欠"债",他们总能获得比较完整的知识。

⑦先回忆,后看书,增强复习效果。每次复习时,先不忙看书,而是把老师讲课的内容(包括思路)回想一遍,概念、公式及推导方法先默写一遍,然后再和课本、笔记相对照,哪些对了,哪些错了,哪些忘了,想一想为什么会错、会忘。针对存在的问题,再看书学习,必然留下深刻印象,经久不忘。这种回忆,既可检验课堂听课效果,增强记忆,又使随后看书复习重点明确、有的放矢。对于课后复习来说,确能深化理解,强化记忆。

⑧看参考书,适当拓宽知识面。课后复习时还可看一些参考书。参考书要精选,不宜多,最好在老师指导下每科选一本。看参考书要和课堂学习同步进行,即围绕老师讲课的中心内容或自己不懂的地方,作为看的重点。还要和教材对照起来看,以掌握教材知识为主,适当加深加宽对书本知识的理解。参考书中的精彩部分,可取其精华,随手摘记。

⑨整理笔记,使知识条理化,系统化。边复习边整理笔记,是使所学知识深化、简化和条理化、系统化的有效方法。

四轮复习法

第一轮,通读,进行系统复习

1. 依据"怎样进行第一轮复习"的要求,按照各学科知识体系结构,分类通读,一字不漏地阅读课本。

2. 以查漏补缺为中心,查出问题随时解决,彻底扫除知识结构中理解上的障碍,切实融会贯通。

3. 对信息进行记忆编码,分类梳理出知识点,形成系统知识网络结构。

4. 对梳理出的知识点背一遍,记忆率达到50%~80%。

第二轮，精读，进行重点复习

1. 明确哪些是重点、难点。
2. 对每一知识结构及其知识点中的重点，深刻理解，突破难点，把握知识结构内部之间的联系，知道"四么"（是什么、为什么、怎么办、怎么样），达到"四能"（视听能识记、思考能理解、口述能表达、书写能解答）。
3. 第二轮复习以彻底掌握基础知识为目标，达到"四化"（整体化、有序化、自控化、实用化），以便指导技能操作，进行思维训练和能力培养。
4. 第二轮复习，使记忆水平达到80%～90%。

第三轮，演练，进行解题复习

1. 用"四步解题法"、"四步训练法"进行"四度"训练，提高能力，达到"举一反三"的水平。
2. 用"分而治之"的解题战略，将命题分为会解与不会解两类。对后者，主攻"基础知识"，回到课本中查漏补缺，还清知识"欠债"，弄清"四么"，达到"四能"；对前者，主攻"基本技能"，用回忆检验解题精度和速度，防止会的题丢分。
3. 四步解题演练中，要以"三点成一线"的解题战术，先从显在知识点切入，挖掘出隐含知识点，构成已知条件，并以此为"向导"，从大脑信息库中搜索出所求的知识点，构成正确答案。
4. 经过演练复习，使知识记忆率提高到95%以上

第四轮，回忆，进行检验复习

1. 用"尝试回忆记忆法"，把前三轮复习过的内容想出来，强化记忆，防止记忆印痕消退。回忆一旦"卡壳"或欠流畅，迅速看书或笔记，接续回忆线索。
2. 在回忆的基础上自选一至二套模拟试题，严格按考场要求进行自考，巩固记忆成果。
3. 第四轮复习最后一天与考试衔接，即明天考试今天仍在复习。考试期间，晚上回忆第二天所考各科内容，早晨考试前再回忆一次。
4. 考试前天晚上睡觉前检查考场上所需用品是否齐备。

以上论述只概括地说明了四轮复习法的重点内容，具体操作如下：

第一轮通读，进行系统复习，形成知识网络

第一轮复习要实现的目标就是查出理解上的障碍，及时解决问题，为全面而准确地记忆打下可靠的基础。不论你平时学习熟练到什么程度，此时都不能省略复读课本这一环节，只有一字不漏地通读课本，才可能彻底了解自己有哪些理解上的障碍；查找出各科还有什么问题，哪些知识是薄弱环节，是概念不清，还是公式不会运用，是计算不准，还是解题所涉及的知识模糊。凡是不懂的或似是而非的问题，都要在第一轮复习中解决。因为理解上的障碍，也是记忆的障碍。考场上一旦因理解障碍隔断了记忆的线路，就会出现心理恐惧，本来储存在大脑中的知识到时也难提取出来。

通过全面复读，对知识点进行梳理归纳，不留死角地背一遍。对所学课本内容融会贯通，达到知识结构和知识点的内在联系。无论哪一个概念、规律有理解不够深入或遗漏的地方，必然会对升学考试成绩产生影响。所以，凡是升学考试要求的内容必须全面复习巩固，不能认为有些章节不会考，或者占分很少而不进行复习。

对于每一个概念、原理、规律必须熟练地，准确严密地掌握它们的内容涵义，不能有一点含糊之处。同时还应当理解它们的实质、内在联系和最基本的应用实例。特别应当强调的是使用教材在全面复习巩固中的重要性，所有需要复习和巩固的知识点在教材中都有明确的表述，同时教材还对理解它们做了比较深入的分析，对它们的应用举出了实例。所以认真复习教科书很重要。不能把教材只当做查找定义、查找答案的工具书，更不能当做习题集来对待。

通过第一轮复习，理出脉络，形成知识系统。所学过的各科知识，都是按照各自的规律、体系存在着紧密的内在联系，各自形成系统的。所以，通过复习使考生对每一科的知识结构更加明确，形成一定体系。这样既便于记忆，更有利于加深理解和灵活运用。

形成知识系统可以根据各学科不同特点，或按事物发展规律，或按分类归纳，或按照时间、年代的先后，或按知识相互联系的框图等。特别提醒考生，必须在理解的基础上，亲自动手完成，并且做出比较详细的笔记，这样整理出来的笔记不仅能使复杂的知识系统化，而且记忆的效率高，运用起来也得心应手。

例如，对于物理课中光的本性部分的知识可以依据人类对光的本性的认识过程将有关知识贯穿起来，形成系统。

再如，数学课中对于多面体和旋转体的分类可以通过分类归纳加以整理。

还有，语文课中现代汉语语法中关于句子的知识可以用列表方式归纳。

在第一轮复习中，要注意各部分知识间的对比，搞清区别与联系，理清知识体系

脉络，纵向地将知识整理成系统进行记忆，便于理解和运用。另外在不同的系统之间，尤其是同一类型的不同知识点之间既存在着根本的差别，又有着规律性的内在联系。通过对比的方法，把相似的、相反的、有相同规律的各概念、规律"横向"组成网络，这样做也同样起着加深记忆、加深理解和有利于灵活运用的作用。对比的方法可以用列表的方法，也可以用整理相同点和不同点的方法。对比的内容灵活机动，既可以进行整个体系的比较，也可以对两概念、两现象进行比较。

  例如，物理中电场性质与磁场性质的比较，英语中各种时态的构成之间的比较，化学中氧化与还原的比较等都是比较重要的内容比较，对于理解概念都大有用处。

  当然，"纵向"整理知识系统与"横向"找出知识点间的网络，并不能严格地区分。所以这两方面的复习要有意识地有机结合起来，对有关知识的整理工作可以采用纵向、横向互相结合的方式进行。

  例如，化学课中关于物质结构与元素特性以及元素周期表的关系除了可以分别由原子结构的组成、核外电子的运动状态、常见的"三键"、"一力"、"四数据"、两种分子、四种晶体、元素周期表与元素特性等多个小的系统进行整理，还可以把它们各方面的横向联系找到，构成纵横交错的知识网络。

第二轮精读，进行重点复习，

  实现突破难点、把握重点的目标，不要等到升学考试总复习时才着手解决，应当在平时学习中就重视起来。

  在全面复习、搞清知识体系、网络的基础上，要善于抓住其中的重点、难点加以突破，不要平均使用力量。抓点带面，重点和难点问题解决了，其他的知识也就被串连起来，问题就会比较容易解决。

  所谓重点，首先是指在知识网络中处于纵向、横向联系的交叉点，在知识应用中使用价值高、次数频繁，而且又属于基本知识、基本理论的知识点就是重点。还有，教学大纲要求"熟练掌握"的知识，就属于重点知识。在确定复习重点时，除了找出知识点中的重点以外，还要找出一些基本能力、技能方面的重点。在复习时也要同等加以重视。

  例如，物理课中功与能的知识、做功与动能的关系和机械能守恒定律这两点应作为重点内容。它们的实质是一个，即在不同条件下做功与能量变化的内在联系。通过这两个规律的复习，可以把功、动能、势能等知识以及碰撞等现象贯穿起来，还可以通过这些规律在力学体系中的位置和应用与力学其他部分知识联系起来。

从国家教委关于高校招生考试说明中，也可以看到对这两部分的要求也是较高的，分别要求达到能熟练应用它们进行分析、综合、推理和判断的程度。

在物理课力学复习中，掌握物体受力分析的方法和作用，就是一项重点的能力要求。因为它的应用几乎贯穿了力学的全部内容，它几乎是所有力学问题以及一部分热学、电学问题分析和解题的第一步骤，使用价值很高，使用频率很高。

再说复习中的难点，也要从两方面来看：一是从知识自身来看，概念比较抽象，易与其他概念混淆，规律的理解和思考需要比较深入，运用时易发生错误，能力的要求比较高，比较综合，这些知识点都可以称为难点，在学习和复习的过程中都需要下大功夫才能掌握。二是由于每个考生在学习过程中原有知识的掌握程度不同，思维方法的差异，理解能力的不同以及掌握知识中存在缺陷和漏洞，也会形成一些人为的难点，也称个人学习上的难点。这些难点不带有普遍性，所以老师在复习中也不会着重去讲解和训练，但是它们往往成为某些考生复习过程中的拦路虎，造成很大障碍。所以除带有普遍性的知识难点外，每个考生还必须通过复习、练习等方式找到自己的难点部分，给予特别重视。

能够称得上是重点和难点的基础知识、基本理论往往也就是升学考试命题的侧重点。所以，在复习中要针对这些内容，采取深入理解、反复复习、确保落实的方法。当然，这些反复、重复不是简单的同一方面、同一角度、同一层次的重复，而是不断地利用各种方式、各种不同类型的练习，使记忆更加深刻，理解更加深入，应用更加灵活。

第三轮演练，进行解题复习，提高运用知识能力

所谓能力，各科之间有一些比较共同的能力要求，如理解能力、逻辑思维能力、运用已有知识分析和解决问题的能力。另一方面是各科单独具有的能力要求，如理、化的实验能力，语文的写作能力，英语的会话能力等。在平时学习和四轮复习过程中，都要首先从思想上明确各科究竟有哪些能力方面的要求。

能力与知识的关系是不可分割相辅组成的，不能片面强调某一方面而忽略了另一方面。不能强调了对能力的考查，就片面地认为加强能力训练就是多练习、多考试，从而忽视了知识的复习。有位函授学员来信说，她是试点学校的学生，平时偏重能力方面的练习，考试显露出了基础知识的先天不足，还得回过头来补基础知识课。其实，能力的基础在于掌握知识，掌握知识的目的在于应用，会应用知识去解决问题才是能力。对知识的理解过程也是对能力的培养和训练过程。在前两轮复习过程中对知识系统的理解和梳理，无疑就是对理解能力、思维能力的锻炼和培养。当然，在进行复习时也必须与能力培养相结合，不断提高运用知识去分析问题和解决问题的能力，只靠

机械记忆,对知识的掌握和理解也不可能深入和巩固。所以要把能力的培养与知识的复习有机地结合起来,贯穿于整个学习和四轮复习过程之中。能力的提高是要通过反复训练才能完成的。但是无论哪一种能力,都依赖于整体素质和综合能力的提高,不能一个人的理解能力水平很低,解题能力却很高。所以提高能力的训练必须是多种形式,多个层次,反复进行训练。增强记忆和提高熟练程度,更要讲究方法。有目的有步骤有选择地通过演练提高各方面的能力,而不是盲目地搞题海战术。属于训练应用能力的练习题往往可以分为两大类。一类是简单的应用,它只是知识的迁移,命题形式比较直观、简单,内容往往与课本内容十分接近;另一类是灵活运用,它往往以某种课本内容的变式出现,对思维和语言方面要求较高,命题形式比较复杂,内容具有综合性。要提高各科知识的运用能力,就应当根据自己原有的水平,有目的地由浅入深地选择练习题,有针对性地提高。解题能力决定着升学考试的成败。考生的知识水平、能力强弱、素质高低在目前升学考试制度下只能透过答题成绩来体现,所以如何尽快把自己的解题本领迅速提高,以期在升学考试中取得好成绩,自然成为考生复习最直接的要求,尤其是对数、理、化各科,提高解题能力的要求更为迫切。

  然而对解题能力,人们往往理解得比较片面,把解题能力与解题技巧混淆起来,认为它是专门的技能,就像掌握一种生产过程一样,一种生产原理和工艺定下来,照样反复认真去做,必然成为一名熟练的生产者。解题能力和解题技巧非常复杂、多样、灵活,特别是高层次的解题能力,是包含着各方面素质的一种综合能力。了解了这一点的考生,不能简单地认为反复练习、题海战术是提高解题能力的惟一途径了。我们并不否定加强练习的重要性,但是,必须指导思想明确,方法得当,才能对解题能力的提高真正有帮助。

  解题能力是多种能力和素质的综合,它包括了形象思维能力、逻辑思维能力、发散思维能力、逆向思维能力、综合分析能力、数学运算能力、语文阅读能力、记忆能力、心理素质等等。还与各科学习中对知识的理解程度、学习习惯、解题本领等有着密切的联系。考生在解题训练时有一种体会,做这道题与做那道题,问题往往出在同一环节上。查漏补缺时,这次这个实验的应用没有问题了,下次再解另一道题时这方面又出了错;或者是单独谈每一个规律都很清楚,当放在解综合问题时,就忽略了这一点或那一点。这反映出你在知识的深入理解上还有缺陷,更重要的是解题能力中所包含的各种能力和素质还不够全面。同一个定理在这道题中是用于推证运算,如果你的逻辑思维能力较强,自然觉得比较顺利。而在另一个题目中这个定理必须和其他规律综合进行分析判断,如果综合分析能力不强则可能感到吃力。所以提高解题能力首先要从认真学习基础知识,加深对知识的理解入手,同时要注意从一点一滴培养和锻炼自己各方面的能力与素质,而不是简单地就题论题或者寄希望于搞题海战术。全面的素质和能力的提高,才能有效地促进解题能力的提高,而全面素质和能力的提高并不是一朝一夕就能完成的，要脚踏实地不断积累，不断进步，不要指望离开四轮复习这一循序渐进的科学方法去找什么解题的诀窍，一学就会，一用就灵，那是不可能的。只有严格进行了四轮复习，才能尽快提高解题能力。

第四轮回忆，进行检验复习，考场上准确地提取知识

把已经储存在大脑中的知识，再用回忆的方法进行复习，从而强化记忆以便考场上准确地提取运用。

考生们经过前三轮系统复习，对学过的知识进行了再次加工的学习过程，头脑中已留下了很清晰的印象，在这一轮复习中较迅速地将它们从头至尾回忆出来，使知识巩固化，达到强化记忆的目的。这个阶段对考生来说，每一分钟的含金量都是极高的。

第四轮复习采用的是考考自己的回忆记忆法。为了检验学过的材料或见过、听过的事物的记忆情况，进行一次自我考试，先回忆一遍，然后打开书本或笔记对照一下，一般说来，能够回忆的材料或事物，比只能再认出的材料或事物，在大脑里留下的痕迹要深刻。有个学员原来外语和古文是薄弱环节，他先采用再认记忆法进行复习，后采用回忆记忆法复习，逐步达到了能听、说、读、写的程度。

只是把材料或事物记忆下来，作用不大，只有能随时提取出来才能发挥作用。怎样才能轻而易举地提取出所储存的知识呢？对已经记忆下来的材料或事物，必须经常有意识地自问自答，不断加深记忆的印迹。由于对各种类型题都进行过自问自答，在大脑里储存了多种解题方法，重复地进行过练习，考场上见到较复杂的试题时，就能马上用先前用过的解题方法，突破难点，取得胜利。因此，考试的时候，面对考卷，不必因为一时忘记而烦恼，这种方法能使你立刻解决问题。记忆下来的事情，经常在头脑中自问自答，以强化记忆，自然会容易地想出答案来。

第四轮复习，要求对前三轮复习过的知识，再回忆出来，能起到加深理解、举一反三的作用。回忆，对于强化记忆，巩固记住的知识非常重要。有人读书不喜欢反复回味，而主张多学新内容，这是不足取的。

通过第一、二轮复习，使知识进一步系统化以后，在第三轮复习中通过做一定数量的类型题，从中发现问题，解决问题，培养运用知识解决综合问题的能力。在每做好一道题之后，又注意回味一下，整理出解题思路、逻辑关系和划分好题目的类型等，达到闻一知十，举一反三，触类旁通，提高解题效率之目的。在第四轮复习中，对做过并已进行分类整理的全部习题，在回忆中再做有关的题，就会感到容易，增强信心。在记忆和应用上，达到了熟练的程度。对基本概念和原理，对典型的习题，要力求达到精益求精的程度。因此，对自己要提出更高的要求，不仅要理解、牢记知识，还要会用；不仅会用，还能熟练高效地解决问题。

课后总结法

学完一节课,要及时总结。这节课的学习重点是什么,哪几个知识点掌握了,还有哪一点比较模糊。这样一来,记忆得到了强化。不清楚的地方及时想办法补救。

人的记忆分为瞬时记忆、短时记忆、长时记忆三种,第一种只能保持一两秒钟;第二种能保持一两分钟,如果不是有意识地去记,很快就会忘记。要由短时记忆转化为长时记忆,就需要重复。重复要在遗忘之前,将忘未忘之时才最有效。课后总结,就是有效重复的一种方式。课后总结的主要任务,是对本节课所学内容进行及时复习。概括出本节课所学知识要点,并将它当做枝叶或果实,放到知识结构这棵树上。

记忆的规律告诉我们,零散的知识容易遗忘,将零零散散的知识,设法按内在规律,组织在一个知识结构内,就不容易忘了。

编写"错题集"复习法

"人不该在一个位置上跌两次跤",意思是该及时汲取教训,及时分析失误的原因,及时改正,不在一个问题上犯两次错误。

事实上,"人常常在一个位置上跌两次或更多次跤"。有相当数量的同学,一个错误,常常一犯再犯。为降低错误的重复率,编写"错题集"不失为一个好方法。

"错题集"一般这样写:

先写清测试时间、地点以引起注意。

科目:数学

题目:若$|a|=-a$成立,求a的取值范围。

错误:当$|a|=-a$时,$a<0$

正确:$a\leq 0$

原因:概念不清。

科目:化学

题目:下列反应能否发生

$Cu+H_2SO_4=CuSO_4+H_2$

错误：能。

正确：不能反应。

原因：因记忆错误不能灵活运用金属活动性顺序的知识而导致错误。

科目：物理

题目：质量 0.5 千克的锤子以 25 米／秒的速度打在铁块上后，又以 10 米／秒的速度弹回，设接触时间为 0.02 秒，求锤子对铁块的平均作用力多大？

错误：取竖直向上的方向为正方向，则 v_0=−25 米／秒，v_t=10 米／秒，根据动量定理 $F·t=mv_t-mv_0$

∴ $F=[mv_t-mv_0]/t=[0.5×10-0.5×(-25)]/0.02=875$(牛顿)

又因为锤子对铁块的平均作用力与铁块对锤子的反作用力是大小相等的，所以锤子对铁块的平均作用力是 87.5 牛顿。

正确答案：动量定理中的 F 应是研究对象所受的力。在锤子重力不可忽视的情况下，$F=N-mg$，所以铁块对锤子的弹力 $N=F+mg=875$ 牛顿 $+5$ 牛顿 $=880$ 牛顿。由于作用力与反作用力大小相等，因此锤子对铁块的作用力应是 880 牛顿。该错误是由于对动量定理理解不深造成的。复习的时候，应先看"错题集"，把"错题集"上的题再做一遍，这样，用时少而复习效率高。

集中注意力法

集中注意力模式训练法

这个练习用来提高你的注意力,通过将外在模式传递到你的内部思维之眼中来,构筑你的意念技能。

成功、繁荣模型

当用此思维设计来进行注意力练习及以下练习时,"成功之树"的模型可以通过声音被"充电"而变得更为有效。这一成功模型可以通过说单词"奥姆"来充电,此时,应看看此模式或意念之。

将上面的模型放大贴在墙上。这是从古印度传下的书中的成功模型。当你用内部力量注意它时,该模型会激发出一种处于成功的自觉状态的意念。当你的注意力得以加强时,创造性思维就会出现,帮助你弄清所追求的目标。

1. 坐在一张椅子上,离此图约3尺远;
2. 以你喜爱的方式进入放松状态;
3. 闭上眼睛,在脑中想象出一块黑色屏幕;
4. 看着成功模式图,注视两分钟;
5. 眼睛移向墙,注视成功模型图的残像;
6. 闭上眼睛,努力在你的脑屏幕上看到该图。

也可以用其它几何模型如星星、正方形或圆圈来做此类练习，以提高和加强注意力，开发图像记忆。将其从贴报板上剪下，放在一个约 15×15 英寸的黑贴报板的夹层里。

"闹中求静"法

注意力像聚光镜的焦点，没有它燃点再低的物质也不会点燃。没有良好的注意力，再浅显的知识也记不住，学不会。

学生刚入学时，不少人注意力很差，自习课常常东张西望，哪有声音，哪有热闹，一些同学的目光就跟到哪里。自己的大脑成了四面八方信息的奴隶，不该做的事忙着做，该做的事却不知道做，成绩不好，还埋怨别人干扰了他。

这就要求学生训练自己"闹中求静"的能力，每个人都做自己大脑的主人，不管周围多乱，自己只管做自己的实事，周围有人说话，有声音、有震动，只要不是找自己的，那就不抬头去看，更不去参与。

要练"闹中求静"的本领，首先自己的学习任务要特别明确，特别具体，易于达到。周围环境特乱时，学习任务订得更容易一些，选自己喜欢的学科，这样作用更好些。

第二，任务一旦明确，就一定要规定更明确、具体的完成任务的时间。效率最高之时，常常是规定完成任务的最后时限到来之前的那段时间。

自己学习效率一高，就无暇注意周围的人和事了。越不注意周围的杂事，心越静；心越静，学习效率越高、心情越好，形成良性循环。

现代社会紧张喧嚣，信息量大，红尘滚滚，诱惑遍地，人如果不学会"闹中求静"，就很可能让四面八方、乱七八糟的无序信息牵着自己的脑神经，东一头，西一头地乱撞，闹得自己心烦意乱，精疲力尽，还常常一事无成。

有了"闹中求静"的能力，守住了心灵中的一片宁静，才能掌握学习、生活、工作的主动权，成为学习的主人。

呼吸集中精神法

（一）呼吸集中精神法

有一种业经证明的免费的醒神器，既不需要设备也勿需磁带。它是万能型的便携式的东西，可以带到任何地方。它又是隐形的，所以可以进入考场，进入会议室，实际上它无所不在。任何时候使用起来都又快又简单，数分钟内即可见效，它就是有节奏的呼吸。加州万纽斯山谷大学演讲教授罗伯特·雷维拉博士在让学生们做过简单的几分钟呼吸练习之后对他们进行测试，其平均智商上升了10到20点，大脑的血液流通及氧气循环达到更好的状态。更好的大脑供氧改善了思考能力。因为大脑需要能量来运行，而它是用氧气来燃烧其燃料——葡萄糖的。雷维拉说，脑中的氧气越少，你就越可能犯判断错误或感到情绪消沉。他相信，天才们正是靠这种方式让脑中供氧情况更好。

除了提高智力外，有节奏的呼吸还帮助大脑两半球协调同步，以提高创造性和原则性。这些基础性呼吸训练可以随时进行，在你面对挑战，如批评性的会议、考试或演讲时，即刻做深呼吸就更为有用。

吸气，数8下；屏住呼吸，数12下；慢慢呼气，数10下。反复10次。

（二）金蓝色能量呼吸法

颜色呼吸练习是个"忧虑破坏者"，在你疲惫不堪的时候，它能给你的能量充电，帮助你集中精神和意念。找一个舒适的地方躺下，头北脚南，翻掌向上于体侧。用鼻做深慢吸气，意念金黄色能量由头顶灌入并于体内游动，从脚掌流出。慢慢地平缓呼气时，想象有凉爽的蓝色的能量由脚掌上行，慢慢通过全身从头顶出去。持续吸入黄色，呼出蓝色10至15分钟，你会感到一种激荡的能量流随着每次的吸入呼出而在体内跳动。这种金蓝色能量充电有助于你更轻松地集中注意力、集中精神。

冥想训练法

　　两脚叉开，脚面平行，两脚距离与肩相等，双手放在两腿上，手心朝内，微闭双目，内视鼻尖，以鼻对口，以口问心，气沉丹田，浑身放松，冥想自己心灵深处有一汪湖泊。湖泊平静得不仅没有波澜，甚至没有一丝涟漪。湖泊岸边，长满了花草、树木，花草树木的影子倒映在湖泊里，历历在目，色彩斑斓，十分清晰。

　　再细想：一朵倒垂的牡丹花的影子在心灵湖泊上倒映出来，粉红的花瓣，细嫩的花蕊上点缀着金黄色的花粉。

　　这样想过两分钟或3分钟之后，睁开双目，回到现实，顿觉神清气爽，注意力一下子集中了。这种训练可以在会场里，也可以在教室里在家里，可以是上千人，上百人，也可以是几个或自己一个人。自己学习累了的时候，或是临考前，临升学前，或遇到不顺心的事，心浮气躁的时候，都可以先坐直，全身放松，微闭双目，冥想内心深处那片平静的湖泊。想那花草树木在湖面上倒映的形象，想得越逼真、越细致，心情便越沉静，注意力就会越来越好。

　　也可以试着把周围的声音和冥想结合起来。如倾听钟表的嘀嗒、嘀嗒的声音，可以把这声音想成雨水滴在心灵湖泊上的声音，每滴一滴，湖泊上便溅起一丝涟漪。你还可以一边听，一边想，一边数着这雨滴的数量，1，2，3，4，5……当数到100多次的时候，睁开双眼，你会觉得心情异常平静，注意力特集中。

　　冥想若不愿闭目，也可睁眼。你在作业本上画一个直径2毫米的圆圈。你可以先把自己浮躁的心，丢在这圈外，然后想象这个小圈像一个宏大的世界，那里也有江河山川……，再把自己的注意力集中在冥想的森林中的一处湖泊上，湖泊的水面异常平静。

　　这样冥想一次两三分钟，用时不多，却能有效控制精神涣散，收拢浮躁的心。经常这样训练，形成习惯，注意力会越来越好。

集中注意力的诀窍

1. 在开始阅读之前作一些运动，譬如打打网球，上体育课，做健身运动，快步健行，这些都能帮助你消耗掉体能，使你能够集中精力来阅读。

2. 不要在电视机前读书，也不要在你的室友正在开比萨聚餐会的时候待在寝室内看书。读书是属于独处的活动。找一个安静角落，最好在适合读的地方——例如你的书桌前，或者图书室里。虽然你很想躺在床上看书，但那是会令你分心的地方。你最后一定投降，呼呼大睡。

3. 如果你的读书时间安排适当的话，你就不会为其他尚待温习的功课操心分神了。如果你现在念一样功课，心里却惦记着另一样功课，你的注意力——还有理解力——便不可能保持最佳的状态，读书效果将大打折扣。务必确定在你触目所及之处，没有会教你读书分心的事物。譬如桌子是否有待回复的信函？有的话，把它们收起来，另外找时间复信。隔壁房间是否传来电视节目的警笛声、人声尖叫？有的话，把电视机关掉，要不然把你的房门带上。

4. 如果你需要花三个多钟头去读书，只要一想到要花这许多时间读书，大概你的劲儿都没有了，更谈不上集中精神。理想的安排应该是，每读一个小时的书，便休息十到十五分钟。起身去听听音乐、伸伸懒腰，或者到处走一走。如果你必须常常休息，那么休息时间要短一点。把你的读书时间作这样小段的分割，将可提高你专注程度，增进读书效益。

5. 利用视觉、听觉，可使精神集中。"我越想集中精神，就越不能集中精神"，这就如同越想睡觉，越睡不着的情形一样。中学生念书时，若有上述情形而学不进去，可利用做功课前一两分钟，做视觉、听觉的集中训练，加以改善。

具体做法是，首先让自己在空中幻想一个点，然后凝视此点并逐渐将其延长画成一条直线，慢慢地让注意力凝聚在一起并使其产生意念，从原来的简单线条中想象出星星、月亮等图形，长期坚持训练，必能心静神凝。

6. 无法专心用功时，可改变读书顺序。谁都会有精力分散无心用功的时候，而这时候的计划和目标只不过是一张时间表而已，毫无实际价值。那么，当你遇到这种情况时，不妨打破程序，采用新的方法重新做起。假如你以前一直是采用先复习，再做作业，最后预习的方法，那么你可以打破习惯，采用一个新的方式试试看，倘若还没有效果，干脆改变整个学习计划，尝试新的学习方式。

7. 用课余时间来处理琐碎的事，不仅可以集中精力学习，同时还可以转换情绪。擦鞋、剪指甲、写回信、买文具、清洗单车等这些无需特别安排的琐事，可利用课余时间或中休时间顺便完成。这样，一方面可以调整读书的紧张情绪，另一方面也可转换情绪。

8. 找一个隐秘的角落读书，精神较易集中。对多数人来讲，既适合于用功，又能使精力集中之处，常是和外界隔离的隐密角落。

例如：德国诗人黎尔克曾说过，在如同小修道院大小的房间或毫无景致的普通场所工作，效率最佳。因为此类场所，无他人视线及杂务的干扰，可完全沉浸在个人的写作意境之中。另外像家中的厕所或阁楼上，也都能产生这种效果。

9. 在敞亮的房间内，将书桌摆置中央更能使精神集中。若在两面或三面都有窗户的房间里，把书桌面对窗户摆放，外面的花草树木很容易使精力涣散，注意力转移。即使把书桌摆放在墙角边，也同样会使精神不集中。因此，像这种敞亮的房间采光好，应把书桌移至中央，以免心有旁骛。

另外在狭窄的房间读书，距离窗口较近，也容易受外物影响。但若把书桌放在书房中央，则与四周保持距离，能使人心情平静，专心念书。

读书法

"记账"读书法

简单地讲,"记账"读书法就是把读过的每一本书都像家庭记财务账一样一本本地记下来。该方法有以下四点好处:

一、它可以促使你勤奋读书。

每年年底,翻开小本子,数一数这一年读了几本书,读了多少字,同前年比一比,是读多了还是读少了,如读少了,则想想为什么少了,来年准备读多少书,读哪些书。这不但总结了上年,还有一个规划来年的意义。

二、它可以给你无比的快慰。

每当闲暇无聊或心情不快之时,翻开小本子看看,心理上就有一种满足感、自豪感。

三、它可以记录下你读书的轨迹。

从账本上可以清楚地看到,哪本书是属有计划地读的,哪本书是顺手读的;哪个时候读的是专业书,哪个时候读的是娱乐性的闲书;古今中外名著已读多少,还有哪些没读。

四、它可以使你警惕骄傲之心。

读了一千多本书，有时不免暗暗自喜，但翻开小本子数数，古今中外在文学史上排得上号的书，已读的尚不足一半。于是警告自己：书的海洋是广阔无限的，还有好多书正在排着长长的队伍等待着接见呢，骄傲之心不可有啊！

"提炼"读书法

提炼实指提炼中心词，以利于从宏观上把握句、段、文。

例如下列词条：〔价值规律〕价值规律是商品生产和商品交换的经济规律（下定义）。它的基本内容是：商品的价值量由生产商品的社会必要劳动时间决定（从定义的"商品生产"方面说明），商品交换要以价值量为基础，实行等价交换（从定义的"商品交换"方面说明）。

提炼中心词：

①生产与交换
②价值量（劳动时间决定）
③等价（价值量为基础）

记住这几个中心词，价值规律这个概念就不难记住。

"五遍读书法"

第一遍，是指上课前对老师要讲的课本上的内容预习一遍。只需粗略地看一遍，了解一下大致讲些什么就行了，不必逐字逐句地细看，也不要求把内容全吃透。

第二遍，是指上课完了后，把老师讲过的书上的内容复习一遍。这时就需要认真仔细地看了。要边看边想，力求把内容吃透。看书过程中应不断向自己发问，多想想为什么,加深对概念定理的理解。万一有些地方一时不太明白,可暂时放下先看后面的,过一阵子再回过头来思索,往往就能明白了。

第三遍,是当书上的每一章讲完之后,从头到尾把它仔细看一遍。对定义概念加深记忆,对定理推论看看它们是怎样证明的。

第四遍,是当一本书全讲完之后,把整本书再读一遍。不要求太仔细,主要是列个表,将各章知识整理一下,找出它们的脉络和相互之间的联系,对全书内容形成一个整体性的了解。

第五遍,也是最后一遍,即当考试前几天,花一些时间把书粗略地翻一遍,看看其中的概念性的东西,与笔记相配合,看一看平时老师在课堂上讲的重点、难点。

制作读书笔记法

做读书笔记大致有以下几种形式:

(1) 原书空白记。

如果书是自己的,看到重要的地方,或者自己体会深刻的地方,随时随手在书页空白处记上要点,加上批注,写上感想。

(2) 画符号。

这是一种比较简单、容易的笔记,通用的符号有画线(直线、双线、曲线和不同颜色的线),圆圈、双圈、交叉、箭头、方框、三角形。还有着重号、问号、叹号等。每种符号可按自己的习惯、爱好,分别代表自己要表达的意思。

(3) 摘录。

把书中自己喜欢的句子、段落,或重要的地方,诸如论点、结论等摘录下来。

(4) 全抄。

将原文一字不漏地抄下来,明末清初的大学者顾炎武,从10岁起就跟祖父读《资治通鉴》。此书300多万字,他不但读完此书,了解了书中的意思,而且把全书重抄了一遍。

(5) 列提纲。

根据文章每章节每段的内容,按着它的前后次序,列出一个大纲,它能帮助我们增强筛选知识、把握重点的能力。

(6) 剪贴。

就是把自己所需要的资料,从报刊杂志上剪下来贴在本子上,这也是一种读书笔记,可根据需要进行分类张贴。

(7) 做卡片。

把自己所需要的内容记在卡片上,它是积累知识最简便、最有效的方法。积累多了,归纳分类,综合利用。也有的把摘录的内容记在随身携带的纸条上,这种办法适用于旅行途中看书,看资料等。

(8) 札记。

读了一些书籍后,写下它的要点、体会、心得、感受和疑问,称为札记,其形式灵活,内容多样,可长可短。报刊的书评、读后感,均属于这一类。

另外,根据不同的兴趣、爱好、习惯,还可写心得笔记、专题笔记、综合笔记、索引笔记、图表笔记。还可以写以考证、议论、记事为中心的笔记。

以上这些笔记形式,各有各的长处,我们可以根据自己的需要选择。

"四遍八步"读书法

四遍,就是每篇文章读四次;八步,就是完成八项任务。

第一遍，跳读。

完成两步任务：①识记作者及文章梗概。②识记主要人、事、物或观点。应达到每分钟读完 1500 字的速度。

第二遍，速读。

完成第三、四步任务：③复述内容；④理清结构层次。每分钟要读完 1000 字。

第三遍，细读。

完成第五、六、七步任务：⑤理解字、词、句；⑥圈点摘要重要部分；⑦归纳中心思想。读的速度，一般跟朗诵相同，每分钟 200 字。

第四遍，精读。

完成第八步分析文章写作特色的任务。根据需要确定读的速度，或一带而过非重点部分，或仔细推敲品味重点段落、关键词语。

"四遍八步"读书法适用于经过训练的学生，适用于大部分文章。

快速阅读法

过去常听人说："一目十行"。其实，无论怎样反应快的人，也不能一眼就把十行文字的内容毫无遗漏地看清楚，记下来；但是，人的阅读速度的确有快慢之分，这当然和人的文化水平、反应速度等因素有关，但是，就一个人来说，在需要快读的时候，是可以把阅读速度提高一些的。这里，我们必须对阅读的方法有所了解。

阅读方式可以分为"点式"、"线式"和"面式"三类。"点式阅读"最慢，它是以一个字或一个词为单位，偏重于理解词义，如学习文言文或数学、物理学上的定理、公式等，这些一点也不能马虎，因为读快了可能会读不懂，或者记错了。"线式阅读"是以词组或单句为单位的阅读，视觉范围是一行，速度快多了，注重理解句子，这适合阅读一般的文字，遇重点处可改为点式阅读。而"面式阅读"通常以行或段作为单位阅读。看书是自上而下地竖着读，这就是所谓的"一目十行"，只要注重一些关键词，感知整体意义就可以了。虽然不能做到事实上的"一目十行"，但阅读速度快多了。我们阅读一般文章应采用线式阅读或面式阅读。

阅读敏捷的人，思维也很敏捷，眼快，脑子也快，这有个不断提高的过程，文化水平越高，一般说来，阅读速度越快。

"茶几"阅读法

先给大家讲一段趣事，有一家荞麦面馆，地处吵杂的天桥脚下，后来老板将面馆迁到了一处较为安静的地区，结果店员在经营中屡屡出错，苦思焦虑的老板，无奈试着将以前老地方的噪杂音录下，在店内播放，出乎意外，此后店员再也没有发生过错误，且更卖力地工作。可见，人类的行为随时受到四周环境的影响，在心理学上我们把它称为"附加条件"。以上便是一个典型的实例。

细心观察，你会发现家中客厅、沙发、餐桌等摆设，都比我们的课桌椅稍低些，这类家具的设计主要是考虑到让客人能感觉清静、安详且有轻松的气氛。

我们再看一实例，警察局内的审讯室，四周墙壁均为灰暗色调，室内无一点装饰，目的就是要给犯人造成一种心理压力，让其感到恐惧和不安，迫使犯人自动招供。

有名的心理学者雷温曾说过："行为是人和环境的函数"，也就是说依个人性格和当时的心理反应、环境等因素相互照应而决定当时的行为举动。用功当然是行为的一种，自己的个性结合当时的心理状态及环境等条件，会影响课业成绩，这是毋庸置疑的道理，换句话说，用功亦是人和环境的函数。

因此，欲提高读书的效率，就该考虑到自己如何和环境配合，并如何适应环境。

首先，我们必须知道什么环境适合自己，例如：以书房的客观条件来看，屋顶太低会有压迫感。窗户关上后，感觉有如身在电梯内，呼吸困难等，这些都会妨碍读书时的心情。而房间若以淡绿色为基调，依照色彩心理学的观点，绿色系统能让人心情平静，增加适应环境的基本能力。

实际上，人类能改变的环境有限，无法达到尽善尽美的地步，这就要看你如何用心改变，营造出适合自己的空间。

换个角度来看，人类除了具备适应优良环境的特性外，同时也有克服较差环境的能力。虽说现实中的环境及空间并非完全不能改变，但首先自己应该主动地去适应环境，从心态上作一番调整。例如：家中的书房无法使你专心于课业，要更换环境很困难，此时，我们可将书房的摆设稍做变化，如调整书桌位置、改变照明设备等，花少许时间即能得到很大的效果，且心情也为之开朗。以本身的适应力来配合四周的环境，即是改善环境的先决条件。也就是说，无论你是在家中书房还是在图书馆及其它公共场合下看书，最重要的是，要让环境成为"自己的城堡"。

总而言之，单从外观上去改变周围的环境或许并不够，重要的是要能营造出适合自己的理想空间。但许多人因无法做到这一点，而深感困扰。

当然，每个人都可能有自己的一套读书哲学。例如名作家三岛由纪夫，必须在有隔音设备的工作室内写作；而大江健三朗则喜欢边听爵士乐边写作；新力公司的董事长井深大，却喜欢聆听他人说话，才有灵感写稿；著名的心理学家宫城音弥则是将书桌朝向人潮熙攘的门口写作。可见读书环境因人而异，但最佳的读书方法是让自我融入读书环境之中。

环境一旦安排妥善，下个步骤则取决于能否充分发挥自身的实力，把精力集中在课业上。最近几年来，西洋式的生活普遍被大众接受，许多人认为西洋式的生活设施较具效率。其实，旧式的茶几，无论在机能或是效用上，都具有西洋式高桌所不及的优点。

例如，做功课需要使用参考书、教科书、辞典等，桌上若无处搁置时，可以放在茶几上，则书桌会显得更宽敞，而不至杂乱无章。

然而，做功课时最重要的是培养读书气氛，让自己融入书本之中。这点，在茶几上读书要比在书桌上看书要有效得多了。因为，在茶几读书心情较能放松，且能缓和情绪。

"站立"读书法

过度的肌肉紧张有助于头脑的运作。当我们站立的时候，身体内约有一百条肌肉忽紧张忽松驰地交替支撑着，这种微妙的结构，会使得人类头脑功能灵活，意识清晰。许多知名作家都采取站姿写稿，其实有时站着读书，对于精力的集中也有帮助。

例如：在书店站着看书的人，往往更能将注意力完全融入书中，寻找自己想购买的书籍。对于没有购意只想看书的人来说，随手翻阅的内容更能深入脑海，产生深刻的印象，这种体会相信许多人都曾有过。

只要是普通的中型书局，各类书籍一应俱全，能提供读者阅读的乐趣，是很好的读书地点，并且可省去上图书馆借书的麻烦手续。

并非只有书店才适合读书，公共汽车内或等人的空档，在不得不采取站立姿势时，都是很理想的用功机会。

"结构模型"读书法

所谓模型读书法要求读书前就预构读书的结构模型，即预先设想一下该书将说些什么，将以什么方式说。然后带着这个模型在书的"现实"中寻求验证、修正或重构，主动而有意识地朝书的结构前进。

原始模型的质量如何，对即将进行的阅读顺利与否影响重大。原始模型的建立并不是凭空的、随意的，而是可以根据一些非正式信息（即正文以外的信息）来建立的。这种可供利用的非正式信息是很多的，可以粗略地归为关于著作和关于作者的。书的序、跋，乃至书名、目录都给我们提供了关于书的重要信息。还有别的渠道获得的书评、介绍。如读一部文学名著，先读读文学史的有关部分就可以获得这部书的大致轮廓。作者的生活时代、思想观点、风格特征也是极有价值的信息。有了这些非正式信息，我们就可以预构书的结构模型了。原始模型建立后，就进入阅读，即进入用原著的"现实"来校验模型的过程。校验的过程就是由模型向结构逐渐演进的过程。模型向结构演进的路径有单向的，有多向的。在阅读过程中，或者原始模型不断修正，或者一个模型取代另一个模型，总之，整个过程始终保持单一模型。这是一种单向的演进路径。还有一种多向的演进路径，就是在阅读过程中出现多个模型并存的局面。阅读中，时常碰到需要假定多个结构模型，以便筛选、比较，这时就出现多向路径。采用单向还是多向，要看具体情况而定。

模型读书法比传统读书法，有两点显著的长处。首先表现在便于集中注意力。而阅读过程中注意力的集中是理解的先决条件。教育心理学实验证明，带着问题阅读注意力更易集中。模型读书法还有一个传统读书法所不具有的长处，就是它的全面性。模型，实际上就是结构的模拟。在阅读的初期阶段，模型哪怕是模糊的，却是整体的，这是模型本身的要求。用模型读书法读书，阅读是围绕模型的演进而进行的，这样，读者就能保持思维的全面性，利于对原著作全面整体的把握，而不至于肢解原著。

模型已成为现代生活中使用频率极高的一个词。模型作为一个重要范畴，在现代科学方法论中引人注目。科学家在从事科学研究时，大都遵循这么一条路径：先提出理论模型，然后用观察到的事实对先前的模型进行校验，在校验过程中，再对原有的模型进行修正或推翻重构。随着模型的不断完善，达到认识对象的本质结构。这个过程可以简化为：模型——校验（包括修正或重构）——结构。这个过程是对传统经验主义方法论的革命，它体现了人向自然发问的时代观，有着重要的哲学意义。人们在考虑到它的哲学意义时，还很少有人注意到它将要对教育学发生影响，很少有人谈到它可以作为一种卓有成效的读书方法并予以足够重视。据此，"模型"读书法正是把科学研究中的模型理论移植到学习领域的产物，因而具有较高的科学性和较强的实用性。

参考书使用方法

一、平行法：

主要适用于课程学习的开始阶段，即与老师讲课的内容相平行，同时阅读各本书中与此内容有关的所有章节。课程学习一开始，采用这种方法便于比较，以便确定应精读哪几本，泛读哪几本，浏览、参考哪几本；并从中了解不同学派，为进一步采用后面两种方法打下基础。

此外，在这种平行阅读中，通过对比分析，还能使我们的认识迅速加深、加宽；同时，由于各自论述的角度、方法不同，再加上短时期内多次接触同一问题，便于巩固记忆。所以，平行法成为课程学习中期、后期的一种有效的方法。

这种方法可图解如图一（设有 A、B、C、D 四本书）

   A   B   C   D
  内容1→内容1→内容1→内容1
  内容2→内容2→内容2→内容2
  内容3→内容3→内容3→内容3

      图一

二、逆向法：

这种方法仅局限于课程学习的中期。即对该学科有一定的知识和了解之后，不再按顺序读，而跳跃到所学章节之前的内容反向阅读。这样就得充分发挥自己的想象能力和思维能力，通过因果关系、逻辑推理等把跳跃过去的内容尽量想象构思出来。然后再在反向阅读的过程中，把自己的推测、想象逐一加以检验，从而收到理解深刻、终身难忘的效果。

具体做法图解如图二（假如有A、B、C、D四本书，A为课本）：假如老师正在讲内容5,这时我们则可从课本内容8读起，逆向读到内容5;再从B书的内容8反向阅读，或许在我们读到B书内容6时，老师也刚好讲到内容6,那么我们就再转去读C书内容8。这样就有B、C书的内容5和D书的内容5、6被删掉了。

当老师讲到内容8我们无书可读时，再采用下面的织网法阅读这些章节，起到循环学习、强化记忆的效果。

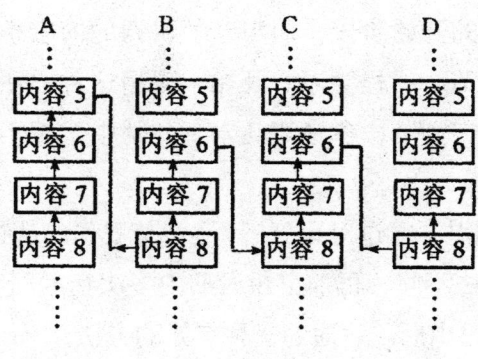

图二

三、织网法：

主要用于课程学习的中期和后期。对各部分内容起复习整理的作用。主要是把几本书的各章节交叉阅读，通过新旧知识间的纵向联系和各部分知识间的横向联系，把各书所有章节的内容在自己大脑中组合成为网状，随着学习的进展，这张网逐步扩大、加密，能使我们找到各书各章节的内容在该学科知识体系中的位置和地位，找到课程的难点、重点，从而有系统、有重点地加以记忆。同时，这种方法涉及到以前学过的章节，起了复习作用。

具体做法图解如图三（说明同前图）：从 A 书内容 8 到 D 书内容 5 是一条主线，是我们最初阅读，并需要详细阅读的路线。当我们读到 A 书内容 8 时，尽量回忆唤起 A 书内容 5、6、7、8 之间的横向联系和 A、B、C、D 四本书内容 8 之间的纵向联系，这样就在头脑中形成了一个知识体系的"基网"。在阅读 B 书内容 7 时，也同样去追忆这种纵横联系，便又形成一个知识体系网，然后加入到"基网"之中。沿着这条路线读到 D 书内容 5，那么这四本书的知识之网便完整地形成了。然后再迅速阅读……所指各章节，并浏览、翻阅……所指各章节，这张网便编得牢不可破了。

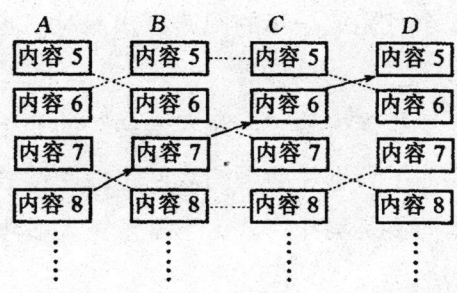

图三

预测阅读法

所谓"预测阅读法"，就是对所学的课文不要忙着看到底，看过课题或开头之后，闭目静思一下，设想这个题目由自己来写，准备怎样组织篇章结构，准备怎样论述，将自己的"设想"写下来。然后，再拿它与原文对照，看哪些地方不谋而合，哪些地方不同，相比之下，作者的写法有什么好处，或自己的见解有何独特之处。

一、有助于孩子们鉴赏能力的提高

二、有助于开拓孩子们的想象力

三、有助于孩子们逻辑思维能力的培养

四、有助于同学们基础知识的巩固和提高

超级学习阅读计划法

超级学习阅读计划使学生的阅读速度加快了四分之三（即10个星期学完一年的课程），而且使他们感到愉快和自信。用超级学习法进行阅读的几个星期内，学生们平均在阅读能力上的进步是提前8个月完成一年的阅读量。而对于四年级到七年级的学生来说，阅读速度几乎提高了五分之三。

他们成功的一个秘诀就是罗扎诺夫的"活跃音乐会"的变化形式。除了在音乐伴奏下以平常语速读课文，还增加了音乐伴奏下的戏剧化地阅读故事。所使用的音乐是缓慢的巴洛克式超级学习音乐而不是莫扎特。这也是东德人多年来所使用的步骤并取得过巨大成功。下面是具体做法：

课文：巴耐尔弗特系列"获取事实"小册子A到F。他们之所以选择这篇课文，是因为它包含许多日常情景，可以很容易进行戏剧化处理。

时间安排：两天一轮，每次45分钟。

第一天

1. 准备活动：基本语音游戏。（已制作成商品的语音游戏，可以在教师用品店里买到。）

2. 呈现新词汇：用上下文和运动式来介绍、引入单词。每一个单词跟着一个填空句（如："把戏"——"这只狗在做"）学生们摹写下这个词，然后写在空格里，再轮流念出他们的句子。

3. 伴着音乐放松复习：学生们躺在地毯上，闭着双眼，完全放松。老师给他们三到四分钟进行具象暗示。他们可以进行稀奇古怪的想象"旅行"，想象他们带着图形放松。例如，"我的头像个蜀葵……我的双眼像两个球……我的双臂像通心面。"（要了解更多的孩子具象技巧，参看"超级学习法"部分。）教师给出的暗示要侧重每个学生的个性和特点。学生们被要求描绘出脑屏幕，在那儿他们可以看到与这些词汇相联系的映象，然后伴着超级学习音乐，抑扬顿挫地念出这些词汇。教师发音，拼写并且在句中使用这个单词。最后停顿一下，让学习内容沉淀下来，然后暗示健康和学业表现优秀，再把学生带回到清醒状态。

4. 学生用刚学习的词汇表演短剧。之后在下课前，学生们把新单词再大声读一遍。

第二天

1. 语音游戏。

2. 复习前面学过的词汇。

3. 伴着超级学习音乐背景，呈现故事材料：学生躺下来，放松，使呼吸和音乐协调同步，然后再做静脑练习。伴着音乐，老师直接念出一篇课文，这一次，要以一种富有感情的、戏剧化的、表演式的腔调念出。学生放松下来，打开思维进行故事所暗示的具象。

4. 暂停。返回到清醒状态。

5. 朗读故事材料：学生大声读出小册子里的故事，教师予以纠正。

6. 理解检测：学生回答课后问题。

这种阅读系统可以使阅读能力在一年时间里取得四年的飞跃。这种方法可以用于家庭教育、正规或补习学校中。对于那些志愿者的培训尤其有效。

拍照式阅读法

关秀雄博士认为在开始加速学习之前，进行几天的速读训练是非常有益的。在欧美它被叫做拍照式阅读。用这种方式阅读，你的下意识在进行信息处理，以闪电速度把信息和你已知的内容联系起来，而不是让你的双眼"吃力地跋涉在字里行间"。信息处理是关博士研究的领域，他有罗扎诺夫关于双层面（意识和下意识）教学理论的亲身体验，所以他天生适合去检测这种由日本的秋广川村在1980年提出的速读系统。

"拍照式阅读"从字面上看显然是睁开眼睛进行的。在关博士领导的研究小组主持的课堂上，你会学会扩大视角：句子在"电脑屏幕上"翻动时，大范围捕捉表面的信息。这样做的目标是：让你的下意识拍下一张快照，在一瞥间吸收整个一页的内容。如同在美国，如果学会了快速翻页技巧，你就能快速读书了。在一份已出版的报告中，关博士说他自己和他的学生们的阅读都比以前至少快了十倍。

拍照式阅读的时代也许已经到来。除了日本人以外，美国人也开始在相同原则指导下的超音速阅读。许多城市的NLP训练者和一些加速学习教师都在教授拍照式阅读。从某种意义上讲，拍照式阅读正是超级学习法专门研究的技巧。它们有相同的核心技巧，即身体大脑状况良好，从下意识注入或提取信息以及消除学习障碍。这些技巧被应用到阅读而不是语言学习上。这个阅读系统的采纳同样也涉及到观念的转变问题。明尼苏达州维萨塔学习策略公司的保罗·席勒是美国拍照式阅读系统的主要推荐者。他说："这是关于砸碎限制学习和阅读选择的陈旧动词变化表的问题，是关于开发意识以外更多潜能的问题。"席勒和其他人坚持认为，一旦你和你的下意识（他们称下意识为杰出的第二个自我）取得了联系，你就可以在很短的时间内（如几分钟内）拍照式阅读数百页内容，那么你就能抓住关键赢一场官司，或者敲定一桩买卖，乃至完成一篇论文。这种想法也反映了换利克森、吉恩克夫·休斯顿和马斯特斯关于"扩展时间"的研究。用这种阅读方式促使人们改变自己以往的阅读方式，让下意识在平常零散的时间里充分发挥它的作用。

速读进入我们的生活已半个多世纪了，但在商业和教育领域使用得很少。拍照式阅读是一个有机的系统，始终伴随着对我们自身认识的不断扩展。它可能成为21世纪超级学习者的标准"准备"。

"全脑阅读法"

"全脑阅读法"的观点是：在阅读中，既开发左脑，又开发右脑，使之协调一致，彼此配合，以达到开发大脑潜能、提高阅读效率的目的。它由三个部分组成。

一、全脑快速阅读

快速阅读是人们从文字中迅速有效地提取所需信息的阅读法。传统的音读法是从左脑输入信息的，阅读速度慢。全脑快速阅读是视读法，把文字当作图，从右脑输入信息，全脑处理。

由于全脑直映而省去了发音和听觉器官的活动，因而大大提高了阅读速度。

二、全脑图示阅读

这是一种以"图"析"文"的阅读法。它讲究形象性、整体性、凝炼性和美学性。它也是从右脑输入信息，全脑处理。图示是展示文章的"屏幕"，学习文章的"导游图"，是阅读教学的微型形象课文。

三、全脑反刍阅读

全脑反刍阅读，一是抓语感训练。通过诵读领悟法、触发意会法、语境揣摩法、比较推敲法、练笔感受法等，从整体上培养对语言的敏感。二是抓形感训练。通过说文解字法、幻化图画法、角式扮演法、想象作文法等，培养对形象的敏感。三是抓语理训练。语理是指语文理法，即语法、修辞、文章、逻辑等法则。上述三种训练方法，语感训练和形感训练偏重于右脑，语理训练偏重于左脑。左右脑协调，就能提高阅读效率。

PQRST 五步读书法

PQRST 五步读书法，是国外学习学专家托马斯·斯特顿创立的一种读书法。PQRST 分别是五个英文单词的第一个字母。即 Preview(预读)，Question(提问)，Read(通读)，State(陈述)，Test(考查)。这五步的具体解释如下：

一、Preview(预读)

拿到一本书，首先阅读各类标题、结论和文章后的参考题。并尽量把此书与以前看过的书，听过的课联系起来。

二、Question(提问)

自己问自己，此书的重点是什么？各章、节的重点是什么？

三、Read(通读)

认真、迅速地通读全书，查找此书的主要观点。如果是自己的书，可做笔记或用笔在书上划出重点。

四、State(陈述)

回答开始阅读时提出的问题，看看哪些问题解决了，哪些问题还没解决？

五、Test（考查）

检查自己对所读内容的掌握情况。这可以借助此书的目录或章节后的思考题来进行，看一行目录或一个题目，看自己能回忆出多少？

SQ3R 五步读书法

SQ3R 是代表五步读书法中每一步的英文单词的首字母的缩写。这五步分别是：
一、探查　二、提问　三、通读　四、回忆　五、复习

1. 探查（Survey）

当我们准备学习一篇课文时，其中许多人常常"从头开始读起，一直读到结尾停下来"。但是，这是一种收效不大的阅读方法。用这种方法阅读就好像是在无目的地行走，用不多久就会陷入所读材料的细节中去，结果会使我们只见树木不见森林。相反，我们应该在开始穿过这片树林之前，先设法从整体上看一看这片树林。也就是说，在阅读理解文中各部分内容之前，首先要"探查全文"。

阅读之前"探查全文"就像一个人在进行一次艰难的旅行之前，先在"地图"上计划出他的路线一样。

任何书和文章都是遵照某种计划写成的。快速探查就是为了使你较好地了解作者的写作计划与写作意图，从而更深刻地理解所阅读材料的内容。

(1) 全书探查

如果你要阅读一本书，必须首先进行全书探查。全书探查的步骤如下：

①扉页：探查要从扉页开始，5秒钟时间即够。你可能会认为这里面学不到什么东西。其实不然，扉页上的内容总是值得一读的。它会告诉你：

1. 该书总的内容范围（题目本身）。
2. 该书的程度与阐述的方法（副标题或说明性文字）。
3. 作者的名字与资历（学位、职务等）。

4. 出版情况、出版社、出版日期、版次、印数等。

②序言／前言／引言或写在前面的话：这部分文字不多，但却很少有人细读。岂不知作者正是在这里介绍了书的内容、写作目的、编写方式、读者对象和如何使用本书的方法。这些介绍能帮你了解这本书对你是否有价值，是否值得一读，这会使你在后面的阅读中少走许多弯路。

③目录：目录不仅告诉你作者要探讨的题目，而且常常会表明他是怎样组织这些题目的，如主要题目、次要题目等等。有的书后附有"索引"，那也是你探查的内容。如果你要找一些具体参考材料，索引会为你节省许多时间。有一位名叫罗伯特·兰特的报纸专栏记者曾说："我最讨厌阅读没有索引的书，它逼着我非读整本书不可。"

④翻阅：快速地把书从头到尾浏览一遍。请翻阅如下内容：

1. 读每章每节的标题。
2. 读每章结尾处的小结（如果有的话）。
3. 看图表的插图。
4. 浏览偶尔见到的句子。

毫无疑问，在这个阶段你很难记住所有看到的内容。然而，这种快速浏览确实会进一步充实你对该书结构所做的猜测。这种浏览也为完成下一步任务做好了准备。

全书探查可能花你几分钟或几十分钟，但这是必要的，这比你盲目地阅读效果好得多。

(2) 全章／篇探查

每当你准备阅读新的一章或一篇文章时，不要急于从第一段第一句开始逐句地阅读，你至少要花几分钟对全章或全篇进行一下更为细致的探查。探查的内容如下：

①第一段和最后一段：作者可能在这些段落概述后面的内容，或总结前面的内容。

②小结：可能出现在间隔处、一章的中间、或者末尾的地方。

③标题：绝大多数作者都会不辞辛苦地计划一种有效的标题和副标题体系来组织他们的观点（就像你给自己的作文煞费苦心地命好题目一样）。然而遗憾的是，很多学生都完全忽视了这些标题，忽视了标题中包含的那些有价值的线索。他们总想把那些结构严谨的文字当作小说一样去阅读。

标题能告诉你每一部分或每一小节所阐述的内容。

标题的大小和层次会告诉你文章的内容或各层次之间的联系。无论阅读什么材料，都应该注意标题的层次和级别。它们向你指明了各论题之间的从属关系，因此，它们是了解作者的思想结构的钥匙。

"探查"绝不是阅读之前可有可无的环节，更不是无端地浪费时间，而是"必不可少的第一步"，因为"探查"已经为你通读全文或全篇文章构筑了一个"整体轮廓"和"基本框架"。在这个"整体轮廓"和"基本框架"的指导下理解文意，会使你避免陷入误区，从而使你少犯许多思维上的错误。

2. 提问（Question）

如果你头脑中没有一系列想解决的问题，请不要开始读一本书或一篇文章。只有头脑中带着问题，你才能明白阅读目标，头脑更加敏锐，从而保持极大的学习热情。带着问题阅读，你会变成一个积极的探索者，而不是一个消极的观光者。

问题从何而来呢？

在细读之前，对一本书或一篇文章的初步探查已经为你提供了提出问题的机会。

（1）自我提问

在探查全书或全文时，你提出的问题可能十分笼统。

例如，探查全书时，你可能给自己提出这样的问题：

"此书是5年前出版的，可信程度究竟有多大？"
"它能像序言中说的那样对我真有帮助吗？"

即便是此类笼统的概括性的问题，也会帮你确定如何处理或阅读有关材料。例如，在你探查某一章／篇时，你提出的问题就会更具体：

"为什么作者要把它作大／小标题？"
"这个标题是什么意思？它会引出些什么事实？"
"这个标题会造成什么样的结局？"

各节的标题和小标题总会使你的头脑产生某些问题。所以说，标题是提出问题的源泉。这些问题可以使你明确阅读目标，你应当抓住每一个标题，并且起码从中提出一个问题。如："这标题是什么意思？"当你读第一段、最后一段或各种小结时，你也要迅速想到一些问题。如"说明这种结尾的事实在哪儿？"

（2）其他人提出的问题

①阅读原书本身提出的问题：作者常常在一章或一篇的开头提出三、四个问题，当你读到这一章或一篇的结尾时，问题的答案就清楚了。

高中英语和初中英语新教材在每篇课文之前都提出了一两个问题，如："Read the letter fast to get a general idea."(S.B.I,L.1) "How did the students feel after they tasted the mixture?"(S.B.I,L.2) "What will be one of the results of the new car factory?"(S.B.I, L.22)

有时作者也会在一章的结尾处给你提出一连串的问题。

②在阅读之前，老师也会提出一些问题让你思考。

在初步探查一本书时，先记下结尾提出的问题，然后在通读全文时，再仔细推敲它们。无论你读什么材料，头脑中都应当有一个"问与答"的程序。你要不断地向自己提出问题："这课的中心思想是什么？发生了什么？怎样？为什么？什么时候？什么地方？……"当你回答了一个问题之后，又应提出另一个问题来。这样就会使你养成带着问题去阅读的习惯。

通常情况下，你会在阅读过程中找到问题答案。如果在文章中不能直接找到答案，你就要综合分析所读材料，然后作出合理的推测和判断。

因此，进行初步探查的一个重要的目的是为了让你有机会提出几个能帮助你确立阅读目的的问题。开始，你可能发现很难提出问题。随着逐步实践，你很快就会学会提问题。在阅读中养成好问的习惯，问题自然就会出现。

3. 通读 (Read)

(1) 怎样阅读

阅读决不能采用大多数人阅读小说的那种方法。那种阅读的目的是为了"让大脑轻松一下"，而你阅读的目的与这恰恰相反：你需要尽量运用自己的大脑，并且充分发挥自己的评价能力。

事实上，你必须积极地阅读——寻找问题的答案。要记住：带着问题阅读并从中寻找答案的读者，是学习目标明确的读者，也是聪明的读者。

(2) 查找中心思想

你在阅读一篇文章时，可能向自己提出了一个目的性最强的问题是："它的中心思想是什么？"

一本书的每一个层次都有自己的中心思想。

一篇文章的每一个层次也都有自己的中心思想。

整本书的中心思想相对是非常概括的。每一章／篇的中心思想就相对的较为具体。篇章中的每一节的中心思想则更具体。而每一段或每一层次的中心思想则是最具体的。

不要忘了，你的阅读任务是：找出每一层次的中心思想。

(3) 作者的写作脉络

阅读一本书或一篇文章时，你会发现构成这本书或这篇文章的思想结构体系——作者的写作脉络。

按照这个脉络，整本书或整篇文章，都可以分为几个层次。

整本书的中心思想（第一层次）分成许多较为具体的中心思想，其中每一个便成了一章的主题（第二层次）；每一章的中心思想又分解开，为该章中的各节（第三层次）确定了中心思想；最后每节的中心思想又为每段确定了更为具体的中心思想（第四层次）。

在探查时，你可能会发现第一层次和第二层次的中心思想，也许还有第三层次的中心思想。而在通读时，你将主要考虑第四层次（即每段）的中心思想。

(4) 两个不要

在通读步骤中，第一，不要记笔记。记笔记会分散你的注意力。使你的阅读速度减慢。而且，这样做也会使你倾向于只记录作者的原话，而忽略了自己对内容的评价与思考。这不利于学习与理解。

第二，不要在词或短语下面划线——起码在第一次阅读时不要这样做。虽然这样做你可能会感到你是在积极阅读，但是，经过考虑后，你常常会发现你在不适当的地方划上了线。所以，在第一次通读时，你应当找出中心思想，但不要在文章的任何地方划线，也不要做笔记。

(5) 重读

实践证明，在"通读"环节中，把文章通读两遍，其效果要比只通读一遍好得多。

第一次通读：把材料从头至尾快速地一口气读下来，把注意力放在其中心思想上。不要停下划线或记笔记。只有当你看到一个重要的观点时，才可在书边空白处用铅笔划上一个检查符号。

第二次通读：将材料从头至尾重读一遍，复查一下你是否真正地抓住了中心思想和重要环节，并且可以在那些重要的观点下面划线。

4．回忆 (Recall)

即使阅读材料十分简单明了，也不能只通读两遍就算了事。这样的敷衍读书法效果是极差的。因为，绝大多数人放下书几秒钟后就会忘记他们所读内容的50%。（除非你有超人的记忆，并特意打算记忆所读的内容。）

(1) 回忆的作用

有规律地进行回忆，会使你在三个方面提高学习效果：

①你的精力更加集中，因为你清楚学习任务正等着你去完成。

②你会有机会弥补记忆上的漏洞，或消除你对内容的误解。

③你的大脑处于积极的活动状态，因为你必须努力理解和记忆读过的内容，而且要用自己的语言去总结它。

重读一遍绝不能代替回忆。

(2) 多长时间回忆一次

①回忆：当你已经开始通读后，就应该时常停下来，心里琢磨一下阅读材料的中心思想。有时在每一章结束时停下来进行回忆也是可以的。

聪明的作法通常是在每一节之后进行回忆。

如果你等到读完篇幅很长的一章／篇之后才进行回忆，前面的许多内容都会被忘记，你的回忆会变得模糊不清。但在一句或每一小段之后进行回忆，又会降低学习效果，会使你学到的知识变得支离破碎。因此，最佳的方案是在每一节之后进行回忆。

当你读一章／篇后，再回忆一次。这次包括回忆所有各节的内容。

②记录：不要只考虑回忆，要把你记忆的要点写下来——把中心思想和重要的细节简单地记录下来。

即使是最简略的笔记也要比你头脑中的那些漂移不定的半成形的记忆更有价值。

因此，记笔记是 SQ3R 读书法中回忆步骤的一部分。

(3) 回忆需要多少时间

SQ3R 读书法的大部分时间应该放在"回忆"的步骤上。50% 的学习时间应当用于回忆所读过的内容上。

需要用心记忆的材料，如规则、符号、名称、公式、句型等，可能回忆时间高于 50%（也许要达 90%）。

需要理解的材料如故事情节、脉络、线索等，回忆的时间可能低于 50%（也许只需 20%）。实验证明：回忆不是浪费时间。实际上，浪费时间的人是些单单为了"追求读书数量"的人。即使他们在阅读时理解了材料的内容，很快也会忘得干干净净。

5. 复习 (Review)

复习的目的是检查回忆的准确性。你永远也不要认为你的记忆总是准确的。总要再检查一遍，以保证准确。

如何复习呢？最好的复习方法是快速地重复 SQ3R 方法中的前四个步骤：

(1) 探查：探查一章／篇或一节的总体结构。（再看一遍标题和结论。）
(2) 提问：回顾一下你提出的问题。你已回答所有的问题了吗？是否又发现了新的问题？
(3) 通读：重读一遍教材，保证让自己记住所有的重要内容。
(4) 回忆：弥补漏洞，改正笔记中的错误，形成正确的东西并记忆下来。

虽然 SQ3R 学习法的各步骤是按照自然的逻辑顺序排列的，应当予以遵循，但是我们仍会看到它们之间的交叉或重复。比如说，当我们的重点是探查或通读时，我们同时还可能提问；在通读时，有时也要停下来，以便回忆，复习或重新探查。SQ3R 读书法为你提供了一个灵活的、有弹性的学习方法，你可以根据自己的目的和阅读材料的特点去进行调整。

你想提高阅读效率吗？请使用 SQ3R 读书法：探查 提问 通读 回忆 复习

精 读 法

精读也就是精细地阅读，是一种咬文嚼字、深钻细研、一丝不苟的阅读方式，目的是为了深入地理解和有效的记忆。它要求根据一定的阅读目的，对阅读材料的内容、结构、语言、表达方式等认真琢磨，究其精髓，从而全面掌握，深入理解，融会贯通；之后，通过练习，再将阅读材料中所蕴含的知识技能转化为读者自身的知识和技能。

精读训练要求对阅读材料从整体到部分，从部分到整体，从形式到内容，从内容到形式，反复思考，深入理解。在精读时，可以采取以下几种方法辅助阅读：

①做记号或评注。对有疑问或有不同意见的内容，可做上记号，以提醒自己去解决。有的内容需要注释，如果文字不多，可写在旁边的空白处。注意要写整齐，选关键的词语，不要把所有的内容都抄上。如果有感想或总结要点，也可写在旁边空白处，内容要精短。评注可以记下对字、词含义的理解、认识，对写法的分析和评论，还可以写下读后的感受。

②划线和加着重号。对关键性的词语、句子，在下面划线或加着重号，这样有利于区分重点和非重点，使重点部分醒目突出，便于记忆。但要注意应有选择地划线和加着重号，不可过滥，以至于失去了划线加着重号的意义。

③写读书心得、笔记摘抄。在精读时，如果能够注意做卡片、记笔记、摘抄精彩语句、整理有用的资料甚至抄写全文，再加上写读书心得、写书刊评论等，就能读得精一些，

熟一些，也就能想得多一些，深一些，从而就读得更好些。

精读适用于学习和研究性阅读，如读教科书、科学论文、学术著作、理论文章等。长篇文艺作品很少采用精读的方式。

泛 读 法

泛读也叫略读或浏览，是一种观其大概的读书方法。它只要求对读物进行大体的涉猎或粗略的通读，除个别重要处或感兴趣的部分外，一般不做深入研究和揣摩。通过泛读只能了解所读材料的梗概和要点，或只了解其中的部分内容；有的则仅仅是开开眼界。泛读是扩大知识面，增长见闻，开拓视野的主要途径。更多的与个人的兴趣爱好有关，需要读者有较高的积极性，视阅读为一种生活兴趣。泛读既可以有明确的目的，带着一定的问题去阅读，也可以是漫无边际地翻阅，遇到什么学什么。所以说泛读属于探测性的阅读。但这种阅读对每一个人来说都是很重要的，能够扩大知识面，建立广博的知识基础，也为精读打下一定的基础。

训练泛读要注意以下几点：①打好精读的基础。泛读是在精读基础上发展起来的更高级的阅读技能，只有首先具备了精读的能力之后，才能真正地学会泛读，所以首先得打好精读的基础。缺乏精读基础的泛读，容易犯囫囵吞枣、不求甚解的毛病。②尽量放宽视读广度。既要读得快，又不能漏掉要点和有用信息，最重要的就是要尽量放宽视读广度。所谓视读广度，是指视力一次所能看到的读物的幅度。不同的人视读广度不同，有的人一次只能看一两个词甚至只看一个字，有的则能看一个句子、一行或数行。视读广度越大，泛读的能力就越强。视读广度可以通过有意识的锻炼来提高。③采取默读的形式，并运用快速阅读的方法。因此，在进行泛读训练时，要把默读、速读、跳读、浏览等方式结合起来，互相促进，共同提高。

对于学生来说，泛读是一种辅助性阅读，如课本中从长篇小说中节选出的课文，像《林黛玉进贾府》、《守财奴》、《母亲》、《群英会蒋干中计》、《林教头风雪山神庙》等，可在课下用泛读的方式读读原著。另外，与课文有关的其他作品、科普读物、报刊杂志等也都适用于泛读。

朗 读 法

朗读就是放开声音去读，它最突出的特点就是发出声音，有发音器官参与活动。朗读把用文字记录下来的书面语言再恢复为有声的语言，用声音再现出语言文字所蕴含的思想感情，从而有助于更好地理解文章的内容。朗读一般用于欣赏或特殊需要，如播音、表演等。有些文艺作品，特别是诗歌，不仅意蕴深刻丰富，而且富有声韵之美，不放声有表情地朗读，是难以充分领略的。同时，朗读还有助于记忆，增强语感，俗话说："熟读唐诗三百首，不会作诗也会吟。"讲的就是这个道理。朗读是一种阅读方法，也是一种用来表达感情、陶冶情操的艺术技巧。在语文学习中学会正确的朗读，不仅有利于加深对课文的理解、感受和领悟，而且有利于提高阅读能力、欣赏水平和表达能力。在朗读训练中要注意以下几个方面：

①发音要清楚正确。用普通话朗读，发音清晰响亮，不读错字，不丢字，不添字，不唱读，是朗读最基本的要求。发音正确首先是要求用普通话阅读，其次是不能把字音读错，尤其是对形近字要注意分辨，对多音字要按字义确定读者。如"分别"的"别"应念二声 bi，而"别扭"中的"别"就念四声 biè。不认识的字不能乱猜，有的同学认字读半边，如将"衲"读成"内"，将"臀"读成"殿"，等等，这是不好的习惯。对拿不准的字，要勤查字典。

②轻重、停连要准确、合理。轻重是指词、句、段轻读和重读的处理。在汉语中，轻重音的变化也是表达意义的一种手段，这在字面上是无法看出来的，只有通过朗读才能表现出来。在朗读中准确地掌握好轻重音，不仅可以更好地表达文章的内容、而且还可以突出重点，使语气生动活泼。在文章中表示安静、轻微等方面的内容一般要轻读。重读比轻读更常见，如词语重读、意群重读、感情重读，等等。重读在表情达意上具有非常重要的作用，同样的一句话，重读的字或词不同，表达出来的意思就大不相同。如"你为什么打他"这句话，重音放在"你"上，意思是"你"没有资格打他；重音放在"为什么"上，意思是问你打他的原因是什么；重音放在"打"上，意思是你可以用别的方式对待他；重音放在"他"上，意思是你打的对象错了。

停连是指停顿和连接，就是在朗读过程中词语、句子之间的间歇或连读，也是语音节奏的一种具体表现。朗读中的停顿不仅是连接的需要，也是控制语速、转换情绪、正确表达语句和段落含义的需要。有句话说："该断不断，其义自乱，该连不连，语义难全。"指明了停顿和连接的重要性。

③速度快慢适当。对于朗读的速度虽然没有明确的标准，但也不能随意乱读。一般要根据文章的内容，思想感情以及人物性格来决定朗读的速度，同时也要考虑让别人听清楚，听明白。从文章内容的要求来看，诗歌，尤其是古典诗词应读得慢一些。诗歌内涵比较丰富，语言又精练，读快了会使人没有回味的余地，达不到应有的效果。其次，文中的景物描写，尤其是静态的描写，比较伤感的场面，情绪低沉的语言，读的速度也都要稍慢一些，能够与文中的内容与气氛相一致，也能给听者以清晰生动的印象。相反，那些比较紧张的场面，快速的动作，迅猛发展的局势，激动人心的情节，以及人物急切的呼唤，热烈的争辩，慷慨激昂的誓言等都应读得快一些，这样才能表达出当时的情况，制造出相应的气氛。

④语气和语调。语气和语调也是朗读中表达思想感情的一个重要手段。就是由于声音的高低、轻重、快慢的不同而形成的声调。即使一个字，用不同的语气和语调读出来，表达的意思就不一样。如"啊"字，用平稳的声调读，表达打招呼或知道了的意思；用升调读，表示惊奇、不相信的意思；用先降后升的调来读，表示恍然大悟、原来如此的意思；用降调来读，则表示感叹或愤慨之类比较强烈的感情。由于语调不同，一个字就有如此多的意思，更别说一句话，或一段话了。句子的语气语调主要是根据句子表达内容的需要来决定，一般表示兴奋、喜悦、紧张、激烈内容的用升调，表示悲伤、惭愧、平静、凄凉等内容用降调。

默 读 法

默读是种不出声的阅读方式。它是将传统阅读:目 脑 口 耳 脑 简化为目 脑。查阅资料、阅读报章、杂志等,一般可采用默读法。

默读法具体要求如下:

1. 在默读时要注意力高度集中,要能做到连续 20 分钟思想不走神。

2. 克服念念有词的口读、指读及回读等毛病。

3. 通过扩大视觉幅度,进行整体辨认,减少眼停和回视次数的训练,提高视觉接收文字符号的速度。

4. 提高默读的进度。速度太慢,容易分散注意力,产生杂念。因此,在默读时要由对文字的感知变为对内容的理解,把逐字逐句地读改为逐行逐段地读。

5. 要提高想象、联想、思维、记忆的速度,从而提高阅读理解率。

6. 要根据情况结合运用多种阅读方法。学会在默读时做不同的记号,划段落,标重点,加批注,检中心等。默读完毕,还可采用复述大意,概括中心,解释词语等方式来检验阅读的效果。

提示:初学默读者,要想提高默读的速度,首先应克服急躁的情绪,采取限时阅读的方式进行训练。

无声阅读法

无声阅读不等于默读。默读时实际上存在着一种压得很轻，不为人所察觉的声音，科学术语称之为内听。而无声阅读则完全排除了这种内听。

无声阅读训练法如下：

1. 人为机械地、强迫性地控制发音量。例如，舌头抵在唇间、或者口里含个东西。这种方法能从根本上控制语言运动分析器（发音器官：口腔、齿、唇舌等）的末梢神经，但不会控制中枢神经部分。因此，初学时可采用此法，而要完全控制阅读时的发音量，却不能依靠这种办法。

2. 节奏敲打法。默读文章时，手指头按一定的节奏进行敲打。这种连续性的有节奏地敲打既能防止内发音，又能防止外发音。掌握快速阅读法的关键，是正确地掌握有节奏地敲打法，应当按照音乐的节奏进行敲打。常用的2/4拍。第一小节敲打4次，第二小节敲打2次，每小节的第一拍打得较响。训练时，可以有节奏地自行敲打和反复练习。在一般情况下，只要有节奏地敲打上20小时就能够有效地控制音量。

提示：刚开始练习无声阅读法肯定会影响阅读的质量，关键是应坚持练习，不可松懈。这样坚持一段时间就会学会无声阅读。

浏 览 法

浏览法适用于阅读不需要深钻细研，只需了解大概意思即可的文章、报纸、小说。浏览法的具体操作如下：

1. 推敲篇名。

篇名往往概括了材料的主要内容，或者揭示了文章的基本论点、论述的范围，只要稍加琢磨就可以有初步的了解。

2. 浏览序、目录、提要、题解、要点、索引。

序分自序和他序，能帮助读者理解书中的主要内容。目录是书的纲要，能帮助读者了解书的整体结构。提要是内容简介，能帮助读者了解书的内容，把握书的要点。题解一般用在文选等比较严肃庄重的著作中，能够帮助读者正确理解和把握作品的内容。

要点能帮助了解作者所表述的基本思想。索引能帮助了解主要材料来源和根据。

总之，通过浏览以上内容，可以对全书的概貌有比较概括的了解。

3. 浏览正文。

首先要读开头的一部分。这一部分往往是文章的引论部分。作者在这里提出论题、论点以及研究本课题的意义、目的、或者指出本文的叙述纲要和叙述方法。了解这些可以对后文内容进行判断，对理解全文有重要的作用；其次要读中间部分段落、章节中的主题句；最后，要读结尾部分。结尾部分有时以结束语的形式单独列段。作者在这一部分对全文论述的问题加以简明扼要地归纳、总结，是作者展开论证的结论。读结束语应细心，如果与开头部分加以对照读，印象会更深。

4. 浏览完毕，要合上书回忆所得，形成总的印象。如果发觉其中有值深究的东西，应及时捕捉，或作卡片记下，或进一步阅读。

提示：浏览时，速度要适中。如果没有一定的速度就不能用较短的时间阅读广泛的内容。但是，如果一味地追求速度，结果必然会印象模糊。此外，浏览时不要忽略主动地、有意识地记忆。

跳 读 法

跳读是在阅读中，有意识地跳过一些无关紧要的句段或篇章而抓住读物的关键性材料的速读方法。跳读的意义在于对读物作大幅度跳跃，舍去非本质的信息，捕捉本质信息，作新的接通和组合，形成新的思维流程。

跳读法具体运用如下：

跳读法的运用，大体有以下几种：

1. 以标题、小标题、黑体字等为主要阅读对象的跳读法。许多书都列有章节标题，有的书还用黑体字突出定义、结论等，有的书在每章前后用方框框出要点……这些都是作者要求读者注意的地方，而且往往是全书、全章、一节的主题和中心所在。阅读时先用跳读法只读这些部分，然后再决定是否有必要精读这本书或精读其中章节。

2．关键词语跳读法。只读自己所需要的同特定主题有关的词语，而略去其他的段、句和词。关键词跳读法可用于查找文献资料，也可以把精读材料分门别类的梳理。

3．首尾句读法。首尾句读法又可分为首句读法、尾句读法和首尾句同时读法，就是只读每个自然段的第一句和最末一句，或是第一句和最末一句。一般说来，以说明为主、以议论为主的科学性著作，每小段的首句往往是提纲挈领的一句话，末句是承上启下的一句话，中间则是推理、补充、例子之类。运用首尾句读法，可以迅速抓住全文的中心。

4．语法结构跳读法。这种跳读法有两种方式，一种方式是全力贯注句子中的结构词，如连词；段落中的结构语，如"由此可见"等。根据这些词语来探寻有意义的词和句，从而把握全书的文理脉络。另一种方式是集中注意力读句子中各类词组的中心语，要忽略修饰语、补充语等辅助性句子成分。

5．随意跳读法。这种跳读法主要用于查找资料。此方法可根据阅读者的兴趣和思路来找阅读的注意点，但会较多地漏掉书中有价值的而读者还未感到兴趣的东西。

目的决定读书法

大多数情况下，读书目的往往决定了你的读书方法。基本上读书类型可分为三种：

1．快速参考阅读法——着重在特定资讯上，针对特定问题寻找答案。

2．批判式阅读法——重点在于辨识出需要彻底分析的想法和概念。

3．鉴赏或娱乐式阅读法——阅读纯粹是为了娱乐，或者因为欣赏作者的写作风格与才华。

在确定了自己的阅读目的之后，紧接着就是决定适宜的读书方法，以便达成这个目的。以下是个范例，说明针对不同的阅读对象，你的阅读目的及你应该采用的方法：

阅读种类目的方法

快速阅读法

掌握时事快速阅读法

学习如何与家人和谐相处批判式阅读法

为了准备考试批判式阅读法

为了转移对生物学的注意力娱乐阅读法

提示：一人好的读者应针对不同情况选择不同的阅读技巧。因此，平时应重视训练随机运用适当的读书方法。

整体阅读法

整体阅读法是一种按照一定的程序对文章从整体上加以快速理解的阅读方法。这种程序是根据文体的特点并结合阅读的目的而设计的一套阅读步骤。

运用整体阅读法，可以有步骤地对信息进行筛选。一般说来，阅读材料中文字负载的信息可分为三类：有用信息、次要信息、无用信息。阅读时，如果目的明确，大脑就能对文字负载的有用信息优先选择，而不至于为处理次要信息、无用信息费时太多。整体阅读法的程序实际上就是筛选有用信息的程序。运用整体阅读法，能使阅读的过程变得井然有序，大大提高阅读的效率。

整体阅读法的阅读程序有两种类型：常式程序和变式程序。

常式程序是各类材料的通用阅读程序。读一篇文章的程序，包括以下项目：

1. 题目（或文章标题）
2. 体裁（根据不同体裁的特点阅读）
3. 段落（根据不同文体划分段落、归纳段意）
4. 文章的主要内容（根据不同文体归纳）
5. 文章的中心思想（根据不同文体概括）
6. 评价

变式程序是常式程序的变化形式。是读者根据自己阅读的特殊需要，针对某一具体文体而设计的阅读步骤。

以下是阅读记叙文、说明文、议论文采用的三种变式程序。

一、记叙文

1. 文章标题
2. 体裁（根据记叙文特点快速阅读）
3. 划分段落与概括段意

划分段落

①依据时间划分

②依据事件划分

③依据场所划分

④依据人物划分

概括段意

①串连法

②缩句法

③摘句法

④取全法

⑤连接关键词语法

⑥归纳法

4．文章的主要内容

①审题

②连接各段段意

③分析重点句、段

④概括问题

5．文章的中心思想

①找文章中心句

②注意议论、抒情部分

③分析事件和情节

6．评价：

①表达方面

②思想内容方面

二、说明文

1．文章标题

2．体裁（根据说明文特点快速阅读）

3．划分段落与概括段意

划分段落

①按时间顺序划分

②按空间顺序划分

③按事物性质类别划分

④按所讲问题步骤划分

概括段意

①找段落中心句

②用自己的语言概括

4．文章的主要内容

①综合各段段意

②连接重点词、句

5．文章的中心思想

①文章的中心句

②归纳文章要点

6．评价

①知识内容方面

②语言方面

三、议论文

1．文章标题

2．体裁（根据议论文特点快速阅读）

3．划分段落与概括段意

划分段落：根据序论、本论、结论来划分

概括段意

①找段的中心句

②概括内容

③综合自然段段意

4．文章的主要内容

①审题②连接各段段意③连接重点词、句

5．文章的中心思想（找中心论点）

①看标题②概括段意③论点与论据的关系④分析论证方式、方法

6．评价：

①语言方面②思想内容方面运用整体阅读法还应注意以下几点：

①熟记所用的阅读程序。如果记不清楚，可将它抄在纸上，对照阅读。

②按照编成的序号阅读。完成了前一项目再进入后一个项目。阅读时，不能随意改换每一步中的阅读目的。

③每完成一个项目，均要与程序规定的阅读要求进行对照检查。

④整体阅读法是快速阅读的一种重要形式，原则上只读一遍就要逐项完成程序规定的内容，一般不必重复读。

猜 读 法

猜读法就是阅读一本书之前，看前文，先作预想猜测，然后将后文的实际内容与猜想的内容作比较的一种阅读方法。

1. 确定猜想的起始点。猜想不是凭空乱想。原文的有关材料是猜想的依据，猜想要以有关的材料出发：或者是文体本身，或者是某个词语，或者是某个段落，或者是某条注释，等等。

2. 对照阅读。即快速阅读后文，寻找跟自己猜想的内容有紧密关系的部分，重点阅读。

3. 将原文的内容同猜想的内容作比较。比较的结果，可能一致，可能不一致，可能有些方面一致。如果是一致的，说明阅读者准确地理解了作猜想的那部分在全文的表达作用、结构作用；如果不一致，或者不完全一致，那么就可以深入思考原文在写法上的得失。

运用猜读法阅读，大脑处于积极的思维状态，心理上有急于想了解下文内容是否与猜想的内容一致的意向。因此，大脑对文字语言的选择性理解的效率大大加快，有时只须扫视几个词、几个句子就能从整体上把握住文章的主要内容。猜读有助于理解，又可以提高阅读的速度。

限时阅读法

限时阅读法要求在规定的时间内读完指定的阅读材料。可以自己限定时间，也可由他人指定时间，也可在老师帮助下进行。限时阅读法可采用列表方式辅助进行。列表如下：

序次 文章题目 字数 所用时间 阅读速度 理解率 阅读效率
1
2

3

4

读者可根据所读篇章的字数和所用时间，算出自己的阅读速度，即每分钟所读的字数，并根据阅读速度和理解率算出自己的阅读效率，即每分钟读懂的字数。其计算公式分别是：

阅读速度 ＝ 文章字数 ÷ 阅读所用时间

阅读效率 ＝ 阅读速度 × 理解率

计算之后，把数据登记到上表中。

提示：

①保持 70% 左右的理解率比较恰当。

②如果你的理解率保持在 90%—100%，说明你可能太过于注重理解，而忽视了速度。

③如果你的理解率保持在 90% 以上，而阅读速度也不比别人慢，说明你还有潜力提高阅读速度。

总之，计时快读训练追求的不是单纯的理解率高、速度快，而是较高的阅读效率。因此应注重保持阅读和理解率的适当比例。

寻 读 法

寻读是从某些特定内容的书类中，迅速摄取自己所需要的资料的一种速读方法。

平时在工作、学习、科研和写作中，常常需要查考一些人名、地名、典故、数据等有关资料，除了查阅专门找工具书以外，还要从大量的书刊中寻找，这就需要寻读。寻读时，两眼扫过书页，以最快的速度从文章中披沙拣金，发现和寻找你期待得到的某些问题的细节，如某个人名、地名、某件事发生的年月，或作者的论点、论据及重要的数据和其它有关的资料。

寻读法其实质是一种目标阅读法，是大脑带着任务去阅读并搜索出有用信息的过程。寻读法可避开次要信息直奔有用信息，因此是一种高效阅读法。

闪示阅读法

闪示阅读法，是快速阅读常采用的一种训练方法，把若干词语、语句或语段写在卡片上，将文字在读者面前迅速闪示而过，让读者立即记下所视的内容。训练时，词语的字数逐渐递增，闪示的速度也逐渐增快。

卡片闪示具体训练方法如下：

①将词语、短句写在卡片上，迅速扫视。

②用卡片（或直尺）遮盖在词语、短句上，迅速将卡片（或直尺）往下抽动再复原。开始练习可闪示一行，以后可逐渐增多。

③在卡片上挖一个长方形的孔（大小同所要阅读的词语、短句），每闪示一次，速度逐渐加快。

提示：闪示阅读法要求在一瞥之间尽量看清卡片（或卡片遮盖下）写着的内容。训练初期，通常只能看到两三个文字，以后慢慢增多，直到看清较短的段落。这项训练的要旨：一开始要努力留神全局，然后着眼于提高整体的精度。因此，应由浅入深，从只有两三个文字开始，等信心增强，逐渐向信息量多的句、段练习。

提高阅读效率的诀窍

提高阅读速度的技巧：

1. 集中你的注意力。
2. 排除外界的干扰。
3. 创造一个整洁舒适的读书环境。
4. 不要为了弄明白个别单词或句子的意思而半途中断阅读，但是对于那些会影响你把握整篇文章大意的关键词，就要（用字典）查明其意义。
5. 应尽量把握阅读材料的整体涵义而不要试图弄明白每一个细节。
6. 如果你发现自己在阅读过程中嘴里念念有词,那么,你可以把一支钢笔或其他(无毒的，非糖制的）物体含在嘴里练习阅读。如果在阅读过程中该物体掉了出来，你就知道你必须继续练习。

提高理解的技巧：

1. 养成循序渐进学习的习惯——理解是在已有知识基础上增加新的知识而获得的。
2. 回顾阅读中已标出的语言点。考一考自己是否抓住了阅读材料的重点。
3. 假如行不通，放弃你的结论。回头重新阅读，试着找出另一个结论。
4. 总结你所读的内容，并用自己的话把它记在笔记本上。

手指引导阅读法

手指引导阅读法是指用手指指着阅读材料，手指快速地移动，而读者强迫自己的视线跟随手指移动。其要诀如下：

1. 移动您的手指，横过文章的一行，确定您的眼球跟着您的手移动，以您能理解的速度，从左至右持续扫描文章的内容。
2. 当您到达一行的末端时，便将手指移至下一行的开始，大多数人用左手引导他们的眼睛，右手则用来翻页。若您发现使用左手并不舒服，你可使用右手引导眼睛。
3. 您的眼睛在跟随手部移动时，能舒服地集中在这三个动作：

(1) 在手的左边

(2) 在手的右边

(3) 在手的上面

D. 试验并找出您最舒服的位置。

E. 读到困难的字中片语时要减慢速度。

F. 不准让您的眼睛重复阅读任何遗漏的字或片语。

手部引导示范训练：

正向引导阅读示范：

以行为单位正向阅读标志（如图所示）

阅读绩效记录：

文章字数：字

阅读用时：分钟

阅读速度：字／分钟

理解率：％

阅读效率：字／分钟

反向引导速读示范：

阅读绩效记录：

文章字数：字

阅读用时：分钟

阅读速度：字／分钟

理解率：％

阅读效率：字／分钟

扫 读 法

　　扫读法，就是一种面式阅读法，它一眼要看几整行文字，抓住所读材料的系统和脉络，寻求所需的内容。这是一种高级的阅读方式。

　　扫读法方式有：浏览前言、通读目录、抓住重点、看结束语。扫读法最显著的特点是将目录先横后纵快速移动，只扫描最关键的词语。扫读法的长处是解决了阅读内容与时间少这一对越来越尖锐的矛盾，适应当今知识爆炸的时代。

思维培养法

纵横思维法

将思考的问题或对象从纵的与横的发展方向上进行思维加工就是纵横思维法。就是说遇事时横竖多想想，有哪些因素，哪些可能性，哪些可行的办法，拿出些新点子，以使思路开通，少出差错。例如，我们看一个同学的进步，一方面要看看他的过去、现在和将来的表现和发展；另一方面要看他现在如何，也要从德、智、体、美、劳等多方位全面去衡量。从纵与横的两方面去把握事物就会全面深刻，在学习中应该多运用这一方法。

纵横思维法也可以分成纵向思维法与横向思维法两种。

逆向思维法

从相反的方向去思考，改变人们通常只从正面去探索的习惯，这种反过来从完全对立的角度去思考问题的方法就是逆向思维法，可以说是"背道而驰"或反其道而行之。从反面去看问题，易引起新的思考，往往产生独特的构思和新颖的观念。正反两方面多想想可能会收到意想不到的效果。人们算数时都是从右向左算,史丰收改为从左向右算,从而创造了速算法,被称为史丰收速算法,他的速算能力和速算方法受到国际数学界的高度评价和公认。火箭是向天上打的,有人使它改变方向,制造出钻井火箭。欧几里德几何学是中学生都熟悉的,用了两千多年,匈牙利数学家亚诺什,18岁时,从相反方向思考并经过验证,创立了一门新学科——"非欧几何学"。在小学四则运算中,用加法得的和,为了验证其是否正确,用减法进行验算;或者用乘法得的积,再用除法去验证,都是从相反的方向思考问题。

在学习科学理论时,对前人的理论进行实验或实践以证明前人理论的确实性,称为证实法;有时也从另一方向考虑,即通过实验或实践证明前人理论的不确实性或不科学性,称为证伪法。对已有的理论观点进行肯定性的证实或抱有怀疑态度的证伪都是重要步骤。每个同学都应学会证实和证伪两种思考方法,学会从逆向考虑问题。

逆向思维法看似荒唐,实际上是一种易产生奇异思路的方法,常常出奇制胜,使人创造出新的思想,做出突破性的贡献。

分合思维法

分合思维法是将思考对象的有关部分,在思想上将它们分解为部分或重新组合,试图找到解决问题的新方法。大家都知道曹冲称象的故事,曹冲用的就是分合思维法。当时最大的秤只能称200斤重量,而一只象上万斤,如何称呢?似不可能。曹冲用木船为媒介,把大象分解为等量的石头,分别称出石头的重量,再加到一起,不就等于大象的重量了吗?这是一个典型的分合思维法的例子。帽子与上衣连起来组合成新的款式,上衣与裤子连起来组成背带裤,上衣与裙子连起来成为连衣裙。收音机与录音机连起来组成收录机。橡皮与铅笔粘在一起成了新型铅笔,据说发明这种铅笔的人是个穷画家,穷得连橡皮头都舍不得丢掉,把它粘在铅笔上,因而成了一项发明,报了专利,穷画家一跃而成了大富翁。这便是分合思维法的妙用。

分合思维法可以分为分解思维法和组合思维法两种。分解思维法可以"化腐朽为神奇",把无用的因素分离出去,把有用的因素提取出来,加以利用;组合思维法可以由组合而创新。二者都是很有用的创造技法。

质疑思维法

质疑思维法就是勇于提出问题，敢于向权威挑战。不受传统理论的束缚，不迷信书本和专家权威，也不盲目从众。勇于提出问题或者敢于挑战也不是没有根据的乱说，而是在认真学习前人知识经验的基础上，经过深思熟虑，发现问题，提出质疑。华罗庚在初中毕业后，认真系统地自学数学，经过验证，发现当时一位数学教授的公式推导有错，他就大胆提出质疑。这是我们学习的典范。在学习中，经过认真思考，敢于发现问题，勇于提出问题，这是学习成功的重要环节。俗话说得好："学问学问，要学就要问。"学，就是对已有知识体系的继承和肯定；问，就是对已有知识体系的质疑和否定。

我国明代学问家陈献章说："前辈谓学贵知疑，小疑则小进，大疑则大进。疑者，觉悟之机也。一番觉悟，一番长进。"质疑的目的是为了提出新看法、新观点，建立新理论，这就是立论。质疑和立论是创造性思维的两个阶段。有人说：质疑诚可贵，立论价更高。质疑使人将信将疑，立论使人心明眼亮；质疑使人千回万转，立论使人豁然开朗；总之质疑只是宣告旧理论有毛病，立论才能宣告旧理论的死亡，新理论的成立。

克弱思维法

就是在解决问题的过程中，先将思考对象的缺点一一列举出来，然后针对发现的缺点，有的放矢地进行改进，从而获得问题的解决和成功。许多发明创造就是用这种方法取得成功的。

把一件需要改进的物品放在那里，请许多有经验的人去评论，把它的不足之处一一摆出来，然后加以分析，抓住关键，提出改革措施，就可能获得新的产品。在科学研究中也是如此，著名美籍华人，诺贝尔物理学奖获得者李政道教授曾经这样说过："你们要想在科学研究工作中赶上、超过人家吗？你一定要摸清楚在别人的工作里，哪些地方是他们不懂的。看准了这一点，钻下去，一定有所突破，你就能超过人家，跑到前头去了。"李政道本人就有这样的经验,有一项研究,是数学中的一个解,他就针对这个解查阅资料,关起门来,用一星期时间,专门挑剔别人有哪些缺点,果然发现所有文献都是从一维空间去解题,而物理学中,有广泛意义的是三维空间。他看准这个弱点,潜心研究,仅花了几个月时间,就提出了一种新的理论,用这种新理论去研究有关问题,得到许多新的科研成果。

克弱思维法是被广泛应用的一种方法,在市场竞争中,政治斗争中及战争中都经常用到。它也是古今中外创造发明活动中运用最多、最行之有效的方法之一,在创造思维中始终起着重大的作用。

一般来说,缺点列举法不适用于对人的估价,如果那样,可能把一个人说得一无是处,会使人丧失信心,无所适从,自我否定。

类似的方法还有优点列举法、希望点列举法、特征列举法等,都是从一定的角度进行发散思维。

总之,方法功能的发挥关键在运用,在练习,只有反复用才能提高自己。

求 同 法

求同法也叫求同除异法,它是从多种不同的情况中,排除不相干的因素,找出共同的因素。寻找这个共同条件的方法就叫求同法。

例如,以前许多地方甲状腺肿大盛行,人们不知道是何原因,卫生保健人员进行了多方面调查比较发现,这些地区的人口、气候、风俗民情等各有特点,但是有一个共同的情况,那就是土壤和水流中缺碘,居民的饮食和饮水也缺碘。经过各种分析比较和验证发现,缺碘是引起甲状腺肿大的原因。

求同法是形式逻辑思维中寻求因果关系的一种方法。它有一定的局限性,不适用多种因果联系的分析。如果与寻求原因的其它方法结合作用,就能提高可靠性。

求 异 法

求异法是从两个或多个场合的差异中来寻找原因的方法，如果某种现象在第一种场合出现，在另一种场合不出现，而这两个场合只有一个条件不同，那么这个条件就是这一现象的原因，寻求这一条件的方法就叫求异法，也叫差异法。

差异法也是一种很有用的思维方法，不少科研人员运用差异法获得了新的研究成果。如某山区，有人发现了一个"怪洞"，狗、猫、老鼠等动物走进去，很快就会倒地而死，而人与马牛在洞内却不受影响，用求同法分析，得出共同条件，凡头部靠近地面的动物就会死亡。科研人员将狗、猫、老鼠抱进洞内，这些动物也不受影响。由狗、猫自己进洞会死亡，由人抱进去不会死，用求异法分析，这两种场合的差异也是头部离地面近会造成死亡。进一步考察岩洞内的地下冒出许多二氧化碳气体，而二氧化碳比空气的比重大，洞内又不通风，所以靠近地面之处没有氧气，动物头部靠近地面，因缺氧而死亡。怪洞之谜就这样解决了。

求异法也有局限性。通常若能求同法与求异法结合使用，得出的结论就可靠得多。这两种方法联合起来也可以称为同异并用法。

大家在学习过程中也可以使用求同法，求异法和同异并用法，它们将有助于提高你的聚合思维能力。

共 变 法

所谓共变法就是当某一因素发生变化时，另一因素也随之发生变化。由此可推知，这两个因素之间可能存在着因果关系，前一因素是后一因素变化的原因。这种分析两类现象共同发生变化的思维方法就称为共变法。

例如，在其他条件不变的情况下，气温变化能引起水银体积的变化，气温升高，水银体积增大，温度降低，水银体积则缩小，温度变化与水银体积变化之间存在着共变关系，而温度变化是引起水银体积变化的原因。这就是制造温度计的根据。

剩 余 法

剩余法也是聚合思维的一种方法，其思考过程是这样的：先考察某个复合现象，找出引起这个复合现象的复合原因，而其中有些具体现象的具体原因确定了，而另一些现象的原因不能确定，然后把已经确定了原因的现象一一排除，那么剩余的部分就可能有因果关系。在诊断疾病时常用剩余法，也叫排除法。对病人进行诊断时，病人的某些症状可能标志着某些疾病，当"被标志"的几种病一一排除，最后剩下不能排除的疾病就是这个病人患的病症。

PMI 思考训练法（或称三思法，三分钟思考法）

PMI 思考训练法是爱德华 波诺提出的一项极有效的思考工具，操作简单，一学就会，越用越灵。

PMI 是三个英文字的缩写：1.P 是 Plus 的缩写，表示优点或好处；2.M 为 minus 的缩写，代表缺点或坏处；3.I 是 interesting 的缩写，代表有趣或有趣的地方。

PMI 也是一项导引注意力的工具。在进行 PMI 思考训练时，它先把思考者的注意力集中在"P"，即好的方面；再转到"M"，即不好的方面；最后再转到"I"，有趣的方面，整个过程按程序进行，不要超过 3 分钟。

PMI 法也可称为三思法，其做法如下。

1.P，即一思，时间 1 分钟，从正方向思考，即从积极方面，有益的、好处的或优点的方面去思考。

2.M，即二思，时间 1 分钟，从反方向思考，从消极方面，不利的、坏处的或缺点的方面去思考。

3.I，即三思，从兴趣、感触方面去思考。

例如：对于国务院关于每周五天工作制的决定应如何看待？

①P，一思，从积极方面想。1. 可以充分休息；2. 可以更好地锻炼身体；3. 有利

于提高工作效率；4.可以增加自学时间；5.增加教育子女的时间；6.增加了思考时间等等。

②M,二思,从消极方面想。1.减少了课堂教学时间；2.加重了课堂教学任务；3.减少了工作时间；4.增加了厂方负担；5.玩的时间多,过累也不利于身心健康等等。

③I,三思,从兴趣、感触方面想。1.如有计划地多看些书,将是很有意义的事；2.如适当锻炼自己的身体,那将有利于身心健康；3.如干些有益于社会的事,将是有趣的；4.如利用两天休息时间发挥自己的潜能,将会做些创造性活动；5.若利用双休日参加继续教育学习,将能获得系统的知识技能,大大提高自己的业务水平等。

最后倾向：充分、合理地利用每周两天休息时间,将会有益于学习和工作,有利于身心健康,有利于发展个性,将为社会做更多更有意义的工作。

爱德华　波诺教授说：PMI在任何情况下都可运用,对模棱两可的问题情境,的确如此,但这并非是PMI的主要目的。相反,PMI最宜用在问题情境。PMI主要目的是在帮助我们养成由不同方向思索探测问题的习惯。

在做PMI思考训练时,重点不在于审查各个想法所伴随的价值意义,不在于价值评断,而是按照思考的PMI方向,尽量地把各种想法引发出来,列举出来。

PMI思考训练中"I"部分的功能为：既非正向,亦非负向的看法,抛开判断,探索有趣的地方。从"I"角度思考时,类似下列说法："如果……将会很有趣。或者可看看……将会很有趣。"或者"我不喜欢这么做,不过它有趣的是……。"通过这种方式有可能激发思考者的兴趣,使之拓展思路,探求不同想法。

在时间上,充分利用3分钟时间,积极思考,养成高效率思考问题的习惯。

此法易学,熟练后使人获益匪浅。它是行之有效的思考训练课。

TEC思考法（五分钟思考法）

TEC思考法也是思维专家爱德华·波诺的思考课之一,它结构简单,可帮助人集中思考,有条不紊地完成任务。思考一般用5分钟时间为宜,所以也称为5分钟思考法。

TEC的意思是：1.T为Target和Task的缩写,代表目标和任务；2.E为Expand和Explore的缩写,意即扩展和探索；3.C为Contract和Conclude的缩写,代表收缩和结论的意思。TEC思考训练操作程序如下：

1.T代表目标和任务。思考时焦点是思考目标,目标可大可小,开始思考时必须审清目标，把目标的含义弄准确。任务即是将要开展的思考任务，弄清思考任务的方向和要求。在 T 思考中，最重要的就是把目标和任务界定得很具体精确。时间用 1 分钟。

2. E 代表扩展和探索。这是一个拓展思考的阶段，可以联系过去的知识经验，分析各种条件和情境，寻找类似的案例，充分自由地去探索，列举出你所知道的各种因素。扩展与探索是积极而自由的，不做任何评价，只是尽其可能列举出各种信息资料和想法，数量越多越好。时间 2 分钟为宜。

3. C 代表收缩和结论。在收缩阶段，思考者应设法把所得到的资料和想法整理成有意义的结果，或设法获得一个明确的结论。它可能是一个解决问题的方案，一个创意，或是一个可行的方法及意见。在此阶段，思考者可以进行设计和判断。思考的结论可以从三个方面加以评论。(1) 是不是一个具体明确的答案、主意或意见。(2) 是不是一次充实的收获。例如，一张列有所有有关因素的表。(3) 观察使用过的思考方法效果如何。C 阶段用 2 分钟为宜。TEC 思考法用 5 分钟为宜，既要严格限制时间，又要充分利用有限时间，方可取得良好效果。

TEC 思考训练法，可以个人进行，也可以组织 4 个人以内小团体一起练习。

TEC 思考法在实践中证明是一个简单易行训练效果好的思考方法。

信息交合法

信息交合法能大大扩展思考者的思路，神奇而有效。运用此法可以对回形针的用法提出几十万种。此法是我国思考专家许国泰提出的。

信息交合法是研究主客观世界信息运演，研究大自然与人类思考活动时空中信息的调整、加工、增殖过程的综合思维方法。有人说："信息交合法神奇而多变，学习、掌握、运用它，可以改变人们的思维习惯，使人们拓宽视野，扩展思维层次，开拓智慧资源，更新思维方式，培养多系统，多方法，多功能，高效率的思维素质。"

下面以笔为思考对象，说明信息交合法的操作程序。

一般来说，信息交合法的操作可以分为五个步骤。

一，确定思考中心，并考虑利用坐标示意图表达，明确与思考中心有关信息及联系的上下维序的时间点和空间点，确定零坐标。下图是以笔做中心的信息交合坐标示意图。

二，划标线。根据思考中心的需要确定几根坐标线，本图根据思考中心点"笔"的需要，确定出 E 表示时间坐标，表示过去、现在和未来。几种空间坐标，即 A．结构坐标；B．功能坐标；C．种类坐标；D．其它有关因素坐标。

信息交合示意图

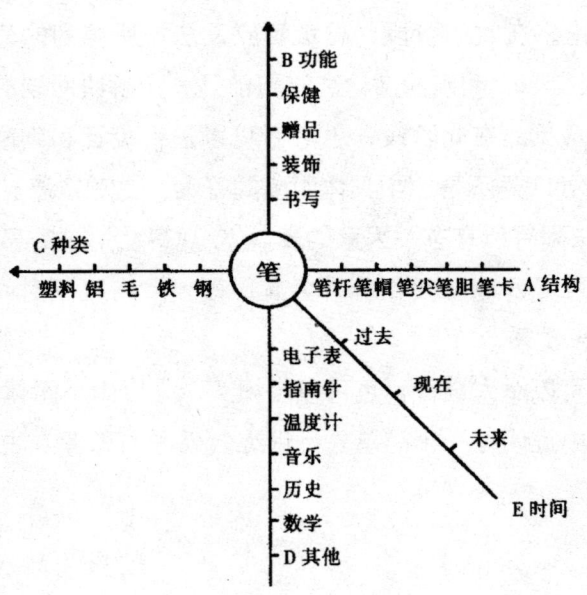

三，在信息标线上注明有关的信息点，如在结构标线上标明：笔杆、笔帽、笔尖、笔胆、笔卡……等。

四，以一标线上的信息为母本，以另一标线上的信息为父本，相交合后可产生新的信息。例如，以钢笔为母本，以数学为父本，交合后可产生钢笔计算器，与电子表交合产生钢笔电子表等。

五，对每一个新的组合进行历史发展探讨。如钢笔计算器，过去有哪些，现在有哪些，将来会有何发展；又如对钢笔电子表也可以从过去、现在和将来的发展加以考查。

如上做法，使轴与轴之间的信息交合，然后再从不同时间阶段上加以考查，可以产生出大量新思路和新联系，为发明创造萌发新的构思。

许多学生在写作文时，苦于思路不开阔，不妨采用信息交合法，它肯定能够帮助你拓宽思路，思考全面，结构新颖，大大促进写作的成功。

信息交合法融发散思维与聚合思维两者之优点，而且借用各种图形或坐标表示，综合了形象思维与抽象思维之所长，不愧为一个神奇有效的思维技巧，认真学习和运用，必大有用处。

分步思维法

在独立作业过程中，我们常常会遇到各种各样的问题，有的问题简单，答案一看就知道了，很容易解决；但有的问题比较复杂，同学们要根据自己的知识和经验，不断探索，寻求解决问题的方案和途径。采用什么策略解决问题，对解决问题的效率有明显影响。对一个问题的解决，人类通常采用算法式和启发式两种策略。

算法式是指在解决问题时，把所有各种可能的做法、步骤或答案都列出，然后逐一加以尝试，最终使问题得到一个正确的答案。例如，用9、1、4三个数字，组成一个最小的三位数，按照算法式可以引出：914、941、194、149、419、491六种组合，然后进行比较，从中挑出最小的三位数149。

启发式是指在解决问题时，从已有的经验和知识中找一个相应的规则、策略去尝试问题的解决。如上题，要组成一个最小的三位数，很快得到答案149。

算法式与启发式是两种不同性质的解决问题的方式。算法式又称规则式，它有固定的运算步骤，用穷尽一切可能的步骤去尝试。虽然能保证问题的解决，但太费时间；而启发式虽不能保证问题得到解决，但却常常有效地解决问题，无需大量运算。所以，人类常用启发式解决问题。人工智能专家根据人类解决问题的经验，用启发式程序解决问题，使计算机有了人工智能。手段目的分析法，就是采用启发式策略解决问题的一种最常用方法。

现代认知心理学认为，问题解决的过程，分为三个状态：初始状态、目标状态和中间状态。问题解决就是从初始状态经过一系列中间状态（子目标状态）达到目标状态。在我国有这样一个流传已久的被称作"韩信分油"的算术游戏："3斤葫芦7斤罐，10斤油篓分一半。"就是要用3斤、7斤和10斤这样三种容器来分出两个5斤。由于5的组合方式只有1+4和2+3两种，利用现有的三种容器无法直接分，所以得另想办法。采用手段目的分析法，我们首先要确定子目标，分出1斤和2斤。方法是用3斤的葫芦从10斤的篓中舀两次装入7斤的罐中，再舀一次把罐装满，这时篓中还剩1斤，葫芦中还剩2斤。再把罐中的油全倒回篓中，这时篓中共有8斤油，然后把葫芦里剩下的2斤倒入空罐中，这时罐中有2斤油。最后从篓中舀一葫芦油装入已有2斤油的罐中，则罐中油就由2斤加上新舀的3斤正好等于5斤，这时篓中油也就只剩下5斤，于是两个5斤油即被分出来。采用手段目的分析法解决问题关键是把问题化成一系列子目标状态，分析目标状态与现有状态之间的差距，一步一步找出缩小差距的手段，直到问题最后得到解决。用手段目的分析法解决问题的思维过程如下：

	初始状态	子目标状态	子目标状态	目标状态
问题解决过程	A	B	C	D

由图可见，只有从 A 出发到 B，再到 C，最后才能到达 D，像这样一步一步地思考直到获得问题解决的结果的思维叫做分步思维。

分步思维是逻辑思维的基础，解答数学题更依赖于逻辑推导。在解决比较复杂的应用题时，可以分步列小标题，想好先算什么，再算什么，让思路清晰地摆在眼前。例如：三年级有 3 个班，每班 40 人，四年级有 4 个班，每班 38 人，三、四年级一共有多少人？

解：(1) 三年级有多少人？

$40 \times 3 = 120$（人）

(2) 四年级有多少人？

$38 \times 4 = 152$（人）

(3) 三、四年级一共有多少人？

$120 + 152 = 272$（人）

分步思维要循序渐进。在思考问题时要想好有哪些步骤，从哪个地方入手，先干什么，再干什么，也就是说要有一定的计划，不要盲干。

制订学习计划法

学习计划是指预先拟订的学习打算与安排。一个人有无学习计划，学习的效果大不一样。特别是中学生，学习科目比小学增加了，学习内容加深了，老师的管理不那么具体了，就更需要有一个切实可行的学习计划。有了学习计划，就有了奋斗的目标，就可以对整个学习过程的目的、内容、方法、时间安排心中有数，就可以排除干扰坚持学习，就可以学得主动、学有成效。

学习计划的种类及内容

(1) 长计划

是指一个假期，一个学期，一个学年，甚至更长时间的学习计划。这类计划一般由以下几个部分内容组成（以学期计划为例）：

①全学期学习的总目标、要求和时间安排；

②分科学习的目标、任务、要求、学习方法和时间安排；

③课外学习和课外科技活动的具体任务、内容、要求、学习方法和时间安排；

④参加集体活动和文体活动的任务、内容、要求和时间安排；

⑤完成以上计划内容的具体措施。

下面是某初一学生新学年开始时制订的学习计划，供制订学习计划时参考：

初一年级是中学阶段的起始年段，在人生学习生活的历程上是一个新的起点，一次新的飞跃。本人要在老师的帮助指导下，发挥自己的主观能动性，尽快适应初中的学习生活，努力学好各门课程，扎扎实实地打好基础，做到德、智、体等方面全面发展。

一、各科学习成绩应达到优良，其中语文、数学、英语至少达到优秀。

二、改进学习方法，坚持课前预习，课后复习，上课要专心听讲，要勤学好问，要自觉、独立、按时完成各科作业，要经常做好学习小结。

三、制订作息时间表，自觉遵守作息时间，每天除在校上课外，要在家里自学 1.5～2 小时。

四、配合学习进度，收听英语广播讲座。

五、积极参加体育锻炼，认真上好体育课，增强体质。

六、参加课外美术小组活动，利用课余时间练习书法。

为了使学期计划得到更好的落实，还应指导学生制订月计划、周计甚至日计划。

(2) 短计划

一日、一周、一个月的学习计划就是短计划。这些计划的内容，与长计划所述内容大体相同，但要求更具体、更实际，一般要做到"四定"：定要求、定内容、定时间、定方法。

下面介绍某初中生秋季一天作息时间表：

6:30～7:20 读英语单词，听广播等。

7:20～7:40 早餐。

7:40～8:00 上学。

8:00～11:40 上课。

11:40～12:00 放学。

12:00～12:30 午餐。

12:30～2:10 午休（其中午睡 1 小时）。

2:10～2:30 上学。

2:30～4:15 上课。

4:15～5:00 团体活动或课外兴趣小组活动。

5:00～5:40 文体活动。

5:40～6:00 放学。

6:00～6:30 晚餐。

6:30～7:30 整理内务、读报、看电视"新闻联播"。

7:30～9:30 复习、预习、作业、看参考书等。

9:30～10:00 晚活动。

10:00～就寝。

制订学习计划的注意事项

①要符合德、智、体等全面发展的要求

既不仅要安排好学习的时间，还要安排好社会工作、锻炼身体、睡眠、娱乐活动等的时间。

②要科学地安排常规学习与自由学习时间

常规学习时间用来完成教师当天布置的必须完成的学习任务；自由学习时间用来查漏补缺，课外自学、课外活动，以扩大知识面，掌握学习的主动权。

(3) 要有长计划短安排

长计划可以使具体任务有明确的目的，短安排是为了使长计划的任务逐步实现。为了实现总的目的要求，在一段较长时间里应当有个大致安排，每星期、每天做些什么，也都应有一个具体计划。在头一天晚上睡觉之前就要安排好第二天什么时间做什么。

考试注意法

考试是检验学过的知识是否巩固的重要手段之一，同时它又是决定一个学生能否升级或毕业的方法之一，因此，考试在学习中占有极其重要的位置。对于这一点，可以说每一个学生和每一个家长都是十分清楚的。但是为什么有的学生考试成绩好，而又有的学生考试成绩不好呢？这原因当然是多方面的。但有一点是可以肯定的，有些学生所以考试考不好，也和他没有掌握考试的规律和考试的方法有关。

(1) 临考不慌法

临考慌张，又叫做考试晕场、怯场。惊慌失措的表现形式为：考生感到紧张、不安、焦躁、全身颤抖、心跳加快、头脑发热、呼吸困难、喉咙发干等等。由于高度紧张，平时很容易做的题目也答错了，甚至把题目都看错，连本来会做的题目也不会了。一出考场才恍然大悟，可是已经晚了，再悔恨也无济于事了。

由此可见，临考慌张是一种普遍的现象，是值得家长和学生重视的现象。

那么，怎样才能使临考不慌张呢？

这要从三方面入手：

第一，在平时学习中，要认真听课，扎扎实实把知识学到手，这样遇到考试就不会慌张了。

第二，在考试时放松情绪。可以这样做：闭上眼睛，待心情平静以后，慢慢地深深吸气，吸足之后，然后再吐气，这就是深呼吸。深呼吸不仅能使身心松弛，而且能给血液充分输送氧气，使头脑清醒，记忆力增强。

第三，在考试时要树立一定能考好的信心。有了信心，精神就会振作起来，头脑就会十分清楚，就不会出现紧张的现象了。信心从哪里来，一是来自扎实的基础，二是来自有系统地复习，三是来自对慌张、紧张的蔑视。只有蔑视，而不是恐惧，才能产生信心。

(2) 仔细审题法

由于考试时没有仔细审题，答案做错、题目漏做的事例举不胜举。那么怎样才能做到仔细审题呢？可以从下列几方面努力：

①要认真对待答卷，克服粗心大意。有些学生拿到考卷，一看题目不难，于是很快就做完了，连看也不看一眼，就交了头卷。但当几天后卷子发下来时，上面错误很多，不是掉了数字，就是看错题。成绩当然不会好。这是粗心大意的结果。要教育孩子，这种粗心大意的作风是不好的。如果养成习惯，以后到工作岗位上会误大事。去设计高楼大厦，如有一个数字搞错了，就会出大事情。如果设计人造卫星，稍许差错，就可能使卫星飞不上天，等等。对待粗枝大叶，一是教育，二是严格要求。

②要注意全面排队。拿到题目以后，要全部看一遍，哪些是比较好答的，哪些是比较难做的，要全面排队，心中有数。这样就好确定哪些题先做，哪些题后做。一般来说，容易的先做，难题后做。因为容易的题把握大，难的题把握不大，可能做出来，也可能做不出来，如放在前面做，容易造成时间的浪费。

③要仔细思考题目。比如作文题《我和小弟弟》不只写我，也不只是写小弟弟。如果不注意那个"和"字，写出文章来就会文不对题了。

总之，要想提高考试成绩，就要注意仔细审题，否则，有些内容自己虽早已懂得，由于粗心大意，不仔细审题也会做错的。

(3) 认真答卷法

认真答卷法就是关于怎样进行认真答卷的一些方法。应该怎样进行答卷呢？应注意下列一些问题：

①先易后难。这是答卷时首先要注意的一个问题。所谓先易后难就是在答卷时先做容易的题目后做难的。这样做的好处有二个：一是做容易的题目比较有把握，容易得分。二是不会浪费太多的时间。如果先做难的题目，因为没有把握，时间花得长。

有些学生害怕难题做不出，就先做难题，结果花去不少时间，还不一定能做对。

②注意答题的进度。现在的试题分量比较重，题目多而细，做题目要注意速度，不能像平时做作业那样慢慢做。如果做得慢，就可能做不完题目。有些学生由于动作慢，慢慢做，结果下课铃已响过，还有不少题目没有做，结果十分懊悔。这是这些学生不懂现在的考试特点造成的。当然，注意进度，只是说要集中精力，掌握时间做题目，决不是只要快，而不注意答卷质量。

③注意书面整洁。这看来似乎是小事，其实不然。如果在考试时字迹潦草，东涂西改，叫阅卷人无法看清你的答案，这岂不是成了大事。其次，凡是书面不整洁，按规定要扣不清洁分的。第三，书面不整洁如果养成习惯，对一个人的一辈子都有影响。所以，在答卷时一定要注意书面整洁，不得乱画乱涂。

④注意全面检查。做好答案以后，应该从头到尾检查一遍。主要检查三个内容：一是检查题目是否做完全。有些学生由于没有全面检查，结果卷子反面的题目没有做，丢了不少分。二是检查有否错字别字，答案的格式对不对。三是检查答案的内容对不对。发现题目答得不对，就要立即改正。如果不检查一遍，仓促交卷，错误就不容易发现了。

总之，答卷要求准确、迅速、整洁，千万马虎不得。

压力减轻法

一个孩子上学以后，压力一直就很大。成绩不好有压力，成绩好也有压力。考不上重点中学有压力，考上重点中学也有压力。考不上大学有压力，考上大学为今后就业更有压力。有时老师给学生以压力，有时学生给学生以压力，有时社会给学生以压力，更多的是家长给孩子的压力。可以说从小到大，孩子是在压力中长大。那孩子应怎样对待压力呢？

首先，要正确认识压力。压力对学生来说，主要是由于学习的成绩问题。一个孩子如果学习成绩好，那么压力就小；如果成绩不好或不太好，那么压力就大。给孩子压力的往往是老师或家长。他们给孩子以压力，其出发点绝大多数是好的，是善意的。既是这样，有些孩子由于害怕压力，把施压者视为仇敌，甚至以死来抗争，这明显是十分错误的。同时，更要认识到，有压力并不是坏事。有一位清华大学的学生曾对压力打过这样一个比方："吃过高压锅煮的饭吗？松软可口。喝过高压锅煨的各种肉汤吗？肉烂汤鲜，知道为什么吗？正因为那是用'高压'锅做的。这个比喻也许不太恰当，但不可否认：高压能造就人。

如果每一位孩子，都能正确认识压力，以及正确对待施压者，那么，对压力产生的恐惧心理就会小得多。

第二，对压力要采取乐观的态度，要保持一种豁达的心态。豁达就是"想得开"，具体来说就是处处作最坏的打算。最坏的打算都能承受，压力就不成为压力，压力自然就减轻了。有些同学所以会寻短见，会痛不欲生，全是不豁达的结果，全是想不开的结果。问题的关键在于，考试成绩是次要的，只要自己已经尽了力，那对自己已经于心无亏，对父母也可交代了。同时，如果能从此吸取教训，更加努力学习，化消极因素为积极因素，从此取得好成绩，这确实是一件好事。

习惯养成法

所谓良好的学习习惯，即是：(1) 定时定量完成学习任务 (2) 在学习时能刻苦钻研，不达目的，誓不罢休 (3) 经常性的这样做，养成了一种学习习惯，这就叫做良好的学习习惯。习惯是一种了不起的力量，好的学习习惯养成了，学习兴趣也就有了。

怎样才能养成良好的学习习惯呢？

首先，要养成独立学习的习惯。比如，在做作业过程中遇到困难，要自行研究、查工具书，认真思考以后再做。发现错误时，家长不要马上指出或直接告知答案，而要启发孩子自行检查，尽可能自行订正，千万别给孩子代做作业。对孩子进行辅导时，不要讲得太详细，而应多点拨，以启发诱导为主。在解答孩子问题时，最好的方法是"让我们一同去寻找"，在共同寻找中帮助孩子养成独立学习的习惯。

其次，要注意培养认真的学习态度，发现学习中的不良苗头，要及时加以纠正。有的人写错别字成了习惯，别人告诉他写错了，他也知道，不过下一次一落笔还是错了。最好开头就不要写错，错了就要坚决改正。

要培养认真的学习态度和良好的学习习惯。对孩子的不认真之处，不应轻易放过，这才是养成良好习惯的基础。

运动健脑法

1. 对指按摩法

这是一种与气功结合的运指健脑方法。具体做法：端坐椅子上，头部不要偏斜，放松肩部与颈部，眼睛似闭非闭，嘴唇似开非开，舌尖轻抵上腭，两腿平行分开，与肩膀宽度相同。开始运气，全身放松，注意力集中在"丹田"（肚脐下3寸）部位，吸气呼气由鼻腔进气，吸气时小腹随之向外凸起，做到细长而均匀；呼气时细长而无声，小腹部随之凹而变平，同时默念"运指健脑，智慧无穷"之类的词句。一呼一吸为一遍，连做十遍后，再进行对指按摩练习。对指按摩，呼吸要自然均匀，两臂部轻轻用力夹胁肋部，两侧手掌平举至胸前，距脑前30厘米左右，十指朝上，掌心向内，双眼渐渐睁开，凝视手掌，如读书之状。注意力集中在十指尖。运指时将两侧拇指的指尖对住同侧的食指指尖，两拇指同时沿食指向下按摩，至中指指根；向上按摩至中指指尖，再将拇指移往无名指指尖。沿无名指向下，再移至小指指根，向上按摩至小指尖。四个指头全部按摩完毕，再循原路返回，将四指按相反方向按摩一遍。以上方法重复三遍后，拿掌凝神，将注意力收回至丹田处，十指交叉，相互搓擦指缝。最后将两手掌放回大腿上，静坐两分钟即可完毕。

上述动作的练习关键在于"调气"与"宁神"。所谓"调气"，最主要的是运用"丹田呼吸法"调节呼吸。其作用在于：

(1) 增加大脑供氧量。

"丹田呼吸法"可以使胸腹腔的压力增大，能充分使肺泡中残留的空气排出，然后再进行深吸气，使进入肺泡的空气都是新鲜的含氧较高的空气。由此使大脑得到充足的养分，所以有健脑益智的作用。

(2) 调整植物神经功能。

"丹田呼吸法"促进胸腔、腹腔内大多数内脏器官的运动，内分泌腺的分泌功能也随之得到加强，脑细胞的功能得到促进，产生健脑益智的效果。

(3) 能使大脑处于最佳状态。

如果每天坚持练习，大脑经常处于宁静、清醒和供氧充分的状态下，对人的智力有促进作用。大发明家爱迪生说过："最好的思考是寂静中产生的，而最坏的思考总是在骚乱中产生的。""调气"可以"宁神",排除杂念,使大脑摆脱环境的干扰,稳定人的情绪,给自己的思维活动创造一个特殊的宁静状态。

(4) 协调大脑两半球的功能。

人的"丹田呼吸法",能使人的大脑活动有序程度明显提高,中枢神经的活动更趋协调,抽象思维和形象思维的能力均能得到开发,因此,智力水平也随之提高。

(5) 创造出最佳情绪和良好心境。

"丹田呼吸法"使波动的情绪趋向稳定,消极的态度转变为积极,忧伤的心情渐渐趋向愉快。练功唤起平静愉快的良性刺激,对大脑具有良性影响,因而能振奋精神,激发求知欲望。还可以改善人的性格,无形之中对形成稳定、乐观、开朗、坚强的性格有积极作用。

2.拉耳健脑法。

每天早晨起床后,用右手绕过头顶,抓住左耳壳,上提10至20次;再改用左手,用同样方法牵拉右耳10至20次。

这是一种健脑益智运动。只要每天用3至5分钟做一遍,长期坚持,即可使记忆力增强,思维敏捷,反应灵敏,头清脑健。同时,还能强肾健身,预防疾病,增强抵抗力,尤其对听力具有较好的保健作用。

3.搓掌捏指法。

用脑之前以激发灵感或学习中感到头脑滞钝时练习。具体做法:先将两掌对合于胸前,上下搓动,连续快速摩擦40至50次后,两掌对压,尽力相互推抵40至50次。两手分别握拳,拇指屈入掌心,其余四指紧握拇指,一紧一松,连续做20至30次。右手握住左手食、中、无名、小指,用力握紧,一紧一松,做20至30次,再换另一只手按上法操作。此法简单,只要用力就行,能起到清脑爽神,解除大脑疲劳的效果。

4.梳头健脑法。

头发与智力的关系异常密切。按中医的经络学说,头脑为"诸阳所会,百脉相通"之处,头顶正中的穴位就叫"百会"。当我们紧张地学习、工作之后,大脑十分疲劳,这时用梳子或手指梳理一阵头发,会使人感到神志爽快,头脑清醒,消除疲劳。有规律地梳头,实际上是在对头部各个穴位进行按摩,施加刺激;这种刺激,可以调节大脑皮层的兴奋和抑制过程,增进头部神经的机能,促进血液循环和皮下腺体的分泌,改进营养代谢,流通气血,散风明目,荣发固发,提神醒脑,改善睡眠。

梳头健脑方法简单:每天早上、晚上各梳一次,由前向后,再由后向前;由左向右,再由右向左。如此循环往复，梳10至100遍。也可结合有关头部穴位按摩。梳头的遍数不限。总之，头发出现发热和紧缩之感为止。

头发宜多梳，不宜多洗，古人说，"除夏日外，五日一沐"即可。洗头后不要受凉，否则容易患头痛症。女孩子不宜烫发，更不能戴着卷发筒或发夹睡觉，以免发根被压迫，影响血液循环。

5．"鼻孔"增智法。

平时的呼吸并不是两个鼻孔同时均匀地进行，而是左、右鼻孔交替为主进行呼吸运动的，对人体会产生不同影响。以右鼻孔为主进行呼吸时，人的大脑会发生兴奋，使神经系统进入紧张状态。人在工作或学习时，只要身心投入，多半用右鼻为主进行呼吸，情绪剧烈波动时也这样。而以左鼻孔为主进行呼吸时，大脑会趋于平静安宁，使神经系统进入轻松状态。

知道了上述原理，我们可以有意识地去运动"鼻循环"来调节智力。当你在情绪不佳，智力下降，烦躁不安，注意力不集中时，可以用堵塞右鼻孔的方法，使呼吸变为以左鼻孔为主，这样可使人的思维能力渐渐加强，注意力能很快集中起来，起到健脑改善智力的作用。在考试前情绪紧张，神志不宁，难以正常发挥应有智力水平时，此法亦有极佳效果。具体做法：用棉球堵塞右侧鼻孔，过几分钟后放开，过5至10分钟后再堵上右鼻孔。如此反复数次。在考试时，可轮流堵塞、放开左、右鼻孔，以加快智力调节速度。

6．"意守天目"开发潜能法。

所谓"天目"，是指两眉之间的印堂穴上穴位的名称。意守天目的做法：站在地上，保持直立姿势，两脚与肩同宽；也可以盘腿正坐，双手覆盖丹田穴上。准备动作做好后，宁神静思；等神志安宁后，闭双目，将意念集中于天目穴，想象这个穴位就像一个小太阳，光芒四射，暖气融融，天目穴的光撒遍全身和五脏六腑。就这样闭目想象10至15分钟，自然呼吸，到时间后深呼吸几次就结束了。只要坚持练习，就能收到明显效果。

7．自我放松增强记忆力法。

快节奏的生活，使人们常感到记忆力"衰退"。于是不少人四处寻求增强记忆力的妙方良药。医学界长期研究证明，增强记忆力没有特效药。科学实验也表明，通过对紧张情绪的自我放松，可使脑力恢复正常功能，记忆的内容可清晰呈现。

专家认为，记忆可分为远期记忆和近期记忆。读书过目即忘的主要原因是注意力不集中，而紧张、压力导致情绪不稳定，也是影响记忆效果的主要原因之一。一般而言，看书、背诵、书写等方式可帮助记忆，但学会放松则是使脑力发挥正常功能最好的方法。

市面上所谓消除压力、增强记忆力的商品宣称可诱发脑波作用，增强记忆力是缺乏科学根据的。科学研究证实，大脑运作时为一放电过程，依其波长可分为a、e、b、s四种波，其中s脑波振动频率最慢，绝大多数在睡眠时才产生；脑e波每秒振动4至7次，称为静心电波，一般人静坐或脑中空白发呆时e波较多，此时，身体因身心放松，感觉较敏锐，信息接收能力也较好，但缺乏组织力；a波每秒振动8至13次，是所谓学习脑波，一般为放松情况下在游戏、思考时较多，此时，注意力集中，对信息的吸收、整合能力均佳；b波则振动急躁，每秒振动14至28次，对信息的比较、分析、判断力最佳，但不易持久，当人们面对巨大压力时，易疲倦、焦躁、不耐烦，均因大脑维持在高波状态下造成的。

研究表明，利用机器诱发频率较慢的脑波，可达到类似催眠放松的效果，但至多只能恢复记忆内容，并无增进记忆力的作用。因此，训练自我放松技巧，舒解紧张情绪，是使脑力发挥最佳效能的有效方法，而靠药物来提高记忆力是不可取的。

考试心理调整法

考试中保持良好的心理状态和竞技状态，是取得成功的重要条件。

1. 加强考试心理素质训练。

(1) 追求崇高。把崇高的追求与平凡的生活态度结合起来。要有理想，树立远大目标。这是获得良好心理素质的根本。

(2) 战胜自己。竞争，首先是与自己竞争，时刻向自己的弱点和极限挑战，不断地尝试超越自我，经常保持旺盛的斗志，充满自信，不怕任何困难。

(3) 实力取胜。艺高人胆大，实力是心理稳定的基础。按照四轮复习法进行复习，吃透课本，记住所有应该记住的知识，能用已知的知识去回答未知的问题，自然就会心理稳定，胸有成竹。

(4) 唤起自信。用以往的成功，唤起面对升学考试的信心。平时成绩好，升学考试也一定会好。

(5) 对自己的水平要心中有数。分析每科各得多少分，还差多少分，计划如何补上去，保证按计划实现。丢掉幻想，不猜题押题。

2. 运用考试技巧。

(1) 在考试前一天晚上，把考场上使用的准考证，笔、尺、橡皮、手表等装进一只袋内，消除心理上的后顾之忧。

(2) 进入考场后先静坐，做深呼吸，闭目宁神，消除紧张，避免急躁，始终保持清醒的头脑。

(3) 仔细地通读整套试题，注意卷面上所有有关题号，每道题的说明。在答题前最好思考一下整套考卷的分量。

(4) 正常发挥，稳中取胜。先做那些把握大、不会错的容易题；后做稍加思考就能做的中等题，再做难题。

(5) 答任何一道题，都要认真审题，找出关键词，如论述、概述、比较、简述等，务必准确地理解这些词的意思。

(6) 在要求以短文形式回答问题的试题中，先列出提纲，写出要点。防止跑题或文字拉杂凌乱。

(7) 保证卷面工整清楚。

(8) 交卷前重看一遍，查漏补缺。

爱好引导法

爱好引导法是一种把孩子的兴趣爱好引导到学习上去，从而提高孩子学习成绩的方法。有些父母面对孩子由于某种爱好而影响学习的情况，采取粗暴禁止的方法，这样不但效果不好，而且容易造成孩子的逆反心理：你越是禁止，孩子就越是想做自己的事，当面不做背后做。久而久之，可能会造成孩子阳奉阴违、弄虚作假的作风，危害孩子一辈子，实在是得不偿失。不如鼓励孩子保持自己的爱好，再将其兴趣从爱好引导到学习上去。

那么，怎样才能使用好爱好引导法呢？

首先，家长要端正对爱好的认识，要认识到孩子有某一种爱好，是好事而不是坏事。当然，这些爱好是指正当的爱好，而不是指怪癖、恶习。有正当爱好的孩子，有两点是值得没有爱好的孩子学习的：一是钻研精神，一是专注精神。如果能把这种精神用到学习上去，那么，学习上的任何困难都能克服，何愁不能提高成绩。而没有爱好的孩子，一般就缺乏这种钻研和专注的精神。这就是有爱好的孩子的长处，这种长处，这种积极性一旦被抑制、被摧残，那是很难恢复的。所以，孩子有爱好，从本质上来说是好事而不是坏事，问题的关键是怎样进行引导，把孩子的积极性引导到学习上来。

其次，在引导时要注意方式方法，而且要善于发现孩子的长处。只有善于发现孩子的长处，才能因势利导；同时，也只有采用合适的方式，才能引导成功。

科学用脑法

科学用脑，首先应充分利用最佳用脑时间。一个人在一天的不同时期，大脑的活动效率是不同的，一天之内有4个学习的高效期：

一是清晨6:00~7:00。这时大脑经过一夜的休息，已消除了前一天的疲劳，脑神经细胞处于活跃状态，加之又没有前面识记材料的干扰，所以此时是学习知识、记忆知识的较好时间。不过在6:00以前必须有个过渡期，因为从睡眠状态转化到清醒状态有一个过程，不是一下子完成的。刚起床，头脑还没有完全脱离睡眠状态，马上学习是不适宜的，应该到户外清新的空气中锻炼一会儿，或在室内活动片刻，促使大脑清醒过来，然后再学习，这样学习的效率才高。

二是上午8:00~11:00。这是精力上升到旺盛的时期。此时，大脑接受信息的能量较大，处理记忆材料的效率也比较高。因而，可以集中精力学习，或者把最重要的最难的内容安排在此段时间学习。

三是下午3:00~5:00。这也是一天中学习效率较高的时间。因为经过午间休息之后，大脑基本上解除了上午的疲劳状态，神经细胞也比较兴奋。因此，这段时间也可很好利用。

四是晚上7:00~9:00。这时环境安静，精力易于集中，有利于进行复杂的思维活动和识记材料。又因为识记后很快入睡，不存在后学知识对先学知识的干扰现象，因而这个时间也是一天中学习效率较高的时间。因此，可以把一天的学习材料放到此时进一步复习，加强记忆。

此外，其它时间可以学些比较易于理解的东西，看点课外读物，进行一些文体活动，使自己的学习生活丰富多彩，使大脑得到适当的调节。即使在学习的高效期，也要穿插一些文体活动，或变换一下学习内容，进行积极的休息。这样大脑皮层的各部位就能交替处于兴奋与休息状态，使大脑活动时常保持高效率。我们知道，大脑皮层各个区域的功能各不相同,有着一定的分工。心理学研究表明,大脑皮层有4个区域:感觉区、记忆区、思维区和想象区。

大脑左右半球功能采用"记忆学科"(语文、英语等)和"理解学科"(数学等)相互交叉、相互间隔的学习方法,是一种巧妙地分别使用大脑中担任不同任务的各个区域,使大脑各部位得到及时休息,防止疲劳,提高学习效果的好方法。例如,学习外语可以把学单词、句子与实物、图像、唱歌、表演结合起来。因为记忆单词、句子主要靠大脑左半球,而配以实物、图像等,就使大脑右半球也活动起来,从而使印象更深刻。注意大脑各区域交替使用,可以防止某一区域的脑细胞过分疲劳。例如,学习语文达到一定时间,可以学点数学;做些数学习题以后,可以看点课外书籍。此外,学习与劳动、体育锻炼也要交替安排。体育运动是一种积极的休息。在紧张的复习迎考阶段,进行适度的体育锻炼是十分必要的,看上去学习时间少了,但是体育锻炼保证了人的精力旺盛,所以单位时间内的学习效率提高了,就能取得事半功倍的效果。

好的学习方法,从一定意义上讲,就是高效率的学习方法,也就是单位时间内收到最好效果的学习方法。提高学习效率,必须保证大脑神经细胞的休息,合理安排学习和休息的时间。英国伦敦大学马利逊博士对此进行了长期的研究,绘制了一条学习效果和学习时间的关系曲线(如下图):

学习效果和学习时间的关系曲线

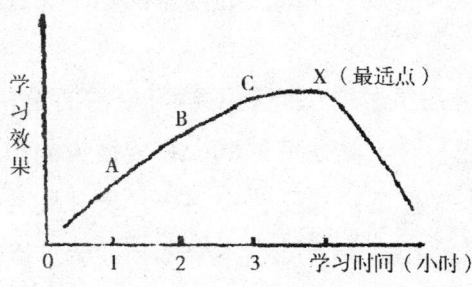

图中,纵坐标表示学习效果,横坐标表示学习时间(小时),x点表示学习的最适点。垂直虚线下端表明最适点的学习时间,垂直虚线的长度表示所能达到的最大学习效果。从学习效果和学习时间的关系曲线上可以看到,一天学习1小时、2小时、3小时,学习效果继续增加。但是,如果一天的学习时间超过了最适点(x点),学习效果就降低了。按照马利逊的研究,所谓科学用脑,是指一个人坚持每天所达到最适点为度的学习。

学习的最适点因人而异。你的"最适点"在哪里?只要你稍加留意,就不难找到它。当你感到疲倦了,尽管多次重复学习某一内容,却不能理解它、记住它的时候,这就说明你已超越一天中最适点的学习时间,达到了一天学习活动的极限。因此,科学用脑首先必须安排学习和休息的时间。

我们练钢笔字往往有这样的体会:临贴的时候,头10分钟可以用"渐入佳境"来形容;从第10到第30分钟,达到最佳状态,注意力最集中,临摹的效果也最好;30分钟之后,渐渐感到疲倦,注意力就不那么集中了。这就告诉我们:任何人的注意力持续时间是有一定限度的。

我们学习也同样如此,如果超过了我们的生理所能承受的时间,注意力就开始分散。这时候阅读课文我们可能搞不清课文中到底讲了些什么;做算术题,我们可能连续地出现计算错误。一般来讲,我们小学生的注意力可持续20～25分钟。在这个时间内,学习效率可以达到最高。

充足的睡眠,是恢复学习疲劳,保持大脑良好状态的一个基本条件。因为足够的睡眠可以避免神经细胞因过度消耗而功能衰竭,同时,使疲劳的神经细胞恢复正常的生理功能,使精神和体力得到恢复。一般小学生每天应睡足10～11小时。开夜车,减少睡眠时间,导致学习效率降低,是得不偿失的、有违科学的方法。当然,睡眠过多也不好。睡眠过多,也会使人无精打彩,记忆力迟钝,反应迟缓。因此,必须养成良好的作息起居习惯。安排合理的学习、劳动、课外活动、进食、睡眠、休息的时间顺序,也就是形成一定的动力定型,即习惯。到什么时间就做什么事,该学习时集中精力学习,到吃饭时间就按时就餐,到睡眠时间及时上床,天天如此,就养成了一个良好的习惯。良好的习惯不仅能减少脑细胞的能量消耗,而且能调节大脑各个区域的活动。

学习需要科学用脑,这是学习方法问题;学习更需要勤奋,这是学习态度问题。培养对学习活动的浓厚兴趣,对大脑疲劳的减少有着很大的影响。比如,当你学习所讨厌的学科时,也许半个小时你就会感到头昏脑胀,十分疲劳;可当你学习你所喜欢的学科时,即使连续看上几个小时,大脑也不会感到疲劳。因此,我们应培养对学习的兴趣,这样不仅可以提高学习效率,还可减少大脑疲劳。

心理生理学的研究表明,人的脑重和结构都相差不多,显然这不是造成人的学习效果差异的主要原因。事实上,学业成绩优秀学生的学习诀窍,主要在于善于科学地运用自己的大脑。

学科篇

语文学习法

聊天学习法

聊天学习法是要求学生通过阅读报刊、听广播、看电视、参与家务劳动等多种渠道，随手记录有关天文地理、名人趣事、科学珍闻、生活常识等各种信息，作为聊天的内容，并围绕一个中心组织成二三百字的短文，作为演讲材料以备用。这个活动可由学生轮流主持，每次三四个人发言，兼顾好、中、差三类学生。通过聊天，可促进学生性格变得开朗、思路变得开阔。这种方法尤其适用于相当用功但性格内向、思路不开的学生。

评价：聊天表面上只是说，实际上却能达到听说结合、读说结合、说写结合、说评结合的妙用。此外，聊天是一种集体行为，可以以班为单位，也可以家庭为单位。

曾有学者对学生口头表达能力与家庭的关系进行研究，结果发现：凡是家长本人爱说爱笑，并经常与孩子交流的孩子口头表达能力就强。反之，家长本人沉默寡言，并不太与孩子交流，孩子口头表达能力就弱。可见，交流机会的多少与口头表达能力的强弱是成正比的。因此，如果校方不组织，家长也应尽力为孩子创造一些家庭聊天氛围。

古诗背诵法

古诗背诵方法如下：

一、分层理解法

要记一首诗，先要弄懂它的含义。比如，根据叙事、写景、抒情的几个层次，归纳一下，了解全诗的大意，再反复读，印象就深了。

二、抓领头字句法

背诵中常有这种情况，一些背得熟的诗，往往在中间卡住。这时，如果有人提示一下某段的领头句或某句的领头字，就能很快地接下来。这说明"领头句"、"领头字"，有诱发思维、帮助记忆的作用。

三、再现形象法

好诗一般都有鲜明生动的形象。经常在头脑中再现诗的意境和画面，背诵时就会流畅自如。

四、定时快读法

给自己限定时间，限定数量，如五分钟背出八行诗。读时逐步加快速度，先稍快，再加快。要做到快而不乱，快而不错。这就迫使自己的精力高度集中，使记忆信息迅速输入大脑，获得强烈印象，达到快速记忆的目的。

五、接力训练法

为了培养兴趣，增强效果，在背诵古诗时，可邀几个同学一起进行接力背诵。经常进行这类活动，也能巩固记忆。

评价：上述古诗背诵五法是在实践中总结而出，较为简洁、实用，且符合科学学习规律。例如，分层理解法即是遵循"理解是记忆的基础"这一规律。总之，这五种方法能产生事半功倍的效果。

比较学习法

有些短语的类型、单句与复句不容易辨别，如果能恰当地运用比较法，会有助于提高对它们的辨别能力。

可以通过以下几个方面进行比较：

(1) 运用比较法区别单句和复句

一般情况下，复句比较长，因为复句是由两个或几个意义上密切联系、结构上互不包含的单句组成的句子。但有的单句也很长，容易和复句混淆，通过比较，可以知道：组成复句的各个部分是主谓句或非主谓句，组成单句的各个部分是短语。

①复句中的各个成分在结构上是"互不包含"的，因此，主谓短语充当句子成分或句法成分的句子是单句，而不是复句。如"石油工人已经并将进一步给我们证明，新华夏构造体系的石油储量确实很大。"这个句子是主谓短语作宾语。

②句子中的谓语如果是由几个部分组成，并用逗号隔开的是复句，不用逗号隔开的是单句。如：

A. 她们又织布又下田。

B. 她们又织布，又下田。

虽然这两个句子字面意思相同，但A没有用逗号隔开，是单句。B用逗号隔开，是复句。

③"为了、因为、由于"等兼介词和连词。如果后置成分是名词性词语，它们算是介词，"介词＋后置成分"构成一个介词短语，不是分句；如果后置成分是非名词性词语，它们是连词，"连词＋后置成分"是一个分句。如：

A. 为了你，我们一连发了三份电报。（单句）

B. 为了让你安心，我们一连发了三份电报。（复句）

(2) 运用比较法辨别短语的结构类型

不同类型的短语有时容易混淆，可以通过比较来辨别它们。如：

①并列短语与其他短语的比较：并列短语的特征是前后两个词的顺序颠倒后意思不变。如"光荣而艰巨"可以变为"艰巨而光荣"，"平凡而伟大"可以改为"伟大而平凡"。而其他短语则不能颠倒词序。如"凭空想象"颠倒词序则成了"想象凭空"，意思有了

很大的变化。

②偏正短语与主谓短语比较。偏正短语与主谓短语的区别比较难，我们可以将它们比较一下：首先，偏正短语中间加结构助词"的"或"地"后意思不变，如"人口问题"与"人口的问题"意思一样，"小心翻阅"与"小心地翻阅"意思一样。而主谓短语的中间加上"的"或"地"，意思就变了。如"我们学习"加上"的"就成了"我们的学习"，意思就不一样了。其次，主谓短语的前一个词能回答"谁"或"什么"，偏正短语的前一个词能表示"谁的"，"怎样的"，或数量多少，如"祖国伟大"，"祖国"回答的是"谁"伟大，而"伟大的祖国"中"伟大"回答的是"怎样的"祖国。

③动补短语和动宾短语的比较。前一个词都为动词是动补短语和动宾短语的共同点。它们的不同点首先在于动补短语中间能加结构助词"得"，动宾短语中间不能加"得"；其次动补短语的后一个词可以是形容词、动词，或表示动作、行为单位的数量词或介宾短语，而动宾短语的后一个词只能是名词或代词。

评价：任何事物都有自身内在的本质的特征以区别于其他物质，因此惟有比较才有鉴别。比较学习法正是抓住这一点，通过比较，更透彻、更深刻地把握学习的对象，从而提高学习能力。

图表填空预习法

所谓"图表填空预习法"，就是根据课文内容，精心设计图表，然后学生根据图表的要求去预习课文，并认真填空。如此，学生只要像平常做题一样即可全面、完整地完成预习，使预习有章可循，有法可依。

以统编教材高中语文第一册第五单元"散文"为例，予以具体说明。

学生先设计一表，然后依照此表要求预习课文后，填写如下。说明两点：一是文字当然不要求与下表相同，意思不错即可；二是有什么不明白的地方即写于"备注"一栏。

分析
课文
主题　绘景　叙情　联想　备注

《荷塘月色》(1927年)　　月下的荷塘和荷塘上的月色那和谐、宁馨的境界。不满现实的淡淡哀愁,而又幻想超脱以至得来片刻的逍遥的喜悦。眼前荷花→采莲→西洲曲→不流水的影子→多水的南方→思乡之情,又与现实对照→复杂的心绪在大革命前夕追求宁静的生活,表达作家的理想与愿望

《绿》(1924年)　　以梅雨瀑布衬托梅雨潭的绿自然美景给人欢悦轻松的感受,蓬勃向上的情怀眼前绿色与北京什刹海淡淡绿杨、杭州虎跑寺碧草绿叶及西湖、秦淮河明暗不同的波影作个性化对比,领略丽山秀水对美的追求

续表

分析

课文

主题　　绘景　叙情　联想　备注

灯黑夜中的灯(实写)黑暗中的"灯"(虚写)从黑夜的灯光给人指路得到启发,要做施惠的"灯",寓指追求光明的信念眼前的灯→风雪夜中用灯指路→灯塔与长夜孤灯→点灯的人→灯是不灭的追求光明与希望

评价:

"图表填空预习法"是一种值得称道的预习方法。

对于学习不太自觉、不太细致的学生来说,"图表填空预习法"具有一定的强制性。对于基础差的学生,利用此法主要是强制他们弄清课文讲的"是什么"。

对于学习比较自觉、比较细致的学生来说,"图表填空预习法"又具有一定的程序性。只要认真按照表中的要求去做,不用担心哪些地方预习到了,哪些地方没预习到;更不用考虑该去预习什么,不用去预习什么。对于基础较好的学生利用此法主要是引导他们多问几个"为什么。"总之,该法不仅可激发学生的学习兴趣,还能提高学生的思考能力。

提　要　法

进了中学,语文课选用的课文越来越多,课文也越来越长。许多孩子面对这一大篇一大篇的课文,真有一种"不知从何学起"的感觉。觉得要记的东西太多了。其实,记忆有一个秘诀:当你发现要记的东西太多时,必须对记忆的对象实行"简化"。那么如何对问题实行简化呢,一个有效的方法就是概括。

例如，一本小说内容很多，书很厚，但一般可从其内容提要上了解该书的主要内容。同样,该方法也能应用在学习上。众所周知,问答题的答案一般都比较长,内容也很复杂,记起来比较困难。那么，把问答题的答案概括成一两句简洁的文字记在复习簿上，在总复习时，先记住概括后的答案，考试时就根据记忆中的简单答案进行扩展。如此一来，即使数量再多，答案再长也不会觉得有困难。

评价:提要法其实质是一种缩展法。就像写论文一样,先提出论点,而后展开论述,扩展为一篇文章。提要就好比论点一样,起着总括作用。该法尤其适用于答案较长的习题。

四轮识字法

"四轮识字法"是通过识字进行思维训练的有效方法。

儿童自从入小学后，在以学习为主导活动的条件下，言语能力开始了进一步的新发展。儿童教学对儿童口头言语训练提出了新的要求，书面语言（语文课）成为儿童专门的学习科目。掌握言语是一切学习的先决条件，这些条件必然地促使儿童的发展无论在内容或形式上都发生着本质的变化。

识字是阅读和写作的基础。现行小学毕业的生字表有 3075 个字。小学一至六年级是关键的年龄段，识字教学，需特别关注，从一年级开始就要严格要求，加强督促，打好基础，防止部分儿童的不良分化，出现低劣状态。

衡量识字，数量是关键，而字的读音是否准确、字形是否认清、字义是否了解、用字是否正确，是四个重要指标。

认字难，写字难，用字难，是长期困扰小学语文教与学的一大难题。如何尽快解决这一难题，如何使学生能正确而快捷地掌握每一个常用汉字，这是"四轮识字法"总体设计的指导思想。为此，根据心理学、教育学原理，要求在教学中将汉字的字形、字义与字音之间的关系，作为重点，详加解析，使儿童在注音、释义等基础上，逐个理解每一汉字的造字类型和间架结构，逐一理解每一部首与所属汉字的音义关系，并将汉字解析和部首有机地结合起来，在汉字的形、音、义之间较容易地建立起联想记忆，并据此正确而快速地掌握汉字的认、读、写、用，达到音准、形正、义明、联广。

第一轮，认读

小学生认字的第一步是学习汉语拼音。学好汉字拼音，是识字的基础，既能加速识字，又可防止方言对普通话的影响，目的在于训练儿童学习普通话，尽快达到能听、能读、能说、能写。读与说话、写作结合起来，是语文教学的中心环节。听、读、说、写的基础训练是学好汉语拼音。训练儿童掌握汉语拼音技能，是老师和家长传播民族语言的光荣职责，儿童终生受益；汉语拼音是儿童建造知识大厦最基本的工具。

注重注音识字，先读书，后识字，学会用工具书，便于自学。在小学语文教学中，先教小学生掌握拼音，熟练地掌握汉语拼音知识，即掌握汉语拼音21个声母和35个韵母；掌握声调符号（阴平—、阳平／、上声∨、去声\）；掌握汉语拼音规则。使学生在阅读和写作时能克服汉字障碍，早日掌握文化知识。用综合与分析相结合的"四轮识字法"教小学生识字，把学汉语音节形式（字母拼音）和内容（语义）综合起来，使音、形、义并举，然后直接阅读适合学习者智力发展的注音排印的各种读物。每学一个汉字，首先学会拼音，亲自动手给生字注音，发音和注音都要准确。

如"太"字，多音字：① dà，大小的大；② dài，大夫，医生；大王，古小说或戏曲中对国君或强盗首领的称呼；③ tài，同"太"、"泰"，"大子"（皇帝长子），大山（岳父）。

第二轮，理解

每学一个汉字，都要弄清字形、字义与字音之间的关系，并作为重点，详加解析。在注音、释义等基础上，详解每一个汉字的造字类型和间架结构；逐一详解每个部首、偏旁与所属汉字的音义关系，并将汉字解析和部首、偏旁解析有机地结合起来，使学生在汉字的形、音、义之间容易建立联想与记忆，并据此正确而快速地掌握汉字的认、读、写、用。

每学一个汉字，应从几个方面去理解。如"大"字：

1. 字级：常用字。凡常用字和次常用字，都要作为学字的重点，牢牢记住，在常学常用中深刻理解。

2. 本义："大"字的本义是"人"。在甲骨文、金文中，"大"像正面站立的人形，最早的意思是"人"。

3. 引申义：人是万物之灵，至尊为大，因此，引申用来表示小的反面"大"的意思。

4. 近义、同义：大力、全力；大批、大量；大半、多半；大约、大概、可能；大典、盛典；大好、很好；大局、全局。

5. 反义：大——小；大量——小量；大批——小批；大宗——小宗等。

6. 辨字：辨字的目的是防止读错音或写错字。

(1) 形声字：形左声右（桐、泳），形右声左（功、鸠），形上声下（笙、字），形下声上（裳、怒），形外声内（园、病），形内声外（闷、辩）。汉字里大部分是形声字。但由于语音的不断变迁，现在有些形声字已经不能靠声旁来确定读音，有的形旁和字义的联系也不明显。了解形声字的造字方法，有助于我们认字、记字和推断字，并防止写错或读错字。

(2) 同音字：如"jiàn"——建、键、健、毽；"hóng"——洪、红、鸿、宏；"huī"——灰、恢。

(3) 多音字：如"参"字有三个读音，cān 参加；shēn 人参；cēn 参差不齐。

(4) 形近字：笔画相近，形体相似的字。如：已 yǐ（已经），己 jǐ（自己），巳 sì（巳时）。

(5) 多义字：如"负"，读"fù"，但意义不相同——负荆请罪（背）；身负重任（担负）；负隅顽抗（依仗、依靠）；久负盛名（享有）；忘恩负义（背弃、违背）；不分胜负（失败）；负数（小于零的）；负伤（遭受）；负极（与正相对）。

⑥错别字：笔画不对，不成字，为错字。笔画错了，成为另一个字，叫别字。总称错别字。如"自己"写成"自已"；"钓鱼"的"钓"，写成"钩鱼"；"效率"写成"效律"等。造成错别字的原因有三种：一是没有记清楚笔画，多写一笔或少写了一笔；二是没有把声音相同或相近的字分清楚；三是没有把形状相近的字分辨清楚。杜绝错别字的方法：记住笔画，分辨字形，注意读音，区别字义，掌握形声特点，记住少数，推断多数。

(7) 简化字与繁体字：原来笔画较多，经过汉字简化以后已经有简化字代替的字，一定要使用简化字，注意书写规范，反对随意编造。如：云—雲、页—頁、厂—廠、担—擔等。

(8) 异体字：读音相同，意义相同，但书写形体不同的字，即俗体、古体、或体、帖体之类。如泪（氵户犬）、线（線）等。

第三轮，书写

写字本身是技能训练，应养成习惯。要在每天定时定量的摹写过程中，自觉或不自觉地重复着书写习惯动作，从而学会写字。写好汉字，终身受益。

一至四年级的小学生学写汉字，要先学楷书，要以规范、端正、正确、清楚、熟练为目标，要与读书、认字、上好语文课结合起来，把课文中的生字作为范字训练，进行笔画练习，描临练习，范字练习，范字写法分解练习；将习字与学书法结合起来，写好字，为学书法打基础，以书写为"美育"手段，提高审美情趣；将练字与抄写课文结合起来，可一举两得，既学会了写字，又提高了记忆课文知识的能力。小学高年级学生和中学生，应直接摹写行书，以规范、熟练为目标，以适应快速解题的需要。

每学写一个汉字，要从笔画总数、笔画顺序、部首、偏旁、结构（独体、合体）、造字（象形、会意、指事、形声）等几个方面认清造字形式。如"大"字，总笔画3，笔顺：一丿大。部首：大部。大部字多与人或人事有关，如："夫"（本义是成年男子）、夷（本义是东方人）、天（本义是头顶）；还与大小的"大"有关，如耷（本义是大耳朵）、夯（打夯要用大力气）。"大"也可以表音，如达、夺、驮。

第四轮，应用

识字、读书的目的在于获取信息，引起思维。如罗曼 罗兰所说："最伟大的书不是把内容像电讯带那样铭刻在人的脑海中，而是以充满生机的刺激诱导别的观点，使作者和读者之间传播同情的火焰，用各种元素扇旺着，蔓延成一片大火，从森林卷向森林。"

你每当认识了一个字后，就要展开广泛联系，由字联成词，词构成句，句联成段，段联成篇，让每一字成为有机体内的组成部分，扮演恰当的角色，在思维中发挥联系作用。

在理解字义的基础上，从五个方面训练自己的应用能力。如"大"字：

1．组词。如：大白、大捷、大局、大陆、大肆、大业、大义、大众、大方、大典、壮大、博大、宽大、扩大。

2．成语。如：大显身手、大公无私、大手大脚、大张旗鼓、大庭广众、大喜过望、大有可为、大快人心、大刀阔斧。

3．造句。如：新中国的开国大典于1949年10月1日在北京举行。

4．语感训练。

所谓语感，是指个人对话语形式音义方面的直觉反应，如判断听到的话是否正确，判断这句话是否有歧义等。如"好言相劝"与"好事多揽债"，同是一个"好"字，因前言后语不同而形成的语言环境，导致了语感不同，读音不同，前者念"hǎo"，后者念"hào"。语感因个人所受教育程度和文化水平、专业和职业的不同而有所差别。按"四轮识字法"学好每一个常用的汉字，提高阅读能力，语感能力就会随之提高。

5．写作训练。

每天用几分钟，描写与自己有关的生活情况。如有的学员用"大"字写道："我依照"定时定量定问题四轮复习法"进行学习和复习，感觉轻松愉快，头脑比过去好使了，记忆率大幅度提高，这次考试比上一次提前了三十四名。"

评价："四轮识字法"的关键在于循序渐进，通过认读、理解、书写、应用四个环节为识字打下了坚实的基本功。此外，"四轮识字法"也是思维训练的有效方法。

四步阅读法

一、明确阅读目标

为了明确阅读目标，首先浏览，对文章作鸟瞰式感知，用较短的时间通读一遍，获取大量有效信息，得到总体印象，概括了解文章的主题、大意或观点、材料。根据浏览的印象和自己的需要，提出需要弄清的问题，把各章节的标题变换成提问的方式。这样能唤起好奇心，增强理解。要带着解答预先确定的问题的意图来阅读。不要消极地就字读字，而是为了寻求正确的答案积极地进行阅读，使阅读文章的目标具体明确。提问可以从内容和形式两方面去设计。内容方面包括中心思想、社会意义、作者的情况、写作的背景与动机、内容要点、主要章节和段落的研究；形式方面包括文章的结构布局、各个部分的关联、体裁形式、表达手段、用语特点、词语的推敲等。

二、精读全文

必须认真阅读文章，圈点、批画、评注，弄清词句含义，逐段理解内容，理清线索，把握主题。针对自己提出的问题，做摘要，抄卡片，写笔记，列提纲，绘图表等，求得切实具体地解决问题。

三、背诵范文

强调记住需要记忆的内容，运用"定时定量定问题四轮复习法"做尝试性回忆，再与文章对照反复记忆，力求记得准确、迅速，也可以复述文章的主要内容，默写提纲，记住要点。读完一部分，就脱离书本对问题试做简单的回答，并且用自己的语言试举事例。如不会时，再把这一部分粗读一遍。经过认知——回忆——再认知——回忆，逐步达到熟练背诵。

四、及时复习

包括系统整理提纲和读书笔记，重温主要问题解决的办法，完成必要的练习。用上述方法读完全部规定的部分时，为了概括要点及其相互联系，要粗略地看一下自己的笔记，以便复习一下各标题指出的重点。为检查自己记忆的情况，把书和笔记遮盖起来，想一想其中的要点。

评价："四步阅读法"通过明确阅读目标、精读全文、背诵范文、及时复习这四个步骤，综合运用感知、记忆与思维的规律，能使阅读获得较好的效果。

读写结合法集锦

一、评点与点化法

评点，是指一边阅读，一边在读物的空白处随手写下批注、心得、意见等，把读、想、记紧密结合起来。评点的形式活泼多样，使用方便。可以是几句话，也可以是一两个字，宜短不宜长。评点的内容既包括对文章的理解、佳句的玩味和赞赏，也包括对文章瑕疵的批评和看法。在阅读时做些评点可以促使人开动脑筋，认真研究。把握读物的主要内容；还可以在以后重温读物时，了解自己以前的思想轨迹，以加深印象或匡正谬误。

点化，是指将读物中的语句进行熔铸加工，用以表达自己的意思。好的点化能推陈出新，"化腐朽为神奇"。如毛泽东的诗句《念奴娇·昆仑》中"飞起玉龙三百万"一句，即是从前人诗句"战罢玉龙三百万，败鳞残甲满天飞"点化而来。原诗是写飞雪，诗人借用来表现雪山连绵奇崛如飞腾的玉龙，其境界的壮美超过了原诗。这种手法必须建立在博览精读的基础上，只有读得多，读得熟，在写作时，才可能信手拈来，随之点化。

二、撷取与引发法

"撷取"是直接从读物中采撷、吸收有用的养料，融成自己文章中的血肉。撷取大致包括三方面的内容：一是观点的撷取，即将读物中的观点、见解吸收进来，融入自己的文章中。恰当地摘引或转述原著中的某些观点，既能保持作者的原意，又可体现自己的观点和意图，并且在此基础上形成开拓性的论点。二是语汇的撷取，即将阅读所积累的成语、典故、格言、警句、俗语、谚语等，水乳交融地用到文章中去。三是材料的撷取，用阅读积累的材料来说明自己的观点或摄入自己文章的内容中。对学生来说，教科书中就有大量可供撷取的材料，那些名人名言、史实、观点，随着学习，课本知识已熟记在心，作文时注意检索，就能触机而发，旁征博引，使文章平添色彩。

"引发"是因读物中的一个句子、一个片断、一个细节、一个人物，或者某种有启示意义的信息，而触发写作的"顿悟"。引发大致有三种情况：一是因阅读而激发写作动机。如作家徐兴业偶尔读了《三朝北盟会编》，书中的英雄人物马扩吸引了他，便萌发了以马扩为小说主角的写作愿望，终于写出了《金瓯缺》。二是因阅读而唤醒创作灵感。如托尔斯泰为写《安娜·卡列尼娜》，一直为开头绞尽脑汁，偶尔读了普希金的小说《宾客聚集别墅》的开头，触动了创作灵感，立即提笔写出《安娜·卡列尼娜》的开头，并以此为契机，源源不断地写出了后面的情节。三是因阅读而启发艺术构思。如徐迟在写关于周培源的报告文学初稿时，陷入繁冗的平铺直叙而不能自拔。后读方苞的《左忠毅公逸事》，从其中巧妙的剪裁艺术中大受启发，立即重新进行艺术构思，加以删改，写出成功的报告文学《在湍流的漩涡中》。

三、摹仿法

在阅读的基础上摹拟、依照原作品的写作思路、语言风格、表现手法和文章体式来写作。如汉唐之际，不少人读了枚乘的《七发》，争相摹仿，以至这类文章被人看做是赋的一种专体，号称"七体"。摹仿是写作的练习阶段，也是创新的第一步。一是要"取法乎上"，只有树一高标准在前，才有可能使自己的写作水平达到较高的层次。二是要力避雷同，决不用简单的摹仿来代替自己的创造。一味摹仿，亦步亦趋，缺乏创造，即"取法乎上"，也难于超过前人。

四、脱胎法

在原物的基础上进行改造和翻新，从而写出具有新意的文章。如柳宗元的《捕蛇者说》便是脱胎于《礼记·檀弓》。两篇文章都叙写了家庭三代人的悲惨遭遇。《檀弓》的用意是"苛政猛于虎"，柳文的用意是"苛政猛于毒蛇"。脱胎与摹仿的区别在于：脱胎主要是继承使用，重在内容；摹仿主要是仿效写法，重在形式。从广义上来说脱胎也是一种摹仿。

根据上述四种读写结合法，你可以从每一课文材料中学一些规律性的东西，运用到写作中去。具体方法：

一是抄写与仿写结合。就是对一些精彩的片段和范文，不仅要会朗读、背诵，还要默写或多抄写两遍，然后进行摹仿练习。如读了《老水牛爷爷》一文后，根据课文中对主人公外貌描写的特点，来写自己熟悉的人的外貌，这样，作文基础差的也能写得出来。依照此法，进行对话描写、心理描写的练习，为写好作文打下基础。

二是观察与写实结合。小学和初中大都是记叙文，要写好一篇作文，首先要认识事物，了解事物。这就要求时时注意观察周围的人和事，随时将所见所闻写下来。这样不仅练了笔，还积累了写作材料。

三是补写与自写结合。所谓补写，就是依照课文框架进行补写练习。根据正文补写开头、结尾，或根据开头、结尾补写正文。补写正文是作文练习的难点，要反复阅读开头和结尾，明白开头和结尾的要求后再下笔。

评价："读写相结合，以读促写，以写提读"是语文学习的基本要求，同时也是学习语文的最佳方法。读是写的先导，写是读的目的，学生灵活运用阅读的知识和技能是最终目的。因此，在语文学习中一定要注意读写相结合。

改变厌读倾向的妙方

一、惊奇法。

"当学习充满乐趣时，才更为有效。"有的学生厌恶读书，这时不妨给自己一个惊奇的心态，试想：大到宇宙太空，小至花草鱼虫，它们都是漫长的天体运行、物种进化过程中创造的一个又一个奇迹，而且它们都是独一无二的。假如能引导自己以惊叹大自然的一桩桩杰作的心态去阅读，无疑会比一开始就硬是死盯着白纸黑字或咬文嚼字的分析，要有趣十倍。

二、感激法。

一篇文章或一本书，倘或给学生介绍一种行之有效的方法，或为学生揭开了百思不得其解的谜团，或向学生传播了一种积极的人生态度等等，学生会在接受的同时而生出无限的感激。有的学生对读书畏之如虎，甚至是恨之入骨，假如能转变心态，以感激的心态去阅读，定会兴味盎然。笔者建议，讨厌阅读的学生不如先从《学习的革命》等介绍学习方法的书籍读起，相信不久以后，这些学生定会变成手不离卷的好学生。

三、憧憬法。

每个学生都渴望成功，但并不说明每个学生都喜欢阅读。讨厌阅读的学生可利用自己亦渴望成功的心态促使自己去阅读。笔者建议不妨由阅读《卡耐基成功之道》入手。

四、崇拜法。

学生对自己所崇拜的歌星的每一句歌词都能倒背如流，而且乐此不疲。这类学生可从阅读名人传记之类的书籍入手。在阅读过程中，学生会对名人的人生经历、生活情趣、辉煌成就等有全面了解，进而产生崇拜的感情，激发自己的阅读兴趣。

五、悲愤法。

有的学生爱打抱不平，那么这类厌读学生应从阅读一些较易激发自己愤慨情绪的书籍入手。如此一来，感情上引起了共鸣，所有问题自然会迎刃而解。

六、消闲法。

有的学生爱读武打、言情小说，整天沉溺于此，严重影响了学业。这类学生应转变心态，自我暗示：武侠小说的作者是为了娱乐的目的，为了缓解读者过度紧张而作书的，该类书只是消闲用的。明白这一点后，相信这类学生不会再陷入其中而不可自拔，反而可从中吸取一些新颖的手法，巧妙地把负面阅读转化为一种积极的阅读。

评价：该六法从"抓人先抓心"做起，能够从心态上转变厌读倾向，是厌读现象的根治方法。

文章归纳六法

一、标题文眼法。

标题有的就是文眼。如《中国人民是有骨气的》一文，其标题就是文眼，因此，文章主题思想极易把握。

二、中心句提炼法。

中心句是指一段话或一篇文章中凝炼而又体现中心的一两处语句，它对于理解段意、主题是很有帮助的，因此对中心句稍加提炼即得段意。

三、归纳综合法。

没有明显中心句的篇章，概括文章就要用归纳综合法。一个段落，可把若干个层次的意义结合，得到文意。例如《风景谈》有六幅"风景画"，读者既能在视觉上获得次第加深的鲜明的印象，又能在思想上得到逐层深入的教育。稍加综合，抗日战争时期中国共产党领导下的解放区军民火热的战斗生活和崇高的精神境界，这个中心就呈现在眼前。

四、背景分析法。

文章一般都有明显的时代性，它反映着特定时代的社会生活。归纳文意也需从写作背景入手，才能领会文章在某一时代的意义。

五、形象分析法。

以写人为主的文章，往往是通过人物的刻画来表现主题的。分析这类文章，要从分析人物形象入手。而分析人物形象的重点，应是概括出人物的本质特征。例如《阿Q正传》中的阿Q是一破产农民，其"精神胜利法"反映了封建统治造成的国民愚昧，作者通过暴露国民的弱点，从而深刻揭露了封建势力反动的本质。

六、意境构想法。

所谓意境是指作品所描绘的生活图景和表现的思想感情相融一致而形成的一种艺术境界，它能使读者通过联想和想象，在思想感情上受到感染。抒情性的作品，总有感人至深的意境。读这类作品，要善于从人物的言行中，从作品精心描绘的画面景物中，挖掘丰富的潜台词，探索作品的真谛。

评价：文章归纳是检测阅读效果的一种有效手段。掌握文章归纳的方法有利于读者准确而迅速地从书面材料中获取有效的信息。

朗读学习法

朗读就是一种有表情的诵读。朗读有助于语文能力的提高。在培养朗读能力时，有以下几点做法：

1. 让学生认识到朗读的妙处，提高朗读的兴趣。朗读的妙处主要有四点：一是有助于体味文章的思想感情；二是有助于听、写、说能力的培养；三是培养语感的一种好方式；四是有利于集中注意力。只有当学生切实体会到朗读对学习语文的重要性时，朗读的兴趣才会大大提高。

2. 掌握必要的朗读方法，进行正确的朗读训练。朗读训练大体上分为三步进行：第一步：正确地朗读。做到读音正确，停顿得当，不错不漏，不颠倒，不重复。第二步：流畅地朗读。所谓流畅，一是指语句流利；二是指音韵铿锵；三是准确把握语调和语气，连贯地读下来。第三步：传神地朗读。熟练地运用语言和表情，表达出文章的风格神采。

3. 运用各种手段，营造朗读氛围。只有在特定的氛围中，朗读训练才会有实效。营造朗读氛围的手段有以下四种：

第一种：利用录音机。可用录音机进行初听——跟读——再听——再读训练。

第二种：学生范读、带读。

第三种：进行朗读比赛。

第四种：成立朗读兴趣小组。

4. 要保证一定的朗读数量。想要有朗读的质量，必须要有朗读的数量做保证。在小学阶段，小学生要学会有表情地朗读，至少需要二百小时以上的练习时间；中学阶段，读物的篇幅增长，内容加深，朗读难度大，要求高，练习的时数不应低于小学阶段。因此，凡是有利于学生朗读的课文，都要让学生朗读。朗读要有计划，每天必须保证15分钟的朗读时间。　　评价：俗话说："熟读唐诗三百首，不会作诗也会吟"。朗读对于说话、作文均有帮助。朗读学习法正是遵循这一古训，在"读"上做文章，用"读"来带动学生去学习语文、欣赏语文，也在"读"的过程中提高了学生听、说、写的能力。

巧记汉字五法

一、字谜法

有些笔画复杂、难记易错的字可编成形象生动、且有趣味的字谜。经常猜一些字谜，动脑编一些字谜，就可把字形记住；用时想起字谜，就不易写错。一些字谜常使我们百思不得其解，但一经老师或同学点拨和说破，就会永世不忘。

如：加一半，减一半。（喊）

一人牵着一只狗。（伏）

十一点进厂（压）

两只狗，草底走。（获）

廿字头，口字中，北字两边分，四点下面蹲。（燕）

二、歌诀法。

把一些易错易混的字编成儿歌或顺口溜，读来琅琅上口，细想妙趣横生，便于记忆。一般有下面几种。

1．单字歌诀。如：王二小，白胖胖，屁股坐在石头上。（碧）

衣字上下分，果字中间蹲。（裹）

2．易错字歌诀。如："中一"贵，"酉己"配，纸字无点才算对。

3．易混字歌诀。

如：己（jǐ）开已（yǐ）半巳（sì）封严，谁要写错惹麻烦。戊（wù）空戍（xū）横成（shù）变点，撇横相交戎（róng）装换。

三、拆字法

把一些难记易错的合体字，分拆成几个部件，就可以化难为易，比较好记。

如：赢——亡口月贝凡

德——双人十四一心

掰——手分手

罚——四言立刀

四、加减法

有不少汉字形体相近，它们加一笔或者减一笔。就变成了另一个字，记住了这些加减变化，也就记住了这些字的细微差别，用时可避免混淆。

如：免字加一点变成兔字（一点为兔尾巴）。

幻字加一撇变成幼字。

折字加一点变成拆字。

鸟字减一点变成乌字（一点为鸟眼睛）。

享字减一点变亨字。

拢字减一撇变成扰字。

五、找规律法

一些字认起来容易,但写起来常常出错,写不规范,可以按字音和字形特点,找出一般性的规律,加以区别,用时就不易写错。

1. 按字音找规律区别。

如区别仓、仑做部件构成的字,可按下面读音规律来记忆:

韵母是 ang,声旁从仓。如枪、苍、创等。

韵母是 un,仑部构成。如轮、抡、囵等。

又如区别用令、今作部件构成的字,可按这样的规律来记忆:

声母凡是小棍 l,令字一点不可掉。(如领、拎、零、玲等)。

声母不是小棍 l,今字必定其中坐。(如念、琴、贪等)。

2. 按结构找规律区别。

如区别圣和圣构成的字,可按下面规律来记忆:

只有怪字右为圣。

其它的字均为圣。(如径、茎、轻、经等)。

又如由部件U组成的字,中间一横出头不出头,可这样记忆:

无笔穿过不出头,(雪、灵、急、皱)

有笔穿过冒出头。(尹、唐、争、建)

3. 按规范书写找规律区别。

如:小字在上不带钩,(尖、省、肖)

小字在下钩不丢,(京、尓、叔)

又如:一字不写两笔捺,

一捺写点顶呱呱。(如从、秦、漆、黍、癸等)。

评价:中国的汉字,难学难记。上述方法可帮助孩子掌握记忆汉字。当然,这些方法都只是一些辅助方法,多写、多看、多用才是主要学习法。

作文出新的窍门法

一篇文章能够出新,才使人爱看,如果标题一般化,内容不新鲜,写法上也没有什么特色,那谁爱看?许多小朋友总想把文章写好,可是写出来总是平平淡淡。这里,提醒大家怎样出"新"。

一是标题新。这自然不是指命题作文，命题作文，题目已经规定好了，你当然不能随便改。不但不能改，而且要严格按照题目要求写。我这里说的是自由命题作文；或者是规定了题目范围、可以自己定题目的作文。例如老师要求写一篇赞美春天的作文，题目自定。你如果选择《美丽的春天》、《可爱的春天》，那就太俗了；如果你选择《魔力无边的季节》，或者《小朋友们的季节》，或者《天天都是儿童节》，那就显得不一般了。就凭题目，人家就要看看内容。

二是材料新。大家经常写的材料，你要是写不出什么特色，一定没人爱看。例如写春游，这样的文章太多了，如果你写《春游遇险》，那就吸引人了。我们不必瞎编，生活中有许多新鲜事，关键是善于观察，不要让那些新鲜有趣的材料从眼前滑过去。比如你的图画不好，美术课从没得过"优"。有一次你的画得了个"优"，你写一篇《我也能得"优"》，题目显得不是一般化，就会吸引别人要看一看。

三是立意新。同样一件事，如果能写出新意，人们自然爱看。还比如刚才说的那件事，图画得了个"优"，你只是写得"优"以后的快乐，那没什么新意。如果你写出由从来没得过"优"的图画得了"优"，想到只要坚持努力，符合规律，什么困难都能克服，那就是写出了一些新意。

四是角度新。比如现在同学们都懂得应该保护环境，保护野生动植物。如果你从野生动物的角度写保护生态环境问题，就比讲一些大道理要强得多。

五是写法新。古人讲"文似看山不喜平"。写文章忌讳用老一套的写法写老一套的内容。我们学过倒叙和插叙，也学过比喻、拟人和夸张，也懂得有些文章可以夹叙夹议，我们还懂得应该把文章写得具体，生动。总之，作文章要注意写作方法，写法要新颖，又要写得合情合理。比如一个小朋友写一家三口去打乒乓球，这本来是一件小事，看起来平淡无奇，可他却写得很有意思：题目是《我是不公正的裁判》，题目就比较新鲜，能引起读者的好奇。他写他的爸爸、妈妈打乒乓球，他当裁判。爸爸的技术好，平时对他又比较严厉，所以他就故意"误判"。爸爸发了一个刁球，妈妈没接住，他却说爸爸发球违例，这个球不算。而爸爸也佯装糊涂，最后竟让妈妈把爸爸赢了。这件趣事反映了这个家庭的欢乐和睦，事情不大却很有意思。

评价：出新并不难，窍门是多观察、勤动脑，用新鲜手法写别人没写过的新鲜事。

作文构思法

一、先抑后扬法（或先扬后抑法）

在构思上，先抑是假，而扬是真。抑是手段，扬才是目的。如《白杨礼赞》一文，作者先由黄土高原的"雄壮"、"伟大"引起的兴奋和热烈的感叹，转向倦怠、冷漠、低沉的单调滋味，这是一抑，为白杨树的出现铺垫、蓄势。紧接着，"然而刹那间，要是你猛抬眼看见了前面远远有一排——不，或者只是三五株，一株，……"傲然耸立，像哨兵似的树木突然出现了，作者的情绪由"恹恹欲睡"到"惊奇"的一叫，文章由低潮转向高潮，眼前的景色由"单调"的高原，忽又出现了奇峰。这样，为下文白杨树的出现起了渲染的作用。

二、尺水兴波法

"文似看山不喜平"，短小的作文也要讲究曲折生动的变化。故事情节富有曲折的变化，才会吸引读者。如小小说《鞋》、小说《变色龙》等文的篇幅不长，但故事情节是极其富有变化的，一波三折，耐人寻味。

三、一线穿珠法

一堆沙子、钢筋、水泥和砖瓦，把它们堆在一起并不就是一座房子，只有把这些材料按照一定的建筑结构联系起来，才能建成为一座房子，构成一个完整的整体，快速作文也是这样。怎样才能将作文材料贯穿起来呢？我们可以采用一线穿珠法，即用一条线索贯穿全文的材料，这是文章赖以得到条理化的方法，是主题在作品中得以表现的具体过程。一般有以下几种线索。

1. 以中心人物为线索。如《小橘灯》、《最后一课》等。
2. 以中心事件为线索。如《陈毅市长》，以"闲谈不得超过三分钟"为线索。
3. 以时间为线索。如《扁鹊见蔡桓公》。
4. 以空间为线索。如《上海街头素描》，以作者移步换位的空间转移为线索。
5. 以某一事物为线索。如《七根火柴》、《记一辆纺车》、《皇帝的新装》等，都是以事物为线索的。

6. 以人物的感情变化为线索。如《荔枝蜜》、《我的老师》。

四、众星拱月法

如朱自清先生的《春》，由"盼春"开篇点题，接着从各方面描绘春天的美景：首先写春草，次写春花，三写春风，四写春雨，五写春天里的人们。

如图所示：

```
          花
     草   春   风
     人       雨
```

评价：结构巧妙；可以使全文浑然一体，无懈可击。上述四种方法结合具体例子，为怎样进行作文构思进行了具体说明，具有启发作用。

作文过渡法

一、承上启下法

这是最常用的过渡法，即用一段话，前面的句子对上文作总结，后面的句子则领起下文。例如：《谁是最可爱的人》一文中，作者在记叙完第一个事例"松骨峰战斗"以后，紧接着就用了一个过渡段承上启下，"我们的战士，对敌人这样狠"一句，总结上文；"而对朝鲜人民却是那样地爱"一句引出第二个事例"马玉祥勇救朝鲜儿童"。

二、时空法

以具体的时间和空间连接上下文。此法可将人、事、物、景的特点表现出来，增强作文的真实感和感染力。记叙文常用。

例如：

……一九〇三年斯大林和他的同志们创设的地下印刷所就在这个小院子里。这个院子跟附近的许多院子没有什么差别……那时候，这个院子里住着两人……

—— 茅 盾《第比利斯地下印刷所》

三、总分法

即先概括总起一句，然后分别具体陈述。有合有分，起伏变化，有条有理。

例如：

汽车在望不到边的高原上奔驰，扑入你的视野的，是黄绿错综的一条大毡子。黄的是土……绿的呢……黄与绿主宰着，无边无垠，坦荡如砥……

—— 茅 盾《白杨礼赞》

四、重复法

段与段之间重复申明某个关键词句，反复出现，就可以使重点突出。

例如：

母亲一共生了十三个儿女……

母亲是个好劳动……

母亲这样整日地劳碌着……

——朱德《母亲的回忆》

五、序列法

用数词或顺序词将所反映的事物依次贯穿在一起，使文章层次清楚。

例如：

首先来说研究现状……

其次来说研究历史……

再次说到学习国际的革命经验，学习马克思列宁主义的普通真理。

——毛泽东《改造我们的学习》

六、关联法

以关联词贯穿各段，或顺连或转折，使文章有起伏，不平淡。

例如：

……上好的茧子！会没有人要？他不相信……可是村里的空气一天一天不同了。

——茅盾《春蚕》

至于我在那里所第一盼望的，却是到赵庄去看戏……

——鲁迅《社戏》

评价：作文结构讲求完整、紧凑。要把各种相关信息组织成一篇完整的文章，这就需要"过渡"。"过渡"往往起着承上启下的作用。熟练掌握过渡方法，行文时才能加快速度。

作文结尾法

一、首尾呼应法

如《初中生活的苦与乐》开头是："初中生活的苦与乐像一朵浪花涌上记忆的门槛，这些苦和乐都那么值得留恋和怀念。"结尾是："初中生活是人生画卷里值得珍惜的一页，虽然它像流星一样转瞬即逝，但是它留给我美好的回忆。"

二、深化主题法

如《谁是最可爱的人》的结尾，运用了一组排比句"当你……的时候"，深化了"他们确实是我们最可爱的人"的主题。

三、总结全文法

如《哨子》一文的结尾，"总之，我认为，他们所遭受的人类很大的一部分悲苦都是他们对事物的价值作出错误的估价而造成的，都为他们的哨子付出了太高的代价。"

四、卒章显志，篇末点题法

如《我尝到了自己动手的甜头》的结尾："是啊，虽然我插的秧并非笔直，而是弯弯曲曲，它正如我成长中的路，虽然曲折，但如果向着一个明确的目标，不断前进，哪怕是匍匐前进，最终一定会达到自己的目标的——这，便是我尝到的自己动手的甜头。"

五、反问作结，增强力度法

如《人间自有真情在》一文的结尾："谁说当今社会人与人的关系越来越讲求金钱？社会各方关心这素不相识的小女孩的事例，不正是体现了'人间自有真情在吗？'"

六、含蓄隽永法

如《孔乙己》一文的结尾："我现在终于没有见——大约孔乙己的确'死了'。"孔乙己是个可有可无的人物，没有人关心他，谁也不能确切地知道他是死了，还是活着，只能说"大约"。孔乙己又是一个好喝懒做的人，只要有一口气，就是爬也要到酒店来喝上一口酒。然而始终没有见他来，看来他并非"许是死了"，而是"的确死了"。这种结尾就含蓄隽永，给人以想象的余地，又平添了《孔乙己》一文的悲剧色彩。

评价：做任何事情都不应"虎头蛇尾"，写文章也亦如此。好的文章结尾能使人重新回味整篇作文，因此，掌握几种结尾方法十分必要。

作文巧妙开头法

一、记叙文的开头方法

1. 开门见山式。如《我最喜欢做的一件事》的开头："在我求学的九年里，书籍给了我无尽的快乐，我最喜欢做的一件事就是读书。"

2. 描写式。这种开头可以从人物的肖像或环境等方面的描写开始，如《感人的一幕》的开头："绚丽的朝阳跳出地平线，把七彩光环洒向大地的每一个角落。田间小道上，一位母亲跛着脚，提着个包袱，正蹒跚地走着……"

3．交待式。这种开头可交待一下事情发生的时间、地点或背景、目的。如《我和班长》的开头："我和班长是一对好朋友。我们一起上学，一起长大，他是我的良师益友。"

4．倒叙式。如《家中的新鲜事》的开头："最近，我家出了一件特大的新鲜事——奶奶交'权'了。接任'第一把手'的则是我那过门不久的嫂子。"

5．悬念式。如《我最盼望的……》的开头："我最盼望的是什么？有一个无忧无虑的假日，一盘红极一时的磁带，一本极为畅销的书……不，不对，这些都不是我最盼望的。"

6．引用式。这种开头方式通过引用名言、对联诗句、一首歌等作为开头，会给人耳目一新之感。如《我最爱唱的一首歌》的开头："'月儿弯弯入海港，夜色深深灯火闪亮……'一听到这段优美的旋律，我便放声高歌起来。"

二、议论文的开头方法

1．开宗明义亮论点式。即在作文的开头便开门见山地摆出自己的论点。如《谈自立》一文的开头："常言道：大树底下好乘凉。然而庇护在大树下的小树苗是长不成参天大树、难以成为栋梁之材的。同样，人也是如此，事事依赖于社会、学校、家庭和他人，而不求自立的人，也是不会有成就的。因此，自立对于每一个人来说，都是极其重要的。"

2．列举现象亮论点。即在作文的开头先列举一些社会现象，进而再摆出自己的论点。如《理想的阶梯》一文，开头便提出理想是青年最爱谈的话题，但他们又常常为理想和现实的矛盾而苦恼。之后，作者指出青年中普遍存在的三种不良现象：一是"虽有理想，但刻苦勤奋的精神还不足"；二是"不善于抓紧一点一滴的时间"；三是"认为条件差，岗位平凡……在碌碌无为的苦闷中慨叹磋跎"。然后作者针对上述的这三种现象，提出了"奋斗是实现理想的阶梯"这一中心论点。这样针对实际问题自然提出论点，做到有的放矢，使人易于接受。

3．讲故事引出论点式。美国科学家富兰克林在《哨子》一文中就先叙述幼时有一次为哨子付出了比它原价高四倍的价钱的一个故事，然后才引出"社会上很多人为些不必要的东西而付出了过高的代价"这一论点。

4．引用名言表明论点式。即在作文的开头便引用名人名言标明自己的论点。如《说"勤"》的开头："俗话说：'一勤天下无难事。'唐代文学家韩愈说：'业精于勤。'学业的精深造诣来源于勤。"

5．提出问题得出论点式。彭端淑的《为学》一文，作者开篇设问："天下事有难易乎？"和"人之为学有难易乎？"然后作者摆出自己的论点："事在人为"。这样文章开头提出一个问题，让人思索，不等找到答案，本文的论点就自然道出，通顺流畅，大韵自成。

6．归纳所给材料提出论点式。即将所给材料进行分析、归纳，提炼出一个正确的主题，然后提出自己的论点。如《愿良师涌现，愿芬奇倍出》一文的开头："《画蛋》这篇短文，说明了一个道理：任何事都应该从最基本的做起。最基本的东西往往是最易被忽略而又是最重要、最应当掌握的东西。学习做某件事情，都应该从最基本的做起，否则，什么事情也做不好，做不成。"

7. 正反对比得出论点式。如《读书是人生之乐事》一文的开头："何谓人生之乐事呢？有的人说是吃喝玩乐，有的人说是游山玩水，……我认为读书是人生最大的乐事。"

评价：古今中外的文学家莫不重视开头的提炼和推敲。好的文章开头不仅能吸引读者，而且对后面的行文也十分有益。因此，掌握作文开头法，巧妙快速地开头，十分重要。

增强作文文采六法

所谓语言有文采，就是指语言富于变化，用语精美流畅。如何使作文有文采？孟庆焕老师提供了六种有效方法，具体如下：

1. 要善于运用变化的句式以增添文采。整句和散句、长句和短句的恰当运用，就会使行文摇曳多姿，语言活泼流畅，表达效果得以加强。长短句相间，整散句结合，读起来琅琅上口，听起来流畅悦耳。

2. 恰当运用修辞来增强表达效果。修辞的作用就在于如何使语言用得锦上添花。在写作中，恰当地运用修辞手法，就可以使语言精彩纷呈，从而增强表达效果。试想，一段文字灵活运用了设问、反问、引用等、修辞手法，使得语言灵动，发人深思，且增添了语言的抒情性与感染力。读这样的语言能说不是一种享受？

3. 引用名言、诗文等，使语言胜人一筹。可以引用现代、古代诗人的名句；可以引用歌词、广告语；也可以引用诗文名句。通过引用丰富文章的内涵，使文句典雅华丽，增加力度与深度。

4. 巧用文言添美感。我们反对文白夹杂，但对一些现在仍富有生命力的文言固定短语的恰当运用，会使语言有较多的文化沉淀。有品位、有文采、才更典雅、凝练晓畅。例如一位学生在谈到考试造成的压力时如此道来："……于是乎，弯腰驼背兮，'孔乙己'，鸡胸鹤腿兮'林黛玉'，双眼昏花兮'博士伦'，挑灯夜战兮'书如心'。"摹仿楚辞，使语言妙趣横生。巧用文言，文章顿生美感。

5. 运用丰富多彩的词语。文章是词语汇集而成。正确运用成语、近义词及反义词，能明朗文章的节奏，使文章具有感染力。

6. 展示文化底蕴。如果平时阅读面广，记的东西多，文化底蕴较足的话，在作文中就要尽量显示一下自己的文化功底。果真如此，文字便风采卓然，令人叹为观止。

评价：该六种方法为高考生提供了快速提高文采的捷径。当然，除以上六种方法外，恰当、巧妙地运用形容词、动词、修饰语、叠字等，令语句生动、活泼；运用语言错位，英文单词等，使文句含蓄、幽默也都不失为增强文采的好方法。关键在于不断总结，掌握新的手段。

应急作文法

考场应急作文法主要适用于见到作文题一点思路都没有的学生。该方法的中心指导思想是：不论如何，在考场上必须先动笔写。可以写自己审题时的想法，可以抄录自己回忆起来的相关材料，等等。只有这样，才能"急中生智"。

例如，考生一看到作文题，脑子里嗡嗡直响，搜索枯肠，只能想起与之相似的一则材料，几乎无从下笔，而时间已不允许再继续想下去。按照"考场应急作文法"的原则，此时不妨作如下处理：

第一步，先概述所给材料，提出自己的观点；
第二步，摆出已想到的那条材料；
第三步，对两则材料加以比较剖析，得出结论。

评价：大家知道，出作文题的一个基本要求，就是出奇，让大家都想不到。所以，从某种程度上讲，作文考的就是学生的应变能力。

作文水平，不是一天两天就能提高的；心理素质，也不是一时半晌就可健全的。但考试的时间是固定的，不会等着你作文水平提高了，心理素质健全了再来考。"考场应急作文法"为我们提供了一剂实用的"急救药"。

听力作文法

所谓听力作文法，就是先听录音机，然后根据听到的情节、对话来写作文。该方法适用对写作缺乏兴趣的学生，其步骤如下：

1. 听录音机，然后回想都听到了什么，一般来讲，听一遍学生尚难以复述完整的情节或对话。只能回忆起一些片断。

2. 再听录音机。这一遍，大多能比较完整地复述听到的故事情节和人物对话及各种音响。

3. 再完整地听一遍，然后按照录音内容，发挥想象力，写成作文。

听力作文法扩展了写作素材。以往写文章，大不了是通过"看到的"（书或事）去收集素材。而听音响，做作文，却是通过"听到的"去收集素材。鲜明的音响形象，使学生如闻其声，进而产生如观其物、如见其人、如临其境的感觉，唤起学生对现实生活中一些熟悉现象的联想，使他们有事可叙、有话可说，不再"内容空洞、言之无物"了。

同时该法也培养了想象能力。听音响口述作文适应学生的智力发展规律，着眼于学生想象力和创造力的培养。

当然，学生写的，必须是自己听到的，必须是自己听到以后联想到的，必须是联想以后口说出来的。听促进了想，想促进了说，说促进了写。

考场写作控制法

考场写作控制法是陈堂君老师为广大考生考场应急提供的有效控制法。具体方法如下：

1. 心理控制。考场作文要发挥自如，考生必须保持良好的心理状态。这种心理状态可归纳为四句话："松弛神经，满怀信心，视生为熟，视熟为生。"这四句中，"视生为熟，视熟为主"是核心，即要求考生把生题当作熟题看，把熟题当作生题写。

考生拿到题目无非是两种情况，一种是似曾相识，觉得比较熟悉，好写；一种是感到比较陌生，难写。遇到似曾相识的题目，不能贸然下笔。要认真审题，找出细微差别，此外还应努力写出新意。

把生题当作熟题写，这是因为生与熟只是相对而言的，无论多么生疏总不会超出平时所学的那么几种文体，自己学过的写作知识和自己的写作能力，是完全可以写好的，这就要松弛神经，满怀信心了，这样，才能保持良好的竞技状态，在考场上最大限度地发挥自己的写作水平。

2. 程序控制。不管是命题作文还是供材料作文，一般都要按下列程序进行：审题、确定体裁、确定主题或中心（即立意）、选择材料、布局谋篇、列提纲、打腹稿、动笔行文、检查修改，考生要按这一程序，有条不紊地进行。

一般说来，现在的高考，对作文的体裁并没有明确规定，给考生以自由选择的余地。考生需要审定的是：题目适合写什么体裁，运用哪一种体裁最能发挥自己的写作优势。现今的高考作文审题的难度也不大，但仍然要细心，注意题目的隐含信息。

值得强调的是在动笔行文之前，对于文章的立意、布局要反复推敲，写作提纲也要再三斟酌，重点地方，可以多打两次腹稿，这样写起来才会顺手。

3. 速度控制。语文高考是150分钟，其中作文时间只占70分钟左右，这就要求考生从审题、构思到行文都体现一个"快"字，因此考场作文实际上是快速作文。其间审题、立意、选材、构思（布局谋篇）、斟酌提纲，只能用12分钟左右完成，最多不能超过15分钟。

思路畅通是快速作文的必要条件。保证思路畅通，获取主题信息的有效方式就是展开联想。可以进行相关联想或接近联想。如：由"水库"想到"水力发电站"，由"教室"想到黑板、粉笔、讲台、课桌、老师、学生等。

联想的思路一旦敞开，许多与主题有关的信息就会纷至沓来，但篇幅有限，不能都写进文章，有的考生会感到丢掉哪一则材料都可惜，思路老是在材料里兜来兜去。遇到这种情况，必须迅速让思路从材料的束缚中跳出来，重新审视命题与要求，选取最能表现主题的材料。

在行文过程中，有的考生吃过打草稿的亏。草稿打好了，还没来得及誊上试卷，考试时间就到了，加上试场上不收草稿，作文前功尽弃。因此考场作文以打腹稿为宜。按照提纲，把文章想一遍，开头、结尾，不妨多打两遍腹稿。想好了，直接写到试卷上，一气呵成，最后，检查一遍，对个别不通顺的地方，作一点修改。这样会收到比较好的效果。

4. 效应控制。首先要考虑读者的心理效应。写那些能触动自己思想感情的人和事，尽可能挖掘出深意，能使读者"为之一震"，产生共鸣；尽可能写出一点新意，在推理、想象方面，努力表现出独到之处，并能自圆其说；在句式的选用上，尽可能多用短句，用排偶句，使文章节奏明快，意蕴丰美。

其次要顾及文章的整体效应。没写完的文章得分是很低的。考场上文章未写完时间到了是常有的。遇到这种情况，千万不能交没有结尾的作文卷，要紧急煞尾；事例没举完的，可以写上"还有一些，这里就不再一一列举了"之类的话。记叙文结尾可用一个设问句、反问句或省略句，让读者去深思；议论文可用一句名言或一句号召性或鼓动性的话结束，以体现文章的完整性。

评价：写作控制法对广大考生来讲的确不失为一个行之有效的方法。该法从心理控制到联系实际写作的程序步骤提出程序控制，从速度讲到新意，四个简单的控制含盖了写作的方方面面。同时又突出了实用性、应急性为广大考生所欢迎。

调 试 法

调试法主要适用爱好理科、不喜欢作文的学生。方法具体操作如下：

1. 以逻辑题开道。偏好理科的学生大多擅长逻辑思维。因而索性先出一些逻辑题让他们写，以扫除他们对作文的厌倦或畏难心理。

2. 以议论题开路。议论题，要么是立论，要么是驳论。不管是立，还是驳，均要求有很强的逻辑性。让偏好理科的学生多写写议论文，可以为日后真正写作好作文开路铺桥。

3. 以联想题开通。所谓"联想题"，就是给学生一些词语或材料，让学生以此为起点，发挥想象力，撰写作文。显而易见，这类题已不仅仅是一个逻辑性的问题，而是要求相当的想象力了。这类题虽说比纯命题作文要容易一些（毕竟有一个起点、一个基础），但如写好了，那么通往成功之路的大门也就打开了。

评价：调试法之所以对偏科学生有效，是因为该法可以逐步调动学生的兴趣。通过先让这些学生写自己有兴趣的科技推理说明文，让学生觉得自己居然也能写，且能写好文章。再让这些学生写逻辑性仍很强的议论文。最后才让学生写需要一定形象思维的联想文章。学生的信心，就是这样一步步又建立起来了。

KJ写作法

KJ法大约可分成五步：

第一步，是将与所要写的文章有关的资料制成卡片；

第二步，是根据这些资料进行发散思维，想到什么就写什么，制作出所写文章有关的新的资料卡片；

第三步，是将所有的卡片像玩扑克牌那样全部摆在书桌上，一张张地默读卡片，通过取舍、集中、收束，从这些卡片中寻找与文章主题关系密切的卡片，然后将这些挑选出来的卡片按一定的思维顺序分编成一个个内容相关的卡片群，形成文章的几个部分的基本内容；

第四步，面对卡片群的内容，思考文章的整体结构，排列卡片群的顺序。在这里，可以按照所谓的起承转合的方式排列、总分方式排列、递进方式排列；也可根据主题的需要采用其他破格的方式排列。文章的整体平衡，材料的详细处理也要给予具体考虑；

第五步，按照卡片的顺序和基本内容，再加入一定的联接性语言，进行通串和试讲。如果内容贯通，语气流畅，言之成理，即可书写成文。

评价：KJ法主要针对资料缺乏下手，让孩子懂得，不管什么题目，都得先去找资料，材料充分后，再考虑如何行文。这比坐在那挖空心思，一个字也写不出要强百倍。

作文快速修改三法

1. 通读修改法。通读，即写完文章，将文章从头到尾完整地读一读。往往，有些地方写的时候不觉得有什么。但一读，就能找到缺点。这就是通读修改法。

所谓通读，就一定要读，并且一定要用心连贯地读。只有这样才能真正"读进文章里去"，才能调动自己脑海中正确语感去辨别语句的通顺与否。这是通读修改法的惟一要求。

2. 对照修改法。对照修改法是指写完文章后，找一篇较好的范文，一边对照，一边修改的方法。如果说通读修改法适用于有一定作文基础的同学的话，那么对照修改法就适用于习作基础不佳的同学了。这些同学一般都有这样一个特点，就是写完作文后不知道自己哪儿写得好，哪儿写得不好。而对照修改法正解决了这个问题。通过对照，好坏优劣自然一目了解。要说明的是，这一修改法并不等于将别人的作文抄下来。而是先了解自己的文章优缺点，然后对照范文，学习范文，对自己的习作做适当的修改。一边改，一边也就又学习了一次。一举两得，效果还是不错的。

3. 要素修改法。"玉越琢越美，文越改越精"。快速作文修改中，主要修改重要的要素。记叙文要检查时间、地点、人物、事情的起因、经过、结果是否交代清楚了，人称是否混乱，过渡是否自然；修改议论文则注意检查论点是否有针对性、是否正确、是否鲜明，论据是否与论点一致，论据是否典型充实，说理是否清楚，以及检查是否有漏字、错句等。

评价：行文后，进行修改、润色十分必要。上述三种方法十分实用。例如，修改要素法是抓住文章各构成要素这一关键达到快速修改的目的。

写作训练四法

一、补白法。

补白即补充空白，合理想象。可利用现有教材中常常出现的艺术空白，去推测和预计可能的结论。例如学习《雷雨》后，往往抓住鲁侍萍的"你是萍……凭……凭什么打我的儿子？"这句话，改变成"你是萍儿，我的萍儿……发挥想象，补写出省略的部分。

二、重创。

重创有两种方式：仿写、续写。

1. 仿写。如在学习《谁是最可爱的人》之后，可效仿写《新时期最可爱的人》。规律性的东西在学习时就明确了，因此仿写时也就得心应手了。可以写环保工人，白衣天使，也可以写公安干警、人民教师等。

2. 续写。有些文章的结尾，言尽而意未尽，留下令人回味地余地，这就需要把作者未尽的东西合理想象出来，参于再创作。

三、另辟蹊径。

另辟蹊径是跳出原有文章的思维模式,从其他角度重新想象,进行再创作。该法不仅可加深对原有文章的理解,也确实可训练学生的创造能力。例如,在学习完《守财奴》后,可想象并写一篇《我到葛朗台家做客》的文章。

四、造境写人。

"造境"就是为人物活动提供时空背景,设计典型环境,场境设置必须从本质上符合历史真实,而不能胡编乱造;"造境"的目的是"写人"——刻画血肉丰满的人物形象,这种刻画应吻合史载,不能扭曲拔高。有扩写、改写等四种形式,其作用是在写作过程中调动创造思维,培养想象能力,让学生悬揣历史风云,感悟历史人物,深入理解文章。例如,学完课文《左忠毅公逸事》后,将"一日,风雪严雪……叩之寺僧,则史公可法也"这段文字扩写成描述性短文。如此一来,对环境,人物的神态、心理、语言、动作等都有极精当的描写,再现了当时的情境。

评价:写作有一要诀即多练。上述四法通过仿写、扩写、改写、补写、续写等方式多角度地训练了学生的思维能力,同时也提供了许多写作机会强化训练了学生的写作能力。

"三维"创新作文法

"三维"作文法是莱州一中的老师们研制的适合高中生写作的一种方法。该方法的核心是"情、理、真"。具体内容如下:

一、激活情感,热爱生活,打造连接作文与生活的"心桥"。

1. 读名著。课内精读,课外泛读,通过熏陶感染,激活情感,丰富思想,增长见识,积累语言。高一高二两学年,每人读20至30部名著,写10万字读书笔记,30篇评析文章。

2. 编演课本剧,通过演出培养情感感受力。可直接分角色演出。

3. 现场观察景物,缘景写情,写好景物观察笔记。

4. 注意培养情感,及时记录情感经历,写好"情感日记"。学生情感丰富了,作文"情味"十足。

二、参悟理性，重点训练整体思维力和综合思维力。

1．辞法训练。准确、生动、严密的语言，整散有致的句式，连贯流畅的语势，灵活多样的表现方法等等，不仅要从语言角度去认识，还要从语言与思维统一的角度去认识。

2．章法训练。让学生编写课文章法提纲，大作文让学生确立最佳章法方案。

3．思维方法训练。包括形象思维、形式逻辑思维、辩证逻辑思维、辐射思维、顺向逆向思维、联想想象思维、批判思维等。联想思维又分纵向时空联想、横向时空联想、比较类比联想、假设联想、因果联想等。共设定36个训练点，分别以小作文形式训练。

4．缘事悟理训练。透过现象看本质，解析个别见一般。强化理性思维，发掘生活中的情趣美，缘事悟理求新知。要能够从一滴水见太阳，能够平中见险，化腐朽为神奇。例如，学了《季氏将伐颛臾》，后应学会联系现实，对孔子关于"不患寡而患不均"的观点进行了科学分析，从而认识到在计划经济下"大锅饭"和平均主义阻碍了社会生产力的发展，得出孔子的观点在现代社会可以休矣。表现出挑战成说、敢于质疑的理性思维意识。

三、引进活水，"文章合为时而著"，学生应在真实环境中写"真作文"。

1．校园生活作文。如召开模拟记者招待会，写新闻消息。编反映校园生活的剧本，写人物台词。

2．时事作文。收看新闻联播、东方时空、焦点访谈、实话实说等节目，缘事作文。同时又因话题均为真实材料，学生以理性态度直面现实，因此文品人品得到同步提高。

3．社会实践作文。寒暑假进行社会调查，实地考察乡土风物、环境保护，采访当地先进人物等。学生每个假期写三篇调查报告。

评价："三维"创新作文的"情、理、真"三方面是有机结合不可分割的。激情是创新的动力，理性是雕塑成功之刀，而据实写真则是净化心灵、提高文品的有效途径，此外，该法采用多种写作方式，采用课内外结合、读写结合、编提纲和写片段结合，以及大小作文结合等，是高中生提高写作水平的有效方法。

作文弥补二法

作文已经写完,但作文的字数远远不够要求的数量,内容单薄,这样也会影响作文的表现力,影响作文的成绩。下面两种方法对解决作文内容单薄问题极为有效。

(一)举一反三法

如果作文所选材料少,则可以再多角度、多层次地选择同一类型的材料,使作文的内容更加充实,中心更为突出,这便是举一反三法。

(二)添枝加叶法

如果作文所选材料已多,但内容仍然较少,那么就应该在表达方式上增加更为具体的叙述、描写和适当的抒情、议论、说明,使得作文的内容更加丰满、充实起来,这便是添枝加叶法。如有位同学写他的同桌是"整个人显得有些文绉绉的,于是我给他起了一个雅号叫'老夫子'。"这样写人物就不够具体,内容较少。他在修改时增添了对人物个性化的语言和行动的叙述描写,情况就大不一样了:"他走起路来慢悠悠的。一摇三晃,像是在酝酿着一篇巨作。整个人看上去显得有些文绉绉的。他还爱古文,几乎所学过的古文,他都能背出,连平时说话也爱夹上几句'之乎者也'之类的文言,颇像一个古时的文人。于是我就给他取了个雅号叫'老夫子'。"

评价:作文弥补二法究其实质是一种考场应急法,是一种偷巧法,在平时写作中还应以注重打基本功为主。当然,在考场上运用该二法可以在技巧上占优势,从而赢得时间和高分。

四步作文程序训练法

1. 用什么文体写。

应试中，审题中首先辨明限制用何种文体，一般不离记叙文、议论文、应用文、说明文四种。考生必须按照限定的文体做文章。

2. 写什么——形成鲜明的主题思想。

应试中，审题的第二步就是明确立意（主题）。主题，是作者在说明问题、发表主张或反映生活现象时，通过文章或作品的全部内容表达出的基本观点。一般在记事、抒情类文章和作品中称为主题，而在论述类文章中称做中心思想。主题是作者从自己对生活的感受和对题材的加工、提炼中产生的，是生活暗示给他的一种思想。由于文章或作品是对客观现实的反映，作者总是力图通过文章或作品来说明某个问题或表明自己的态度和观点，因此，任何文章或作品都不能没有主题。主题一般具有四个特征：一是客观性，它来自生活，是作者通过观察社会、体验人生而得到的客观真理；二是主观性，即带有作者自己的主观色彩；三是观念性，即主题属于观念形态的东西，是作者的认识由感性上升到理性的结果；四是时代性，即任何文章和作品的主题都是历史的，都是属于它那个时代的。主题是文章和作品的灵魂。它决定着文章或作品的质量高低，价值大小，作用强弱。主题是文章或作品的统帅，文章或作品的布局谋篇、遣词造句都要受它的"调遣"，行文必须紧密围绕主题。在一篇短小的应试作文中，只有一个主题。

3. 怎么写——选什么样的材料表现主题。

应试作文，选择平时储存在大脑中的材料，其内容包括人、事、景、物、情、理、数据诸方面。材料是引发感受、形成观点和提炼主题的基础，又是说明观点、表现主题的根据。没有材料，写作就成了"无源之水"、"无本之木"，写作活动就无法产生。所以，无论写什么文章都首先认真搜集材料，尽量多占有材料，然后对材料进行分析研究和提炼加工；在使用材料时，要注意材料是否具有真实性、典型性和生动性，注意做到材料与观点的统一。材料按其时间分，有现实材料和历史材料；按其性质分，有主观材料、客观材料、事实材料、理论材料；按其表现内容分，有生活材料和心理材料；按其表现方法分，有具体材料和概括材料；按其表现角度分，有正面材料、反面材料、侧面材料；按其获取途径分，有直接材料和间接材料等等。

获取材料的途径，一是直接材料，也叫第一手材料，作者不借助任何中间环节，直接获取的未经转手的材料。它是写作各种文章最可靠、最基本的材料。二是间接材料，是作者借助中间环节获取的转手材料或书面材料。

4. 怎么修改。

应试作文训练，贵在修改。这是提高写作能力的重要步骤。通过修改文章的错误观点，使之尽善尽美。广义的修改指从构思到定稿并对文章的修改，贯穿于写作活动的全过程。通常指行文后对文章初稿的修改与润饰加工。写作是精神生产活动，它以作者对客观世界的认识为基础。认识过程的反复性与语言表达方式的多样性决定了生产成果必然是"半成品"，只有通过修改，才能出成品。

修改过程可归纳为"意——物——言"三步。这三步反映了修改工作的规律。遵循这一规律，修改文章应从整体着眼，由大处入手。先思想，后材料；先内容，后形式。"大处"指主题确立、材料选用等对文章的认识价值有重大影响的问题，即"意不称物"的问题。进一步解决的是材料组织安排、表现手法、语言运用等问题，即"言不逮意"的问题。这一过程不能颠倒，不能割裂。文章修改如果仅在细节上和字句上推敲得失，则失去了修改的意义。

在应试作文过程中反复修改，目的是在考场上一次成文，达到既快又好。

四步选材法

应试作文，选择材料的惟一办法是提取大脑中平时储备好的材料，其内容包括人、事、景、物、情、理、数据诸方面。这些材料从储存到使用经过四步：

第一步，占有材料。收集、储存材料这是平时的功夫，是全部写作活动的起点。这就要求平时做个有心人，注意观察、收集，占有材料以"多"为佳，它包括历史与现实的，正面与反面的，具体与概括的各种类型的材料。获取材料的途径：

一是直接材料，它是写作各种文章最可靠、最基本的材料。直接材料获得的途径是观察感受，采访调查，与当事人接触，查阅未经转手的原始材料。作者只有深入到生活中去，调动自己的感觉器官，提高接受各种信息和辨别是非真伪的能力，才能获取对写作有用的材料。

二是间接材料。作者借助中间环节，间接获取经人转手的材料，包括作者道听途说或从他人撰写的书面资料里转引的材料。如从文章、图书、报刊或其他资料获得的材料，从电影、电视、录像、摄影或广播、录音、他人讲述中获得的材料。占有材料的具体方法有平时写观察日记、实验记录、剪贴资料、制作卡片、复印资料等，通过这些"外储"手段，将材料"内储"在大脑里。

第二步，鉴别材料。鉴别材料的过程，是作者从感性认识进入理性认识的关键一步，也是为应试作文选择材料做好准备的一步。具体做法：

一是总体分析。对占有的材料首先进行比较，确定材料的共同点和差异点，概略地找出材料所反映出的内在联系性；然后在比较的基础上进行分类，按材料的共同点和差异点分成不同的类别，把纷繁复杂的材料加以条理化、系统化。

二是个体研究。对较为重要的材料进行认真分析，鉴定材料的客观实在性，弄清材料的精和粗、真和伪、优和劣、新和旧、重和轻、主和次、动和静等的区别。

三是加工提炼。通过前两个阶段的分析研究，将各种材料的本质和现象，做出综合评价，为从事写作提供必要的材料依据。在整个鉴别材料的过程中，特别要注意认真核实甄别材料的真实性，其方法有，溯本求源、细心考据、寻求物证等。

第三步，选择材料。即对经过鉴别后的材料进行取舍。选材要"严"。

一是选择以表现主题为依据与主题直接或间接有关，亦能说明、烘托、突出和暗示主题的材料；

二是选择合乎典型性，能够深刻揭示事物本质，具有普遍代表性和强大说服力的材料；

三是选择具有真实性、准确性，既合乎实际、经得起实践的检验，又可靠无误，有一定根据的材料；

四是选择新颖、生动，既能反映新事物、新情况、新经验、新问题，又具有鲜活、形象特点的材料。

要善于精取，又要敢于割爱，才是选材的艺术本领。

第四步，使用材料。对选定的材料进行梳理、组织和运用，将其合理地安排在文章之中。这一步要解决四个问题：

一是按照材料的不同情况，决定材料安排的先后顺序。要贴切自然，合理有序。

二是按照材料的轻重程度和使用情况的不同，决定材料使用的详略疏密，做到繁简适度，浓淡相宜。

三是按照材料和观点的统一关系，坚持从对材料的科学分析中引出正确的观点，使观点和材料有机结合。

四是按照内容表达的需要，灵活地运用多种表现手段，使材料的表述显示出不同的情调和色彩。材料的安排、运用受主题思想的支配。作者应具有内在的主题意识，"吃透"材料，并主动驾驭材料，使材料得到升华。提高使用材料的水平，关键是写作实践。因此，要写出理想的应试作文，平时应按照上述四个步骤，进行写作练习。

评价："四步程序训练法"是按照一般写作的程序总结而出。按此方法进行训练，有利于培养学生的审题立意能力、组织筛选能力、编写提纲能力，从而提高学生的写作能力。

看图作文"四步法"

一、盯住画面细观察

看画面上是人物、景物还是动物；是单幅还是多幅。不仅要把握图的全貌而且要观察到每个部分的每一细节。审准题目，确定写什么和由哪入手。

二、认真分析抓重点

根据观察的结果，深入分析、判断，确定文章的中心和重点。进一步考虑哪些地方详写，哪些地方略写或不写。

三、展开想象巧构思

在观察分析的基础上，紧扣画面，充分利用自己生活、学习中的积累和体验，展开想象。把画面上的人，景、物的关系与人物的语言、行动、心理以及故事的前因后果构想出来。再通过具体、细致、生动的叙述和描写，把自己意图充分表达清楚。

四、完成初稿再回顾

初稿完成后，在时间许可的情况下，认真回过头来，把图和文结合起来看一看：一看对画面的观察、分析有无遗漏或失误；二看对人、景、物关系的判断和联想是否合理；三看重点是否突出，详略是否得当；四看叙述和描写是否恰如其分。在"四看"的基础上，进一步修改或增删。当然，是可根据自己的平时做法和考试时间，边看边改。

评价：看图作文可以考察孩子的观察、分析、写作等各项能力，因此难度较大，失分较多。王稼杰老师总结出的"四步"法十分有成效，值得推广。

给材料作文"五步法"

第一步是"读"

即读懂材料。这是写好作文的前提，读时一定要仔细，体会出题者提供这些材料的用心，提炼出主题（这些材料可用来说明什么问题？）。

第二步是"引"

把要引用的材料勾画出来。与中心观点无关的材料，重复？嗦的材料要坚决舍去。

第三步是"揭"

一定要把自己的观点亮出来，揭示主题。否则只是一大堆材料的堆积，画龙而未点睛。

第四步是"议"

要联系实际，发表议论，深化主题。议论就好比是水泥，把观点和材料结合到了一起。否则只有一个观点，一堆材料，文章还是显得散乱。

第五步是"结"

即总结全文，回到中心。这样文章才有放有收，有头有尾。

评价："五步"法是江苏殷德才老师总结归纳出的。对在考场上出现"蒙"现象的考生十分管用。按这五步一步一步来，会渐入写作状态。

自我评价作文法

所谓自我评价作文法，就是学生自己用符号或文字对自己的作文做出说明。例如：

1．"～"：在文中抒情的句子下面划此符号。
2．"——"：在文中议论的句子下面划此符号。
3．"。"：在引起回忆的地方划此符号。
4．"△"：在文章结束的地方划此符号。

比如，要求学生写一篇记叙性的作文，让学生依照上法自己用符号加注。如此一来，学生必然要考虑：在哪里做注？注在哪里？如果全篇皆是"～"号，岂不说明这篇文章抒情的成分太多？同理，如果全篇皆是"——"号，岂不说明这篇文章成了议论文了？因此，"该法的实质是学生的一次自我检查，自我测试，自我打分。

评价：该方法通过逼得孩子自己去想、自己去悟、自己去改，从而提高孩子自己的鉴赏力和写作水平。

作文批改三法

作文批改对提高写作水平有极大的作用。作文批改法如下：

一、冷热法（需教师配合）

写作能力较强的学生，由于其作文经常获得教师的好评和同学的赞扬，心中往往产生骄满之情，久而久之轻狂态度流于笔端。对于这类学生必须使其清醒、冷静，这就是所谓的"冷"。如果说批评脑子发热的学生的思想错误是一种"冷"，那么指出一篇较好作文中的不足也同样是一种"冷"。它使习作者能在教师的点评中看到自己的毛病，从而使写作水平更上一层楼。而对于另一类写作质量比较差的学生则相反，批改的思路应为"冷则热之"。因为这类学生写作的水平长期偏低，已失去了对作文的热情和自信心。教师如能很好地利用评价——批改这一重要手段，唤起学生的写作热情，激发出学生的写作兴趣,那么他们的作文水平必定会有提高。针对这类学生中的不同情况,具体做法也应有所不同。如一篇作文写得平平淡淡,其中还有一定数量的错别字与病句,过渡也不自然,小毛病不少,但从总体上看,还像一篇完整的作文,则给予"习作写得有头有尾,主体部分清楚"等一类肯定的评语。如一篇作文从总体上看连这样的质量也达不到的话,那么就从作文的局部——段来寻找其成功之处,给某一段以较高的评价,可用:"本段记叙较具体,描写较生动";"本段写得条理清楚,用词恰当"等评语。如是一篇更次等的作文,则也要从更小的角度挖掘出它的"闪光点"。如某一句写得好,某一词用得准确,可在其下面画上醒目的红圈,并写上一个"好"字,外加一个"!"号。总之,对这类写作水平较低的学生要偏爱一点。评价时,决不要吝啬,应多使用一些赞语,千方百计激发出他们的写作兴趣,使他们迸发出写作的热情,让他们在获得低层面上的喜悦后,获得高一层次的成功。

二、面批法(需教师配合)

作为一般常用的书面批改法,尽管教师常常费尽心思,力图指正学生习作中的问题,帮助他们提高写作水平,但教师良苦用心的批改未必会被每一个学生真正理解。因此,作为书面批改形式的补充——当着学生的面,对其作文进行边分析边批改的面批法,虽然费时费力,但效果明显,也是十分必要的。而对于这种面批法,学生也是十分欢迎的。因为他们觉得受益良多,进步快。面批法在实施时,有两种做法:1. 一对一,即一个教师对一个学生。采用这种做法,教师可以对某一学生作文中出现的毛病——大至篇章结构,小到词句标点全面进行诊治,在批改中师生可以直接对话。在对话过程中,教师能从中了解学生遣词造句、谋篇布局的原始动机,批改就可以更有针对性,更为恰当。而学生在平等对话中,能在阐述自己的思想中发展个性,让个性趋于优良化。结果表明,面批法能在亲和融洽的气氛中使学生感受到教师的关爱,更愿意接受教师的指正,更容易理解教师的评判。2. 一对几,即一个教师对几个学生。采用这种做法,教师应事先把全体学生写作中表现出来的毛病进行分类,然后分批集中进行批改(每批以四、五个学生为宜)。如第一批学生语言啰嗦、不简洁,就着重指出他们的啰嗦、不简洁的原因及如何克服;第二批学生说话前后脱节,就着重指出他们的失于照应;第三批学生逻辑思维有错误,就着重指出他们的逻辑思维错误;……这种批改方式,能够使学生的注意力集中,对教师的批改能牢记于心,以后不再重犯类似的毛病。当然,批改的着重点对每一个学生来说不是一成不变的,一个缺点克服了,别的缺点还存在,或出现新的缺点。因此,过一阶段要重新排列组合,进行新一轮的分类面批,以帮助学生不断提高写作水平。

三、互改法（需学生配合）

让学生进行作文的互改，这是一种很有意义的方法。它充分利用了学生的好奇心和强烈的表现欲，能极大地激发出学生的兴趣，调动他们的内驱力和积极性，培养他们思维的活跃性。

同时，学生在批改过程中，能饶有兴味地吸收他人的长处，在直言不讳指出他人短处时，对自身也是一个教训，能成为前车之鉴。而学生用自己的学生腔语言为同学批改，可能更容易为同样是学生的被批改者所理解。只要学生批改得大体正确，不失为一举两得的好方法。具体操作时，可以四人为一组，每人先浏览一遍其他三篇作文，然后确定一篇自以为能改出点"名堂"来的作文进行批改。四人批改完毕后，相互传阅，对不同意见进行讨论、争辩。这一步至关重要，它能使学生在质疑问难中学会用自己独特的视角观察和思考；在争论答辩中发展批判性、创造性思维。总之，通过语言的交锋，碰撞出思想的火花。待意见一致后，再交教师审批。而教师在审批时，除对有明显不当的批改加以纠正外，都应予以充分肯定，以保护学生的积极性。事实证明，这种方法可提高学生最基本的也是最重要的能力——分析问题和解决问题的能力。

评价：在运用以上三种作文批改方法时，首先要对学生有深入的了解，对他们的写作状况要有客观的评价，然后从学生的实际出发，针对不同的对象采用不同的批改方法，才能奏效。

作文审题法

1. 区别题材审题法

题材也就是构成作文的材料。在小学阶段,根据不同的题材,将作文分成写人,写事,写景,写物四种。区别题材审题法即判断作文题目要求写四种题材中哪一种的方法。

写人的作文通常是利用一件或几件具体的事例反映主人公的特点。这里的特点包括品质特点，性格特点，爱好特点等等。当然，也有一些写人的文章并不通过具体的事例来介绍主人公，而是利用外貌描写，概括的记叙来表现人物特点。不过，这种写法对于小学生来说不容易掌握，因为小学生语言文字的运用能力毕竟不强，所以，这类文章在小学阶段是很少见的。

写事的作文在小学阶段是最常见的。这类文章大都通过记叙一件事或者几件事来说明某个道理，某个情况，某个规律或某个事件的全过程。好人好事可以写，不良风气也可以写，但是写的时候，应该态度鲜明地提出批评。当然更多的是写那些"不好不坏"的事，也就是日常生活中的种种小事，有意思的事，有意义的事。

写景是指对某个场景，某个环境进行细致地描写、介绍。如描写校园的一角，描写春天的景象，描写自己的房间等等，都属于写景作文。

写物是指对某件物体，某种动物或植物细致描写。如描写小猫，描写一只小闹钟，描写一个小玩具、小摆设等等。

写人和写事的文章的共同点是，它们都对人物进行描写，又都对事情进行介绍。因为写人大都要用具体事例来说明，而没有人的行为就谈不上是件事情。不过，这两类作文也有不同的地方。写人的文章中都有一个主人公。在文中所述的事情里，主人公始终占据着主要位置。事情的发展都由主人公的行为来决定。事情的本身并不十分重要，重要的是主人公在该事件中的言行以及反映出来的特点。而写事的文章恰好相反。在这类文章中，人物的特点是否表现出来并不是最要紧的，要紧的是将事情的起因、经过、结果说清楚。文中有时会有一个主人公，有时则没有。不管有还是没有，描写人物的言行都是为了更好地把事情的进展表达出来。如《我的爸爸》和《我真感动》二个题目，前者是写人的文章，后者则是写事的文章。

写景和写物的文章的共同点是，都抓住事物的不同方面的特点进行描写。也就是说，它们的写作方法是相同的。它们的不同之处则在于，"物"就是指物品、动物、植物。写起来常常是单个的。而"景"就不存在"单个"这样的情况了。因为一个"景"总是由许多"物"组成的。要写好"景"，就必须有条理地将组成"景致"的"物"一一介绍清楚。换句话说，"景"是由"物"组成的。两者相比，前者范围大，后者范围小。如《我的房间》和《小花篮》二题，前者是写景的，房间是一个环境，是一个景致。房间中有着许多物品，把它们写出来，房间也就被写好了。后者是写物的。因为小花篮就是一件物品。

从以上分析可以发现，虽然写人与写事的作文，写景和写物的作文都有相像的地方。但只要掌握窍门，仔细推敲，完全可以将它们区别开来，从而为把作文写好，打下基础。

2. 确定范围审题法

不管是写人、写事、写景还是写物，每篇作文都有相对固定的时间、地点，乃至人物、数量。这在题目中都会反映出来。如《第一次迟到》，就应着重写第一次迟到时的特殊感受。因为"第一次"是本文的写作范围。又如《街头即景》，应写在街头看到的情景。因为"街头"是本文的写作范围，如果写家里，写学校，那就要偏题了。

由此可见，写作范围是制约选材、成文的一个重要条件。这个条件可以是时间上的，也可以是地点上的；可以是数量上的，也可以是人物上的。正因为写作范围制约着选材、成文，所以从写作范围这一角度来审题，常常可以获得很好的效果。这就是确定范围审题法。学会并能熟练地使用这种方法，就能尽量避免讨厌的"偏题"出现了。

3．明确中心审题法

每篇作文中都包含着一个中心，也就是作者的写作意图，即他（她）想通过文章赞扬什么，批评什么，表达什么。文章的中心总是隐藏或出现在语句之中，但有时也会出现在文章的题目里。这就给我们审题带来了极大的方便。通过题目，我们直接找到文章的中心。然后再根据中心去选材、成文。这就是明确中心审题法。如《记一件有意义的事》、《记一次有趣的活动》、《一个诚实的朋友》等题目，一看，我们就能找出这些文章的中心分别是："有意义"、"有趣"、"诚实"。于是选材时，我们便目标明确，有的放矢。写作时，我们能围绕中心，一步步地展开。明确中心审题法是一种常用的审题法。如果能够灵活地运用它，可以达到事半功倍的效果。

4．类似比较审题法

类似比较审题法也就是通过两个或几个类似的作文题的比较，找出其相近之处，从而正确理解题意的审题方法。

如《我在爸爸的眼睛里》一题，初一看，会感到难度挺大。此时，如果继续挖空心思地去想写什么，怎么写，效果肯定不好。不如换一换思路，想想以前是否写过或见过类似的题目。也许有些同学会立刻想到《我心目中的妈妈》、《我心目中的老师》这样的题目。再进一步思考，《我心目中的妈妈》主要介绍妈妈的特点。如工作勤奋、关心家人或者助人为乐等等。不过，文中选取的事例必须是"我"所亲见的。如果"我"也参与在事情之中，就更好了。因为这样就能写出真情实感，紧扣住题目里的"我心目中"几个字。《我心目中的老师》一题，也是如此。

回过头来再想想《我在爸爸眼睛里》一题，如果换一种说法，可改成《爸爸眼中的我》。于是，我们就可以知道，这道题要求写一件或几件关于"我"的事情。而且，这些事情必须是爸爸所知道的，爸爸对我的看法也应在文中表达出来。至此，题目的意思也就审清了。可见，类似比较审题法对于理解"难题"是挺有用的。不过在使用时要注意以下两点：

一、积累"题库"。类似比较审题法主要以题目间的比较来理解其中的意思。如果平时不注意积累一些题目的话，那就无法使用这一方法了。

二、选择"类似"。类似比较是本方法的重要特点。通过对接触过的题目进行搜索、回忆、思考，小结其要点。然后将要点迁移到新的题目中，"难题"就变得容易了。如果回忆出来的题目与当前题目不相似,那就同样不能使用本方法了。

5. 由少到多审题法

  不少同学都做过扩写作文的练习。大家都觉得,这样的练习比写整篇作文容易多了。因为文章的主要内容是现成的。只要加以修饰,展开一些合理的想象,一篇文章也就写成了。由此可见,写作文之前,如果有了一个比较完整的主要内容,作文也就不难了。

  把一个题目扩展成一句话,再扩展成一段话,即作文的主要内容,这就是由少到多审题法。这一方法对于那些看似玄妙难解的题目尤为有效。对题目进行扩充,其实就是对其内涵不断地限制。使原本较抽象的题目逐步形象具体起来,以便于更好地写出作文。

6. 明确关系审题法

  作文题目有多种分类,可以从体裁上分,即写人题、写事题、写景题、写物题。可以从形式上来分,即全命题、半命题、不命题。还可以从题目内容是否有关联这个角度来分,即有关联题和无关联题等等。无关联的题目是指只出现单独的人物、事物的题目,如《苹果》、《小闹钟》、《自我介绍》等等。这些题目中出现的都是单个的人物、事物,写起来比较容易把握。有关联的题目是指出现了多个或隐含了多个人物、事物的题目,如《我和爸爸》、《我和同学》、《我变了》等等。《我和爸爸》、《我和同学》这样的题目是典型的有关联题。《我变了》则属于隐含性的有关联题。这在下文中还要提到。

  有关联题可以分成人物关联,时间关联,地点关联三大类。

  人物关联题即《我和××》、《我心目中的××》这样的题目。审题时,应弄清"我"和××之间发生了什么事。记叙时,应从"我"和××的关系出发,写出关系的特点。而不是单纯地记事,或着重描写某一个人物。像《我心目中的××》一题,还应写出××对我产生的影响。

  时间关联题即《家乡的昨天、今天和明天》、《我变了》这类题目。审题时,应从时间出发,写出以前、现在或将来的不同情况。通过对此,表现主题。

  地点关联题即《新村见闻》、《街头见闻》这类题目。审题时,应从地点的变化出发,记述在不同的地点的所见所闻。最后表达出一个主题。如通过对街头各种景象的描写,反映出人们生活质量不断提高。

  明确关系审题法就是理解有关联题目的方法。上述分析即为运用实例。使用这种方法审题可以帮助我们更清楚地理解题目内人物、事物之间的关系。更好地把握住作文要求。

7. 题外要求审题法

小学生写作文，通常，老师除了给一个作文题以外，还会提出几点要求。如：要求语句通顺，中心突出。要求围绕某一句话来写等等。这些要求在作文题目之外，我们就将它称为题外要求。

写作文之前，仔细阅读题外要求是很重要的。出题者的意图一般就出现在这里。通常，题外要求包括作文内容的要求，如写什么；作文结构的要求，如先写什么，后写什么；作文篇幅的要求，如规定写多少字；作文人称的要求，如规定用第一人称——"我"来写，等等。这些要求大都用平白清晰的语句来表达。只要能认真阅读，仔细分析，都可以完全理解。写作文时，按照各方面的要求一一去做就行了。

题外要求审题法是最常用，最简单的审题方法。

8. 半命题审题法

作文从题目类型上可分为全命题作文、半命题作文和自命题作文（即不命题作文）。自命题作文可以用题外要求审题法来审题。全命题作文可以用以上提到过的方法来审题。而半命题的作文相比之下，其审题方法就要特殊一些。

半命题作文是指只有半个题目（或者说题目不完整）的作文。题目不完整，就需要作者在写之前根据题意，自己加上去，使题目完整。怎么加呢？首先得弄清题目中缺少的是什么？如《游××》，题目中对游览地点没有加以确定，所以应该补上地点。再如《××，我想您》，题目中应补充人物。而且还应该是长辈，这从"您"字上可以看出来。其次是在众多的候选答案中选取最合适的一个。如《我喜欢上××课》一题，有的同学可能会说出好几种课程。这时，就应该考虑哪门课给自己的印象最深，哪门课是自己最感兴趣的，在哪门课的课堂上或课后曾发生令自己很难忘的事情。如此一比较，一筛选，最后留下来的，就是作文材料了。再次，应该认真地阅读题外要求。题外要求中肯定有一些重要的说明，仔细看一看，对自己完成作文很有帮助。

以上所讲三点，就是半命题审题法的主要内容。看上去，好像有点复杂。其实只要理解了，多用用，还是挺简单的。

评价：审题是写作的前提。审题不清则写作往往会跑题，影响作文成绩，因此审题能力的培养亦十分重要。上述八种审题方法从题材、范围、中心议题、近似类型等多个角度讲解了审题技巧，比较全面。

语感训练法

一、从语言文字本身入手。

下列几类词语或句子对培养语感帮助很大：

1. 能够表达文眼的语句，亦即能高度概括和表现诗文主旨情境的词语句子。抓住它就能抓住文章的主基调。这类词句应在平时学习中多加诵读。

2. 能表达声音、色彩、气味的词语，或能使人想象到声音、色彩、气味的词语。这些词语感受性很强，可以作为训练语感的突破口。平时应在诵读过程中多加积累。

3. 能够表达作者感情态度的词语；表现力较强的动词、形容词；作品中反复出现的词语；白话文中使用的文言词语；运用了修辞方法的语句；结构特殊的语句，如倒装、省略、跳跃等等；叙事文学中议论和抒情性语句。这些或因能直接表达作者的观点和态度，或因色彩鲜明，刺激感官，总之，均是语感训练的内容。平时应多读、多背、多积累、多应用。

二、在生活中积累。

语感问题，说到底是对生活真味的一种体味，必须从生活方面，去鉴赏、去体会、去积累。

三、加强朗读，渗透语感。

朗读把书面的文字语言转换为声情并茂的有声语言，是眼、口、耳、心并用，多种感官参与的以声释义的活动。朗读，能帮助理解课文内容，理清文章思路，体会作者的思想感情。朗读是培养语感的重要手段。

四、分析字词，激发语感。

语感的获得不能停留在单纯的言语直觉，经验的低层次上，还必须进行适当的语感分析，也就是有目的、有计划、有选择的咬文嚼字，考究某个字、词在特定的语言环境中的意义，仔细琢磨精彩句子、段落的妙处及其蕴含的艺术魅力。

五、扮演角色，体会语感。

让学生扮演角色，有助于激发学生的兴趣，调动其主观能动性，加强对人物形象、思想内容的理解，培养对语言文字的感悟能力。

评价：语感是提高学生鉴赏力的途径，同时亦是学生综合素质的体现，因此语感的培养极为重要。语感训练法紧紧扣住"词、语"二字，要求学生诵词背句，要求学生去感受不同词句的色彩，从而刺激学生的感官，培养学生语感。

提高中学生背诵效率六法

一、线索串连法。

读文章的关键是要理清作者的思路，抓住线索，而背一篇文章，或一段文章又必须根据作者的思路线索来进行。这样才能记得住，记得牢。

二、视点转移法。

背文章不但要抓住作者的思路线索，还要抓作者的视点，好多写景的文章都是这样，作者从自己的视点出发，给你安排了一个"序"，你背文章就不能不管这个"序"。比如《荷塘月色》写月光下的荷塘一段，假如你记住作者的视点，按荷叶、荷花、荷香、荷波逐层转移，那文章就好背多了。

三、动词择优法。

文章生动是因为有生动的动词，使静景活起来了，给人有了动感，有了动态美，所以背文章，也要抓住几个传神的动词，反复品味揣摩，揣摩透了，就能把一段文章串起来，记下来。

四、动词对举法。

动词对举而用，意义似相近而又不同，这是很常见的。对举有时是顺对，有时是反对，而有时是流水对，抓住了就能使背诵省力而高效。例如背《过秦论》第四段，用该法就极为有效。可先把动词摘出，而后根据动词填补内容，记得会很快。"及至始皇，奋……

振……吞……履……执……威震四海。"

五、自问自答法。

该方法是指在理清全文思路,掌握全文要点的基础上背诵的一种方法。议论性的文章一般皆可用此法。

六、连词贯通法。

该方法是抓住文章中的一系列连词,看清连词前句与后句的关系,根据内容填充贯通,会提高背诵效率。这与上述第四个方法类似。

评价:该六种方法是由甘肃省泾川一中的杨好学同志所提供,其中第四种与第六种方法颇为有效,广受欢迎。

交流会学习法

交流会学习法主要适用于信息相对闭塞的学校,气氛相对沉闷的班级。其步骤如下:

第一步,确定议题。议题的确定,主要依据教学内容和学生能力状况。如可以确定"怎样分析散文的线索和中心"、"怎样给说明文划分段落层次"、"怎样将说明文写得有条理"等议题。依据学生的能力状况,可以确定"怎样朗读好一首诗"、"巧记字音"、"怎样解释词"等议题。

第二步,宣布议题,写出经验介绍,确定重点介绍人。介绍文章一般在500-1000字之间;经验和方法应科学正确、切实可行;重点发言人每班推选6-8人。

第三步,交流。被确定作重点发言的同学轮流到讲台介绍。任课教师作为主持人在一侧(亦可安排科代表或班长主持)。发言可带稿,但尽量不念稿。一个发言结束后,教师可作画龙点睛的评论。重点发言结束后,可根据情况,安排其他同学作补充。

第四步,总结。教师边听边观察各方面的情况,交流结束后即席总结。可从三个方面作总结:①经验介绍者的表现;②听者的表现;③有价值很值得推广的方法。

评价:交流会集思广义,能够轻而易举地解决语文学习中的不少老大难问题,学起来不仅轻松而且效率也高。同时由于这项活动是以说和写的形式表现出来的,因此对学生的口头和书面表达能力也起到了训练作用,可谓一举三得。

"换词"学习法

所谓"换词",就是用一个词语去替换另一个相关的词语。通过换词可以学到很多东西。该方法主要适用于词语贫乏、作文欠佳的学生。

"换词"法可以教学生学习抽象词语、近义词语以及好的写法。例如有一句话:"天安门在北京城的中央,红墙、黄瓦,又庄严又美丽。""美丽"学生一般都理解,可"庄严"一词,一些学生就弄不大懂了。老师即可用"换词"学习法启发学生,问学生"庄严"大约是什么意思,有学生回答是"认真、严肃"的意思。老师再引申:"对,那叫庄重。可天安门是一个建筑物,我们不能说它认真。只觉得它高大、庄重,让我们产生尊敬的感情,这就叫庄严。"这么一说,学生就明白了。

词语教学在整个中小学语文教学中占十分重要的地位。可以通过词语填空练习法来训练。例如,我( )看着满池的荷花。要求学生先不看课本,填上合适的词语。要求这个词是最能表示看的时间长而且又很专注。然后再读课文,看作者用的是哪个词,人家为什么用这个词。如此学习,往往能收到较好的效果。

评价:在"换词"的训练过程中,学生的词汇会丰富起来,对写作亦颇有益处。但用该方法学习抽象词语或近义词语时,一定要慎重,以免造成学生以为换上的词与原词是同义的。

列表分类学习法

文学常识的编排非常零散,分布在每一篇课文里。如果逐篇去记,会有一种凌乱之感,见木不见林。所以,学习文学常识,重要的一点就是要进行一番归纳总结,把所有的课文按照一定的顺序或关系贯穿起来。这样,不仅便于记忆,而且还可以对文学的发展演变有一个整体的印象。

最便于学习的归纳总结就是列表法。即先把每一册基本课文的作者按国别、朝代加以整理,将它们的国别、朝代、姓名、笔名、字、号、主要作品列成一览表,再把基本课文的体裁、选自何书、作品中主要人物等也列成一览表，然后对所有的表的内容进行归类，如作家可以分为中国作家和外国作家两类，其中，中国作家又可以分为古代的、现代的、当代的几类，古代的又可按照历史朝代由远及近地进行排列。这样画出一张大表，既可以对整个文学常识能够有一目了然的了解，又能够看出一些作家或作品在某些方面的联系。此外，还可以将课文中的文学作品按照创作方法归类，如哪些作品使用了象征的手法，哪些作品使用了对比的手法等等。或将课文中的人物归类，如散文、诗歌、回忆录、通讯中的人物是现实中的人物，而小说中的人物是根据现实生活虚构出来的人物，等等。

评价：列表分类学习法的最大优势在于简洁、集中、系统。使人一目了然。该法不仅便于记忆，而且还有利于整体、系统地把握知识。此外，该方法在运用上也极其广泛，不仅可运用在语文学习上，而且还适用于其他学科。

数字学习法

一、"6" 顺序

1. 汉字书写笔画顺序：先横后竖，先撇后捺；先上后下，先左后右；从外到内，从内到外；先里头后封口，先中间后两边。

2. 汉字形体演变顺序：甲骨文、金文、小篆、隶书、草书、楷书、行书。

3. 五级语言单位排列顺序：语素＜词类＜短语＜句子（单句、复句）＜句群。 4. 句子六种成分位置顺序：主、谓、宾、定、状、补。

5. 记叙的顺序：顺叙、倒叙、插叙、补叙、追叙。

6. 说明的顺序：时间顺序、空间方位顺序、总分顺序、逻辑（先主后次）顺序。

二、"7" 要素

1. 记叙文要素：时间、地点、人物、事情的起因、经过、结果。

2. 说明文要素：说明对象及特征、说明顺序、说明方法、说明语言。

3. 议论文要素：论点、论据、论证。

4. 小说的要素：人物、故事情节、环境。

5. 情节的要素：故事的发生、发展、高潮、结局。

6. 剧本情节的要素：序幕、发生、发展、高潮、结局、尾声。

7. 新闻的要素：谁、什么、何时、何地、为什么，即人物、事情、时间、地点、原因。

三、"8"方式

1. 形声字组合方式：①上形下声（如"花"）；②下形上声（如"贡"）；③左形右声（如"河"）；④右形左声（如"放"）；⑤外形内声（如"固"）；⑥内形外声（如"辩"）；⑦声占一角（如"旗"）；⑧形占一角（如"载"）。

2. 文章表达方式：记叙、说明、议论、描写、抒情。

3. 论点的方式：①标题就是中心论点；②中心论点出现在篇首；③出现在篇中；④出现在篇尾；⑤孕育于全文之中。

4. 记叙的方式（同记叙的顺序）。

5. 说明的方式：平实说明、生动说明。

6. 论证方式：立论、驳论。

7. 议论文基本的结构方式：引论、本论、结论（称为"三段式"结构）。

8. 文章的结构方式：横式（并列式、总分式）、纵式（逐层深入的递进式、起承转换式）。

四、"9"方法

1. 造字方法：象形字、会意字、形声字、指事字（假借字、转注字属于用字法）。

2. 记叙方法（同记叙方式）。

3. 说明方法：下定义、列数据、举例子、打比方、分类别、列图表、作比较、作诠释。

4. 论证方法：①从论据类型的角度分：事实论证、道理论证（即例证、引证）。②从修辞角度分：喻证、类比论证、正反对比论证。③从逻辑角度分：演绎论证、归纳论证。

5. 修辞方法：比喻、拟人、夸张、排比、对偶、反复、设问、反问、对比、反语等。

6. 主题的表现方法，又叫表现手法：①托物言志；②借物（景）抒情；③象征；④对比衬托。

7. 人物描写方法：外貌（肖像）、语言（对话）、动作（行动）、心理描写。[描写方法≠描写角度（细节、场面、正面、侧面）]

8. 环境描写方法：自然环境、社会环境。

9. 文言句式直译方法：增、删、移、留、换。

五、"10"分类

1. 文学作品的时代分类：古代（先秦以前至1840年鸦片战争）、近代（1840—1919年五四运动）、现代（1919—1949年全国解放）、当代（1949年全国解放以后）。

2. 文体分类，文章体裁，①记叙文②说明文③议论文④应用文。文学体裁，①诗歌②散文③小说④剧本（戏剧）。

3．记叙文分类：人物记叙文、事件记叙文。

4．说明文分类：事物性说明文、程序性说明文、文艺性说明文。

5．小说分类：A　依容量、篇幅分，长篇、中篇、短篇（微型小说）；B　依国别分，中国小说、外国小说；C　依国内不同时代分，古代小说、近代小说、现代小说、当代小说。

6．诗歌分类：A　就表达方式分，抒情诗、叙事诗、说理诗。B　就体裁的表现形式分，旧体诗（律诗、绝句、词曲）、新诗。

7．散文分类：叙事性散文、抒情性散文。

8．剧本（戏剧）分类：A　从艺术形式和表现手法上分，话剧、歌剧、舞剧。B 从剧情的繁简上分，独幕剧、多幕剧。C　从题材反映时代上分，历史剧、现代剧。D 从区域上分：京剧（国剧）、地方剧。E　从矛盾冲突上分：悲剧、喜剧、正剧。

9．词分类：实词，①名词②动词③形容词④数词⑤量词⑥代词。虚词，①副词②介词③连词④助词⑤叹词⑥拟声词。

10．短语分类：并列短语、偏正短语、动宾短语、动（形）补短语、主谓短语。

评价：数字学习法是一种集中的学习法，记住了"6、7、8、9、10"，也就记住了初中语文的主要内容。

改错学习法

利用改错的方法可以从反面帮助我们正确运用各种类型的短语、单句和复句。如：

经过大家的批评教育，终于使他认识了自己的错误。

这是一个缺主语的病句，有两种改法：一是去掉"经过"，一是去掉"终于使"。如果你会这样改，就不会写出缺主语的病句。

评价：改错学习法实质是利用人的记忆规律（对做错的事情印象较为深刻），因此，其效果十分明显。有的同学把错题编成一个集子，时时翻看，后发现再做时就不会发生类似的错误。改错学习法对学习十分有用。

散文线索把握法

散文的特点，就是"散"。要从貌似一堆散沙的文章中抓住贯穿于全文的脉络，实在不容易。散文线索把握法对那些学习散文有困难的学生很有帮助。

具体而言，有以下五种方法：

一、时空连"线"

在许多写人记事及游记类散文中，常有一些表示时空转换的词语，阅读时如果把这些词语连接起来看，就能领悟、把握文章的线索。

二、因物取"线"

不少叙事及抒情类的文章，常用一个具体事物或象征事物贯串全文，作出行文线索以突出文章的中心思想。

三、反复出"线"

阅读时可以通过文章中反复出现的抒情议论的语句或富有意味的事物去认识、把握线索。这类线索，抒情、叙事类散文都常用。

四、以情导"线"

上面讲的三种方法，都因有较明显的外部标志而较易掌握，而感情线索却常常是隐伏于记叙的内容之中，这就需要阅读时细心分析材料之间的内在联系，理清感情发展变化的轨迹，以此导出文章的线索。

五、定"神"看"线"

阅读文章时，先从中心思想的高度去审视、把握文章的线索，这种方法适应范围最广。散文最大的特点是"形散神不散"，不管多么复杂的文章，只要我们把握住它的"神"，那么无论有无外部标志或内部标志，都能准确地把握它的线索。

评价:散文之所以难,在于其"散"。但任何文章均有一个线索,线索可以是物、时间、情感等等,所以只要抓住其线索,散文就不再"散"了。"散文线索把握法"就是抓住了散文这一特征,因此颇为有用,不妨一试。

歌诀学习法

一、作文审题歌

要作文,先审题;析字词,识题意。
关键词,须找准;限制词,不可轻。
知要求,明范围;抓重点,辨文体。
炼主题,定中心。

二、作文选材歌

选材料,围中心;忆见闻,思考深。
多联想,求新颖;选材严,挖掘深。
精筛选,树典型;言有物,顶要领。

三、作文谋篇歌

言有序,条理清;列提纲,思路明。
开头好,吸引人;巧结尾,回味深。
段之间,衔接紧;首与尾,要照应。
有叙述,有抒情;巧安排,讲辩证。

四、作文修改歌

拟稿后,修改勤;错别字,先改正。
有病句,要修改;修改后,抄工整。

五、常见病句歌

成分残缺要注意,缺主缺谓、缺宾语;

搭配不当有三类:主谓、动宾和修饰;
词序颠倒位置错,结构混乱不达意;
词类误用和滥用:实、虚、关联、形容词;
指代不明意含混,重复累赘倒主次;
比喻不当相矛盾,不合情理与逻辑。

六、修改病句歌

看主干再看枝,要把原文细分析;
成分、搭配与结构,用词、比喻及情理;
对照病类细审查,语法逻辑都顾及;
一看二审三修改,多就少改保原意。

评价:歌诀学习法将知识浓缩为便于记忆的歌诀,朗朗上口之际轻轻松松地掌握了知识。但歌诀不能多。多了,也就滥了,歌诀也就成了"咒语"。

语法分类系统学习法

学习时把语法和课文分开,单独对语法进行学习。语法又可以分为词类、短语、单句、复句等,学习时可以按照这几类分别进行学习。而每一类还可以细分,如词汇,下面又可以分为名词、动词、形容词、数词、量词、代词、副词、连词、介词、助词、叹词和拟声词等。学过的词根据其性质分别归到各个词类中,记住各类词汇的性质和使用原则,如副词修饰或限制动词和形容词,表示范围、程度等;介词用在名词、代词或名词性词组的前边,合起来表示方向、对象等。这些基本的原则和使用规律一定要牢记在心。同时,还十二类词还可以分成实词和虚词两大类,实词是意义比较具体的词,有名词、动词、形容词、数词、量词和代词;虚词是指不能单独成句,意义比较抽象,有帮助造句作用的词,包括副词、连词、介词、助词、叹词、拟声词六类。通过这种分类系统学习,就可以把有关词汇的知识内容条理化,对词汇类知识做个总结。

评价:语法学习是语文学习的重要组成部分。一般来讲,对语法进行系统地学习,效果较好,这样可把相关知识条理化、系统化。

"算式"学习法

所谓"算式"学习法，就是用算式将有关模糊度较浓的语文常识联接起来。

一、在学习描写手法时利用算式

描写是记叙性作品中常见的一种表达方式，运用频率很高。可以用简明新颖的算式排列的方法，澄清有关描写知识范围的大小、提法的同异及其关系。例如：

1. 景物描写与场面描写

场面描写往往以人物或动物为中心，综合性强，动写为主；景物描写主要是指对自然环境的描写，客观性强，静写为主。这样，它们的关系就比较清楚了：场面描写＝自然环境（景物）＋社会环境，而社会环境＝语言描写＋动作描写＋心理描写＋……。可见，场面描写＞景物描写。

由于它们的内容和范围差别较大，在练习作业、应答考试时不能互用。

2. 语言描写与对话描写

对话是指两个以上人物之间围绕某件事情或某个问题所发表的言论，以此来抒发各自的思想感情或观点态度。独白是指某个人物独自抒发情感和愿望的话。可见，语言描写和对话描写是有区别的。我们可以把对话描写叫做语言描写，但不可将独白说成是对话描写，因为语言描写≠对话描写，因为语言描写＝对话＋独白，因此，语言描写＞对话描写。

3. 也有的描写提法不同，而概念和范围却完全相同，这类描写名称可以互用，例如：行动描写＝行为描写＝动作描写。

二、在学习语文知识时利用算式

1. 句式变换

句式变换的目的，是为了准确地表情达意，增强说话或写文章的感染力和说服力。句式变换的原则是不改变原意。为了使孩子们的句式知识全面过关，完全可以将变换的几个要素用算式形式表现出来。例如①肯定句变否定句的算式是：否定副词＋关键词的反义词＝变换后的句式。例如,"这个问题容易解决"是个肯定句式。改成否定句是：否定副词(不)＋关键词(容易)的反义词(难)＝变换后的句式(这个问题不难解决)。反之,否定句变肯定句,算式则反列。②其他句式变疑问句式的算式是：难道＋否定副词－多余的词语－句号＋问号＝变换后的句式。例如,"他的心情十分激动"是个陈述句,改成疑问句：难道＋否定副词(不)－多余的词语(十分)－句号(。)＋问号(?)＝变换后的句式(难道他的心情不激动?)。这样有针对性地通过列算式讲析有关易误句式,解决了孩子们句式变换知识的难点,使之获得深刻的印象。

2. 句群

句群与单句与复句与段落的关系比较复杂。为了过好句群关,第一步可以复习单句,尤其是复杂单句。第二步讲析复句,尤其是多重复句。这样,第三步讲句群知识,如此句群与单句与复句的关系也就清楚了：句群＞复句＞单子们在释义判类时也往往致误。可以列下边两个算式,"以"当连词"来"时是：以＝来(连)＝用来(连)＝而(连)≠用(介),"以"当介词"用"时是：以＝用(介)≠用来(连)≠来(连)。这样一讲,孩子们的印象就深刻了。

三、在学习文学常识时利用算式

文学常识包括的范围很广,诸如作者、作品、朝代、籍贯、笔名、称号、人物、体裁、文集、要素、警言、成语、手法、方式,等等。古今中外,纵横牵连,无所不包。这些知识,一般都具有客观性,答案明确具体,没有伸缩性。但有少数文字常识,则有一定的模糊度,强记硬背,不能奏效。也可采用简列算式的方法解决问题。请看下面一例：

《竞选州长》的作者与主要人物。

《竞选州长》的作者是美国进步作家马克·吐温,文中主要人物是"我","我"是"吐温先生",又是"马克·吐温"。这样,很容易造成文中主要人物就是作者的错误判断。于是也可以巧妙地列一个简明的算式,来显示作者与人物之间的关系："我"＝吐温先生＝马克·吐温(主要人物)≠马克·吐温(作者),也即是说,人物马克·吐温≠作者马克·吐温。再即是说,答试《竞选州长》的主要人物,"我"、"吐温先生"、"马克·吐温"都是正确的,只有"作者"一说不对。这样一来,孩子们很快就转过弯来。

这种情况还如《社戏》,它的作者是鲁迅。文中的"我"是"迅哥儿",这就很容易将《社戏》中的"迅哥儿"误为作者"鲁迅"。如果用算式表示其间的关系便一目了然：作者鲁迅≠"迅哥儿",但"迅哥儿"＝"我",而"我"≠作者。

算式在其他文学常识中也可以巧用。如《菜园小记》,就可列出一个算式：《记一辆纺车》（丰衣）+《菜园小记》（足食）=延安精神（自己动手，丰衣足食）。这个算式，将作者吴伯箫的两篇散文联在一起，既温故，又知新，既讲解文学常识，又分析了中心主题，既概括了它们的共同点，又区别了它们的差异处，给孩子以难以忘怀的印象。

评价：该方法具由莫家泉老师创立。该方法不仅可简单明确地传授知识，而且能大大激发孩子的学习兴趣。

速 读 法

速读是基本的阅读能力，是人的大脑活动的一种复杂的心理过程，是人用心处理文学信息和获取新知识的重要手段。速读不光是表面的浏览，而且是一种积极、活跃、创造性的理解和记忆过程，它是一种真正的阅读艺术；速读是现代化的需要，当今社会人们不管做什么事情，都讲究时间和效益。因此，速读的兴起，像快餐、高速公路、超音速飞机、超高速电子计算机一样，它是现代化的需要；速读又是提高学习效益的需要，它不仅是一种迅速吸收有用信息的读书方法，而且是一种高效率的思维方法、记忆方法和学习方法，它关系到学生智能的培养，是开拓型人才必备的基本功。

在进行速读训练时，应注意把握以下几个方法：

(1) 高度集中思想，集中注意力，排除干扰，全心全意、聚精会神，这样才能加快阅读速度。精神高度集中的程度或控制注意力是速读的标志。

(2) 避免重复阅读，尽量减少每一行的注视（眼球的停视）。无论多么复杂的科学技术读物，永远只读一遍。眼睛不作逆向运动。只有在训练结束时，或为理解读过的文字，有必要重复时，才可以重复阅读。

(3) 阅读不出声、不动唇、不心诵，让文字符号直接输入大脑中枢。要改变那种先变为音符，再往中枢传递的习惯。默读是速读的起点，朗读是速读的最大障碍。

(4) 改变逐字阅读的习惯，注意视线的垂直移动，不左右扩大眼睛的视幅，多抓一些文字信息，争取一瞥之下能同时理解注视停顿点周围的一个字群或意群，以增加单位时间内阅读的字数，减少眼停的次数。

(5) 阅读时只有眼睛和大脑的紧张活动，不用手指指点点，不摇头晃脑，不摸尺，不转笔，让大脑摆脱一切多余动作的牵累，畅通无阻地高速阅读。

(6) 在思想上要注意把所接收的信息按照整体阅读法的要求分成类，并记住各类的基本内容。阅读过程中要找出这种阅读法所规定的标准问题的答案。

(7) 抓住重点阅读。即要抓住关键字句段，迅速了解整体大意，并留意文中的题目、文眼和中心句。要不断变换阅读速度，减少回视次数。

(8) 预测判断阅读。就是在阅读过程中，要对词句的接续、意义的展开、情节的推进等不地作出期待、预测和判断。在阅读中如果能主动地预测下文，而且预测的短语和句子又完全与下文相吻合，那么对下文的阅读就变得轻松而流畅，从而加深阅读速度。

(9) 速读过程中，应注意计时方法。每次阅读开始、结束，都应精确计时，根据文章字数和阅读所花时间（字数除以时间），就能算出阅读速度。当阅读速度太低时，应反复练习，以便巩固已有的习惯，要给学生规定每天的阅读量。

(10) 对照速读训练材料的参考答案批改试卷，每题10分，据此算出阅读理解率，用百分数示，把阅读速度乘以阅读理解率，得出阅读效率，即每分钟有效的阅读字数。每次阅读后，对阅读速度、理解率和有效率让学生自己算出来，并记录在案，供回答查找和比较。

评价：当今社会是信息社会，当今时代是知识爆炸的时代。因此，学会高效率阅读十分必要。该速读法适应时代需要，从十个方面的训练抓起，为快速阅读提供了技巧和方法，十分奏效。

编卡学习法

编卡学习法，就是教师帮助、指导学生自己编制各种卡片，学生通过编制卡片，来完成学习任务。具体做法如下：

其一，编制提纲卡片，理清课文脉络

在学习每一篇课文前，学生自己去阅读课文，并理清课文脉络，编写提纲，制成卡片。

其二，编制质疑卡片，深入理解课文

学生在阅读课文的过程中，肯定会遇到不少问题。将这些问题记下来，制成质疑卡片。有的可能是某一个具体的字、词含义不清，也有的涉及课文的主题、人物的情感、写作的技巧等，均可制成卡片待解。

其三，编写知识卡片，巩固学习成果

在教师讲解完课文后，学生将课文重点、难点、特点等知识要点，制成卡片。

其四，编写评点卡片，提高读写能力

学生将自己的心得体会，以及课文中的名言佳句等，制成卡片，并用到日后的写作中。

评价："编卡学习法"打破了人们的传统观念，使文科学生在学习中也有机会"动手"。此外，该方法特别适合青少年心理，能激发他们的学习兴趣。当然，应当注意的是不要流于形式，而应重视卡片的内容。

"四化"学习法

所谓"四化"学习法，是指对所学课文进行"量化"、"简化"、"变化"、"演化"处理。

一、量化处理

阅读理解文章需要真情感受，也需要冷静的判断思考。文章中客观显现的一些数据是供我们判断思考的重要依据。如人物、事件、事物、种类以及分论点、段落等方面的数量，往往提示着文章的轻重主次和作者的意图倾向。引导学生加强数量的观念，对文章的内容形式方面作出些数量统计，进行量化类化的分析，能提高认知的清晰度，迅速准确地捕捉文章的关键信息，把握文章的重点和中心。

课文可作量化处理的角度很多。如，字数、行数、段落大小；人物、事件、事物的数量种类，每种事物所占字数和段落的数量，段落中的要点；分论点、论据的数量，每个分论点所占段落的比例；每种事物的几种类别，几个方面，几项特征，几种说明方法；甚至某种标点符号所用频率，等等。

这种量化处理不是复杂繁琐的工作，有了行数字数的观念，有了段前标序号的一些习惯，读上一遍，便能捕捉住重点词句，瞻前顾后，就能作出初步的判断。如《猎户》，全文20个段落，写三位猎户，写旧社会的尚二叔用5个自然段，跨时代的百中老人占3个段落，新社会的董昆占了11个自然段；正面写董昆近千字，写打豹用了近500字。由此，我们可以判断文章的重点是写新社会的猎户，打豹过程是反映主题的重中之重。

《内蒙访古》的主题，孩子很难把握，其实只要统计一下写赵武灵王和昭君墓在课文两部分中所占比例份量，就可看出作者珍视民族团结思想倾向的端倪。内容复杂些的文章，则可列出一个简单的量化表格，就能清晰地显现出文章的轻重主次和主题倾向来。

二、简化处理

简化就是对文章剥肉剔骨，浓缩精化，化大为小，增加文章"透明度"的处理方法。删除枝枝叶叶的遮掩，让视线直逼文章的内核，或者浓缩文中意蕴，凸现隐含信息，从而尽快进入对文章深层的理解和赏析。

有"文眼""段眼"一类关键词的文章，把关键词串联起来，就看到了文章的缩影。如朱自清的《绿》，我们可以串联成一句话：

【我第二次到仙岩的时候】我惊诧于（镶着黑边白而发亮的梅雨瀑下）（梅雨潭的）（醉人的、奇异的……）绿了。

这样，文章的主体、陪衬、层次安排就清晰地显现出来了。

一篇文章可以简化，一个段落也可以简化；为显示文章层次，可图示，可框式，可单行成段；或串缀成文。因而，从手段目的上，这种简化处理，都不完全同于平常所说的缩写。

三、变化处理

这里说的"变化"是对文章的内容或形式进行"变形"处理，通过"原形"和"变形"的对比，显露原文的妙处，便于学生从不同角度、不同侧面领悟作者的匠心，鉴赏文章的思想和技巧。

从文章的内容上，可改变文章思想观点，改变人的身份、性格、命运及所处环境等等，张冠李戴，乱点鸳鸯。如《荷塘月色》，可以让抒情主人公以轻松愉悦的心情，在明月朗照下去赏荷塘，通过选景着色绘形的不同，体会原文意境，通过构思、选词、选择句式的对比，体会写作的技巧。

形式的变化更是多种多样，小至标点、词句、语调、语气的改变，大至体裁的变形，如立论驳论互变，科学小品与严肃说明互变，戏剧与故事，诗歌与散文等等。

四、演化处理

演化是指对文章的内容进行演绎处理，目的是深化对原文的理解，拓展视野，延伸知识，培养创造思维能力。

可以截取原文中的小观点，生发开去，推演出新的观点，连缀成篇；可以对原论点发展补充，如在孟子谈"舍生取义"的基础上，站在今天的角度，再谈舍生取义；可以截取原文情节，再生枝节；可以在原已煞尾的故事上重结线头，如写《孔乙己之死》，或《咸亨酒店新话》；可以根据科技发展，重写《景泰蓝的制作》。

评价："四化"法适合学得较死、不善动脑的学生。通过对课文进行适当的变形、放大、透视、量化等多种形式的加工处理，使文章结构明朗，主题凸现。该法是提高语文阅读能力和鉴赏力的有效途径。

语文学习"三字经"

学语文要抓住三个字：精、实、活。

精，就是读得精。儿童看小人书，不要看完一本再换一本，而要用很快的速度把所有书先翻阅一遍，然后拣出其中最精彩的几本，仔细地看，认真体味，这样就记得很牢，而且很有兴趣。该方法适用于求学的各个阶段。实，就是学得实。"不查字典不看书"，不论读课文，或看课外书，如果遇到疑难字句，都要查工具书，把查到的内容写在书的空白处。因此，在读过的书上都写满了密密麻麻的蝇头小字，包括对某个句子或段落的理解和体会等。这样踏实地学语文，收获自然是不言而喻的。活，就是用得活。在发言和作文中，经常灵活地运用所学到的字、词、句和其他写作技巧。因此，作文往往能得到较好的评价。

评价："精、实、活"三个简简单单的字涵盖了语文学习的全部实质，也揭示了学习语文的真正技巧。

"三多"学习法

"三多"是指多读、多写、多练。

1. 多读。

俗话说："书读百遍，其义自现"。多读，尤其是反复诵读，是学好文言文的法宝。脱离语言环境，干巴巴地去记一些语法规则是很难达到效果的，最好是在阅读过程中，掌握词语的用法及重要的语法现象。多读可以巩固加深课堂所学的知识，培养语感，以达到能够熟练阅读其他古代作品的目的。放声反复诵读是学习文言文的基本功之一，它可以使我们对文言文有丰富的感性知识。而且，古代的作品很讲究内在的韵律和节奏，反复阅读可以充分地领略古文的音乐美，增加学习的兴趣。

2. 多写。

语文是一种要靠平时积累的学科，作文水平也不是一朝一夕就可提高的。近年来的语文试题，有主观题增多，客观题减少的趋势。因而作文的好坏变得越来越重要。而作文成绩是要靠平时日积月累的。写日记,是一种最有效的方法。把每天获得的"新知"有选择地记录下来。见到什么，听到什么，做过什么，想到什么，只要自己认为有意义，就按自己的思想方式，用自己的语言写出来。题目、体裁、内容、形式不拘一格，贵在创造，反对抄袭和盲目模仿，不怕幼稚，就怕没主意。经常写，确实写不出，可写"今天没有东西可记"，并注明日期，以鞭策自己。

3. 多练。

练字，应该为语文的基本功。一手好字会给阅卷教师极佳的印象，从而会以印象分和卷面分的途径，直接影响高考成绩。

评价:"三多"法是注重基本功的方法。该方法具有普遍性，适合所有学生。"三多"法看似无技巧，其实是最真实的技巧。

文言文背诵九法

一、借表达方式助记。

例如岑参的七言歌行体《白雪歌送武判官归京》前十句是描写北国奇丽雪景，后八句叙述为友人武判官归京饯别。这样，在总体把握、眉目清楚的前提下就较容易背诵全文了。

二、借修辞手法助记。

例如《愚公移山》中运用了顶真手法:"子又生孙，孙又生子，子又有子，子又有孙；子子孙孙无穷匮也……"若是注意了修辞特色，那么这几句就很容易记准确了。

三、结合文段重点语句助记。

如《醉翁亭记》二、三两节用此法很奏效。第二节前三句写"山间之朝暮也"；接着四句写"山间之四时也",本节就这两层。而第三节则写了"滁人游也","太守宴也","众宾欢也","太守醉也"四层。像这样把握,背诵就相当快捷了。

四、根据情节导记。

如《扁鹊见蔡桓公》,背诵只须把握扁鹊见桓公的情节:"扁鹊见桓公……","居十日,扁鹊复见……","居十日,扁鹊复见……","居十日,扁鹊望桓候而还走",如此一来,背诵自然轻松多了。

五、可根据内容要害助记

如《得道多助,失道寡助》第四节,讲道理论证"得道"者则"战必胜"。若理解记忆,则可把握本节论证核心是"人和"的实质:"得道者多助,失道者寡助。寡助之至,亲戚畔之。多助之至,天下顺之。"

六、可根据作者行文的思路助记。

如《岳阳楼记》第五节。作者先用比较设问引起议论,次用"不以物喜,不以己悲……"对偶佳句阐明"古仁人之心"的内涵之一端,显示其阔大胸襟,以得出"进亦忧,退亦忧"的论断;再设问为卒章显志铺路;最后点出千古名句,让读者历久不忘。

七、反复诵读助记。

这是针对特点不明显的篇段与重难点说的。反复是学习之母,这是实践早已证实了的。文章长而特征难见,不反复决然难于把握。

八、化整为零,长文短学。

即分部分背诵,这是针对篇幅长或难于速背的文段而言的。人的注意力容易集中但难于维持,分段背诵,效果较好。

九、确记名言警句。

以句带段,以段带篇。背散文或诗、词、赋体文用此法收效甚佳。

评价:郑毓老师概括出这九种文言文的背诵方法比较全面。且较为实用。为学生学习文言文;巧妙地背诵文言文开辟了一条捷径。

"木兰诗式"学习法

"木兰诗式"学习法是魏元石老师独创的一种文言文学习模式。其含义是指以学生为主体,在理解的基础上背诵和在背诵的前提下理解并行。教师垂范背诵,学生听读入境,利用可行的方法当堂练习,成诵达标。

"木兰诗式"学习法的核心仍是背诵。要求背诵的文言文多半是精粹语言,只要粗通大意,先吞下去再反刍是完全可能的。文言文学习有诵读、串讲、评点、赏析、翻译等多个环节,而背诵则是整个学习链条上的主要环节,因此"木兰诗式"学习法抓住主要环节,进行强化训练。

"木兰诗式"学习法主要有以下五个步骤:
1. 自由朗读,整体感知;
2. 垂范背诵,听读入境;
3. 揣摩感悟,教师点拨;
4. 掌握方法,练习背诵;
5. 信息反馈,背诵达标。

总的来讲即读——范背——感悟——习诵——成诵。

评价:背诵是我国两千多年来语文学习的有效方法,应该弘扬。文言文已不是通行的书面语言,因此更应以背诵为手段训练语感,更多地积累文言字词句章材料,为文言文学习打下基础。

大散文的阅读技巧

所谓大散文,它不仅指那些以叙事、抒情为主的纯文学散文(也称美文),还包括古代与韵文相对的先秦历史散文和诸子散文,以及以议论为主而又具有文学意味的历代杂文。

随着近年来高考阅读理解的文段散文居多,再加上高考作文的改革,淡化文体,所以散文的阅读越来越被广大师生所重视,那么,究竟该怎样去阅读散文呢?以下方法可供借鉴：

1. 整体感知，把握主旨，领会精髓。散文，或叙事，或写景，或状物，或抒情，或说理。往往通过对某个人某件事的叙述，对某种风物的描绘来抒发某种感情，表达某种思想，给人以强烈的感染和深刻的启示，使之在思想上产生共鸣，或感情上激起震荡。因此，阅读时，应该注意理清作品材料，包括某个场景，某一个生活画面，某一个人物，某一个事件，某一处风景都不能放过，认真仔细分析各个材料之间的内在联系，去探索作者感受不断深化的脉络，揣摩作品的立意和主旨。例如，叙事性散文，有的写忠臣良将，有的写仁人志士，有的写古代的民族豪杰，有的写反帝英雄；有的记叙一次伟大的战役，有的则描述一次细微的事件；因此阅读时，必须通过叙述去揣摩作者所要传递的思想。而写景状物的散文、在阅读时，则应该通过表面景物描写努力去体味作者所表达的深层情感或含义。

2. 把握好散文的抒情线索，领会作者创设的情境和作者情感交融。散文之所以感人，莫不由于有情。一提到散文，我们就想到借景抒情，寓情于景，情景交融。作家通过一个场景、一处景物、一个事件，把个人的情绪表现在散文里，这就是散文的情感。而散文的情感，具有个人感受的独特性，而个人的独特感受，又为一定的时代、阶级、民族等条件所制约，因此，在阅读时，首先应对作者及作品的背景有所了解，再根据材料的内容，理清作品中的抒情线索。

3. 品味散文的语言。优秀的散文是很讲究辞藻的，阅读散文，不仔细的咀嚼语言，就不能真正领会作品的美。散文的语言风格很多，好的散文都能做到精练准确，朴素自然、清新明快、亲切感人。有的朴实，有的华丽，有繁密处，有简略处，或蕴或露，或直或曲。"根据语境揣摩语句的含义"，"初步鉴赏文学作品的语言、形象和技巧"，这是高中大纲的要求，可见体味语言对读懂散文是十分重要的。

评价：散文的阅读难度较大。因为要欣赏散文，提高鉴赏力不可能一蹴而就。上述技巧的掌握对阅读散文十分有用，该方法由李金泉老师提供。

文言文实词意义确定的方法与技巧

一、确定主语及其相应实词的含义

主语的位置常位于一句话的开头，且大都由名词、代词充当，确定主语一般来说比较容易，但应注意：

1. 人名的简称，字的简称。有些古人的名、字的简称会与某一动词的现代意义一致，稍不注意就会理解失误。

2. 人名的代称。以官职、地名来借称。这种状况也可能与名、字同时交替出现在同一文段中。

3. 主语的省略及暗中转换。省略有承前省略、蒙后省略。转换要结合上下文来推断。

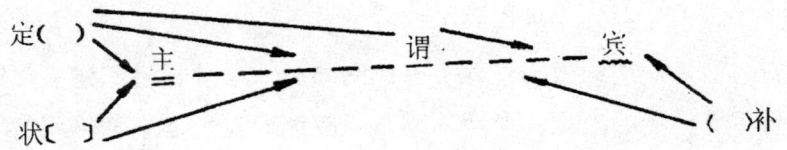

二、确定谓语及其相应实词的含义

当句子前部的主语已经明确之后，我们又在句子的后部发现了较为明显的名词或代词，那么，前后部分之间必定有词语来使二者联接起来，从而发生语法关系，这个连接的词语必须是动词，如果不是动词，它就必须活用为动词。

词类活用类型：

1. 名词活用为动词

　　　左右　欲刃　相如
　　　主语　　　宾语
　　　活用为动词（杀）

2. 形容词活用为动词

　　　王　怒　而　疏　屈　平
　　　活用为动词（疏远）

3. 使动用法

　　　项伯杀人，臣活之
　　　谓语动词
　　　但其为不及物动词
　　　已带宾语，谓语必为使动或意动

4. 意动用法

　　　成以其小，劣之
　　　以…为劣

三、确定宾语及其相应实词的含义。

主语业已确立,如果句子中又有较明显的动词,动词后又有汉字,那么这汉字必定是动词涉及的对象,也就是宾语了,而宾语多为名词、代词充当,如果作宾语的字不是这类词,那就必须活用为这类词。

1. 形容词活用为名词

将军 披 坚 执 锐 （形容词"坚"活用为名词"坚固的铠甲"）

2. 动词活用为名词

殚其地之出,竭其庐之入 （动词"出"活用为名词"出产的东西"）

四、确定状语及其相应实词的含义

已确定主语、谓语、宾语之后,状语就可以确定了。状语一般在主语后、谓语前。其中有这么一类现象,应当掌握,即名词作状语。名词做状语是说句子中有明显的动词,那么,看动词前面的名词是否是动作的发出者,如果不是动作的发出者（即主语）,那就是动作的修饰限制者,也就是起到了状语所起的作用,此时的名词用作状语；称之为名词作状语,翻译时要做相应的变化。

寨中人又鹜伏矣

　　　　名词

　　　　不是"伏"的发出者

　　　　作状语

名词作状语的六种情况

1. 表处所
2. 表方向
3. 表时间
4. 表状态方式
5. 表态度
6. 表工具

五、多义词的义项确定

有时,依据上述方法确定了实词的词性,但确定其词义后却讲不通,这就需进一步辨别其义项。以下方法可供借鉴：

1. 相关联想法

　　　　好 （权）善才 绳 之

　　　　应动词

相关联想

　　　　用绳子捆（权善"用绳子捆"他　不妥）

　　　相关联想

　　　　木工用的墨线（来使木头锯得直）（名词）不妥

　　　　引　申

　　　　标准、准则（名词）不妥

　　　相关联想

　　　　按一定标准去衡量、纠正处理（正确）

　2. 类似联想法

　　"引"：本义为：拉开弓。由于"拉开弓"这一本义，可以联想到"由于拉开弓，而使弓弦与弓背之间的距离变大"，这种状况与"伸长、延长"相似，故"引"又可以相似引申为"延长、伸长"。还可以联想到"如果拉开弓，就必须用手用力来牵引弓弦"，而这种情况与"引导、率领"时所付出的力量相似，故"引"又可引申为"引导、率领"。此外，还可以联想到因为拉开了弓，使弓弦与弓背之间的距离加大，好似一方有意远离一方，这与"避开，退却"相似，故"引"字又可以相似引申为"避开、退却"。

　　评价：该方法是由李书慧与乌玉香两位老师总结而出，为判断实词含义提供了较全面的方法与技巧。对实词的学习，在文言文学习中占很重要的位置。明确了每句话中实词的含义，一个句子的意义就可以明白了，进而一段文字的含义也就掌握了。因此，想学好文言文的学生有必要阅读一下该方法，相信会受益匪浅。

分析人物形象的"三忌、三要"法

　　学习语文免不了会涉及到人物形象的分析问题。以下方法是由凌世儒老师所总结，具体要求如下：

一、忌罗列现象，要挖掘本质。

　　在分析人物形象时，不能仅叙述现象而不揭示本质，这样的分析就会不深不透。应当重重设疑、步步深入，诱导自己做进一步思考。例如，分析《药》中康大叔的形象时，由其动作"抢"、"扯"、"捏"等可看出他自私、贪婪、狡诈的性格。这种分析，表面上看滴水不漏，其实仅仅只是罗列了一些现象，加上一个观点而已。此时，应多问几个为什么？如康大叔为什么急着抢过灯笼？为什么对洋钱不是数一数，而是捏一捏？……只有这样，才能分析出康大叔乃封建统治者的帮凶这一本质。

二、忌单线延伸，要互相交叉。

所谓单线延伸分析法，是指某些学生在作分析时，总爱把一个人物的事件从头到尾说下去，再来个性格定性。这样的分析始终停留在一个平面上，缺少横向的交叉比较，使人产生苗条有余，丰满不足之感。必须明确，分析人物形象不是对人物事件的简单复述，更不是讲成生动的故事，而应是对人物性格的形成作多方面的探讨，挖掘其成因，找出同一类型的此人物与彼人物之间的联系、区别。

三、忌面面俱到，要重点突出。

如果处处都谈，倒不如将某一点谈深谈透。当然，抓重点并非说可以放过细节，有些细节如《荷花淀》中水生嫂手指被苇眉子划破而一吮的动作，能恰如其分地表现人物当时的复杂心理，大有分析之必要，不可放过。

评价：无论是小说还是戏剧，均是通过刻画人物形象来表达一定目的的。因此分析人物形象，对了解文章主题十分必要。"三忌、三要"法通过划分在分析人物形象时应该怎么做，不应该做什么，清楚、明了地传达给初学者一个易于掌握的方法。

插图学习法

插图学习法是谢辞修老师多年探求的教学成果。其具体做法如下：

一、运用插图，导入课文

一堂语文课上得如何，与导入密切相关。而运用插图导入课文，往往能收到独到的效果。它既能触景生情，迸发感情；又能因势利导，引人入胜。如果课文是一个游览、参观的景点，那么插图就是一个优秀的导游。如《春》，这是初一学生初次接触朱自清的散文，他们对作者不甚了解。导入时可引用课本前的插图，让学生仔细观察朱自清的画像，熟悉他的外貌特征，进而介绍朱自清的文学成就和"饿死也不向反动派屈服的民族英雄气概"的高尚品质。学生对"现代散文家、诗人、学者、坚强的民主战士"

朱自清有了一定的认识,就容易激发学习《春》的热情和兴味。运用插图,学生如临其境、如见其形能够感悟课文的基本框架,并容易激发出他们的学习激情。

二、运用插图,化解课文内容

语文课本中的插图,多数插在文字中间,用来帮助说明课文内容。而课文内容,尤其是一些重点、难点,用语言讲,往往讲不清楚,而如果运用插图点拨,就会收到事半功倍的效果,令学生茅塞顿开,豁然开朗。这也许就是"百闻不如一见"的道理。

三、运用插图,培养创新思维能力

运用插图(1)激发创新意识。有些描绘实物的插图,如建筑物、工艺品,其本身就体现了劳动人民的聪明才智和创造精神,是培养学生创新意识的好教材。(2)培养创新思维能力。培养学生创新思维能力的途径可以是多方面的,如观察、分析、欣赏、评价插图;拓展画面镜头;探讨图画的内涵和外延、编者的匠心等等。(3)启发创造想象。创造性思维能力的训练,其主要内容之一就是创造想象的训练,没有创造想象就谈不上发明。插图,又可以成为我们培养学生创造想象力的重要依托,在语文教学中全面实施素质教育。

四、运用插图,进行写作训练

中学生作文的致命弱点是缺乏写作素材,因而文章显得内容空洞,华而不实。运用插图进行作文训练,学生以课文内容为写作的源泉,再不是无米之炊了。学生找到了米,又经过了阅读教学,容易展开联想、想象、创造性思维;阅读教学中学到的知识,也可以信手拈来,在笔下生辉,运用到语言的实践中去。

运用插图进行作文教学,其形式可以写只言片语、日记,也可以写完整的文章;可以记叙,也可以说明、议论。

评价:插图学习法符合事物形象到抽象,由感性到理性的发展规律,有利于全面提高学生的语文水平和思维能力。

倒 背 法

"倒背"就是从逆向视角理解和鉴赏古诗文的方法。该方法是魏元石老师多年教学的研究成果。具体来讲有以下三种方式：

1. 逐字倒背。

古代的回文诗是要回读的。回读式的背诵即逐字倒背。如"碧芜平野旷，黄菊晚春深"倒背为"深春晚菊黄，旷野平芜碧"，仍是流畅而有意义的。当然，回文诗之外，逐字倒背往往没有意义，如李白《静夜思》逐字倒背为"乡故思头低，月明望头举"显得杂乱无章。（因此采用该法时应注意：倒背如果无法熟读成诵时，则无丝毫用处。）

2. 逐句倒背以句为单位倒背回去。

仍以李白《静夜思》为例，逐句倒背为"低头思故乡，举头望明月，疑是地上霜，床前明月光"仍可以成文。

3. 逐段倒背。

以段为单位，从最后一段倒背回去，每一段都是顺背，就全文来说却是倒背。一般来讲，主要采用第2、3两种方法。篇幅长的宜采用逐段倒背，篇幅短的宜采用逐句倒背。

评价："倒背法"是学习语文的好方法。好的朗读就是好的分析，好的背诵就是理解和鉴赏的前提。"倒背"有利于对词句的揣摩和文意的理解；有利于强化记忆，培养学生随即提取信息的能力。当然，必须弄明白的是这里所讲的"倒背"并不仅仅是"倒背如流"。"倒背如流"只是背诵熟练的标志，而"倒背"包含更多的涵义。

命题复习法

所谓"命题复习法",就是让学生熟悉高考出题的思路、方向,然后假设自己是高考命题者,去课本中找题目。这一方法适用临考的学生。

评价:命题复习法把考试与复习结合得更为密切。它使学生们切身体会到:他每天复习的,就是要考的。因此,学习变得更有目的性和针对性,学习效率从而大大提高了。一般来讲,高考的命题方向和思路,每年变动的比例不会太大,语音、汉字等基础知识,变动的可能性相对小些。因此,越是基础知识,越是较死的知识,用这种方法复习越见效。

语文预习习惯训练法语文预习(自学)习惯是指学生经过长期教育训练形成的反映在语文学习活动中的比较稳定的具有较高自动化程度的心理倾向。语文预习习惯训练法是陈文武老师多年研究成果,其具体内容如下:

一、查读习惯。

是指学生在预习(自学)时坚持随时使用工具书解决疑问题的一种习惯。学生在预习课文时必然会遇到一些除"预习提示"、"自读提示"或课后练习以外的生字、难词、新成语。这就需要学生在逐字逐句通读课文时,把自己认为陌生或无十分把握的找出来,利用工具书解决这些文字障碍,并能借助工具书和结合语言环境,推断出词的具体含义。这不但可以扩大学生的知识面,深化对知识的理解,还有助于培养学生的主动精神。当然,可采用竞赛的形式,以激发学生查字词典的兴趣。

二、划读习惯。

这是一种在预习课文勾画出重要内容的习惯。一般要勾画出:1."预习提示"或"自读提示"中提示文章主题、特点、写法、题材的字、词、句、段;2.课后习题题干中的提示或说明性的字、词、句、段;3.在前面两项的基础上,认真阅读课文,勾画出课文揭示前两项要求和重要内容的句段。勾画可以丰富学生的词汇量,可以培养他们把握学习重点的能力,甚至有利于克服他们漫无边际、过于偏狭、不得要领的坏习惯。

对学生进行这一习惯的训练，首先要做示范指导；其次要督促检查；再次要褒好促差，即表扬做得好的，促动做得差的。这样才能真正有效地培养学生字斟句酌、细心阅读的习惯。

三、问读习惯。

是指学生在预习课文时对文中所写的人、事、景、理等勤于思考坚持设疑自解的习惯。学生按照"写了什么——怎样写——为了什么"三个步骤进行自问、自答，力求对文章的内容、表现形式、构思意图、写作方法等得到较深入的理解。训练学生这一良好习惯应先是对句（一个句号为一句）的问读，再是对段（自然段）的问读，然后是部分（意义段）的问读，最后是篇的问读。对句的问读，可先是"写了什么"，待学生熟练掌握之后，再进行"怎样写的""为了什么"的训练。学生经过反复训练，而形成这一习惯，就一定能极大提高他们分析问题和解决问题的能力。此外，教师还应根据文体给学生讲述一些必要的"有关文体的基本结构的知识，以及表达这些结构的原则"。这样学生在问读时，就会从已有的知识结构中检索出与文章相关的文体知识，有助于学习和保持文章材料，并能排除文体中冗余信息的干扰，而有利于把握文章重点，理清思路，提高预习（自学）效果。

四、注读习惯。

是指在预习课文时把自己对重要内容的理解、感悟用简练精当的几个字、几句话记在课文空白处的一种习惯。也称预习性笔记习惯。注读的内容有两类，一类是学生自己所得的，一般学生自己将有所得的写在课本上。一类是有所疑，要求学生存疑的可在书中作标记，或将自己难以解决的困惑写出来，以明确自己学习的难点和疑点，便于课堂上集中精力听讲或向老师请教。学生在预习中的所得，是他们思维碰击后溅出的火花，这火花最易稍纵即逝，应该培养学生将"思维"的"火花"书写记录下来的良好习惯。

五、比读习惯。

这是一种对两个或两类事物进行异同对照比较，得出某种结论的习惯。比较是一种极好的学习方式，通过比较同中求异、异中求同的事物，便于更深入、更全面地理解课文；便于掌握共性、把握个性、进而使思维具有丰富性和独创性。比读的内容有两类：一类是形式上的比读，如文章的结构、体裁、写作方法等。一类是内容上的比读，比如主题、人物、情感等。无论哪一类比读都要依据学生的知识水平和能力水平来训练和培养学生这种预习（自学）习惯。

六、挑读习惯。

是指学生经常以一种不迷信、不盲从的态度，借助相关材料和书籍，挑剔课文中存在的毛病或不足或有失偏颇的一种习惯。这种"鸡蛋里挑骨头"的习惯，除了能够促进学生自学能力的提高，还能极大地激发学生的创造思维，培养学生的创造能力。因此应鼓励学生敢于挑剔、善于挑剔，激发他们不畏权威的勇气，以致使学生形成"初生牛犊不畏虎"的品质和习惯。挑读分挑形式和挑内容两种。显然这要求是相当高的，所以，应从"小"做起，循序渐进。应该特别强调的是培养初中生良好的语文预习自学习惯还必须注意这么几个问题：（一）预习（自学）习惯训练的内容和要求既要明确具体又要主次分明。（二）要从小到大，从少到多，由易到难；从点到线，从线到面，从面到体，循序渐进。（三）对不同文体课文的预习，要设计出简便而易行的预习程序或提纲。如说明文，可设计这样的预习（自学）程序："说明对象及特点——说明的顺序——说明的方法"并要求学生提出疑难问题。（四）应把预习（自学）习惯的培养纳入课堂。这样，由于预习（自学）习惯的训练是在教师调控下进行的，因此教师既可根据得到的反馈信息调整训练的内容和程序，又可对学生的预习（自学）作及时有效的指导（指导预习的方法）、提示（提示预习的项目）、纠正（纠正不良习惯）。

评价：该方法由陈斌老师创立。运用"惯性"特征来培养学生学习语文的能力。不过这是一个慢性学习法，其成效要过很长一段时间才能显现。但是一旦形成习惯，语文学习就势如破竹。

"读写比翼双飞法"

读写能力是语文学习中所要重要培养的两项能力。"读写比翼双飞法"是指以阅读帮助写作，以写作促进阅读。该方法是由王卫东老师针对将读、写分开训练、费时费力、事倍功半的情况所提出的将阅读与写作能融合起来、相互补充、比翼齐飞的新见解。

具体要求如下：

1. 以阅读帮助写作。

俗语说得好："读书破万卷，下笔如有神"，广泛阅读对写作能力的提高有很大帮助。因此在平时，应多读名家名篇，注重体会名家名篇是如何命题立意、如何选材组材，如何遣词造句的。为写作积累技巧和素材，做到"读"为"写"用。

2．以写作促进阅读。

写然后知不足，写方能悟其味。在写作训练中，学生越写越可能发觉自己的不足，这就会激发他们的阅读兴趣，产生通过广泛阅读来获取新知、弥补不足的动力。由于学生阅历、文学素养等方面存在不足，在写作训练时肯定会有捉襟见肘之感，所以阅读时就会更加主动、更加投入，也会更有针对性。

3．深入思考。

如果只是一味地读而不深入思考，书读得再多，也不可能对写作产生多大的影响。因此，在阅读时，应学会思考，有自己的体悟，只有这样才能将获得的知识消化吸收，变为己有。

评价："读写比翼双飞法"不为读而读，不为写而写。力求做到读中有写，写中有读，边读、边思、边写。这对加速提升学生的综合语文素质大为有益，值得推广。

创造性复述学习法

所谓复述，是指在理解原文内容的基础上运用自己的语言叙述。所谓"创造复述"，就是根据原文内容的主要情节，开展合理想象，扩充原文的情节。该方法主要适用于学得较死的学生。其形式如下：

第一，改变人称的创造性复述

比如课文是用第三人称写的，可让学生改用第一人称"我"来复述。

第二，改变体裁的创造性复述

比如课本中差不多每册都有古诗，为使学生加深理解，可让学生按照记叙文体裁来进行复述。

第三，补充情节的创造性复述

为培养学生的想象力，可指导学生根据课文的重要情节，扩充一些情节。补充的情节应与课文内容紧密相连，不可太过离奇。

第四、发展情节的创造性复述

可以指导学生把课文的某一部分"挑选"出来,沿着这一部分发挥想象力,进行复述。

第五、改变课文结构的创造性复述

比如改变课文的叙述顺序,原来是按事件发生、发展和结果的顺序叙述的,现在改为倒序,先讲结果,再讲事情的经过。又比如可以改变课文的开头和结尾,等等。

评价:创造性复述学习法,对于培养学生具备这种由已知世界向未知世界的探索的素质,是很有帮助的。学生先是熟悉课文(已知世界),然后展开想象的翅膀,去想象如果换个人称、换个体裁、换个情节、换个写法,会是怎样。这就是由已知世界向未知世界的探索。如此一来,学生不仅是学到了知识,更可贵的是获得了能力,对一生都会大有益处,比教给他多少具体知识都要重要。但是,创造性复述有一定的难度,并不是每一位学生一上来就可以运用自如的,必须有一个循序渐进的过程。

课堂诵读"六环节"法

"六环节"法是江峰老师的独创。其具体环节如下:

一、自由诵读,整体感受。

每上一课,即使课前有预习,也要让学生先自由诵读一小段时间,一方面整体感知课文内容,另一方面也可营造学习气氛。这个环节一般要求学生自由放声地读三遍:第一遍,慢读,对照注解,读通文句并存疑。第二遍,中速,读顺文句,思考基本读法。第三遍,快读,尽自己最快的速度读完,连贯绵延,一气呵成。当然,前两个环节往往会在预习中完成。有了这三遍诵读,学生对课文就比较熟悉了,且能在力所能及的范围内初获语感,解和读的疑问也已找出。也许这时学生的感受是模糊的,抑或是不正确的,但它是整体的,实在的,是自主获取的。

二、自由讨论,激发语感。

学生每读一篇新课文自然会有一些解不通读不顺的地方,自由诵读时已存疑了,此时正可自由提问,相互解答。有代表性的问题还可争辩讨论,激活学生思维,可联旧引新,举一反三,拓展课堂空间。这里应注意的是:1. 注解和课后练习中有的不准问,尽量少问理解性问题。2. 集中问诵读方面的问题。3. 以学生为主,提问、思考、讨论,老师只作点拨和引导。4. 不问无价值的问题,不作无谓争吵,老师主导好全局。学生在初步了解内容，获取语感的基础上，相互设疑解难，既有相互补充，又会在交流碰撞中激发灵感，对课文的把握自会更深一层，甚至很多原本被忽略的地方又被激发出新的感受，对课文的整体把握也就更到位了。

三、老师范读，导引语感。

学生自读了，互议了，但对课文的语感把握还是零散的，非整体规范的。学生们在经历零散无序的感知后会有一种对整合和有序的渴望，如此，老师的范读才会更引起他们的重视并获取最佳示范效果。老师范读前应提醒学生仔细听，特别是听自己读不好的地方，老师范读后，要给时间让学生回味，仿读，矫正自己的误处，并在琢磨中更好地体会语感，然后可让学生主动试读一次，既检测教学效果，也可再纠正学生的不当之处。这样，学生才会对整篇课文的诵读有一个基本完整和相对准确的把握。

四、重点品读，强化语感。

这环节也叫"拈精摘要"或者是"突出重点，突破难点"。每篇名文都会有它凸现风格，揭示主题或聚敛美好的内容，它们可以是文句，也可以是文段。它们往往体现着全文的感情基调和精神要义，当然也可能有并不重要却也难以把握或容易出错的地方。这就要求我们在整体把握的基础上强化重点，突破难点，力求对文章有更深入到位的理解。要把重点难点拈出来反复品读，强化训练，让学生熟记于心，既单独读，又联系上下文读，直到读好为止。这样就能起到以点带面的作用，在强化重点的训练中加强对整体语感的把握。

五、当堂记诵，积累语感。

文章读通、读顺、读好了，诵读课的任务还没完成。更关键的是要把课文中的精品语言储进学生的记忆宝库，让它成为学生享用不尽的源头活水，使它成为学生的长期稳固的知识积累，以便在以后的生活中反复咀嚼，反复揣摩，不断领悟，不断从中吸取营养，不断放出新的能量。这才是诵读课的真正目的。背诵内容可以是全篇，可以是重点段，也可以是关键句，力求当堂解决，每节课给15分钟左右的时间专门背诵。背诵时还应尽量教给学生背诵方法，如理解记忆法、分散记忆法等等，也可根据学生特点以竞赛、奖励等方式激发其兴趣，开掘其潜能，以争取更好的效果。如此，日积月累，记的东西多了，语言感悟能力自然也就强了。

六、自由吟诵，升华语感。

"自由吟诵"指的是在整体把握、重点品读、突破难点、积累精华的基础上再回过头来，对课文特别是课文的重点部分进行倾情忘我的吟诵。"吟诵"应高于"诵读"，它是在深入理解和熟练诵读的基础上的一种更投入、更具情味、更具有自由创造性的语言艺术表现。吟诵的真正境界应该是把作品的风格意韵与吟诵者的个性气质及至生命血脉浑然一体地体现在自己的声音表现中，其深切处正是手舞足蹈、俯仰不觉、物我两忘、唯情唯诗的境界。

评价：课堂诵读"六环节"法依据循序渐进原则，有利于从本质上提高学生的理解能力和语文素养。

辐射联想复习法

该方法是由山东淄博一中的陈汝峰同志提供。具体内容如下：

一、以教材为例子，以点带面，拓展知识的深度和广度。

以第六册诗歌单元为例，本单元涉及到唐诗、宋词和元曲三大板块。重点应抓住三个辐射点，（一）、是以教材涉及的作者为轴心向四周发散。比如学习李白、杜甫、白居易的诗，发散到"初唐四杰"、山水田园诗人、边塞诗人、苦吟诗人等，几乎复习了一遍唐代诗歌。（二）、是重点突出一个作家，讲析他的生平经历，思想脉络，连带出其不同时期的代表性作品，使自己对该作家有一个全面而系统的了解，从而有效的帮助了解该作家的其他作品。（三）、是对作品中涉及到的其他作家作品，再做进一步辐射，调动对已有知识进行回顾整理的积极性。

二、成语串联小结。

在学习课文或总结课文时联想相关成语把课文内容串联起来，这样既便于掌握课文又学习了成语，一举两得。

三、复习记忆性知识时的多方面结合。

在高三语文复习中记忆性的知识主要是词义和文学常识。记忆词义最好是结合现实中的应用实例，让同学在辨析此词在句子中应用是否恰当，来加深对该词的理解。在复习作家作品时可结合文学家的典型事例或他们的一些名言来加强记忆。

评价：辐射联想复习法通过辐射联想可将所有知识点结成一张网，效率极高，受到广大高考生的欢迎。

论据分析三法

一、探因分析法。

一般情况下，作文所运用的论据是结果性质的，探求原因可触及问题的实质，将论题引向纵深，收到说理入木三分的效果。如论证"扶贫要有爱心"这个观点，有的同学列举的论据是："首都某报记者刘欣在内蒙古贫困地区赤峰采访时，发现那里很多农村学生一个星期吃的菜，就是从家里带的一小瓶咸菜。而当地生产的黄豆，老百姓由于不了解它的营养价值，却很少食用。刘欣就向当地农民宣传黄豆知识，孩子们终于每天吃上了黄豆，这一工作被人们称为'黄豆行动'。"习作紧接着写道："这就是爱心的体现"。其实这仅仅只是十分浅显的"点评"。采用探因分析法则可这样表述："到过这里的像刘欣一样的文化人可能不只一个，但为什么只有刘欣发现了问题，只有刘欣发起了'黄豆行动'呢？这就是爱心的作用，爱心驱使他去担当这份责任！"这样一分析，就把刘欣所做的具体的扶贫活动升华到爱心的本质上来，在说理上显得深入了。

二、释义分析法。

有些论据所蕴含的意义需要去进行深入地揭示或恰当的评价，才能使说理周详而深入。这种对其意义的挖掘或评价的分析，就叫释义分析法。如，论证"做好点滴小事就是讲奉献"的观点，有的同学列举了徐虎、李素丽的事例，就可以引导作如下分析：从他们的点点滴滴的小事中，我们看到的是一个个无私奉献的灵魂，有困难的人需要他们，我们这个社会也需要他们，社会主义精神文明建设也需要他们。这样一分析，将"小事"的意义由小到大分三个层面揭示了出来，使说理显得深刻、透彻。

三、辩证分析法。

寓言、故事类论据材料或论点本身就带有思辨性的，宜采用辩证分析法进行说理。根据论证观点的需要，用全面的联系的发展的眼光去剖析论据材料，以使说理全面而深刻。例如论证"近墨者未必黑"时，一位考生的行文思路如下：首先承认"黑"的一面，接着笔锋一转进入正题，论述"不黑"的理由，并列举了屈原，鲁迅等生活在"墨"中而不"黑"的例子。如此一来，因为有了辩证分析，所以不会显得顾此失彼，片面武断，具有极强的说服力。

评价：上述方法是杨克超老师多年的教研成果。有利于帮助学生学会论据分析，提高议论文的说理能力。

变换式语文学习法

变换式语文学习法是一种读写听说综合学习与训练的模式。它以培养学生的创新意识和创造能力为最高目标，以独立思考、相互研讨和运用创新为主要形式，以四种语文能力为基本训练要素。其特点是高效率地训练学生在阅读中捕捉、筛选和加工处理文中信息的能力，并同时进行各种思维能力、特别是发散思维和求异思维能力的训练；把训练思维与学习知识、训练能力密切结合起来；把语文教学与人格培养、个性发展结合起来。该方法是烟台市高中语文创新学习的结晶。

具体步骤如下：

第一步，学生自读课文，初步感知，进而从宏观上把握文章写了什么。学生要快速捕捉信息，筛选信息，概括层意和文章中心，并用精要的语言表达出来。

第二步，学生从微观上分析文章是怎样写的，为什么这样写，哪些地方写得好，哪些地方尚有不足，让学生深入感知文章，使学生对信息的辩证分析和加工处理能力得到提高。

第三步，让学生思考能够悟出什么道理，从中借鉴些什么。学生依据自己对生活的体验与认识，调动知识储备，就原作进行创造性变换：或变换观点，或变换材料，或变换体裁，或变换角度，或变换表达方式、表现形式等。总之，能变什么变什么，能变几项变几项，借鉴原作进行再创造，写出具有自己个性特征的东西——自己的观察与感悟，自己的思想与风格。

第四步，再创造的任务完成后，让学生当堂展示成果，其他学生评点，这样相互促进，使学生的读写听说能力都得到训练与提高。

当然，变换式语文学习法需要注意的几个问题

1. 变换式语文学习法适用于一般的记叙、说理和说明类作品。
2. 学生在交流发言时，要注意纠正学生语言表达上的错误。学生对问题的认识如

无重大原则性错误,一般不要简单否定,要注重思维过程,侧重从思维质量和特色等方面去点评其发言的观点、内容和语言形式。

3. 搞好"四个结合":要注意把语文训练和思维训练密切结合起来,把发散思维训练同辐合思维训练结合起来,把求异思维训练与求同思维训练结合起来,把思维发展和德育教育、知识教育结合起来。

评价:天下文章一般抄,看你会抄不会抄。变换式语文学习法是遵循由一般到个别,由普通到创新的规律的一种科学学习法。让学生在先接触材料,而后不断变换角度进行再创造的过程中提高语文水平。

高考语文复习法

一、紧扣《语文教学大纲》,吃透《语文考试说明》。

《大纲》是教学的基本要求,为此,要紧扣这个"纲"教学,有条理的储备知识。《考纲》是高考要求,则要吃透其中的每一点,明确考试目标及考查能力层级,做到胸中有数。此外,还应关注《考纲》每年发生的变化,如 2000 年《考纲》中对写作的要求。(具体内容不再赘谈),从变化中可以明确:写作方面更注重想象创新思维能力和表达能力的考查。命题思路更为开放、灵活,鼓励学生发挥创造性思维,写"创思作文";讲文体,但不限文体,鼓励学生根据自己的特长自由选择文体;鼓励学生表现个性、发表独见。

二、正确处理好课本与考试的关系。

高考语文考题,可以说是全部来自课外,学生很容易走入一个误区,即盲目认为课本的内容可学可不学。其实不然,考试考查的是知识和能力。知识来源于书本,能力则是在掌握知识的基础上不断锻炼、培养出来的,且高考所考查的知识点大多是课本的再现,考查的是知识的迁移能力。因此,认真学好课文,掌握一些常见字、词的意义和用法,掌握文言句式的特点和词类活用十分重要。此外,经常朗读课文中的一些精美语段,有利于答扩写、仿写、变换句式题,对作文也有帮助。

三、熟悉高考题型,掌握题型特点规律。

在复习每一个知识点时,应将知识点在历年高考中出现的题型列在一起,以便于从中找出题型特点及规律。例如：设置干扰项的往往是：①张冠李戴，偷换概念　②似是而非、生搬硬套　③无中生有或任意拔高　④字词本身意义的典解　⑤典故的错误分析等。根据这些规律进行解题，答题的准确率会很高，复习起来也会十分轻松。

四、用好典型练习，进行强化训练。

各类题的特点规律，为复习训练提供了依据，对每一个知识点，都选择一定量的有代表性的习题，限时完成，做完之后，即刻评析，并总结归纳，效果较好。这样，在不断的强化训练中，能合理安排时间，适应考试，也可培养学生的知识迁移能力。

五、开展形式多样的活动课，让学生在兴趣中积累语文知识，提高能力。

高三是最紧张的时期，应试的负担较重。因此应经常开展一些形式多样的活动课，将语文知识考点寓于活动课中，如扩写语句、修改病句、背诵诗词等，这不仅有利于缓解学生压力，而且有利于激发学习兴趣，寓学于玩乐之中。（当然这需要校方配合）。

评价：高考复习法是黄钦、凌声红两位老师提供，该方法一个显著的特点是：在宏观上把握复习，谈的是复习策略的问题，具体的实施，操作则由学生自己设计。此外，该法还强调进行有效的模拟训练，因此对应试来讲具有实用性和可操作性。

"五步三课"学习法

"五步三课"学习法是钟德赣老师在多年教学实践中总结出的将阅读与写作结合起来，提高学习效率的一种方法。具体来讲，"五步"是指导读、仿读、自读、检查、写评；"三课"是指自练、自改、自结。实施步骤如下：

一、充分利用课堂阅读，强化基本技能的培养。

课堂阅读可分为导读、仿读、自读三个阶段。导读部分是引导学生学习知识、领会知识；仿读部分即模仿学习阶段。学生模仿导读阶段的学习方法（整体感知课文、辨析体裁、分析课题、理清结构、深入思考），巩固导读课所学的知识；自读部分是安排与讲读课文相似的文章作为对比阅读，让学生在同中求异，异中求同，把学到的知识运用到解决实际问题中去，通过横向的迁移训练，强化技能的培养。

二、以读带写，进行迁移训练。

通过自练培养学生的速读能力，十分钟浏览完全单元课文，阅读速度达到600—700字／分。每单元要求仿写一篇课文，写作速度达到600—700字／节课。而后通过自己改写，自己总结经验教训来提高写作能力。

评价："五步三课"法强调读写结合，强调对基本技能的培养，强调学生是学习的主体。该法通过教师起引导，学生做主体这一教学模式来培养学生的读写能力、创新、能力，效果显著，值得推广。

语言衔接题解题方法

一、对应法。

所谓"对应法"就是在原文中找选项的对应点或对应项，运用排除法，确立正确项。

1. 并列词组，一一对应。

例：为下面语段段首选出最恰当的一句话。

于人不觉间，她轻轻悄悄地走来，随风潜入夜，润物细无声。她如纱如雾，如幻似梦，沾衣不湿，拂面不寒。她的裙带飘过处，天地万物从沉沉昏睡中苏醒过来。种子发出嫩芽，竹枝长出春笋，杨柳抽出新枝。睡了一冬的小生灵也伸伸懒腰走出深深的地穴。

A. 她清丽、温情、细腻、羞赧

B. 她轻盈、温情、神秘、脱俗

C. 她淡雅、清幽、文静、能干

D. 她文静、温柔、清新、羞涩

选项是由四个词语组成的并列词组，位居文前，各选项的不同之处在于语序不同，对事物特征的概括也不同。这类题通常的做法是从两头入手，即从各项的第一个和最后一个词语入手，在后文中找对应点。先看各项的第一个词语，它们对应的句子是"她轻轻悄悄地……润物细无声。"从"悄悄"、"潜"、"无声"看，它对应的应是"轻盈"或"文静"因而排除了A、C。再看句子"睡了一冬的小生灵……走出深深的地穴。从"睡了一冬"、"深深的地穴"等词语判断，应选D羞涩，而不是B脱俗，所以，该题应选D。

2. 提炼关键词，内容相照应。

例：与下边文字能衔接的一项是。

真理是朴实无华的。真理就在我们日常生活里，但是看惯了，就觉不出来了。可是有一天我们看见了。

A．就仿佛好友重逢，呵，久违了，多想念你！

B．就如同第一次看见一般，呵，有这样的事？

C．便好像歌伦布发现新大陆一样，呵，多让人高兴？

D．便宛如面黄饥瘦的饿汉见到面包一样，呵，我多需要你！

选项与前文之间属转折关系，前文的主要意思是："看惯了，就觉不出来。"因此与"觉不出来"意思相照应的即选项 B。

3．把握情感基调，句式整齐对应。

例：与上文衔接最恰当的一项是。

新年的钟声雄浑激越，响彻天宇，钟声召唤着天边那新年的第一抹红霞，钟声歌唱着神州大地又一个灿烂的春天。

A．我们每一颗年轻进取的心灵都被钟声震撼着。

B．钟声震撼着每一颗忧郁苦闷的心灵。

C．我们每一颗忧郁苦闷的心灵都被钟声震撼着。

D．钟声震撼着每一颗年轻进取的心灵。

前文中有"激越"、"红霞"、"灿烂"等词语，可以判断其感情基调是昂扬明快的。再看选项，发现 A、D 与前文基调一致。再看句式，前文后两句均以"钟声开头"，因此再排除 A，正确答案为 D。

二、信息解题法。

1．抓住指代信息解题。

例：去年夏天，我在杭州一所疗养院里休养。江岸后面是起伏的山峦和绵延不断的树林。

A．这儿的景色真是美极了！

B．那儿的景色真美！

C．六和塔静静地矗立在钱塘江边

D．六和塔在钱塘江边静静矗立着

E．帆影点点的江面上碧波粼粼

F．江面上帆影点点，碧波粼粼

(1)BCF　(2)ADE　(3)BCE　(4)ADF

该题选择时必须注意题干中的指代信息，因为题干中说的是"去年夏天"，这就隐含了"我"在叙述此事时人已不在杭州了，既如此，就应选远指代词"那"，而不是近指代词"这"了。

2．抓住时空信息解题。

仍以上题为例。因为该题是描述所见到的景色，那显然要涉及到地点方位的变化；另一方面，题干中用了"江岸后面"，选项中有"江边、江面"的字眼，由此可以推知作者叙述和描写景色的顺序是"江边——江面——江岸"。把握了这一特点之后该问题就迎刃而解。

3．抓住逻辑信息解题。

例：国务院早就要求沿淮企业必须限期停止向淮河排放污水，可这个工厂的领导却一直置若罔闻、拖延推诿，＿＿＿。

A．既不传达上级指示，也不购置污水处理设备，以致污染问题越来越严重，环保工作没人管。

B．既不购置污水处理设备，也不传达上级指示，以致污染问题越来越严重，环保工作没人管。

C．既不传达上级指示，也不购置污水处理设备，以致环保工作没人管，污染问题越来越严重。

D．既不购置污水处理设备，也不传达上级指示，以致环保工作没人管，污染问题越来越严重。

研究每个选项的前两句话，就可以发现主要是在"传达上级指示"与"购置污水处理设备"哪句在前上设疑，只要结合生活实际，稍作推敲，便能得出"传达"一种精神在前，而具体的操作"购置设备"在后，这样一来，就排除了B、D。而"污水问题越来越严重"与"环保工作没人管"哪句在前呢？这同样也存在一个逻辑关系：由于"没人管"才会造成"问题越来越严重"，因此正确答案应为C。

评价：解句子衔接题关键是三个字："一致性"。即陈述对象、语气、句式、叙述顺序、条理一致。而对应法和信息解题法正是抓住了这一要点，因此利用这两种方法解题，问题往往迎刃而解。

英语学习法

"五勤"学习法

(1) 勤练习

(2) 勤复习

要使学过的东西不忘记、并熟练掌握,最基本的方法是勤复习。如课前把新单词读、写几遍,以后每天用少量时间从多角度复习,很快就会熟练掌握。

(3) 勤总结

要经常从已学过的东西中总结语言的规律和共性特征,用以指导将来的学习,如词汇学习中用前缀、后缀、词根、词干和复合词方法等。

(4) 勤整理

要在学习过程中不断整理所学的知识,使其系统化,如利用同义、反义、上下文、相似、相同、相反等关系学习词汇,帮助记忆或学习新语言点。

(5) 勤对比

要对比英语和汉语表达方式的不同,因为两种语言的文化背景不同,在特定情景中所用的语言也因而不同。例如,中国人见面常问:"你吃过饭了吗?""你到哪儿去呀?";在英语中则常说:"How are you?""Lovely weather, isn't it?"等。

此外,还要充分利用周围的环境学习。一方面要抓住一切自然的英语学习环境,一方面还要不断创造英语学习的环境。

评价:"五勤"学习法是聊城师院外语系张德禄老师总结出的。该方法抓住英语学习重在积累这一核心,主攻基本技能的训练,是学习英语的一种基础方法。

语音学习法

一、准确模仿

中学生学习英语语音,主要的途径是在听清老师的发音或英语录音的基础上,进行反复模仿。听是语音学习的第一步,必须要听得清楚明白,准确无误,听不准音就谈不上模仿、学习正确的语音语调。很多同学发音不正确的原因之一,就是没有听清、听准。必须在听清、听准、听熟的基础上反复练习。

当然,练习还需要一定的理论指导,就是要弄清楚每一个音的发音部位和发音方法。有时候,一个音明明听清、听准了,自己却怎么也发不对,这就是因为没有掌握发音的部位和方法,尤其是汉语中没有的语音,要注意把外语和汉语的发音做比较,找出发音的困难所在。领会和掌握发音部位和要领后,再进行模仿练习。如摩擦音[θ]的发音部位和发音方法是:将舌尖放在上下齿之间,让气流通过舌尖和上齿之间的缝隙,然后发[θ]。

二、对比学习

学习发音时,还可以通过对相似的语音的对比来掌握发音的要领,把握发音的限度。如很多初学者分不清[e]和[æ]的发音之间的差别,可以通过对二者的发音方法进行比较来区分:发[e]时,上下牙齿之间可以容一指宽的距离,而发[æ]时,上下牙齿之间可以容两指宽的距离。这样在练习的时候就有了大致的标准。

对比还可以通过汉语语音与英语语音之间的对比来进行。如汉语中的一些声母b、p、m、f、d、t、n、l、g、k、h、s、w等,去掉了后面的韵母后,就与英语的辅音[b]、[p]、[m]、[f]、[d]、[t]、[n]、[l]、[g]、[k]、[h]、[s]、[w]等音相同。通过这种比较有利于了解英语发音与汉语发音的异同点，能够从对比中掌握规律，获得模仿的主动权。

三、语境练习

在实际的交往活动中，听、说、读、写不是以孤立的音素和单词为单位进行思想交流的，而是以综合的句子和更高一级层次的话语为单位进行的，孤立的音素和单词的发音在综合的语流中运用会产生很大的变异。如连读、弱读、失爆等影响，应该在语流中进行语音教学，在整体的句子里学习英语语流现象，才能真正学好语音。

在真实的语境中学习语音是通过句子把英语语音中所有的现象，包括音素、拼读、重音、弱读、节奏、停顿、声调等统一起来进行的学习。在这个过程中，不仅要练习发音、拼读，而且要培养对英语语调中的一系列特殊现象，包括语流中的连读、同化、失爆、弱化等综合掌握及运用的能力。只有将音素、拼读等单项语音学习与实际的语境结合起来，在真实的语境中学习英语语音、语调，才有利于获得英语语感，掌握正确的语音、语调。

四、掌握读音规则

一般情况下，英语单词中的字母或字母组合，往往可以发几种不同的读音，而且，同一个音素，又可以用几个不同的字母或字母组合来表示。如音素 [i]，可以用 a、e、i 和字母组合 ai、ay、ei、ey、ie、ui 等等来表示。这种拼法与读音之间的关系虽然比较复杂，但仍有一定的规律可循。这种字母或字母组合的读音规则叫做读音规则。掌握好读音规则对学习语音是非常重要的。

评价：语言学习有其独特性。要学会一门语言必须多说、多练，而初始阶段即表现为模仿。此外，语言具有民族性，因此在学英语的过程中要善于发现中、英的语言差异。"语音学习法"即是抓住了这一语言学习要领，是打开英语学习之门的一把金钥匙。

丰子恺23遍学习法

丰子恺学英语一年就可以看英文长篇小说，并从事翻译工作，其诀窍在于他每篇文章读23遍，分5次进行：

1. 第一天读第一课10遍；
2. 第二天读第二课10遍，温习第一课5遍；

3. 第三天读第三课 10 遍，温习第一、二课各 5 遍；

4. 第四天读第四课 10 遍，温习第二、三课各 5 遍，第一课 2 遍；

5. 这样，每篇课文分四次读完 22 遍，过半个月再读 1 遍。

评价：这种学习方法是遵循了心理学、教育学中记忆的规律，第一天 10 遍，第二、三天各 5 遍，遗忘速度最快时，也是他读书遍数最多的时候，第四天 2 遍，半个月后再复习一次，完全可以抑制遗忘。把所学材料变成长期信息贮存在脑子里，这种记忆方法比一天"急风暴雨"式读上 23 遍效果要好得多。

英语口语八练法

（一）练发音

学习有声语言，必须从练发音开始。练发音包括：练 48 个音素的发音、词的发音、音节的拼读等。练的方法有：

1. 对镜子练。面前放一块镜子，对着镜子练口形，依照发音要领练发音是否准确。

2. 面壁练。对着墙壁练发音时，耳朵能清楚地听到自己的回声，从而判断发音的正误。

3. 掩耳朵练。用双手掩起耳朵练发音，也能清楚地听到自己的回声。

4. 模仿录音练。即跟着录音机练发音。

（二）练朗读

朗读有许多技巧，练朗读能迅速提高口语能力。练朗读时主要练：

1. 不完全爆破：一些爆破音如 [p，b，k，d，t，d] 等在发音时因受某些音影响而失去爆破，只保留发音的口形，即形成不完全爆破音。如：have a bad cold [b(d) k uld]，其中 bad 中 [d] 音就是不完全爆破音。

2. 连读：在连贯的说话或朗读时，短语或句子中相邻的词如果前一个词的末尾是辅音，后一个词的词首是元音，就形成连读。如：Take a look at it. [＇teik＇luk t it]（看一看这个。）

3. 同化：音的同化就是一个音因为受邻音的影响而发成了这两个音之间的第三个音。如：I'm glad to meet you. 句中的 [mi：tju] 在连贯性的说话中可以读成 [＇mi：t u]。音的同化是快速连读中的自然现象。

4. 意群朗读：连贯的话语是由一组组意义相连的词组成的，这些意义相连的词就构成意群，语法上叫短语、从句或句子。朗读时一个意群要读在一起，这样有助于表达思想。

5. 句子朗读：句子朗读主要练习语调，如陈述句读降调，一般疑问句读升调，选择疑问句前升后降或前降后升，特殊疑问读降调等。

（三）练问答

"问答式"是训练口语的有效方式。师生之间可以进行，同学之间也可以进行。课堂可以进行，课后也可以进行。校内可以进行，校外也可以进行。积极主动地回答老师的问题能争取许多练口语的机会。

（四）练讨论

用英语讨论问题能促进口语能力的培养。如课堂上积极参与老师组织的小组讨论，课后对某些问题用英语进行争论等，都是在争取练口语的机会。

（五）练复述

脱离课文文字而不脱离课文思想的复述或简述能培养用英语独立说话的能力。

（六）练说话

说话即是用简单的语言自由地表达思想。用英语说话随时随地可以进行。课内课外多讲英语就是在积极地练习用英语说话。

（七）练表达

练表达就是围绕一个话题，用7~8句英语比较连贯清楚地表达一个完整的思想。如：介绍本人(Myself)，家庭(My Family)，我的朋友(My Friend)，我的班级(My Class)，我的学校(My School)和与课文有关的社会、文化、科技等。

（八）练交际

练交际就是根据不同的环境和场合，依照不同的话题，训练随机应变的能力。

评价：口语是练出来的。口语训练有两个要诀：一是循序渐进，二是坚持苦练。"英语八练法"从发音、朗读、表达等多个角度来训练口语，较为全面。

低年级学生口语训练法

一、每日五分钟自由交谈法 (Free Talk)

把日常用语列出来，利用自己已有的知识抽出五分钟的时间与同学进行自由交谈。开始时，不要太计较语法错误，也不要怕别人笑话。这样坚持下去，会发现自己由不敢开口到敢于向别人发问且喜欢回答别人的问题，日常会话已经能脱口而去，英语已成为自己进行简单的思想交流的工具。

二、值日报告法 (Duty Report)

报告内容自由选择，最好是当天与班级、学校有关的事，但必须是自己整理的，通过自己的口说出来。每天注意天气预报，留心身边发生的事，关心班级出勤情况，关心周围的同学，坚持看新闻联播，关心国内外大事，每个同学都成了有心人，注意收集词汇，丰富自己的语言。坚持一段时日后，效果明显，既活跃了课堂气氛，又激发了学生独立思考，既锻炼了胆量，又使所学的知识在这一过程中得到的充分应用。

三、英语角法 (English Corner)

英语角是长期坚持练习口语的重要形式。英语角内容丰富,形式灵活多样：可以"Free Talk"；也可给出一个"Topic"进行讨论；可以欣赏著名外国电影的片段，也可学唱英文歌曲。经常到英语角去交流口语水平提高会很快。

评价：低年级学生英文水平本身有限，因此像讨论时事、辩论等方式均不太适合他们。上述三法无论从形式还是内容上来讲都很简单，且操作起来亦十分方便，因此比较适合低年级学生。

英语听力训练法

1. 练听力要先练"辨音"。

准确辨音,准确区别几组易混音节的发音,如 [æ] — [ai];[i] — [e];[s] — [z];[f] — [v];[ε] — [ai] 等,是听力训练的基础。训练准确辨音的方法是反复听录音。

2. 掌握基本的语音规则。

我们读英语、讲英语都要按一定的语音规则形成语速和语流,形成句子重音,以便理解。这些语音规则就是:连读、不完全爆破、辅音连缀、弱读、同化。这些基本技巧要靠训练才能掌握。如果掌握了这些技巧,不但说的能力能加强,而且听英语时的辨音能力也能加强,能有效地促进对所听材料语音信息的理解。

3. 养成良好的听音习惯。

要养成良好的听音习惯,就要坚持多听,并且要边听边思考,要学会理解听力材料的语言信息,而不要忙于把某些词翻译成汉语。边听边翻译的做法会影响听力水平的提高,因此,要注意克服不良的心译习惯,要把注意力高度集中在所听材料的内容上,而不能只停留在文字上。

4. 要学会跳词听。

听的时候遇到生词是难免的。遇到生词怎么办呢?千万不要老想着没听懂的那个生词,老去琢磨它的意思,因为那样只能加重心理负担,增加紧张情绪,影响对下文的理解。这时最好先跳过生词,不要管它究竟什么意思,暂且听听下面的内容,很可能下面就是对上面生词的解释。因为一句、一段短文中的个别生词一般不会影响对全句或全文的理解,而且,有时听了下文,结合上下文,就可以判断出其意义。

评价:有些同学阅读一篇文章没有问题,但要听懂一段英文却十分困难,这即是"聋子"英语。其实,语言是用来交流,沟通的,如果听不懂对方的表达,又如何进行交流呢?无法交流,那么语言的存在又有什么用处呢?因此,训练听力十分重要。当前的英语

考试中也都加大了听力考试的成份,掌握一定的听力训练技巧,不仅可以提高听力水平,而且会大大提高英语成绩。不妨一试。

语法学习三法

一、归纳整理法

英语语法的内容非常之多,非常之杂,多种词形变化,多种句子成分,多种句子结构,再加上冠词、介词、连词等的多种习惯性用法,令人眼花缭乱,难以捉摸,非常容易顾此失彼。因此,在英语语法的学习中,利用归纳法对所学过的语法知识进行整理,使它们条理化、系统化,是必不可少的一种方法。而且,归纳法比较符合语言学习的自然过程,因为,在学习语言的过程中,先是感知、操练带有某些语法规则的语言材料,对所学的内容有个初步印象,形成一定程度的感性认识。在此基础上,观察这些语言材料的特点和相互的联系性,最后对其特征进行抽象概括,形成概念,归纳出规则。再在此基础上进行大量的练习。

对已学过的语法知识进行归纳整理,有利于语法概念的形成与建立,也有利于在纷繁复杂、漫无头绪的语法点的海洋中理出头绪,提纲挈领,便于学习和以后的复习。如动词是最活跃的词类,变化繁复,其句法功能至关重要,学动词也会学到其他的语法知识,是语法中的重点,也是难点。在学习的时候,就可以通过归纳法来总结其规律,再通过列表、画图等方式将所归纳总结出的规律表示出来,这样,学习和复习的时候就会一目了然。如动词有八种常用时态,以work一词为例,进行整理,可以得出下表:

一般时一般现在时	work(works)
一般过去时	worked
一般将来时	will (shall) work
一般过去将来时	would work
进行时现在进行时	am (is, are)working
过去进行时	was (were) working
完成时现在完成时	have (has) worked
过去完成时	had worked

还可以在每一种时态后写出一两个例句,更有利于理解和记忆。

二、层次练习法

由于语法知识非常庞杂，每一个语法点也有许多需要理解和记忆的方面，所以在学习的时候，如果把某项语法的所有内容和用法一次都学完，往往会囫囵吞枣，贪多嚼不烂。所以在学习的时候，要讲究学习的策略，采用分散式的学习法，有层次地进行练习与实践，做到由表及里，由浅入深，由简到繁。这种学习方式既符合学习语言的规律，又符合人的认识心理规律，有利于练习与实践，将知识转化为语言技能。例如，在学习现在完成时态时可以按照以下的层次与步骤来学习或复习：

第一步：练习现在完成时态的肯定形式和用法（一）：表示过去开始并延续到现在的动作与状态。其肯定形式为 have +ed 分词。

例：I have studied English for three years.

Liu Qiang has been ill since this Monday.

第二步：练习现在完成时态的肯定形式用法（二）：表示发生过或已完成的动作对现在产生的影响，并进一步巩固现在完成时态的肯定形式。

例：I have read this book already.

We have been to Shanghai three times.

第三步：练习现在完成时态的否定形式，其否定形式为 have not + ed 分词。

例：He hasn't finished his homework yet.

We haven't been to Hongkong before.

第四步：练习现在完成时态的疑问形式。其疑问形式为 Have + 主语 + ed 分词。

例：Have you been to China before?

Has he finished his homework?

第五步：

例：Tom has lost his key.(＝他现在没有钥匙。)

Tom lost his key.（这并不表明 Tom 现在是否有钥匙，只说明他在过去某时把钥匙丢了。）

解释：现在完成时总是过去发生的动作和现在有联系或对现在有影响；而一般过去时只讲述过去发生的动作，与现在没有联系。

例：He has been a teacher since 1985.

I did a lot of work yesterday.

解释：现在完成时用于表示始于过去持续到现在的一段时间如：since…，for…，so far, from then on。而一般过去时用于表示发生在过去现在已结束的一段时间，如 yesterday, last year, three days ago 等。

三、情境学习法

言语交际活动是在具体的言语情境中进行的，语法也是在典型的实际言语交际中的语言知识的规则，所以，语法规则也只有在情境中学习才能更好地被理解和掌握。学习语法的目的是培养为交流而运用英语的能力。因此，掌握语法规则的目的是能在言语情境中运用，使言语交际活动得以实现，并使交际活动中的言语富有条理性，逻辑性，符合规律性。而且，语法实践练习结合具体的语言活动来进行，还可以使这样的练习能够成为话语活动。

在实际的语法学习中要尽量设置情境，尽量借助于实物、图片、动物、表情等手段创造情境。这样做不仅有利于充分理解语法概念和用法，提高学习兴趣，而且还有助于正确掌握学过的语法项目，做到学用结合、学以致用。

评价：学习英语语法有助于提高阅读理解水平。但英语语法的内容非常庞杂，因此学习起来十分费力。上述英语语法学习方法有助于将语法系统化、分类化、应用化，值得推广。

疯狂英语学习法

对英语略有兴趣的同学，大概都知道李阳的"克立兹疯狂英语"学习法。李阳的这一学习法可谓风靡全国，出了书、出了磁带、录相带、VCD，还在全国不少城市和大学进行了巡回演讲，所到之处，无不受到热烈欢迎，国内多家报刊予以报道。

Crazy 的发明无疑是对传统外语教学法、甚至整个教育体系的冲击，甚至可以说"Crazy"将成为新教学法的起点。"Crazy"告诉我们循序渐进的传统教学法不是唯一原则，可以做到一步登天！当然"Crazy"也完全不同于一些速成产物，真正了解"Crazy"方法的人没人敢说："Crazy"出来的人基础不牢固，他们确实是靠一点一滴刻苦背出的。传统教学法看似基础坚实，实际上绕很大弯路，而且很有可能造成高分低能的现象。对于我国目前改革开放中人民素质的提高和从事对外经济文化交流人员能力的提高，功效当然要比传统教学法高些。"Crazy"就像一面明亮的镜子，一下子照出了外语学习传统教学法的极大缺陷。传统的英语教学，一上来便开讲第 × 册第 × 课。即使是讲到学习英语的态度和方法，也只能是三言两语，语音不详（课时卡着，教学计划管着呢）。而看过 Crazy 学习法的书，听过李阳演讲的人都知道，那是用大量的篇幅、不短的时间，专门谈学习英语的信心问题。事实上，不少学生英语学不好，问题不在方法上，而是在信心上。由此不少中学教师认为，教英语，也要做学生的思想工作。信心树立不起来，英语是学不好的。

怎样才能让中国人说一口流利的英语呢？语言环境当然是没有的，根据 Crazy，那就是自己随时随地创造语言环境，无论是走路、坐车、等车、课间，一有空就咀嚼英语句子这种最新、最刺激的超级"口香糖"，让嘴巴坐上飞机。像"疯子"一样，用"三最"训练法——As loudly as possible，尽量大声，As clearly as possible，尽量清晰，As quickly as possible，尽量快地突破句子（句子中心论：句子突破单词，句子突破语法，句子突破疑难……句子就是一切，句子就是巨大财富！）"学一句算一句"达到地道英语脱口而去。并且突破句子的方法可以是"纸条满天飞，环境随身带"。一个句子有什么可怕的，抄在小纸条上，随身携带，利用零碎时间，一天轻轻松松至少脱口而出四五句话，比起那学英语十年但说不出几句正确英语的人，这不是"一天超过十年"了吗？

评价：什么事情不入迷、不发疯，是钻不进去的，是学不出来的。因而用 Crazy English 学习法去学英语，效果非凡。

英语科学记忆十四法

（1）音、形、义、性记忆法

音、形、义、性记忆法就是在记忆单词时，要读准音，看准词形，理解词义，记忆词性。这是目前中学生采用的最常见的单词记忆法。这种记忆法比较适合初次接触单词时对单词进行的识记，强调输入单词的完整形象，突出记忆单词的综合印象。如记忆单词 daily 时，先分析词形，后拼读发音 [ˈdeili]，再了解词义"日报"，再观察词性"名词"。

为了加深记忆，可先分析词形是规则形式还是不规则形式，然后试着拼读，然后再把拼读出来的音与书上词汇表里的音对照，看是否正确，如不正确，则回头重新拼读原词，并找出拼错的原因。如记 rose 时，rose 是重读开音节，o 发 [əu]，rose 发 [rəuz]。又如 average 的结尾虽是 age，但 a 却读 [i] 音，因此，average 要读为 [ˈævəridʒ]，不能读作 [ˈævəreidʒ]，因为 age 是弱读音节，a 发 [i] 音。

预习生词时常采用音、形、义、性记忆法。

(2) 拼读规则记忆法

掌握拼读规则，不仅能速记单词，而且有助于迅速扩大词汇量。英语中常用词绝大部分都符合一定的读音规则，完全不合规则的只是极少数。如字母组合 ee 发 [iː] 的单词就有许多：see [siː] vt. 看见／free [friː] adj. 自由的／tree [triː] n. 树／feel [fiːl] vi. 感觉／beef [biːf] n. 牛肉／jeep [diːp] n. 吉普／deep [diːp] adj. 深／keep [kiːp] v. 保持，etc.

(3) 归纳分类记忆法

归纳或分类的方法很多，掌握了几百个单词后就可以把单词进行归纳或分类。如：①按语音分类：以 a (a 发 [ei])+辅音+e 结尾的单词有：age 年龄 face 脸 safe 安全 date 日期 place 地方 plate 盘子 gate 大门 late 迟 skate 滑冰 name 名字 same 同样的 game 游戏 whale 鲸 grade 年级 cake 蛋糕 lake 湖 make 做 wake 醒 take 拿、带 tape 录音带 plane 飞机 page 页 mistake 错 base 基地 race 比赛 save 救、节省 shame 羞愧 shake 摇 shape 形状 space 太空 state 州，状态 phrase 短语 lane 弄、巷 spaceship 宇宙飞船 ②按同义词、近义词进行归纳分类：如：stupid, silly, foolish 蠢的，傻的 wrong, mistaken 错误的 big, large, great 大的 good, fine, nice, well 好的 ③按词的用处分类：如文具类、交通类、动物类、体育类等。④按结构分类：把相同结构的短语放在一起记：look about 环顾 look at 看 look round 环顾 look back 回顾 look after 照顾 look down 俯视 look for 寻找 look here! 注意！look into 向里看 look on 观看 look out 注意 look over 检查

(4) 对比记忆法

对比记忆法也可称之为比较记忆法，比较适合于记成对的反义词：shallow(浅的) 与 deep(深的)，也可以用来比较一词多音、一词多义、同音异形词等。如：

同音异形异义词：

[wei] way n. 路，方法 weigh v. 重，称……的重量 [wiːk] week n. 星期 weak adj. 弱的 [plein] plane n. 飞机 plain n. 平原 [wɔːn] warn v. 警告 worn adj. 用旧的；穿坏的

同形异音异义词：

record ['rekɔːd] n. 唱片,记录 [riːkɔːd] v. 录音,记录 wind [wind] n. 风 [waind] v. 缠绕 lives [laivz] n.(life 的复数) 生命 [livz] v. 生活，居住

许多短语和句型也可用对比法来记忆。如：

used to do... 过去常……
be used to doing... 习惯于……
get used to doing... 习惯于……
be used to do... 被用来做
have sth. done 让（别人）做
have sb. do 使 sb. 做……
have sth. doing 让 sth. 进行
have sth. to do 有 sth 要做

语法复习也可采用对比记忆法，这样记得更牢固。如比较现在完成式与一般过去式的区别：

1. He has worked in that factory for 10 years.（现在完成式）
2. He worked in that factory 10 years ago.（一般过去式）

1句用现在完成式强调："他一直在那家工厂工作了10年。"暗含他仍在那里工作之意。2句用一般过去式强调："他10年前曾经在那家工厂工作过。"暗含他现在已不在那家工厂工作了之意。通过对比使两种时态的含义更明确，更易掌握。

(5) 构词法记忆法

英语的构词法有派生、合成和转换三种。利用构词法记单词，可使词汇量迅速扩大。

①利用词根加前缀和后缀构成新词的方法，可以成串记忆单词：

加前缀 un （不）：如：

un(不)+real(真实的) unreal(不真实的) unhappy 不快乐的 unequal 不平等的 unclear 不清楚的 unwelcome 不受欢迎的 unclean 不洁的 unusual 不平常的 unjust 不公平的 unkind 不友善的 unfriendly 不友好的

加后缀：动词 +tion(sion)，变成名词：

act（行动） action(行为)
educate(教育) education(教育)
add(加) addition(加法)
explain(解释) explanation(解释)
collect(收集) collection(收集)
express(表示) expression(表达)
complete(完成) completion(完成)

hesitate(犹豫)   hesitation(犹豫)
correct(修改)   correction(正确)
inform(通知)   information(消息)
declare(宣布)   declaration(公布)
invent(发明)   invention(发明)
dictate(口授)   dictation(听写)
liberate(解放)   liberation(解放)
discuss(讨论)   discussion(讨论)
operate(开刀)   operation(手术)

加前、后缀：

un —+friend +—ly   unfriendly(不友好的)

inter(互相)+nation(国家)+al(形容词后缀)   international(国际的)

un(不)+usual(平常的)+ly(副词后缀)   unusually(非常地)

pre(前)+liberate(解放)+tion(名词后缀)   preliberation(解放前)

②利用合成法构成新词。如：

black（黑）+board(木板)   blackboard n.(黑板)
life(生命)+boat(船)   lifeboat n.(救生船)
play(玩)+ground(场地)   playground n.(操场)
man(人)+made(制造)   man—made adj.(人造的)
over(翻)+throw(掷)   overthrow   v.（推翻）
no(没)+body(人)   nobody   pron.   （没有人）

③利用转换法构成新词。如：

back   n. 背部，后面 back   adj. 后面的； adv. 在后面 empty adj.   空的   empty   v.   倒空 smoke   n.   烟   smoke   v.   冒烟；吸烟

(6) 图表记忆法

利用图表记忆法记忆单词比较形象、直观，一目了然。如记忆人体各个部位时可以利用下图帮助记忆：

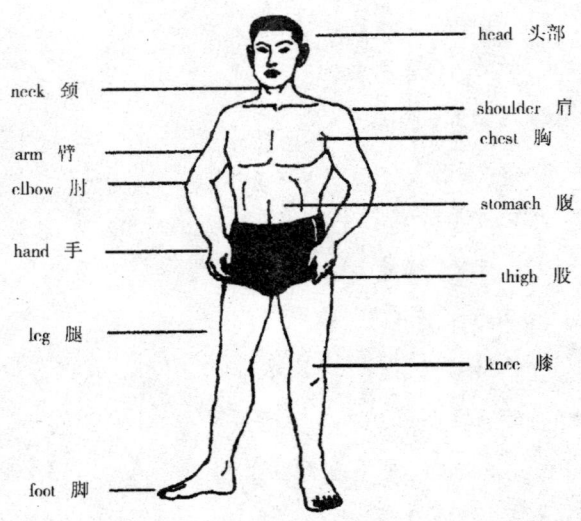

(7) 搭配记忆法

英语中有大量的以名词、副词、介词、动词等为中心构成的短语或固定词组，它们往往难以从字面意义的简单总和来判断其意义，为此，学习时必须加以归类对比，弄清它们的真正含义。如动词 call 的搭配如下：

call on/upon 号召　call on sb. 拜访某人

call up 招唤　call at some place 访问某地

call for help 呼救　call in sb. 请某人来

call for sb. 去接／接走某人　call sb. names 辱骂某人

又如：以 have 为中心搭配的短语有很多：

have a headache 头痛　have a swim 游泳

have a toothache 牙痛　have a bath 洗澡

have a stomachache 胃痛　have a wash 洗一洗

have a fever 发烧　have a walk 散步

have a cold 感冒　have a talk 谈谈

have a heartache 心痛　have a try 试一试

have an earache 耳痛　have a smoke 抽烟

have a pain in 部位……痛　have a drink 喝点水

(8) 循环记忆法

循环记忆法的理论根据是：按照生理学关于记忆特征的说明，只有在输入的信息将要消逝，但还没有消逝之前就及时复习、巩固5至10次，就可用最少的时间，把单词牢固记住，提高记忆效果。例如：一个单词一口气连续念5遍，记忆效果就不如分5次记忆、每次在似忘非忘之前各念一遍的好。

循环记忆法可以是简单循环，方法比较灵活，将所学生词记入单词本，每当有空就记一遍这样学着新词复习着旧词，直到完全掌握后才暂时搁置，逐渐更新，循环往复。循环记忆法也可以是复杂循环，即把学过的单词按读音规则、词性、词义或搭配进行编组，每组可以是3～5个，也可以是30～50个，这要视实际能力而定。（具体循环方法详见下页图。）

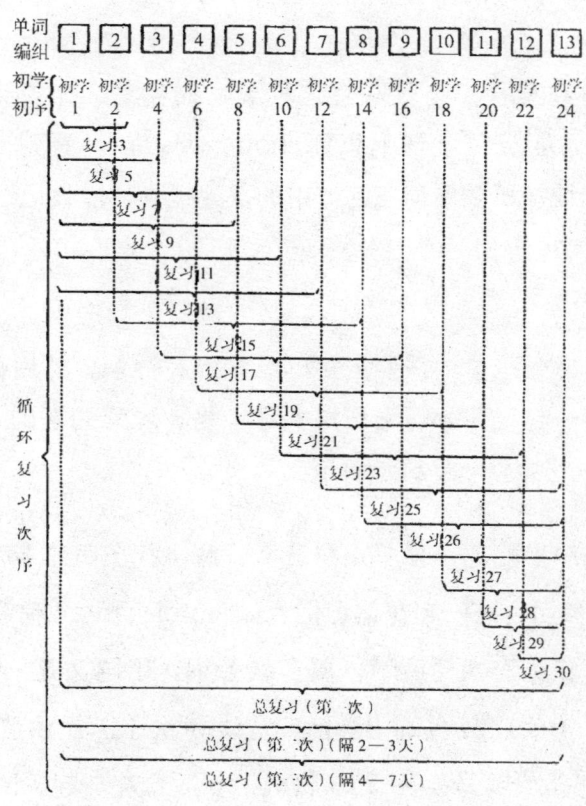

如果经过一个循环单元的循环复习，便可保证每个单词或短语在循环过程中重复记忆7次。循环完之后，紧接着进行第一次总复习，隔2～3天再进行第二次总复习，再隔4～7天再进行第三次总复习。7次循环，加上3次总复习，每个单词至少重复记忆10次。经过不同间隔的10次记忆，一般单词或短语都可以进入长久记忆。

(9) 联想记忆法

联想记忆法就是把所学到的新知识通过联想，与旧知识联系起来，运用新旧知识的联系，达到融会贯通、举一反三、加强记忆之目的。

联想记忆法简单，随时随地都可以进行。如学到heaven(天；天空)，就可以联想到 sky, air, star, cloud, space, universe 等。

联想有很多种：

同类联想：由 earth 想到 sun, moon, star, earthquake 等。

对比联想：由 foolish 想到 clever, wise, smart 等。

奇特联想：即把毫不相干的事物联想到一起，从荒诞离奇中获取奇妙的记忆效果。如：

miss：错过了想念小姐的机会。(miss 意为：错过，想念，小姐) fair：公平而美丽的集市交易会。(fair 意为：公平，美丽，集市，交易会) 飞(fly)来吃奶油(butter)的蝴蝶(butterfly)。

事物联想：即看到某种事物就联想这种事物的英语。如看到"金鱼"就马上想到 goldfish，看到"营业员"就马上想到 shop assistant，看到"毛毯"就马上想到 blanket。联想能大大增加所学单词在脑海中的复现机会，增强记忆效果。

(10) 分解记忆法

分解记忆法即是将一些单词按照一定的结构进行分解，然后分析各部分之间的内在联系，最后再合到一起记。分解记忆法实际上是在理解的基础上进行记忆。分解记忆法主要有三个步骤："分解—分析—合成"。

①分解音节记忆法：即把一个单词按音节分解，找出每个音节的发音规律，把发音与拼写建立联系，然后合在一起整体记忆。如：information(信息)可按音节分解为：in for ma tion，该词有 4 个音节，属多音节词，结尾又是 –tion，所以按发音规律确定：倒数第二音节(ma)重读(ma 是开音节，读 [mei])，重读前的隔一个音节上(in)次重读(in 发 [in])，for 属弱读音节发 [fə]。然后合在一起，information 一次就很容易被记住。

②分解词根记忆法：凡是通过加前后缀构成的单词，都可把前后缀与词根分解开，然后分析构成与意义，再合起来记。如：

  teacher teach(v. 教)+er(名词后缀：人) teacher(n. 教师)
  leader lead(v. 领)+er(名词后缀：人) leader(n. 领导)
  carefully care(n. 注意)+ful(形容词后缀)+ly(副词后缀) carefully(adv. 小心地，仔细地)
  unusual un(否定前缀)+usual(词根：平常的) unusual(adj. 不平常的)

英语中的大部分词都可以通过这种方法记忆。

③分解复合词记忆法：英语中的复合词很多。对这类词不必死记硬背，只要通过"分解——分析——合成"都可以记住。如：classroom class(班)+room(房间) classroom(教室)。

又如：

schoolbag school(学校)+bag(包)+schoolbag(书包)
birthday birth(出生)+day(日子) birthday(生日)
beancurd bean(豆)+curd(乳品) beancurd(豆腐)
bookstore book(书)+store(商店) bookstore(书店)
broadcast broad(广阔的)+cast(投、掷) broadcast(广播)
cookbook cook(烹调)+book(书) cookbook(食／菜谱)
firewood fire(火)+wood(木头，柴) firewood(柴火)
newspaper news(新闻)+paper(纸) newspaper(报纸)
pancake pan(平底锅)+cake(糕) pancake(煎饼)
raincoat rain(雨)+coat(外衣) raincoat(雨衣)
cartoon maker cartoon(动画片)+maker(制作人) cartoon maker(动画制作人)
handshake hand(手)+shake(握，摇) handshake(握手)
headline head(头，首)+line(行) headline(大字标题)
lifetime life(生命)+time(时间) lifetime(一生；终身)
sideway side(边，旁)+way(路) sideway(岔路，旁路)
tape recording tape(带)+recording(录音) taperecording(磁带录音)

④分解短语记忆法：英语中的许多短语也可采用分解记忆法加强记忆。如：

struggle(挣扎)+against(反对) struggle against(同……斗争)
throw(扔)+at(表示方向：向，朝) throw at(向……扔去)
pay(付)+attention(注意)+to(对) pay attention to(注意……)
get into(进入)+the habit of(……的习惯) get into the habit of(染上……的习惯)
hand(传递)+out(出去) hand out(分发，散发)
carry(携带)+off(离开) carry off(夺走，带走)
change(交换)...for(以，用) change...for...(用……换……)
hold(抓住)+one's breath(呼吸) hold one's breath(屏息)
break(打破)+the rule(规则) break the rule(违反规定)
beat(打)...to(到)+death(死) beat...to death(打死……)

no(不)+more(更多)+than(比)　no more than(不过；仅仅)

(11) 单词"内视"记忆法

"内视"就是在记忆外语单词时，闭上眼睛，内视自己头脑中再现出的单词的"影像"，好像眼前有块"黑板"，"黑板"上呈现出要记忆的单词，心理学称这种现象为再认或回忆，这是衡量单词是否记住的重要标志。如果能回忆起来，就证明记住了，如果回忆不起来，就证明还没有记住。要想在头脑中再现出单词的"影像"，人的大脑必须进行积极的思维活动，进行编码和译码活动，这就是真正的动脑筋。把一个单词或一组单词经过内视后，就能使这个单词或这组单词进入长效记忆。只有进入了长效记忆的单词才能进一步复习、再认、才能达到永久的记忆。

"内视"法记单词的具体做法："内视"法记单词十分简便，随时随地都可进行，如在操场上、回家的路上、在车上、甚至在厕所里，也可以进行。"内视"法记单词的具体做法如下：

①身体放松，注意力集中，排除外界干扰，确定内视目标。

②回忆单词的整体"影像"，试着默念单词。

③按读音规则分解单词，然后再集中单词，形成单词结构，利用组块记忆，提高记忆效率，如 miserable(adj. 痛苦的) 可分解成：mis-er-a-ble，然后分析读音规则：mis [miz] –er [(r)] –a [ə] –ble [bl]，然后再连在一起拼读 miserable。

④再认和回忆，即将拼读过的单词按读音规则回忆其写法，再整体呈现单词的"影像"。

⑤检查，如发现拼写不正确，再回忆单词分解的过程，重新连在一起拼读，直到完全正确为止。

这种方法可以适用于：知道汉语回忆英语；知道读音回忆词形；知道词形回忆读音；知道英语回忆汉语等。

如果把当天学的单词利用课后、晚上睡觉前几分钟、早起几分钟等随时随地进行"内视"和"回忆"，能极大地提高单词的记忆效率。

(12) "五到"记忆法

"五到"记忆法就是在记忆单词时要做到：眼到(看准结构)，手到(动手书写)，口到(开口朗读)，耳到(耳听读音)，心到(用心思考)。心理学研究表明：人从视觉获得的知识能记住 25%，人从听觉获得的知识能记住 15%，如果把视觉和听觉结合起来同时记忆，就能记住内容的 65%，远远大于各自孤立记住的总和 (40%)。实践证明：眼、手、口、耳、心五种器官同时参与看、听、说、写、想的记忆活动，记忆效果要比使用单一器官记忆深刻得多。

(13) 卡片记忆法

卡片是记忆的仓库。卡片记忆法是一种应用广泛、简单易行的方法。将每课出现的生词写在一张张小卡片上，正面写词形、词性和音标，背面写汉语。记忆时可以看着汉语想英语，也可以看着英语想汉语。把记过的卡片积累起来，隔一段时间，就将卡片按词性、词义、发音或用法进行归纳分类一次。这样不断地积累，不断地分类复习巩固，暂时记不住的挑出来个别记忆，效果特别好。

利用卡片记忆法也可以记忆短语、句型、语法等。

(14) 歌诀记忆法

孩童呀呀学语时，并不识字，却能背得许多儿歌诗词。为什么呢？因为儿歌诗词押韵合辙、工整对仗、节奏明快、朗朗上口，便于记忆。记英语也是如此。如果把比较难记的单词或语法知识编成歌诀，能大大提高记忆效率，记得快，记得牢。利用歌诀记英语不仅能节省许多精力，而且能节省许多时间。因此，对一些难记的知识可以编成歌诀记。请你试着利用歌诀记忆法记忆下列英语知识，看效果如何。

①介词用法速记歌：

年月季前要用 in，
日子前面却不行。
遇到几号要用 on，
上午下午又用 in。
要说某时上下午，
用 on 换 in 才可行。
午夜黄昏和黎明，
要用 at 不用 in。
差几分到几点，
写个 "to" 在中间。
若是几点过几分，
还是 past 来接管。

②区别 ie 与 ei 的速记歌：

发音若是 [i:], 先写 i 后写 e;
假如前面有个 c,
先写 e 后写 i。
发音若是 [ei], 先写 e 再写 i。
特殊情况怎么办?
学时注意记心里。
③基数词变序数词歌诀:
基变序, 很容易,
特殊规律要死记。
1, 2, 3 不同要注意,
词尾字母是 t,d,d。
"8"后少 t "9"减 e,
"5"与"12"同(尾)ve,
ve 要用 f 替,
再加 th 莫忘记。

注:A.one-first, two-second, three-third
B.eight-eighth, nine-ninth
C.five-fifth, twelve-twelfth
④国际音标速记歌诀:

音标四十八,牢记有方法。

元音有二十,辅音二十八。

元音分单双,前中后又把单音划。

前元音 4:[i:, i, e, æ]

中元音 3:[ʌ, ə, ə:]

后元音 5:[u:, u, ɔ, ɔ:, a]

长 [a:] 写法不能差。

双元音 8:三,三,俩;

[ei, ai, i, i, ɛ, u, u, au]。

辅音更好记:爆破摩擦和破擦。

爆破音 6;清浊成三对:

[p, b] [t, d] [k, g]。

摩擦音有一打(12个):

[f, v, s, z, W, t, F, V, r, h, w, j]

破擦音 6：[ts, dz ; tr, dr ; tF, dV]

评价：单词的记忆是学习英语的基础。上述记忆法各有特效，关键是要结合自身实际，找到适合自己的记忆方法。因为，适合自己的才是最好的。

形体即可见，爆破加摩擦。

鼻音 3：[m, n, ŋ]
音从鼻中出，口形渐渐大。
熟记舌侧音 [l] 并不难，
应用自如方为佳！

⑤速读数字诀：

读数想快要分节，逗号（,）一节点三位。
一节 thousand，二节 million，
三节十万万用 billion。

注：数字分节从右到左三位一节，加一逗号，读数时，从左往右按节顺读。

如：5，800，320 读作 five million eight hundred thousand three hundred and twenty。

⑥ c 字母发音歌诀：

e，i 或 y 在 c 后连，
c 发 [s] 音很普遍。
ia 若在 c 后边，
c 发 [ʃ] 音记心间。
剩余记忆更简便，
c 发 [k] 音最常见。

⑦复数词尾"清清浊浊"发音歌：

清清浊浊元浊音，
[s]，[tʃ]，[ʃ] 后 [iz] 跟；
[t]，[d] 后面有区别，
[t] — [ts]，[d] — [dz] 要区分。
还有一条要记住，
"ies" — [iz] 要发准。

注：A．"清清"即清辅音后加 s，s 发清辅音 [s]。如：desks [desks]

B．"浊浊"，"元浊"，即以浊辅音或元音结尾的词后加 s，s 发浊辅音 [z]。
如：plays [pleiz]

C．以 [s，tʃ，ʃ] 音结尾的词后加 es 或 s，要发 [iz]。如：watches [wtʃiz]

D. "[t] – [ts]，[d] – [dz]"指[t，d]音后加–s，分别发[ts]和[dz]音。

如：boats [bəuts]，beds [bedz]

E. 辅音+y 结尾，加 s 后变为 ies，要发 [iz]。如：city+s　cities [sitiz]

⑧ "一二三四"——巧记无 to 不定式：

一个感觉动词：feel

两个听觉动词：hear，listen to

三个使役动词：let，make，have

四个视觉动词：watch，see，notice，look at

注：以上 10 个词后的复合宾语中，不定式不带 to，但变为被动语态时，to 不可省去。

⑨ 巧记 f(fe)变复数：

下列歌诀中 f(fe)词尾都变为 ves：

贼(thief)的妻子(wife)像只狼(wolf)，

自己(self)拿刀(knife)树下藏；

不知落下半(half)片叶(leaf)，

砸在头上一命(life)亡。

⑩ "oo" 发音歌诀：

"oo" 发 [u:] 最常见，

k，d 前面短 [u] 念；

food，foot 属例外，

room 在后长变短，

"血"(blood)中发 [ʌ] 记心间。

　　注：发 [u:] 的单词有：fool, foolish, pool,
　　tool, room, too, zoo, moon, noon,
　　afternoon, school, schoolgirl, schoolboy, boot,
　　choose, tooth, soon, sooner, school, food, etc.

　　发 [u] 的单词有：book, textbook, storybook,
　　picturebook, look, cook, shook, good, goods,
　　wood, boyhood, stood, understood, foot, football,
　　sitting room, dining room, classroom, workroom, etc.

　　发 [ʌ] 的有：blood, flood(洪水)，oor 发 [ɔ:] door, floor

〈11〉数词速记歌：

英语数词不难记，

找到规律就容易。

一至二十词各异，

一个一个单独记。

后面加 teen 变"十几",

thirteen, fifteen 看仔细。

eighteen 只有一个 t, 两个音节念清晰。

二十至九十, 后加 ty [ti],

twenty 不同重点记。

forty 剜去字母 u,

thirty, fifty 更出奇。

十位数后个位数,

表示数词"几十几"。

连字符号莫丢弃,

hundred 100 好成绩。

评价：单词的记忆是学习英语的基础。上述记忆法各有特效，关键是要结合自身实际，找到适合自己的记忆方法。因为，适合自己的才是最好的。

英语连字符使用法

一、连接移行单词的连字符用法：

当书写或打印到一行的末尾必须将一个单词分开时，需用连字符。此时，只能在音节之间分开单词，规则如下：

1. 单音节词不可分开，如 hour、three、rained 均不可分。

2. 双音节词与多音节词不可在分隔时留下一个字母，如不可写成 amuse, speedy, taxi。

3. 分隔开的部分要易于发音，如 disposable 可分为 dispos　able, 不可分为 disposa　ble；entitled 可分为 en　titled，不可分为 enti　tled。

4. 缩略词不可分，如 NATO、OPEC 等。

5. 数词不可分，如 15000 不可分成两行写成 15　000。

6. 若一个词中有双写辅音，可在双辅音间划分，如 accommodate，可在 ac 或 accom 或 accommo 处分开；但若双辅音为词干的一部分，则不可分开，如 seller 和 tallest 只能分为 seller, tallest。

7. 元音字母间的两个辅音字母处可分开音节，如 doc tor, for get, plun der, 但如两个辅音只发一个音（如 sh, th, wh）则不可分，如 fore shadou。

8. 若两元音字母之间有一个辅音字母，当第一元音为长音且弱读时，在该辅音字母前分音节，如 de mote, infi nite, re late；当第一个元音为短音且重读时，在辅音字母后分音节，如 rel ative。

9. 若单词中有两个元音字母，则在它们之间分音节，如：ambiguous；usually；但两个元音发一个音时例外，如 maneuver, rigorous。

10. 已有连字符在单词不能再分割，如 presidentelect 不能再分为 president elect。

11. 不能在两页之间分割单词，如不能一页上有 conver 另一页上接 sation。

二、复合词中的连字符用法：

1. 在以元音字母结尾的前缀和以元音字母尤其是相同的元音字母开始的词根之间，一般要用连字符将两个元音隔开。如：semi independent, pre eminent, re elect。

2. 在有大写字母的合成词中应用连字符。如：pre Raphaelite, post War, pro German。 3. 一个由形容词和名词组成的名词短语合成一个新的形容词时应用连字符。

如：an eighteenth century building；a blue chip share, a first class writer。

4. 一个形容词和一个现在分词构成一个新形容词时应使用连字符。

如 a good looking man, a peace loving country。

5. 一个副词和一个过去分词构成一个新形容词时应使用连字符。

如 a well matched couple, a hard bitten man。

6. 两个形容词结合在一起构成一个新形容词时要用连字符。如：

Arab Israeli agreement, a dark blue dress.

7. 短语动词转化为名词时应用连字符。如 drop off, flare up, break in, lie in, get out。

8. 在头衔和称号中，第一个词是介词的，要用连字符。如：

Vice Chairman, vice champion, vice governor

但这类名词的复数形式不用连字符。如 Vite chairman

另外，形容词在名词后面时，要用连字符。如：attorney general, secretary general, consul general。

9. 一些表示亲属关系的词要用连字符。如：father in law, sister in

law, great　grandfather.

10. 在大多数情况下，以 self，all，half 开始的合成词都用连字符。如：self　abandoned，self　confident，all　purpose，half　uit。

三、数词中连字符的用法。

1. 十位数与个位数之间要用连字符。如：twenty　three，eighty　four。

2. 当分数作为形容词或副词使用时，要加连字符：

I am two　third finished. ／This diamond weighs one　half carat.

评价：上述用法由郭艳茹总结；基本上涵盖了连字符的用法，较为集中，容易记忆。

"三 D"学习法

"三 D"即是 Dictation、Dialogue、Diary。

一、Dictation

"Dictation"是一种传统的学习方法,但却是行之有效的。它既锻炼了"hearing"——听力，又训练了"writing"and "memory"——写作和记忆,为交际运用英语积累了词汇。随着改革开放的深入,初中学生学习英语不仅围绕交际这一目的,而且还要会撰写短文,这就更要求要掌握一定数量的词汇,在会话和写作中能信手拈来。

因此,无论是刚学英语字母 ABC,还是学习音标的元音或辅音,以及各个单元的生词和词组,甚至课文中的重要句型,都采用听写(Dictation)的方法,定期检查自己,通过多种形式活跃的听写,孩子们在听力、书写和记忆方面得到了充分的训练。

二、Dialogue

新编的英语教材中设计了大量情景交融的对话,其目的就是要让学习者进行语言的交际功能训练,注重听、说、读、写能力的综合培养,重视语言的流畅性。

初一阶段,要求值日班长每天负责叫起立,汇报人数,是否有人迟到,并与老师对话。开始时,进行各种问候语的对话,以锻炼反应和区别能力,加深语音语调的理解和运用，明白英语的问候话，除了——How are you?/——I'm fine, thank you. And you?/——I'm fine, too. 这一组对话问答时内容不同以外，其余的都是以相同的问候语来回答对方，如：

——Hello. ——Hello. ——How do you do? ——How do you do.……
然后又以问姓名、年龄、班级、坐的位置、星期、天气等内容进行对话，让每个孩子既增加荣誉感，又提高责任心，智能教育与思想素质修养一举两得。

初二、初三阶段，随着孩子知识的积累和递进，可利用挂图、简笔画，让孩子与孩子进行对话如：

——I'm tall, you are taller than I.
——He's the tallest of us.
——Who is taller?
——Who is the tallest of them/three?

利用多种形式进行对话，孩子们对学习英语产生浓厚的兴趣，从而喜欢说，敢于说，并且力求说好。

三、Diary

九年义务教育初中英语教材不仅强调了交际语言的运用，而且还要求学生会写一定篇幅的短文。针对这一要求，有计划、有目的地要求孩子用英语写日记，用 Diary 的形式写自己的家庭、班级、教室、老师、购物、探亲、访友、打电话、问路、看病、参加生日 Party 或劳动等场面的情与景。开始时写三五句，随着知识和词汇量的丰富，逐渐扩大篇幅，每篇七八句，十多句，后来发展到长达上百句，既练了笔，又熟悉了日记的书写格式。精彩的文章在班上作范文示读，并利用黑板报刊登优秀日记让大家欣赏；出现语法或拼写错误在班上公开订正，让大家分析错误原因，讨论有几种正确表达法，学生们的写作水平有大幅度的提高。

评价："三D"学习法是由王浩泉老师创立。"三D"即 Dictation, Dialogue, Diary。这"三D"分别训练了听、说、写的能力。实践证明，"三D"法效果较优，有利于提高英语成绩。

快速阅读法

快速阅读的方法有：

1. 要学会不出声地视读。视读也称为掠读。视读或掠读就是不要从头至尾一个词不漏地读下去，而是采取扫描式的阅读方式，快速地抓住文章的关键词和主题句，把握文章中心，而不是去纠缠文章中的某些细节，以致影响把握文章大意。

2. 要学会寻读。寻读既是有目的、有重点、有针对性的快速浏览。在浏览过程中要有意识地迅速寻找所需要的信息。切忌主次不分，平均使用力量。

3. 要学会悟意和猜测。所谓悟意就是在连贯的阅读时，不要因为个别单词而停顿或查字典，而是要通过上下文或词的结构和作用等方面，迅速判断出该词的涵义，从而更快地了解文章的内容，加快读速。

4. 要学会计时阅读。计时阅读有助于集中精力，争分夺秒，提高速度。

5. 不要回读或回视。所谓回视是指阅读时,不断地回头重读或已读过的东西。当然，碰到难度大的句子或段落，偶而回视有利于弄懂文章的内容。但不能养成回视的习惯。为防止回视，可用一块硬纸板遮住已读过的东西，边读边移动硬纸板，训练到能摆脱回视为止。

6. 不要出声读。这会直接影响阅读速度。

7. 不要逐个单词读。这样不分主次既影响读速又影响理解。

8. 不要用手指或笔端点着单词读。每读一个单词就移动一下手指或笔端会大大降低阅读速度。

9. 不要中途停顿。不要一遇到生词就查字典。

10. 不要心译所读内容。阅读时把英语句子在脑中翻译成汉语来理解会影响阅读速度。

11. 不要分散精力。做任何事都要专心致志。在快速阅读时更要集中精力，否则就会视而不见，最终导致浪费时间，降低阅读理解效率。

12. 不要只见树木不见森林。阅读时只重视单词与句子的理解，而忽略了上下文联系，就把握不住文章的主旨和大意，达不到阅读的目的。

评价:快速阅读法在考试时十分实用。考试时间有限，而阅读理解所占的份额又较大，因此，阅读速度慢的同学往往会做不完试题。快速阅读法不失为这类学生的救生草。

"四多"法

1. 多听　多听老师、同学讲英语，多听英语录音，多听英语广播和电视英语节目。这样，能训练我们的听力。

2. 多讲　平时在课堂上多举手发言，积极参加对话、游戏、值日生汇报、表演、抢答、复述故事等课堂活动，争取经常用学过的英语表达自己的意见，不怕出错，在日常生活中看见什么东西就联想英语的说法。例如，看见"饭桌"就讲出"table"；看见"卡车"就讲出"truck"等。

3. 多记　"记"，切不可死记硬背，要有一定的方法。如学了问路就把问路的几种表达法及其答语归纳起来记；学了购物就把购物的用法归纳起来记。这样在会话和使用语言时就容易反应起来。还可以把一些容易搞错的词、句进行对比记忆，找出不同点，如 same　some, class, glass；sky [s] sure [ʃuə] pleasure [pleʒə] 等。记单词还可以看成一个个"小雪球"，然后不断地循环记忆，反复多次，使"小雪球"越滚越大，增强记忆，扩大词汇量。除此之外，词组、重点句也可以用这种方法来记。

4. 多做　多做预习和复习，多做一些练习题。英语和汉语的表达方法有许多不同，多做一些听、说、读、写训练可以帮助我们养成语言习惯。

评价："四多"学习法是苏桂芳同学学习经验的总结。该方法的实质是一种学习习惯法，要求在学习英语的过程中坚持听、说习惯，并要善于总结。该方法由学生的代言，具有普适用性。

"自评"法

"自评"即自我评估。自我评测一般采用列表格的方式进行。通过"自评"法，可以很清醒地认识到自身学习的缺陷，有助于改进学习方法，更正学习态度。

例表1：可调查自己英语学习的态度：

项目　　　　　　同意　　　　　不同意

1. 英语非常有用
2. 希望每天都有英语课
3. 我每天都愿意花课外时间学习英语
4. 英语对我来说很重要
5. 学习英语很有趣
6. 英语太难了
7. 英语课没意思
8. 英语对我来说没什么用

自评：

例表2：可调查自己的英语学习兴趣：

项目　　　　　　喜欢　　　　　一般　　　　　不喜欢

1. 学唱英语歌曲
2. 背诵英语歌谣
3. 表演英语对话
4. 听英语小故事
5. 讲英语小故事
6. 阅读英语故事或笑话
7. 根据英语指示做手工
8. 收集生活中的英语
9. 听老师讲英语
10. 跟同学讲英语
11. 给父母念英语
12. 做英语游戏
13. 做书面练习 14. 为图画配英文说明

自评：

例表3：可调查自己参与课堂活动的程度及成效：

活动内容　　　　　我的态度　　　　　　　　我的行动

　　　　　　　　喜欢　不喜欢　　　　主动参加　参加但不主动　未参加

制作水果色拉
采访调查同学喜欢的食物
为家人编制两天的食谱
表演在麦当劳购买食物的片段
为生日派对安排食物

小结：
我喜欢的活动共有项，我参与了次活动，其中次我很积极、很主动。这些活动使我。
□敢于和乐于开口讲英语了
□英语成绩提高了
□学会了了解和倾听同学的意见
□体会到了与同学合作的重要性
□觉得英语学习很有趣味
□觉得英语很有用
□其它

例表4：可调查自己英语学习活动的实际情况：
第单元单词课文模拟对话其它课堂活动家庭作业
满意吗？
为什么？
下单元目标
"为什么？"一栏可能的选择：
□我听讲时特别专心
□我参加课堂活动很积极，获得了更多的讲练英语的机会
□我在课后花了更多的时间来复习
□我用了一种巧妙的方法来学习，如：将单词编成了两句顺口溜来记忆
□我进行了课外阅读
□我在课后跟同学和父母讲英语
□我上课不用心，参与课堂活动不积极
□学习的方法是死记硬背，学得很辛苦
□学习内容太难□课后没有复习□其它

例表5：小组互评促进自评

姓名：

学 习 态 度　　　　　　　　　是　　　　　　　不是

他／她喜欢上英语课吗？
他／她总是按老师的要求做的吗？
他／她上课认真吗？上课时做与学习无关的事吗？
他／她在小组活动中表现积极主动吗？
他／她总是很认真地完成作业吗？

学 习 策 略

他／她喜欢上英语课吗？
他／她在课后跟同学讲英语吗？
除了课本外，他／她看其它的英语书吗？
在小组活动中，他／她经常主动提示其他同学吗？
他／她在学习中会想一些特别的办法来记单词和课文吗？

总　评

很好，我要向他／她学习。
不错，我相信他／她还可以做得更好。
他／她需要努力，需要帮助。

填表人　　填表日期

评价："自评"法是学生形成学习责任感、形成个人独特有效的学习方法，提高学习能力的重要途径。学生通过对学习过程的评价，能够分析、掌握学习内容的情况，能够对自己的学习方法和策略进行反思。"自评法"是一种积极主动的学习方法，能够通过"自评"把握今后的努力方向，提高学习能力。

"五阶段"英语写作法

训练用英语写作一般分为以下几个阶段：

第一阶段：练词语

"词"是构筑语言结构的基本材料，就像建筑房屋的砖瓦一样。没有砖瓦，何谈房屋？同样，如果你掌握的词汇越丰富，那么，你的选择余地就越大，你使用起来就越得心应手，左右逢源。因此，练词是练写作的第一道工序。

练习写词语，似乎十分枯燥无味，那么最好的方法就是把词语先分类，然后按类别成批地练，这样既有助于归纳所学词汇，又有助于扩大词汇量。如：练名词时，可以把名词分为：普通名词、专有名词、抽象名词等；也可以分为：简单名词（如 boat, saw, book 等）、派生名词（如：teacher, driver, actor 等）、复合名词（如 classroom, football, blackboard 等）。

又如练形容词时可以分为：

颜色形容词：red, blue, yellow, brown, pink, green, purple etc.

时间形容词：last, first, final, early, late, former(原先的), forward(在先的), frequent(反复的), instant(即刻的), sudden(突然的), immediate(立即的), urgent(紧急的), constant(不断的), long, short, old, new, historic(历史的), modern, present, future, etc.

对于大量的短语也可以用分类的方法来练习掌握。如：

表示"由……制成"的短语有：be made of 由……（材料）制成，be made from 由……（原料）制成，be made up of 由……（部分）组成，consist of 由……（部分）组成，be made in 由某地制造，be made into 被制成，be made out of 由……制成。表示"做……活动"(do + doing)的短语有：do some cleaning 扫除, do some shopping 买东西, do some cooking 做饭, do some speaking 说说, do some washing 洗衣服, do some reading 读书, do some sewing 做针线, do some writing 写东西, do some sowing 播种。

第二阶段：练句型

英语中有5种基本句型，构成所有英语句子的最基本的骨架。因此，要写好英语句子，必须在练句型上下功夫。

英国学者在研究英语句子结构时，精心规划出了五大基本句型和33条句型公式。五种基本句型是：

1.S+V(主＋谓)型。如：Brids sing. 鸟儿唱歌。

2.S+L.V+P（主＋系＋表）型。如：He is a doctor. 他是个医生。

3.S+V+O（主＋谓＋宾）型。如：I know his name. 我知道他的名字。

4. S+V+O I+O d(主＋谓＋间接宾语＋直接宾语)型。

如：He gave me some money. 他给了我一些钱。

5.S+V+O+C（主＋谓＋宾＋补）型。如：

I found the cage empty. 我发现笼子空着。

每一种基本句型又派生出许多公式，如S+V（主＋谓）句型就派生出如下公式：

① S+V；② It+V+S；③ There+V+S ④ S+V+ 状语；⑤ S+V+to do...；⑥ S+被动语态 +that 从句

在训练时可以把某一类句型的句子集中在一起，采取"汉译英"的方式进行集中训练。每次也可以集中训练其中的一个句型公式。如：训练公式 It+V(不及物)+S(主语)时，可翻译如下句子成英语：

1. 看来天要下雨。(It seems that it's going to rain.)

2. 看来飞机没有在北京降落。(It appears that the plane didn't land at Beijing.)

3. 看起来他是真的疯了。(It seems that he is really mad.)

4. 恰好那时我不在家。(It happened that I was not at home then.)

5. 我们何时动身没关系。(It doesn't matter when we start.)

这种集中训练句型的方式不仅有利于对句型结构的各个击破，而且有利于对所有句型的系统掌握，能收到良好的训练效果。

第三阶段：练语段

语段即为有完整意义的一段话。如陈述一项事实、描写一处场景、表达一个情节等。练语段是写作过程中一个不可缺少的阶段，也是向语篇过渡的一个重要环节。

如用英语描绘一位英语老师的形象：

Miss Wang 是我们的英语老师。她个头不太高，但长得端庄秀丽，眼睛大而明亮，头发黑而长，戴一副近视眼镜，声音清晰甜美。我们都很喜欢她。

Miss Wang is our English teacher. She is not so tall, but she is beautiful. Her eyes are big and bright. Her hair is black and long. She wears a pair of near sighted glasses. Her voice is dear and sweet. We all like her.

英语语段像句子一样随处可见，而且表达起来也不像语篇那样要求严格，因此十分灵活。只要坚持经常把见到的情景通过语段的形式用英语表达出来，就能迅速提高英语写作水平。

第四阶段：练语篇

语篇要有完整的中心思想和层次结构，实际上就是用英语作文的初级阶段。训练语篇的写作一般有以下几个主要环节：

1. 确定文章的中心思想和主题句

每篇文章一般都集中阐述一个主题，不能出现离题的句子或其他表达方式。用来表现主题的句子通常被称为主题句(Topic Sentence)。

主题句通常出现在开头，即用一句话点明全篇的中心。然后逐层逐段地围绕这个中心展开话题。

有的主题句子则放在文章的末尾，把内容叙述完之后最后点题。

确定文章的中心和主题对文章层次的展开至关重要。

2. 理清思路拟定提纲

文章绝不是一些句子的随意堆砌，而是各句子之间按一定的思路有机地组织在一起，形成一个整体，以保证文章的逻辑性。因此，在动笔之前，编写提纲尤为重要。编写提纲的方法有：

(1) 按空间顺序拟定提纲：

用空间顺序法组织提纲时，就是要把视角从某一个空间点开始，然后从近到远，从左向右，从北到南或从上到下，从里到外等移动，对物体、人或地点的排列进行观察，然后用英语记录要点，最后形成提纲。

(2) 按时间顺序拟定提纲：

用时间顺序法组织提纲时，就是以时间的先后为主线来安排一系列的事件，先发生的事件叙述在前，后发生的事件叙述在后，条理十分清楚。叙事性较强的文章往往采用时间顺序法拟定提纲。

(3) 按逻辑顺序拟提纲：

用逻辑顺序法组织提纲时，一般是依据某种逻辑关系来安排文章细节，如说明某个道理、定义、某个概念，对事物进行分类比较，描述因果关系，以及"由一般到特殊"的逻辑推理和"由特殊到一般"的归纳概括等。

按逻辑顺序拟定提纲虽然难度较大，但它能避免许多逻辑混乱现象，做到言之有理，顺理成章。拟定提纲是为了避免逻辑混乱，如果情节较简单，胸有成竹，也可只打腹稿，不拟提纲，直接动笔。

3. 起草

有了提纲文章基本上就完成了一半。起草时按提纲中的要点扩展成句子，在句子与句子之间加上必要的过渡词，使上下文融为一体。例如，表示时间顺序的过渡词通常有：first（首先），second（其次），third（再次），and then（后来），besides（而且），finally（最后），next（下一个），last（最后），before（以前），after（以后）after a few days（几天后），at last（终于），at that time（当时），as soon as（一……就），as long as（只要……），immediately（立刻），in the meantime（同时），in the past（过去），in the future（将来），later（后来），now（现在），presently（目前），shortly（立刻），since（既然），soon（不久），then（那时），meanwhile（同时）等。

在写文章之前，掌握一定量的过渡词是十分必要的。可以把常用的过渡词按它们所起的作用进行分类。例如：

表示比较：again（又），also（也），in the same way（同样），once more（再一次），as...as（与……一样），etc.

表示举例：for example（例如），for instance（例如），indeed（的确），in fact（实际上），of course（当然），such as（诸如），etc.

表示因果：as a result（结果），because（因为），since（由于），so（所以），then（那么），thus（于是），for（由于），etc.

表示地点：above（在上），below（在下），far（远），near（近），opposite to（对面），there（那儿），to the left（向左），to the right（向右），etc.

表示让步：though（尽管），although（尽管），naturally（当然），etc.

4. 修改

文章经过修改润色，不仅逻辑严密，语句通顺，而且更有韵味。

但是，就目前中学生而言，还十分缺乏修改英语文章的常识，以至于写出的英语文章不仅错词多，而且有诸多逻辑错误，如前后矛盾，因果关系不明确，句子的承前启发接转回扣文理不通等。究其原因，主要是词不达意和句子结构混乱造成的。因此，修改文章要重点修改：(1) 纠正错词：不仅要纠正拼写错误，更重要的是纠正用词不当的错误，如同义词近义词等。(2) 纠正错句：主要推敲句子结构是否正确，尤其是动词的各种形式是否正确。(3) 理顺上下文关系：主要修改连接上下文的转折词、标点符号是否正确等。

5. 定稿并誊清。

平时除了课堂上在老师的指导下进行语篇训练外，坚持用英语写日记是练语篇的好方法。

第五阶段：练命题作文

命题作文难度较大，目前的高考书面表达题即是命题作文的形式。它不仅限制体裁和内容，而且限制字数和时间。练命题作文实际上就是训练适应高考的能力。练命题作文时要做到：

1. 限时：写一篇100字左右的英语短文，不要超过30分钟，这样有利于提高写作速度。

2. 要讲究方法和技巧：要迅速确定主题，快速打腹稿或拟提纲，起草作文时要一气呵成，不要中途停顿，遇到不会的词或句型可暂时空下，文章写完后回头再作考虑。一般情况下，遇到不会的词或句子，要迅速寻找熟词或句子代替，要做到：生僻词不用，难句子不用，词不达意的词不用，没把握的不用，这样能避免许多用词错误。

总之，经过长期训练，英语写作定能达到大纲中的"思路清晰，文字通顺，表达基本正确"的要求。

评价：英文写作是困扰广大考生的一大难题。有些考生发现写出的英文总脱不了汉语的痕迹，这其实只是缺乏英文写作训练而已。如果经过合理的写作训练，掌握英语的表达方式，这个问题就迎刃而解了。但是，英语写作训练也需要掌握一定的方法和技巧。"五阶段"英语写作法从练词入手，分阶段循序渐进地进行，较为科学。

符号批改法

作为一种语言，英语学习要求做到读、写、听、说四会。而英语写作，如同汉语写作一样，是很难在短时间内一下子提高的，非要经过长时间的积累不行。而积累的方法别无他途，只有多写多改。符号批改法就是让学生用符号来自我评价自己的写作。符号如下：

(1) ∕ a word ought to be omitted(多余的词)

(2) ∧ a word has been omitted(漏词)

(3) ⌒ wrong word order(词序颠倒)

(4) □ the layout for writing(书写格式)

(5) ? I don't know what you are trying to say(语意不明)

(6) W wrong word（用错的词）

(7) G grammatical error（语法错误）

(8) T tense error（时态错误）

(9) R repetition to be removed（重复）

(10) S a mistake in spelling（拼写错误）

(11) P mistake in punctuation（标点错误）

(12) C a mistake in capitalization（大写错误）

评价：符号批改法是由郑新民老师所创立。用批改符号批改作文，引导学生自己动手修改作文，激发了学习兴趣，是一种事半功倍的好法子。

幼儿单词记忆法

一、编一段话

二十六个字母教完后，可以通过一首字母歌串起来，那么学了一定量的单词以后，怎么把它们连在一块儿，不致于前学后忘呢？从孩子爱听故事中顾老师受到启发：何不编一段话，把这些单词放进去，既可让孩子记住单词的读音，又可以在一段情景中让孩子感知到单词的意义，通过理解更有利于记忆，可谓一举两得，一试之下，效果明显。如教到 Unit 3 时，孩子已经学了 11 个单词，于是他就"中西"结合，编了以下一段话：

今天是星期天，早晨起来，我刷好牙、洗好脸，吃了一块 cake，背上我的 bag，戴上我的 hat，骑上我的 bike，来到了汽车站，拿出一面 flag，拦了一辆 car，到郊外，放我的 kite，玩了一会儿，我口渴了，于是拿出一只 glass，喝了一杯 milk；一看天色不早了，马上乘上 jeep 回到了家里，我的 dog 正在门口欢迎我呢。编好后，在班上边演边说，孩子兴趣盎然，老师趁热打铁，要求孩子自己试着编一段较完整的话。请他们在课堂上讲演，并把讲得好的故事录下来，以示鼓励。这样一来，孩子将这 11 个单词背得滚瓜烂熟。

二、画一幅画

心理学告诉我们：孩子抽象思维薄弱，理性认识能力较差，而形象思维比较发达，易受感性形象的影响。他们的注意力首先受事物外部特征所支配，往往对色彩鲜艳的事物发生兴趣，从而烙下较深刻的印象。在英语单词教学中，为了加强孩子记忆，可以把零碎的单词通过贴画、添画等形式，最后在一张色彩艳丽、形象逼真的图上表现出来。如学了 Unit 2 中的 6 个单词后，可以设计了这样一幅贴画：绿草如茵，天空湛蓝，一条清澈的小河蜿蜒东流，一座红顶白瓦房矗立在河边草地上，楼顶插着一面鲜艳的小红旗，一个小女孩在房前的草地上手拿着一只杯子在喝水，蜜蜂在花丛中飞舞，绵羊在草地上悠闲地吃草，河里还有鱼儿在嬉水，整幅画浑然一体，体现出生活的情趣，看着这张色彩明丽的活动图，孩子大多一口气能说出：bee，sheep，flag，fish，glass，girl 六个单词，这种融抽象的单词于直观的图像中的方法，颇受孩子的喜爱。

三、唱一支歌

对初学英语的孩子来说，有些单词的发音很拗口，由于不能朗朗上口，时间一长，极易遗忘。爱唱歌是孩子的天性，在歌曲中，由于音乐的烘托，单词的发音变得容易起来，于是，可以把难读的单词编入歌曲中，让孩子通过唱歌来记忆这些单词，如：

```
 .        .       .       .        .       .
5 5 6 5 | 5 5 6 5 | 5 5 5 6 | 5 3 | 3 3 4 3 |
What's     this?    It's a    redio.   What's this?
What's     this?    It's a    redio.   What's this?

      .          .
3 3 3 3 | 3 3 5 4 | 3 2 1 | 1  1 | 3 2 2 |
It's a    chair.  Can you tell me  what this is?
It's a    chair.  Can you tell me  what this is?

4  3  4 | 5 — | 3 1 | 2 2 | 1 — |
It's a dog.
It's a dog.
```

优美的旋律在孩子的耳畔回响，新学的单词也就牢记心中。

评价：该方法根据幼儿特点提供了许多适合幼儿记忆的技巧，符合幼儿心理。

课文学习十步法

一、读准单词、词组

一篇课文"拿过来",首先要读准每个单词、词组。如:This is a book. 该句除了每个单词要读准,词组"a book"也应读准。

二、读准意群

即意思比较密切的一组词,朗读时要连起来读,别读"散"了。如:There is/a map (1) of China/ on the wall.

这个句子当分三个意群来读。"/"号分开者为一个意群;也可在"a map"后作短暂停顿(以"(1)"号表示)。

三、读准句子

句子是表情达意的最小单位。所谓读准句子,不仅包括要读准每个词、词组、短语、意群,而且要读准句子重音和语调。当然,如能将连续、失去爆破、弱读、同化等之处一一读出来更好。如:

English / is a ⌒ birdge / to (1) so   much knowledge.

Did   many   people (1) in   China / study   English / at that time?

四、慢读

即在读准词、词组、短语、意群、句子的基础上,开始注意语速(每分钟至少读100个音节)。

五、快读

即以每分钟148个音节的正常语速朗读,或根据文章内容上的需要(如为了刻划人物之需要)朗读。因为语速影响听的效果,故语速不可太快或太慢,否则,都达不到让人听清楚的目的。

六、翻译（理解）

读是学习的基础。可以说，英语能读起来就一定能学起来。课文在大体能读上口之后，下一步就该尝试翻译了。而要翻译，就需先理解——课文总是由一个"魂"（中心）牵着，由互相联系着的一个句子一个句子组成的。因此在理解翻译课文时，必须注意联系上下文，注意语境、人物关系、指代对象、语气一致等。其次，要注意译文的准确、通顺，即"信"与"达"。至于专家学者对译文质量"雅"（文采）的要求，我看同学们就不必拘守，尽管一个"雅"字能使译文有文野之分。（如"Missing you made me old."该句若译为"思君催人老"，当然要比译成"想你想得使我变老了"要好得多，前者"信达雅"都做到了，含蓄得体，且不失热切；后者则不仅无"雅"可谈，且因太信达直白，而"热"得叫人受不了。译文之文野区别是十分明显的。再如：Mercy falls like the gentle rain from the sky upon the earth. 该句如果译成"宽恕犹如绵绵春雨从天而降，滋润大地"总比译成"宽恕就像温和的细雨从天而降，散落大地"要好。……）翻译过程中，如有的句子译不出或把握不准，若不是文字上的障碍，那多半就是句子结构尚没看清楚。这时就需借助句子分析来帮助理解。句子结构一看清楚了，理解也就会随之清晰起来。

七、吸收

课文在会读、能理解翻译了之后，学习进程算是进行到了一半。下一步就是该下些功夫来记取课文中出现的一些新的语言信息了，诸如新的词汇、句型、语法、惯用法等，将其渐次纳入自己的"旧的知识链"中，以逐步扩大思维，增长表达手段。吸收是为了表达，没有吸收，表达就会因缺少"材料"而无从谈起，这个道理浅显明白，就不再赘述了。只强调一点：背诵。前诵是加强记忆的最好方式，一次性投入，累月经年受益。既可减少遗忘，节省日后再记忆的时间，又易养成言语熟巧技能，故劝同学们努力实践之。（如我们爱唱的一些歌曲，不是常能不加思索脱口而出吗？哪还要边唱边想下一句呢！）背诵可在理解的基础上，分段背之，亦可寻着人物、地点、时间、事件（看动词）出现的脉络顺序背之。只要趁热打铁，用点心，背起来并不难的。

八、模仿

即在"吸收"之后，用新的词语、句型模仿造句（或作句型转换练习）。模仿是入门的向导，亦是巩固所学的极好方法。新的词汇、句型往往体现着课文的语言点、重点或难点，抓住它们模仿练习，实际上能起到带动整个语篇记忆的作用。

九、练习

就是对课文进行口笔头问答,做课后练习,或做一课一练同步练习,或抓主要线索,复述课文等借以巩固或检查所学的效果。

十、不会就问

这是学好课文的保障,是整个学习环节上不可或缺的重要一环。我们常说"学问、学问,学,问而来"。又常听人称赞某某同学"勤学好问"。可见问对学的补充、扩展、巩固、加强和保障作用。要"不耻下问"、"不会就问,不要不懂装懂",这些有益的"劝学箴言"规范着我们的学习进程,是实该循着认真去做的。

评价:该方法重点强调的是读、是背,是理解是模仿练习。课文是综合性的语言学习材料,该方法强调学生要重视课文学习,并从中吸取词、词组、短语、句子、语法、惯用法等知识。

"猜测"阅读法

1. 根据前缀与后缀猜测。

英语中常见的前缀和后缀有super-(超),inter-(在……之间,……际),-able(能……的),moni-(极小的) re-(再,反复),sub-(底下) co-(共同),pre-(前),dis-(不),im-(不,非)-less(无,不),anti-(反,防)等。一般可通过这些前、后缀的意思猜测单词的含义,如:miniwar、unwelcome、antiwar、subway、incorrect、nonsmoker 等等,很容易根据前后缀辨别其含义。

2. 根据"合成词"的规律猜测

英语中有合成名词、合成动词、合成形容词、合成副词四种合成词汇。多数合成词的词义一目了然,当然,少数合成词的词义比较隐晦,仅从构词形式无法猜出,应结合上下文来猜测。

例如:

合成动词:illtreat, heattreat, whitewash, uphold, safeguard.

合成副词：beforehand, underfoot, somewhat, hotfoot.

合成形容词：skin deep, brick built, English speaking, off shore, evergreen.

合成名词：highland, pickpocket, daybreak, salegirl, tounpeople.

3．根据上下文猜测谓语动词：

例：Even though the average temperature on the Mars is 60 degree centigrade, in would be possible for humans to survive there.

在这个句子中，通过状语从句不难看出，尽管金星上的温度较低，但人类在上面仍有"可能"——，到底可能什么呢？通过常识也能猜出 survive 是"生存"的意思。

4．根据上下文猜测过渡词或词组。

例：There are many highly paid menagers and entertainers who do not like themselves, Outwardly, they seem successful, but deep down they are miserable, They know they are contributing very little of real value and all the time they live in fear of being exposed as cheats. They know they are not earning their wealth. They know they are cheating the company, the government or society. But they can't fool themselves.

阅读这段文章时，主题句是第二句话，这又是猜词的重点。通过转折连词 but 可发现前后两个副词及两个形容词意思正好相反，对比 outwardly 与 deep down、successful 与 miserable 之后,可得知这些人表面上似乎很"成功",其实他们'内心深处'却是十分'痛苦'的。

5．根据字面意义猜测词汇或句子的比喻意义以及引申意义。

例：This was life. Only life hurt. There was no hurt in death. Todie was to sleep. Then why was he ready to die? He, as a man, nolonger strove, It was the life in him, unwilling to elie, that drove him on.

在这段文章中，三个 life 的含义不同：第一个 life 意味着生活中充满了让人喜怒哀乐的事，对此人们必须学会面对。第二个 life 表示'活着'，活着才会有痛苦，最后一个 life 表示他那不愿束手待毙的"生命力"，正是这个生命力逼迫他向前走。

6．根据常识猜。

例如有许多医学病称用英语来表达十分不容易记，单词长且发音难，因此阅读时肯定会遇到不少生词，那么根据上下文介绍，加上常识一般很容易猜出某个单词到底是何种病称的书写。

7. 根据标点符号猜测。

例　如：In Mount Berry, Georgia, people find a group of schools built specially for mountain childeren, Georgia is the name of (　) in the USA.
A. a mountain B. a state. C. a school.

根据地理常识，Georgia 是美国南方的一个州名，又因文中 Mount Berry 和 Georgia 之间是逗号，故 Georgia 既不是山名也不是校名，故应选 B。

8. 根据指代关系猜测。

通过分析指代关系从文中找出被指代对象，则生词亦很容易被猜出。

评价：

阅读中遇到生词是十分正常的一种现象。但生词会阻碍理解及阅读速度亦是勿庸置疑的。因此，在有限的时间内猜出生词的含义十分重要。上述猜测技巧是由浙江省定海一中的王匀生同志总结出的，十分实用。这些技巧均有一定代表性，应用较广泛，同时这些技巧亦抓住了一些有规律可循的东西，应用起来可起用举一反三的效果。

英语学习的几种常见方法

一、压缩法

英语长句子的结构较复杂，往往不易理清脉络，这时，若采用"压缩法"，则可把"长句子"看成"短句子"，其结构关系就好把握了。如：

What did the football player who you were talking to want(SESBIAp39)

该句如果把主语部分看作"he"，则缩短为：What did he want? 其结构"一下子"就简单明了多了。其实，英语是一种规律性很强的语言。它的长句子都是借助一些短语、从句配以连词、标点符号硬"拉长"了的。试就 We study English.(基本句型之一：主谓宾 结构)一句加以扩展：

— · 291 · —

We study English hard.

We study English very hard.

We are studying English very hard.

We are studying English very hard for the people.

We are studying English very hard for the four modernizations.

All the boys and girls in Class Two, Grade One are studying English very hard for the four modernizations.

只要把这些长句子"压缩"成短句,基本结构弄清楚,学习起来也就容易了。

二、分合法

将复合句分解成简单句,或将简单句合成复合句,这一方法用来学习含各种从句的复合句大有好处。如:

The games (in which the young men competed) were difficult.(SESBIAp39)

该句实际上是由下边两个句子合成的(用关系代词which引导)。

(1)The games were difficult.

(2)The young men competed in the games.

再 如:Although the computer is very expensive, I have decided to buy it.(SESBIAp101)

该句也可分解成两个句子(然后用从属连词although和逗号连结起来):

The computer is very expensive.

I have decided to buy it.

(虽然这台计算机很贵,但是我还是决定把它买下来。)

其它复合句的学习都可采用此法,注意借助连词和关系词连接主句与从句,使之浑然一体。

三、集中学习法

即"集中精力打歼灭战"的方法,也就是在单位时间内只学习一种语言现象或一种学习内容的方法。譬如,在一小时内只学习介词,只学习不定式,或只学习短文改错,只练习做选择填空题等等。这一方法同归纳法有异曲同工之妙,都可以对某一语言现象或某一题型造成深刻认识,养成语感或熟巧,提高学习效率。

四、观察、比较法

汉语有同音、形似字，英语也有。观察比较利于辨识，达到准确记忆的目的。如 compete/complete(比赛/完成), practise/practice(vt./n), pronounce/pronunciation vt./n 等。词序、语序、句子的辨析也可采用此法。如汉语有罪犯、犯罪，牛奶、奶牛之别，英语也有 before long，long before 的区别；英语的 too...to 句型与 so...that 句型可以互相转换表述等。

五、分析法

即分析句子结构，以求对英语各种句子加深认识，找出规律，更好地指导言语实践活动，提高言语实践活动质量。该方法适用于长句子的分析，尤其对于背诵、准确理解句意和提高译文质量颇有裨益。如：

About seventeen months before his death at the opening of a memorial to the many men who lost their lives fighting for the freedom of the Negroes Abraham Lincoln toldhis people that the living must finish the work of those dead, that they must fight for freedom for all—Negroes and whites, that America must strengthen government of the people, by the people and for the people.(SEBlp87)

该句由 68 个词组成，借助短语、从句以及标点符号、连接词，把该句"拉"得很长。其实，略作分析就可知，它同下边一个句子的结构相似：

Tom told me that... that... that...

原来，它是由主语＋谓语＋双宾语(人＋物)的基本句型扩展而成的。句子结构清楚了，理解记忆起来也就不难了。

评价：该处所搜集的这几种常见英语学习法从学习句子结构入手，着重分析了如何阅读、理解英语，较为实用。有利于提高英语学习效率。

听力捷径八法

1. 听——答 (Listen and answer) 这又可按照由易到难的原则分成如下几类：
① Yes/No 问答：孩子对关于听力材料的问题进行正误判断。

② W/H 问答：孩子对关于听力材料的问题进行性质或状态判断。

③深层理解及创造性问题：孩子对听力材料潜在意义进行理解，并回答有关问题，或就听力材料引起的关于日常生活经验的问题进行创造性的回答。

前两者较为简单，可以根据听力材料进行或简或详的回答，第三类却要求学生运用学过的语言材料进行合适的表达。现以 JEFC 第三册第 12 课的听力训练为例，举几个第三类的问题：

(1)Han Meimei finds English quite difficult. But why does she still like it best?

(2)Lucy always gets wrong answers to maths. How do you think about that?

(3)If you aren't good at Chinese, what will you do? How will you learn it well?

(4)What is the use of science?

关于这些问题，听力材料中没有现成的答案，孩子必须根据自己的经验以及思维方式进行回答，因而答案是多样的。这种训练对于孩子运用已学知识，对于培养孩子的发散性思维极为有益。此类问题一般只能出现于听力训练的后期或适于程度稍高的孩子。

2. 听——重述(Listen and repeat) 此种方法要求孩子将听到的材料几乎一字不差地重述出来，可以达到两个目的：一是训练学生听力的精确性；二是培养孩子正确的语音语调。

3. 听——复述(Listen and retell) 此法要求孩子运用已学的语言材料，将所听到的材料内容较完整地表述出来。以 JEFC 第三册第 8 课听力训练为例，在听完材料后，可以复述如下：Some of the results of the games come out now. The boys come from Class 3 get the first prize. The boys from Class 1 are the second, and the boys from Class 2, the third. And in the girls relay race, the first is Class 2, the second is Class 1, and the third, Class 3.

复述的方式同样因人而异，可以通过此种练习加强对听力材料的理解，并且复习已学的知识，培养较强的口头表达能力。但难点有二：一是要理解并记住听力材料的主要内容；二是要尽快找到相同或相近的语言材料进行组织并表达出来。这种方法也适合于听力教学的后阶段或程度较高的孩子。

4. 听——表演(Listen and act) 这种方法要求孩子将听到的材料用戏剧化、角色化的方式表述出来，较为生动形象，且有一定的交际性。

在此种练习里，可以将听到的材料原封不动或略加改动地予以表演，也可以将材料进行大幅度改变，进行自由发挥式的表演。因此，有相当大的主动性，换句话说，听力材料只是提供基本线索而已。听——表演练习不仅要孩子听懂、记住材料,而且还要进行角色化的模拟交际活动,因此,听力训练和交际性会话就结合起来了。此法也只适于听力教学的后期。

5.听——读(Listen and read)这又分三种:①先读后听;②先听后读;③边听边读。可以要求孩子进行如下活动:找出答案,发现错误,指出区别等。以JEFC第三册第52课听力训练为例:

(1) 找出答案:

Voice:1.What day is the Christmas Day every year?

2.How to make a Christmas cake?

3.What's a Christmas tree?

(2) 发现错误:

Voice:Someone says that the Christmas Day is on December 24th. So you must get everything ready for the Christmas. On that dya, people often have a fire and a Christmas tree. We often eat only a bird and drink some water. And we usually put our presents for others on the floor under the tree. Everyone should open his present before that day.

(3) 指出区别:

Voice: All the people in the western countries enjoy the Christmas. And some people enjoy the hard work before that day because It's very interesting. In my family, my mother usually makes the big Christmas cake for us. My old grandfather buys the Christmas tree. My father and I usually put the present in the tree and cover it with lights.

这种听——读方法既要求孩子听懂听力材料,又要孩子读懂书面材料,是一种较为综合的方法。

6.听——画(Listen and draw) 此法有两种方式:①用简笔画表达听力材料的内容;②用图表表达听力材料的内容。第一,例如听完JEFC第三册第19课听力训练材料后,可以让孩子用简笔画加关键词汇表现出来。

ate, wash hair I, do my homework my parents, watch TV

第二,如听完JEFC第三册第28课听力训练内容,可以要求孩子用表格的方式表达出来。

Gity[ ]Weather[ ]Temperature

Beijing[ ]Clear[ ]10—16

Harbin[ ]Lovely3—14

Nanjing[ ]Sunny23—25

Shanghai[ ]Rainy12—18

Fuzhou[ ]Clear and rainy19—31

这种方法由于直观性和数据化，因而对听力材料有所限制和选择。

7. 听——写 (Listen and write) ①听写 (Dictation)，这种方式主要培养孩子准确记录材料的能力，其中又有听写、填空、完成句子等多种形式。②听——略写 (Listen and outline)，要求迅速掌握所听材料的重点，并用笔头表达出来。③听——改写 (Listen and rewrite)，训练孩子理解听力材料后，用已学的语言材料进行书面重新表达，是一种难度较高的练习方式。我们以 New Concept English 第二册第 34 课为例（听写部分略）。

(1) 略写

Ted felt worried because he received a letter from the police to call him. At the station, a smiling policeman told him that his bike was found in a small village. Ted was surprised and amuesd because it was stolen twenty years ago when he was fifteen.

(2) 改写

As a boy of fiftenn, Ted lost his bike. Twenty years later, he became worried when he heard from the police, because he had to call at the police station. But when he got to the station, a smiling policeman told him that his bike was found in a far away willage as good news. Ted became surprised and amused when he heard that, because he never expected that.

听——略写及听——改写都适于听力教学后期及程度较高的孩子。

8. 听——译 (Listen and translate) 在外语教学中，母语与外语两种语言的转换是必不可少的。这种转换是语言理解的一种方式，也是语言交际的重要组成部分。其训练方法又有两种：①听——口译 (Listen and interpret)。此种方法既训练孩子听力理解的准确性与敏捷性，又可使其戏剧化、角色化。②听——笔译 (Listen and translate)。此法的要求也有程度的区别，可以译出梗概或大意，也可准确翻译。对于高年级或程度较好的孩子，还可从"信、达、雅"方面进行更深入的要求。

评价：听力是困扰广大英语学习者的一个难题。"听力八法"是曾柯先生在实践中总结出来的，通过听答、听译、等八种训练法来提高听力，效果显著。

英语逆向学习法

所谓"逆",就是指反对,不赞成,不认为。"逆向法"的精髓是主张打持久战,反速成,要求踏踏实实、一步一个脚印地学。"逆向法"是由高级工程师钟道隆老师所独创。钟老师认为速成导致了种种弊端:不肯踏踏实实地打基础,急躁浮躁,频繁更换教材。结果形成英语学习的怪圈,学一遍,不成,信心丧失一次,更想速成;再学一遍,不成,更着急,还想速成,结果始终不成。因此,学习英语应做好长期刻苦努力学习的思想准备。

逆向法具体学习方法和要求如下:

1. 脚踏实地,认认真真——精听、精读。

在初学阶段,水平低,无论是阅读还是听力,必须坚持每个词都要搞懂,句句不放过,反对瞎蒙乱猜,要求逐词逐句透彻理解。做到不可一词无来历,不可一词不讲究。

2. 五法并举提高听力。

在提高听力方面,逆向法主张"听、写、说、背、想"。"听,"指听磁带,特别是听没有文字材料的录音内容;"写",把磁带内容写下来,注意:是全部写下来,一个词一个词包括标点符号都写下来;"说",模仿磁带录音大声朗读,通过对比纠正发音;"背",把写下来的内容背诵下来;"想",包括多方面去想,在上面的四个环节中都要想,还要独立思考;自己的学习进度是否快了,是否走了过场。总结有关的英语知识使之系统化,总结学习方面的经验和教训。

评价:"逆向法"反速成而掀起一股踏踏实实的学习之风。并且一针见血地指出大部分人英语学不好,主要是浮躁、毅力不强。"逆向法"从语音入手,以听写为主要手段,通过听写全面提高英语水平和英语学习能力。反对聋子英语哑巴英语、文盲英语。钟道隆老师认为如果想1年速成,结果是3年、5年、8年都不成;反之,准备学3—5年,没准1年就成了。总之,踏踏实实学英语是逆向法之精髓,亦是学习之规律。

提高阅读能力的诀窍

一、合理选择阅读材料

英语阅读能力需要通过大量的阅读实践来培养。在选择阅读材料的时候，要根据自己现有的语言知识水平，选择适当的阅读材料。也应该注意材料的可理解性和题材的广泛性，并兼顾知识性、趣味性。可理解性是指要选择生词少，语言难度相当的材料。如果生词太多，在阅读时需要时时停下来查字典，就会破坏阅读的连贯性，也会影响阅读的积极性。在选择阅读材料时，内容方面要考虑多样性，应包含不同的知识范畴和文化内涵。这样通过阅读不同题材、不同体裁的文章，可以扩大知识面，了解外国文化，也有利于增强趣味性。

根据以上这些要求，可以考虑选择以下几种材料：①教科书。教科书一般根据中国人学习英语的特殊习惯编写，包括有基本的语音和语法规律，一定量的单词，还配有习题，可指导我们如何抓住全篇的中心思想和段落大意。此外，教科书都是从易到难，循序渐进地安排内容，与我们训练阅读理解能力的要求相一致。②简写本文学名著。英美等国家近年来出版了不少根据常用词汇频率表编写的简易读物和简写本文学名著，可供锻炼阅读能力使用。阅读简写本文学名著，既有利于提高语言水平，也能增长有关西方文化方面的知识。③选择其他的与课本难易程度相当的课外读物。如人民教育出版社出版的中学生英语读物，也可以订阅一份《上海学生英文报》，每天坚持读一点，一年半载下来，一定会觉得大有裨益。

二、精读与泛读相结合

在阅读训练的形式中，分为精读和泛读两类。精读属于分析性阅读，是对短文进行语音、词汇、语法的综合练习，借助于听、说、读、写、译等活动，来掌握英语基础知识，并获得为交际而运用英语的能力。精读是获得语言知识的重要途径。泛读是综合性阅读，它只要求了解材料的内容，而不进行语言形式的分析。泛读可以是一种跳读，速度比精读快得多，材料也比精读材料容易，它是扩大语言知识和吸收信息的重要手段。精读与泛读是两种不同的阅读方式，它们互相补充，互相促进。精读有利于学习语言知识，打好阅读的基础，也为进行泛读提供了能力基础。而泛读是为了扩大知识面，更快更多地获取有用的信息，它也能够反过来提高精读能力，提高英语学习的整体质量。

我们一般在课堂上所学习的课文都属于精读，大量的时间用来学习语言知识，读的专门训练不多。而整个课本提供的篇目和篇幅，也远远不能保证阅读的量。另一方面，由于课文里包含着许多生词和新的语言结构，开始学习时不能流畅阅读。因此，应该广泛扩充阅读的渠道，以巩固、扩大词汇量及语言知识，培养阅读技巧。

三、培养阅读技能

培养阅读能力，要掌握一定的阅读方法和解题技巧，从而有效地指导我们去阅读，提高阅读的效果。

(1) 确定文章的体裁类别

文章的内容不同，体裁不同，在阅读时使用的阅读方法和解题技巧也不同。比如，阅读记叙文，应该理清事件的来龙去脉，抓住"谁—时间—地点—什么—怎么——结局"(即 Who—When—Where—What—How—Ending)这些主要的线索去理解文章；阅读人物传记，要注意抓住人物的出生、生活经历、主要成就等细节；阅读说理性的文章，应遵循"主题句—发展句—结论句"的规律，抓住作者的论点、给出的论据、得出的结论几个方面去理解；而新闻报道类的文章，则要抓住文章的第一句，因为它往往是主题句，开宗明义，揭示文章的内容。

(2) 以意群为单位阅读

有的同学在阅读时习惯于一个词一个词地阅读，这样，读起来很慢，而且还影响对内容的理解。所以，在阅读的时候，要锻炼以意群为单位进行阅读的能力。按意群阅读能够扩大视距。视距越宽，阅读单位就越大，读速就越快，阅读的效率也就越高。

(3) 推测生词的词义

一个人无论词汇量有多大，在阅读时都难免会遇到生词，其中有些还是关键的词，不认识这些词会影响对句子甚至是全文的理解。有的同学习惯于查字典，以至于在阅读时须臾离不了字典，这是消极被动的阅读方法。积极主动的阅读方法是根据上下文或运用常识以及语法知识去推测词义。所以，掌握一些推测生词词义的技巧是非常必要的。

①根据上下文和常识来推测。单词只有融合在句子和段落中才能表达一定的意思，所以，有时可以从上下文或根据生活常识来推测生词的词义。②根据关联词来判断前后生词的含义。③利用构词法推测生词的词义。英语构词法主要有派生、转化、合成三种。熟悉这些方法对推测生词的意思很有帮助。如 This kind of food is not eatable. 根据 eatable 的词根 eat 和词缀 able 可以推测出它的意思是可食用的。合成词的含义就更容易推测了。如：He is colourblind, and he thinks that rose and grass are of the same colour. 合成词 colourblind 是由 colour 和 blind 的两个词合成的，由这两个

词可以推测出 colourblind 的意思是"色盲"。

(4) 推理、判断在阅读时一方面要充分利用已有的知识和经验，围绕文章的主旨大意，用已知的信息消化、领悟文中的未知信息，充分发挥自己的内在潜力以减少所读材料的难度。这是顺利理解文章，尤其是答好推理判断题的关键。另一方面要学会根据上下文推断词义。

四、提高阅读速度

理解程度和速度是检验阅读能力的两个重要指标。阅读时，速度快而理解得差，则快而无用；理解得好而速度太慢，也就意味着阅读的效率太低，能力不强。所以，在阅读训练时，要在一定程度的理解的前提下提高阅读的速度，协调发展阅读速度和理解程度。据统计，较为合适的方法是在保持理解阅读材料内容的 70% 的前提下提高阅读速度。如果阅读理解的能力超过 70%，就要逐步提高速度，否则会影响阅读的效率。

评价：阅读能力是影响英语学习的重要因素。阅读能力的提高又能为所说能力和写作能力打下基础。此外，阅读是人们获取信息的重要途径，英语阅读更显示出其交际活动的本质，在新一代合格人才的能力结构中占据着不可取代的地位。因此，培养、提高阅读能力十分重要。该法从阅读材料的选择、阅读技能的培养、阅读速度的提高等角度全面培养阅读能力，效果较好。

听力应试法

要提高听力应试能力，必须努力克服常见的听力障碍。

一、掌握必要的语音规则。

①单词间的连续问题　　我们知道，有些单词出于其发音的特点在语流中彼此间自然连接，例如：一个单词以辅音结尾，而其后面的单词以元音开头时就产生连读现象，使前后两个单词连在一起近乎读成一个词。如：Stand u⌒p, please. What a⌒bout　y⌒ou?

②失去爆破现象　　爆破音（[p] [b] [t] [d] [k] [g]）彼此相遇或后遇其它辅音时，前者失去爆破，仅需有关器官做好发音口形，稍停即发出后面的一个音，因此常听不清其发音。如：Tha(t) boy is lazy. Come bac(k) tomorrow.

如果在句子中前后相连的二个单词，前面的以辅音结尾，而后面一个单词又以发音相同的辅音开头，这时很难听清它们的间隔，实际上只是它们的发音稍拖长即可。如：Tom is at table.

③同化现象　　相邻两音相互影响在发音部位及方法上作适当调整，以免两音抵触产生不自然现象。有时变为相同或相似的音，有时读成一个新音。如：Nice to meet y⌒ou. [mi:t u]

④简略形式　　听力中大多是口语材料，口语中又大量使用简化形式，尤其是某些动词、情态动词，往往以其简略形式出现，如have-'ve, I'd-I would, I've-I have, I'll-I will 等，这样，其读音也发生了变化。

⑤语调升降问题　　在英语语音中，说话人根据要表达和强调的内容，使说出的单词有轻读和重读之分，这种轻读和重读使句子中不同词在发音时间长度、声音强弱上有所不同。正是这种声音强弱、发音快慢的变化使听到的话有音调升降、轻重起伏、抑扬顿挫之感。同一句话有时语调不同，它所表达的含义也有很大不同。如：

I beg your pardon.（请原谅。）

I beg your pardon?（请再说一遍。）

以上几点是克服听英语时碰到的语音障碍。除了解决这些语音方面的知识外，更重要的是熟读和多听、多练，在训练听力的过程中应培养认知并习惯这些口语特点，多接触在真实环境中规范正常语速的有声材料，做到多听不怪，在自然的语流中形成良好的语感。

二、扩大词汇量

正如要想提高英语阅读能力，扩大词汇量是个要素一样，在英语的听力中，词汇量掌握的多少对听英语也有着一定的影响。当然，在中学阶段，我们不可能掌握过多的课外词汇，但我们应多熟悉基本单词、词组和常用词，对基本词应掌握一词多义，尽量背记较大的语言单位，这对于克服听力的困难无疑是有利的。

三、培养听力的自信心

在听力训练中，迅速正确的辨音能力和理解语言能力以及对英语语音知识的掌握固然重要，培养听的自信心也很重要。很多学生对听力课缺乏足够的心理准备，一放录音就不知所云，有的只能捕捉到零星的单词、短语，这时，就会产生畏惧、焦虑情绪，对自己的听觉能力产生怀疑，这势必影响听力提高。听音过程包括耳朵接受信息的过程和大脑对所接受声音符号进行转化、处理的过程。要体会和理解从听清（准确接受声音符号）向听懂（大脑正确判断、处理所接受信息）转化的渐进过程，要充满信心，稳定情绪，掌握听力的技巧，提高听力水平。

四、对文化背景进行了解和掌握

语言是文化的载体，中学生应掌握和了解西方的某些生活习惯的特点，如果对背景知识不了解，那么学生所接受的就全部是新的信息，自然给理解、听懂带来困难。建议阅读两本十分理想的读物，即《阅读美国》与《阅读英国》(此二书均由福建中学英语报社发行，庄志兴总编审订)。

五、掌握听力应试的几个原则

听力重在理解所听的内容的中心思想，抓住主要信息是关键，掌握听力技巧尤为重要。学生在应试中应注意以下几点：

1) 听音前应浏览一下题目，做到先看后听，预测听的内容以便有的放矢。对含有 where, when, why, who, how 等的句子应注意，它们往往载有重要信息。

2) 听音时，一边听一边记。把注意力用于听，做些必要的记录，平时养成良好的习惯。

3) 听音后，要认真选择做答。听和看对应，对答案做初步判断。

4) 听音时，要保持良好的心态和情绪。

总之，在听力训练中，若注意和解决上述种种问题，听力水平必然迅速提高。听力贵在持之以恒、常听常练。一分耕耘，一分收获。相信同学们如果坚持不懈，迟早肯定能过听力关。

评价：考生往往期望听到的英语是一个词一个词轻重一样、有间断、并以自己能认知的速度讲出。然而无论是在考试时，还是在现实交际中，词语之间往往没有停顿。因此，广大考生对听力有畏惧感从而产生听力障碍。听力应试法针对种种听力障碍提供了不同的对策，值得参考。

四、六级听力填空题应试实战法

1. 巧用时间，速读全文。答题时保持优良心态是十分重要的。对于题型，考生一般都较熟悉，而题型一般是一样的，因此不必仔细听，可以利用这段时间快速浏览一下全文，弄清篇章大概内容，并根据上下文提供的线索，粗略地估计一下空白或空格处要填写的内容，听时就会有重点、有针对地听取所需信息，从而更准确、有的放矢地答题。

2．凝神静听，印证推测。当考试正式开始第一遍朗读时，要努力听清空白处的内容，进一步理解篇章大意，印记自己的推测是否与文章实际内容相符。此时最好不要忙于记录，也不要在脑中进行英汉互译，更不要被任何生词所困扰。

3．手、耳、脑并用，速记关键词。听第二遍时，应边听边在草稿纸上作速记。速记的速度快慢会因人而异，但为使思维连续不中断，要尽量将所有关键词一次记下，单词很长时可不必作完整记录，只写前几个字母或以自己能识别的符号记录。瞬间记不起的，可用音标速记，核对时再慢慢去想，若遇到数字，最好采用阿拉伯数字写。

记录时切忌慌张，也不要纠缠在一个单词上而耽误了其他，更不要让消极情绪左右了自己的发挥。

4．查漏补缺，修正错处。由于听第三遍的时间相对较充裕，在尽量补齐听第二遍所遗漏之处的同时，能够对所记录之处稍推敲，如，个别读音不易分辨的单词，是否第三人称单数形式、过去式、所有格、有无定冠词或不定冠词等。在这个订正错误的过程中，要根据耳朵接受的信息同时综合语法知识将错处改正过来。

5．统揽全局，彻底检查。填写完毕，先别急于去做其他题，抽出一、二分钟时间将全文复查一遍。听的时候可能因紧张记不起的词，现在情绪放松或许能想起来；或者发现所填内容与原文出入太大或意义相反，就要对照原文及时改正。这样，花少量的时间可收到事半功倍的效果。

评价：听力填空题不仅能够测试出考生听的能力，而且更能测试出考生的单词拼写、用英语作笔记等书面表达的能力，能更全面，更真实地反映出考生的实际英语水平。因此，难度也较大。程惠珍同志提出的上述应试实战法专门针对四、六级听力填空题，分四个步骤完成，针对性强，实用性强、经验证亦十分有效。希望通过四、六级考试的考生们实有必要借鉴一下该方法。

听力训练"四助法"

一、以目助听

即让眼睛为耳朵服务，以训练注意能力，因为人的各种感官是相互联系的，其中眼睛和耳朵的关系尤为密切。听时应注意以下几点：1. 眼睛要注意讲话的人，留意他的姿势、神态和表情，目光不要注视与听讲内容无关的周围事物。讲话人发生变换，目光应及时转移。2. 如有突发事件干扰，应迅速拉回视线。这样耳闻后再目睹能加深印象，巩固和发展听力。3. 充分利用电视节目，收看英语电视新闻。

二、以心助听

即认真听，边听边思考，提高听的质量。听包括以下六种形式：1. 听读。集中注意力听别人读书面文字材料，辨音识义，获取知识信息。2. 听讲。专注静心地听老师讲述。听时要重视老师的导语、结语和反复强调语。对于提示语和关键词尤其要予以高度注意。根据"首先、第二、最后、另外"等词理清层次，根据"因为、但是、而且"等词理解内容联系，根据"总之、那么、我认为"等词语弄清结论和看法，根据"请注意、再重复一下"等词语把握所讲的重点。3. 听问。指对别人口头提出的问题能及时准确地理解、判断和辨析。要耐心地听清楚、听完整，并联系语境和身份弄明发问意图，学会抓住题眼有针对性地作答。"为什么"属论述分析型，要说明理由；"怎么样"属解释说明型，对问题略作陈述即可；"是否对"、"哪一种好"属判断选择型，只需简单回答，不必具体展开。4. 听测。指根据听到的话语内容进行推测判断。可听原因测结果，听叫声测动物，听独白测隐衷，听对话测人物。5. 听画。指侧耳闭目，静坐细听，用线条、图形等在脑中"过电影"，在心中"画彩图"，以记住方位和特征，培养空间想象能力和形象思维能力。它对体味优美的语言和奇妙的意境十分有效。6. 听忆。指为了检查听的效果，在听别人讲后，立即进行回忆，从而训练听知识的能力，牢固地储存听来的信息。复习课很有必要这么做，因此时知识点相对密集，可让学生回忆老师讲了哪些知识，它们的前后顺序怎样？记忆要点是什么？所举例子有哪些？要一一对应，切忌混淆。

三、以笔助听 四、以口助听

即用口头表述帮助训练听力。该法有五种训练形式：1. 先听后说。指先听故事再复述内容，以检验听得是否用心，同时培养口头表达能力，让听力和口头表达均得到发展。要想说时内容完整、条理清楚、用词准确、语音流畅，就要聚精会神地听，记住时间、地点、人物、故事的题目、起因、经过、结果等。训练记忆力和注意力可用详述，要说得具体完整，一般适用于短文；训练分析力和概括力可用概述，要说得准确连贯，一般适用于长文。2. 先听后读。指先听范读，再仿读。它能有效地帮助掌握多音字的发音，普通话中有汉字音变的规律，读句时的停顿，高低快慢及感情基调等。3. 先听后答，指先听读有关内容，然后思考回答问题。听时文章的每一处都不能放过，要一一记取，以备答问。4. 先听后辨。指对接受到的信息的真伪和传递信息的语言形式的正误进行评判，以训练敏捷准确的判断力和品评力，语义的辨别要注意潜台词和语境，听出言外之意和语中之旨。5. 先听后评。指对听到的话语内容或表达形式进行评论鉴赏。在话语内容方面，可以是听故事、新闻、朗读、介绍、报告等后引发感想，或听议论、讨论、辩论、评论、争论等后发表意见；在表达形式方面，可以对语音、语调、语态、语汇进行判断，或对结构、层次、中心、写法进行评价。

评价：该法实质上是全面调动、刺激感官的一种方法。通过刺激感官，来加深印象，提高听力。

交友谈话法

所谓交友谈话法，就是学习英语的孩子每3～4人分成一个小组，结为交谈的伙伴，用所学的英语进行交流和讨论。通过伙伴间的谈话学会了应用英语的单词、句式，练习句子的组合方式，达到能应用所学的英语进行简单交际的目的。交谈的内容、形式不限，可以由教师创设提供，也可以自编。实践中发现，自编谈话内容，自创交际环境效果更好。交谈内容一般都是情境性的，具有一定情节。这样，与以往学习口语那种鹦鹉学舌的方法不同，而是在正音和教给一般用法后，通过伙伴的反复交谈来领会和掌握其用法，在语言交际的实践中理解掌握单词和句式。这种方法简单、易行、有效。

具体操作如下：

1. 选择好伙伴。一个小组中，口语水平相差太远，是交流不好的。相差太小，也效果不好。最好是一二个水平稍高再加上一二个水平稍差的。如此大家都会有长进。

2. 设计好话题，提示交际情境，使孩子有话可说，乐于去谈，如上公园、去旅游、上门作客等，就都是很好的话题。谈话的内容既要有知识应用的要求，又要使孩子感兴趣。话题尽量不重复，要接近孩子实际，如买东西就可以让孩子连说带演，准备好实物。小组中，一人当售货员，其他人当顾客。见面时使用招呼语：Good morning. Good afternoon. 买好东西后说声 Thank you.(Thanks.) 离开商店时说声 Goodbye. (Bye bye.) 还有"顾客"买东西时故意挑剔，但"售货员"不厌其烦，热情接待顾客。这些情景对话有情节、又实用，孩子们喜欢听、喜欢看、更喜欢说。

3. 适时点评，组织交流。由于孩子初学外语，在实际运用中会出现种种错误，碰到一些困难，教师或家长在巡查中必须加以及时的指点。孩子能自行解决这些问题和困难，则可充分发挥伙伴作用，鼓励小组成员之间互相帮助解决。当各小组"伙伴谈话"

结束后，要注意适当点评，并挑选交谈得好的小组在全班同学面前"表演"，这样可以使孩子们相互启发、相互促进，也可以进一步提高"伙伴谈话"的质量。

采用交友谈话法激发了孩子浓厚的兴趣。孩子的英语口头与书面表达能力较前有了很大的提高。

评价：要提高口语能力，最快捷的方法是直接与英语国家的人对话。然而实际生活中，中国的广大英语学习者缺乏这种机会，因此，营造英语环境就显得颇为重要。"交友谈话法"通过营造英语对话环境，形成了英语交际的"小气候"，不仅激发了学习兴趣，而且效果显著。此外，简单、易行、有效，是该方法的显著特征。

英语长句翻译技巧

一、顺流而下。

"顺流而下"的方法是指，在翻译英语长句时基本保持原文的语序。也就是说，汉语译文的语序与英语长句的语序基本保持一致，从而产生一气呵成的效果。该种翻译方法也可以称之为"自上而下"法。

例：Instead, if we accept the general point that in cultural term, teachers, like other workers, are creatures of their occupational situation, then we night do better to address ourseloves to how the circamstance of the occupation might be modified so as to elicit a different kind of cultural respone.

相反，如果我们接受以下普遍性的观点：即用文化术语来说，如果教师像其他工作者一样，是自己职业环境中的产物，那么，我们不妨更好地注重如何改变职业状况，以便引发出一种不同的文化反应。

二、逆水而上。

"逆水而上"的方法是指，在翻译英语长句时，颠倒原文的语序，或者说，把汉语译文的语序与英语长句的语序颠倒过来。这种翻译顺序恰巧与上种方法顺序相反。采用这种翻译方法时，不仅要注意内容的连贯与译文的通畅，而且要兼顾原文的逻辑关系和时间顺序。该方法也可称为"自下而上"法。

例：The present difficulties in the field of secondary edulation have arisen largely out of the confusion uhich began about 1904 between a type of secondary education appropriate to the heeds of boys and girls between the ages of 11 to 12 and of 16 to 17 and the traditional academic course orientated towards the Universities.

1904年前后，在适合十一、二岁～十六、七岁男孩女孩需要的中等教育和以升大学为方向的传统学术课程之间，开始出现混乱状态。中等教育领域里目前的困难大多是从这种混乱状态中衍生出来的。

三、重重叠叠。

"重重叠叠"的方法是指，在翻译英语长句时采取拆句、断句的方法，在汉语译文中重叠使用某些词语，从而保持译文的通畅。这种方法也可以称为"串联而下"的方法。

例：Four grade students, in their role as biologists, receive a letter from an elementary school student who has found a brown furry "sowething" hanging under the eaves of the familys garage.

四年级学生在扮演生物学家时，收到了一封小学生的来信，这位小学生发现了一个褐色的，毛绒绒的"东西"，那东西挂在他家车库的屋檐下。

四、化整为零

"化整为零"的方法指的是，在翻译英语长句时利用英语句子和汉语句子的不同特点，采用拆句、断句、分割，词性转换，省略关联词等手段，将一句英语长句译成若干个汉语短句，以便于读者理解。这种方法也可称为"零打碎敲"法。

例：Many students who transfer from university to teachers college studies later prove to be excellent teachers and, given the opportunity, coruplete work for a degree at a later stage.

许多学生从大学转到师范院校学习，后来成为优秀教师，并且获得机会，在以后的日子里完成攻读学位的学业。

五、先里后外

"先里后外"的方法是指，在翻译英语长句时采取变序或调整句子结构的方法，首先完成长句中间部分的翻译，然后完成长句外围部分的翻译。该法也称为"由内向外法"。

例：Before reaching the conclusion that these schools must remain a separate type of school, we considered carefully the possibility of multilateral shcools.

这些学校必须保持为独立类型的学校。在得出这一结论之前，我们仔细考虑了多轨制中学的可能性。

六、由外向内。

"由外向内"法是指在翻译英语长句时采取变序或调整句子结构的方法，首先完成长句外围部分的翻译，然后完成长句中间部分的翻译。

例：The technial and professional demands of apprasing a teachers work involving, for example, a high level of interviewing and classroom abservation skills——are such that high quality tvaining is essential.

评价教师工作的技术要求和专业要求很高，高质量的培训是必要的，例如，评价教师工作涉及到高水平的面谈技能和听课技能。

七、先总后分

该方法是指，在翻译英语长句时，首先对总体内容进行概括或归纳，然后对具体内容依次进行翻译。

例：We are disposed to believe that we may safely recommend the institution both of an entrance examination, on the lines of the present examination for scholarships and free places in secondary schools, to determine the conditions of entry into selective modern schools, and of a final or leaving examination, not on the lines of the First school Examination in secondary schools, to test and to certify the achievement of pupils both of selective and of non selective central schools and also of senior departments.

我们倾向于相信，我们也许有把握提议设立入学考试和毕业考试：入学考试是按照目前中等学校奖学金和免费学额的考试方针进行的，旨在决定选拔性现代中学的入学条件；毕业考试不是按照中等学校，"第一级学校考试"的方针进行的，目的是测试和证明选拔性或非选拔性中心学校和高级部学生的学业成绩。

评价：上述翻译技巧是华东师范大学王斌华老师集多年教学经验总结而出。这七种技巧基本上涵盖了翻译方法的内质，对理解、翻译长句极为有用。

四、六级英译汉应试实战法

四、六级考试的英译汉不同于一般的文学翻译，所测试的句子大多是并列句和复合句。它主要侧重于对原文的准确理解及汉语的准确表达，对翻译技巧相对要求较少。因此，在做四、六级英译汉时，可从以下四个步骤入手：

1．借助语法分析手段，分清句子结构。

在翻译一个句子时，首先是弄清全句的中心内容，弄清各部分之间的语法关系及逻辑关系，分清上下层次及前后的联系。

例：They are trying to find out whether there is something about the way we teach language to children which in fact prevents children from learning soon.

分析：本句的主语是 they，谓语部分是 are trying to find out；whether 引导的从句作 find out 的宾语，在宾语从句中，we teach language to children 是一个定语从句，修饰 the way；而 which infact prevents children from learning soon 又作 something 的定语。

译文如下：他们正在试图查明，在我们教孩子学习语言的方法中是不是有什么东西实际上却妨碍了他们学得更快。

2．确定关键词。

确定关键词主要是指确定句中(1)具有特定意义的词或短语；(2)指代词、替代词的翻译；(3)不熟悉需要猜测的词。

例：While most of us are only too ready to apply to others the cold wind of criticism, we are somehou reluctant to give our fellows the warm sunshine of praise. 在本句中，需要确定的关键词是(1)only too ready(属第一种)，因为 too…to… 结构表示否定，当 too 前面有 only 修饰时，too…to 结构不再表示否定，only to 的意思就变成了 very；再一个关键词是 while，因为它的意思很多，选用哪一个意思，这要通过语法分析来看主从句的逻辑关系。因为主从句的逻辑关系是一个对

比关系，因此可译成"而"，"而"字翻译时可放在并列句的第二部分。

译文如下：我们大多数人动不动就刮起批评的寒风，而不知为什么却不愿意把表扬的温暖阳光给予我们的同伴。

3．决定翻译顺序。

翻译有许多方法：顺译、逆译、先总后分、先分后总等等。因此在翻译时应根据具体情况来选择翻译顺序。

4．利用合适的翻译方法，进行翻译。

当分析清句子成份，确定了关键词，决定好翻译顺序时，下一步就需根据汉语的特点、习惯、表达方式，正确地译出原文的意思，不必过分拘泥原文的形式。为了能通顺地表达原文，在翻译时，可以采用分译法、合句法、增词法、减词法、词类转译法等翻译技巧和方法。

例：The president said that at a press conference dominated by questions on yesterday's election results that he could not explain why the Republicans(共和党)had suffered such a widespread defeat, which in the end would deprive the Republican party of long held superiority in the House.

分析：这个句子是由一个带有分词短语的主句与一个宾语从句构成，宾语从句中又带有一个宾语从句和一个非限制性定语从句。全句共有三层意思：（一）、在一次关于选举结果的记者招待会上，总统发了言；（二）、他说他不能够解释为什么共和党遭到了这样大范围的失败；（三）、这种情况最终会使共和党失去在众议院中长期占有的优势。这三层意思都具有相对的独立性，因此在译文中可拆开来分别叙述，成为三个单句。

评价：该方法适用于四、六级实战考试，由赵贵旺老师提供。该方法针对四、六级考生在翻译所出的问题，（①语言基本功差，不仅英语基本功差，汉语基本功也差；②解题思路不清，翻译时无从下手；③翻译过分拘泥于原文，导致汉语译文语言不通，④常用的关键性翻译技巧不懂，造成译文表意不清），提出了针对性的措施，十分实用，受到广大考生的欢迎。

短文改错题应试法

一、快读全文，了解全文大意

本题属短文改错，并非纯单行单句改错，因此考生应首先快速略读全文，大致了解全文大意及作者的观点、意图，理顺行文逻辑，弄清语篇结构。应重点观察连接句子的关联词以及那些表因果、转折、让步、递进、承上启下的功能词是否使用得当，是否保持上下句意思的延续和连贯。同时还需注意时态、主谓关系是否前后一致。名词与代词在人称、数、性方面是否也前后一致。

二、先易后难，注意句型与搭配

一般说来，短文改错中有关名词的数、代词、冠词、形容词比较等级等方面的错误，一看一读有时凭语感就能发现并纠正。另外，由于习语和句型的搭配及结构比较固定，有关这方面的错误，只要考生基础知识扎实并有意识地加以注意，应该说也是不至于失分的。

三、以句为单位，细查语法与疑难

经过以上两步，已解决大部分较易的小题。对余下较难发现错误的难题，则应以句为单位，而不是以行为单位，从词法、句法结构入手，重点对动词的时态、语态、非谓语形式以及引导从句的关联词等进行仔细推敲，判断正误。

对已修改过的短文通读一遍，从语感、语义、语法角度加以确认，力争准确无误。

评价：该法针对考试中短文改错题容易被测试的考点提出了许多对策，较实用。

作文应试法

1. 考前做好充分准备。英语写作是思维能力和英语水平的综合体现。为了写好作文，应加强阅读，背诵一些句型、段落、甚至短文。只要读得多，背得多，就能出口成章，下笔成文。要写好作文，还应读一、二本有关英语写作方面的书。了解句子、段落、篇章方面的基础知识，掌握谋篇、造句、组段等基本写作技能。平时在写作练习中，按老师的要求来写，写完后多修改几遍，交老师批改。也可以多看别人写的作文，吸收并学习别人的长处。实践证明，这是提高写作能力的有效方法之一。另外，用英语写信、记日记等也都是学生行之有效的练习写作的好方法。

2. 审题构思，打好初稿。写英语作文，非常重要的一步就是审题。只有把题目搞透彻了，写出的东西才切题，否则就会"下笔千言，离题万里"。弄清题目意思后，就可以据此来确定表达方式和组织写作材料。完成审题构思工作后，接下来就可以动手写作。写作时一定要注意表达清楚，尽量不使用把握不大的词汇或句型。如有的单词不会写，有的意思不会用英语表达，可以设法绕开，切忌生拼硬凑。硬拼出来的东西评卷人看不懂，结果必然是"条理不清，词不达意"，得分很低。也尽量不使用结构复杂的句子，以减少语法错误，否则造成"语句结构混乱"，又会被扣掉很多分。高考英语作文目的在于考查考生基本词汇和基本语法的掌握情况，而不是考查考生思想的深度和广度。

3. 修改润色，锦上添花。作文写完后，应注意检查修改。修改时首先检查主题是否明确：你这篇作文究竟说明什么问题。然后考虑主题阐述是否充分：该交待的人和事、时间和地点等是否交待明白，该描写的东西是否描写清楚了。修改时一定注意文章字数是否达到要求，一般文章字数少于100即扣分，但也不宜太长，古语云："言多必失"，导致不必要的失分。文章长短最好以规定字数为准。

4. 誊写校阅，注意卷面整洁。呈现在评卷人面前的应该是一份书写工整、格式规范、卷面整洁、主题突出、语言流畅、用词恰当的作文。这样，得分自然会高。

评价：英文写作难度较高，应试时间又有限，因此掌握一定的方法与程序十分重要。

口语训练五法

一、小组讨论法（Group Discussion）

几个学生组成一个小组，就一些文章或感兴趣的话题进行讨论，尽力做到小组中的每一位参与者都得到平等的练习机会。当然，这种方式应受到一定的监控，以监控方式监督、了解讨论情况，避免使讨论走向空洞、乏味。监控方式有许多，其中撰写讨论报告或交流讨论心得比较有效。

二、朗读背诵法（Reading aloud/Recitation）

语言的理解是由表层结构向深层结构转换。语言理解的难易、快慢与表层结构向深层结构转换的步骤有关。转换的步骤越多，理解越慢。如果是熟悉的句子，转换的步骤可以大大简化，而语感就是通过大量语言材料的感知，经过一系列复杂的心理活动和认识活动，形成一种对语言材料所特有的、近乎自动化的感知能力。要做到这一点，就必须充分重视"熟读成诵"这一自然吸收语言的过程。

诵读首先要读准字音、弄通词义，理清文理。在反复诵读中语音、语调、语法、语意、节奏、重音、语气等了然于心，由感性认识上升到理性认识，逐渐定格在头脑中，以后一旦遇到相似的句型、内容或话题，这种沉淀下来的思维方式就立刻复现出来，形成语言，脱口而出。因此大声朗读或背诵可以增强语感，从而达到提高口语水平的目的。

三、学生间相互合作活动法（Interaction Activities）

同学之间可互为采访对象，进行口语对话训练。如问同伴"最想去访问什么名胜古迹？在哪里（Location）？总体情况（Facts about the place of interest）如何？历史背景（Past history）如何？古迹的修缮和保护情况（Repair and protection work）如何？"等。

当然，类似的活动有很多，比如热点问题辩论、扮演戏剧角色等等。这些活动可以达到训练口语、训练思维的目的。

四、演讲法。(speech)

演讲不同于表演或谈话,它是将演讲者的话语、表述方式以及与观众间的特殊感情融合在一起的社会活动。语言学把演讲列入"独白言语"之列。演讲法是训练语速、语调的绝佳妙方。

五、复述故事法 (story retelling)。

可以畅谈自己的亲身经历和趣闻轶事;可自由命题,编一个情节合理的故事;可复述课文中的故事或某些段落等等。通过复述,不仅可锻炼口语表达能力,而且还能锻炼思维、想象等多种能力。

评价:目前英语教学普遍存在的一种现象是读、写能力强、听说能力差,也因此造就了一批聋子英语、哑巴英语。随着中国加入WTO,社会对外语水平的要求也越来越高。"脱口而出"、"参与直接对话交流"是入世后的基本要求,因此,广大学生应在校园内积极创造机会,锻炼口语能力,以适应社会要求。

图式英语阅读法

图式英语阅读法的理论基础是图式理论:即把图示看作是认知的基础。通俗地说,每个人的大脑中都存储着世间无数的事实。这些事实在大脑中按情景分门别类,组合成图式网,给读者提供一种参考系,为读者阅读提供背景知识。只有当读者和作者的图式相符或相近,阅读理解才能成功。而相符和相近取决于读者在已知信息和相关的图式结构之间建立起联系,在获取信息的过程中逐渐地使各个类目具体化。正如读者之所以能理解读物是他们能把读物透过其文字,与记忆中已存的相应概念联系一样。

但在现实生活中常遇到这种情况:学生在字面上完全读懂了一篇文章,但却不能真正理解文章的思想内容和作者的写作意图。导致理解失败的原因很多:学生头脑中没有相应图式、头脑中图式过于简单、头脑中其它图式无意识地干扰其阅读等等。以下几种技巧可帮助克服这些问题:

1. 就涉及文章主题或最主要的事实提问,回避具体事实,如"Why did the

writer write the article?"

2. 提出类似"How will the stony end?"的问题引发自己去想象，去预测。

3. 可设计表格，将文章所提供信息列出。如when? where? who? 等等。

4. 读后讨论中心话题、写作意图、作者观点及态度等。经过这四步，相信读者的想法会更接近于文章主题。

评价：图式英语阅读法是由深圳市沙头角中学王黎所提供，该方法对扭转应试教育模式下靠题海战术死拼蛮干，费时耗力的被动局面极有成效。该法运用预测提问、列表、讨论等手段，将信息图式化，不仅有利于激发学生学习兴趣而且有利于提高其阅读水平，有利于构建正确的图式，获取正确的信息。

英语阅读小技巧

一、先读问题后读文章

这种作法与许多考生的习惯相反，但确实更有效率，能帮助考生节约大量的宝贵时间。它的优点是使读者带着问题读文章，有选择性地获取相关信息，而快速跳过不相关的词句。这有利于帮助提高速度。

二、一篇文章至少读两遍

第一遍读文章，目的是获得对文章的整体印象，了解文章的主旨。第二遍则把注意力放在与主旨相关的重要细节上。事实上阅读理解考点也大致分为两类：

一是考核读者对文章主旨的把握；二是关于细节的理解。

三、以意群为单位阅读

阅读速度慢的读者一般有个坏习惯，即一个字一个字地读，生怕漏掉一个词；有经验的读者以意群为单位阅读。

例如：The little boy had been up with a packet of mints, and said he wouldn't go out to play until the post had come.

可以把这句话分成6个意群来读：

① The little boy ② had been up with ③ with a packet of mints ④ and said ⑤ he wouldn't go out to play ⑥ until the post had come.

四，利用上下文猜测生词的含义

水平再高的读者在阅读时也不可避免地会遇见生词。查字典麻烦亦不必要，在某些场合也不被允许。利用上下文推测生词含义十分必要。

如：I am a resolute man. Once I set up a goal, I won't give it up easily.

后一句话解释了前一句话因此 resolute 就很容易理解了。

再如：The snow was falling. Big flake drifted with the wind like feathers.

下雪时像羽毛一样在风中飘的是什么呢？当然是雪花了，因此 flake 即为雪花之意

评价：要提高英语阅读技巧，光靠增加词汇量和获取语法知识是不够的。掌握一些阅读技巧可达到事半功倍的效果。因此，建议考生平时应注意多积累一些技巧。

听力材料选择法

为了培养听力，应该根据自己的水平，选择一些具有真实性、可理解性和多样性的材料来练习。真实性是指要选自己熟悉的内容，应该与自己的学习、生活密切相关，是经常接触、极为熟悉的材料。听这样的内容，不但会感到亲切有趣、容易理解，而且学了就能运用，容易收效。可理解性是指材料宜浅不宜深，宜易不宜难，宜简不宜繁。培养英语听力理解能力的材料应浅于培养英语阅读能力的材料，语句要简短，词汇要熟悉，不能超越自己的英语实际水平，否则就听不懂，而听那些听不懂的语言材料无异于听噪音，是不能培养听力的。所谓多样性是指题材和体裁的多样化，旨在接触丰富多彩的语言及其在不同场景中的运用。此外，还应该注意要选择容易上口的现代英语口语材料，而不是过时的、陈旧的、书卷气十足的书面语言。

精 听 法

精听法是通过反复地仔细详听一段材料，把所有的语言点都弄懂弄明白来提高听

力的一种方法。找一些难易程度适合自己水平或稍高于自己水平的录音材料，如短文、故事、对话等。生词不要太多，内容不要太偏，速度最好是用正常语速说出的口语材料，而不是朗读写的文章。听第一遍、第二遍的时候，不要看文字材料，要尽自己最大努力尽可能地听懂得多一些。听过两遍后能把材料的中心思想或谈论的问题明白个大概。听两遍以后，打开文字材料，将材料朗读一遍。然后，再合上文字材料，一句一句仔细地听录音，听的时候，尽量不要再去看文字材料。就这样一遍一遍地听，如果有可能，就把所听到的材料一一记下来。听过一段时间后，对于讲英语母语的人讲话时的语音、语调的变化，就会感觉比较熟悉了，听力也能有较大的提高。而且也能逐步体会到连读、弱音、失爆、同化等因素，体会到口语中的语音与词典所注的音标之间的差别，也就为以后在实际应用中听懂真正的英语对话打下了基础。

泛 听 法

泛听是指在不停顿、不反复的情况下，着重听讲话的重点和主要意思以提高听力理解能力的一种方法。在泛听的时候，要特别全神贯注，尽量离声源近一点，用耳机更好。要尽量排除其他声音的干扰，以便集中注意力。与精听要把每一个词都听清不同，在泛听时，如果有几个单词或句子听不懂，不要停下来想，而应该继续听下去。这样的听也是一种主动的活动，因为在听的时候，我们要运用已听过的材料和各方面的知识，对所听的内容进行推测和想象，同时也要积极思考。

如果听力材料有供检查理解的问题或选择答案，也可以先把这些答案看一遍，然后带着问题听。带着问题去听可以使听更具有针对性，也可以使听到的内容更具体。与精听一样，在泛听的时候，也要注意捕捉关键词。关键词往往都是被重读的，有的甚至拖长元音，以示其重要。所以，在泛听的时候，注意捕捉关键词有利于理解听力材料。

泛听的效果不是立竿见影，马上见效的，需要长期坚持不懈的努力。而且，在刚听的时候，肯定会有很多地方听不懂，这是正常现象，切不可因此而心慌意乱、丧失信心。只要坚持不断地努力，就一定能逐步提高听力水平。

评价：听力训练是提高听力的途径。听力材料的选择则十分重要，它直接影响到听力的训练效果。因此掌握一些听力材料选择的技巧十分必要。

英语复习"三段六法"

所谓"三段",是指分三个阶段进行总复习。

第一阶段 用两个月时间复习语法。语法知识都是插在课文中的,比较分散,有必要加以整理,使知识系统化、条理化、科学化。同时要做大量的配套练习,以达到巩固刚复习过的知识的目的。

第二阶段 用三个月时间复习教科书。复习课文很重要,因为课文集语音、词汇、语法于一体。所以一定要重视教材,熟悉课文内容,牢记课文中出现的语言点。

第三阶段 用一个多月时间做综合练习,包括写作指导,边讲边练,不断地补缺补漏。所谓"六法",是指在复习时应采用的六种方法:

(一)实践 在一定意义上讲,能否实践是检查复习效果好坏的标志。因此在复习过程中,一定要想方设法多多实践。比如复习时,要求掌握"在图书馆里","打电话","上街买东西","问路","看病"等对话。可与同学扮演各种角色,通过生动的对话,记牢这些日常生活中的习惯用语。

(二)启发 启发的实质在于调动学习积极性。例如复习到句型 No matter what happens"时,汉语译成"不论发生什么事",可启发自身主观能动性,套句型造句:翻译"不论党需要我们去哪里……","No matter where the Party wants us to go……"。

(三)比较 比较就是要弄清矛盾各自的特殊性。例如汉语"建造",英文有"build, set up, put up",是否随便可换用呢?不行的。如果用于"建造房屋",这三个词可以通用。如果"建造水电站,"要用 set up",不宜用"put up"。如果"建造公路",只能用"build"。又如动词非谓语形式中动句词和现在分词都是动词+ing。都可放在 be 动词之后。复习时用典型例句进行分析、比较。例如:He is teaching English. 这里的 teaching 是现在分词,构成进行时态。His job is teaching English. 此句中 teaching 是动句词,构成系表结构。又如,现在分词和过去分词都可作表语,但有区别。人作主语时,用过去分词作表语。物作主语时,用现在分词作表语。例如:I am interested in English. The story is very interesting. 等等。

(四)综合 通过综合,把前后知识连贯起来,起到"串线"作用。例如有些动词规定后面跟不带"to"的不定式作宾补,把这些动词整理出来,编成顺口溜,即"五看、二听、一感觉、三使役半帮助"：

五看：look at, see, watch, notice, observe

二听：hear, listen to

一感觉：feel

三使役：let, have, make

半（个）帮助：help（后面可跟 to，也可不跟，故称半个）

这样，孩子记忆就比较深刻。

（五）开拓　这主要表现在一题多译上。比如"这个礼堂是我们教室的五倍大"一句可有以下四种表达：

1. This hall is five times the size of our classroom.

2. The size of this hall is five times that of our classroom.

3. This hall is five times as big as our classroom.

4. This hall is four times bigger than our classroom.

语言是活的，如此可以开拓思路。

（六）兴趣　如复习动物类单词时，可以找出自己搜集的动物邮票、图片，每一动物讲一段话。

评价：该法是由上海金山中学朱引观先生总结出的。复习是学习的一个环节，也是取得好成绩的关键。掌握复习方法可达到事半功倍的效果。该法分阶段进行复习，符合记忆规律，是科学的学习方法。

记笔记学习法

俗语说："好记性不如烂笔头。"记笔记是学习外语的一个有效方法。一般应掌握以下原则：

1. 凡书上有的知识一律不记，以免影响听课。

2. 凡老师不断讲解的和反复练习的知识一定是重点或难点，一定要记。不仅要记下知识要点，还要记下有关例句。

3. 凡听不懂的知识一定要记，以便课后思考或者问老师。

4. 凡作业及试卷中出现的错误一定要记，以便在听评讲作业或分析试卷时，能及时记下思路及出错原因，然后纠正。还可以专门备一本"纠错本"，及时纠错，避免将来再出现类似的错误。

5. 课前预习或课外阅读时，遇到重点知识、精彩片断和不懂的问题，也可以记下来。

评价：记笔记不是目的，关键是要利用记笔记来提高学习效率。因此，记了笔记后要经常翻阅，经常整理归纳和总结，只有这样，才能使知识系统化，才有助于提高学习成绩。

应考 12 法

一、清醒法

平时学习抓得不紧，缺乏学习兴趣和自觉性，视学习如负担，苦于众多的题海作业，对付不了紧张繁重的学习任务。甚至认为考试是家长、老师所迫，不去不行，去了也不行，只好进考场应付以了却心愿。

既然进考场为难，何必当初不努力。须明白，学习是有关自己前途之大事。清醒剂一副，平时努力，越早越好，加油——后段时间跑得快的也可能是胜者。

二、延缓法

入考场犹如上刑场，怕自己考得不好而落榜，到时受家人埋怨，遭朋友奚落。整天紧张兮兮，心如弦绷。虽夜以继日苦读，但对考试又无把握。进考场便心跳耳热，头昏脑胀，答题时频频看表，手忙脚乱。

紧张到来之前，设法延缓它，常常做点轻松愉快的文体活动如何？做事严格按照程序进行，不要自己给自己施加压力，作茧自缚。

三、镇定法

害怕考试，主要是自己对学习信心不足，大多担心自己考不上，或者害怕考题太难，时间不够，或者自己不相信自己的记忆力和判断力，怕考场失利带来的"后果"，平时提心吊胆，怕这怕那，考试战战兢兢，诚惶诚恐，有如履薄冰、大难临头之感。因恐惧而不安，整个心思笼罩在"怕"字之中。

反正都要过考试这一关，害怕也要过，不害怕也要过，何不镇定下来，壮起胆，哪怕假装也好——久假欲成真，记住四个字：战胜自己。

四、忘却法

　　心中有强烈的焦急忧虑情绪，聚集为严重的精神压力和沉重的思想包袱。如顾虑到家人亲友对自己的期望过高，又担忧自己有负众望，等等。心绪不宁，坐卧不安，油然而生焦虑之心，考场一遇困难挫折便急躁忧虑，越焦越躁，愈虑愈忧，愁苦交加，如坐针毡。忘掉一切烦恼，集中精力于学习和考试之中，只想着："既然掉在了水中，拼死也要游上岸。"其他一切足以引起焦虑情绪之事皆等考试完了再说。

五、清理法

　　迎考时思绪万千，心乱如麻，一时怨恨自己时间安排不好，一时臆想考试试题难易，幻想中榜时之喜，揣测落榜后之忧，感情波动，久难平静，对成绩好的同学既羡慕又嫉妒，对自己的成绩却把握不定，患得患失，喜忧无常，遇事时而急躁，时而拖拉。清理自己的千头万绪，凡事预先安排，对自己混乱的心情，用一句话来堵住它，如：别人成绩好——我奋起直追；试题难——试试看；落榜了——大哭一场；中榜时——大耍三天；怨恨自己——来日方长。

六、抑制法

　　临考前因多种不安定情绪影响而导致怯场，如考前气氛的紧张，考场环境的森严，试题的难度，时间的紧迫等，因而思维不能充分发挥，才智不能顺利施展，精神严重压抑，胆量骤然减弱，瞻前顾后，小心翼翼，被动失常，应试无方。努力克服不安定情绪因素的影响，记住这句话："既来之，则安之。"平时多假设考场演习，锻炼胆量和勇气，尽量不为环境，气氛所屈服，高唱一句："我大胆地往前走！"

七、倾吐法

　　对考试充满悲观情绪，对前景抱失望态度。认为自己一定考不上，特别是和那些成绩好的同学一比，便自感相形见绌，认为自己的确不是读书之材，终日自暴自弃。考试时遇挫便悲从中来，伤心绝望，顿觉前途黯淡。相信"悲观是有限的"这句话，抓紧时间，早早把一切悲伤都对你的亲友老师一古脑儿倾吐出去，不留存根。相信别人会帮助你，同时也相信你自己通过努力定会迎头赶上。还有，以后不要再度悲观就是了。

八、自励法

对考试没有坚定的自信心，平时自谴自责，见强手而退后，遇障碍而不振，首鼠两端，办事不果。考试时，就是平时自己本有把握的问题也表现出缺乏信心，遇到难题更是不敢"跨越"而垂头丧气，平时考试，复习时发现自己与别人答案有异便惊疑不定，不相信自己，倒相信别人。

牢记："弱者永远是失败者。"你不愿当失败者，就说明你还是坚强的。只不过所用方法不当而已，要战胜软弱，不要管别人如何强，只抱一个信念："只管耕耘，不问收获。"说不定会有令你惊喜的一天。

九、疏导法

平时学习无方，虽抱书苦读，但成绩依旧，加之疲劳过度，睡眠不足，体力不支，压力太大，因而意志消沉，注意力不集中，记忆力不佳，思维堵塞，反应迟钝，灰心丧气，遇难而退。考试时萎靡不振，以致常发生笔误。学习时潜心忘我，睡眠要充足，加强体育锻炼，多参加一些集体活动，常进行思维训练，有时可抽出时间看一些娱乐性强的文娱节目，调剂一下消沉忧郁的情绪，千万不要以为自己神经衰弱而随便吃药。

十、激将法

最大的特点是对学习和考试抱"随便"、"不在乎"的心理，对落榜看得并不严重，对成功也有"试一试碰碰运气"的意愿，平时对成绩不大关注，因此在考场上显得不太紧张，一切泰然处之，"听天由命"，顺其自然，随遇而安。既然"无所谓"，何不真心实意干一回？说不定真干起来，会有意想不到的收获。因为你占有一个心理上的优势，心情豁达，不易受干扰。请记住：谋事在人。

十一、排斥法

学习上爱"走捷径"，投机取巧，办事欠踏实，平时考试，有过几次"侥幸"的机会，亦沾沾自喜过。认为自己也许有成功的希望，喜欢自己安慰自己，常往好的结果方面想，寄希望于"侥幸"，望成功于"运气"。

丢掉幻想，准备战斗，排除一切"可能"，确立"必定"，为防备"万一"而早作准备。集中精力复习，别再去想"侥幸"之事，要弄明白的是："考试不是赌博。"

十二、警诫法

平时学习是佼佼者，成绩常常名列前茅，考前胸有成竹，临场镇定自若。对考试前景充满自信，认为必胜无疑，遂以胜者自居。

记住名言："骄兵必败。"又记住"艺高人胆大。"只要不是阴沟里翻了船就是了，若待"心想事成"，只要实力雄厚，戒骄戒躁，谨慎前进，就很可能如愿以偿。

评价：上述12法采取的是心理战术。可达到根治的目的。

英语谚语学习法

谚语是人们在长期使用语言的实践中提炼出来的语言精华，往往简单通俗，但反映出深刻的道理。学习英语谚语不仅可以学到真实地道的英语表现形式，提高语言技能，更能够学到其中丰富的文化内涵，增强使用英语的实际能力。

一、学习英语谚语，首先应了解一下英语谚语的特点：

1. 使用倒装句，把要强调的部分提前，而把主语部分后置。

如：Blessed is he who expects nothing, for he shall never be disappointed. 寡欲者欢。

2. 修饰主语的定语从句后置，强调前面部分。

如：He laughs best who laughs last. 谁笑在最后，谁笑得最好。

3. 省略主语和谓语动词，或省略其中之一。

如：Eeverthing is good when new, but friends when old. 物莫如新，友莫如旧。

4. 省略定语从句的先行词。

Who chatter to you will chatter of you. 对你论人是非者，也会对人论你是非。

5. 直接用 not 否定实义动词。

Judge not from appearances. 不要以貌取人。

二、谚语的译法：

英语谚语的译法常见的有以下几种：

1. 含义与形象完全相同。

Barking dogs seldom bite. 吠犬不咬人。

2. 含义相同而形象不同。

There is no smoke without fire. 无风不起浪。

3. 按形象直译。

It's no use crying over spilt milk. 牛奶打翻了哭也没有用。

4. 按含义意译。

Do in Rome as the Romans do. 入乡随俗。

三、谚语的归类。

如把意义相同，或相近的谚语集中起来记忆，可达到事半功倍的效果。如：怎么谨慎也不过分。

One can not be too careful.

Caution is the parent of safety.

Look before you leap.

Discretion is the better part of valor.

四、谚语的使用。

如留意谚语在不同语境中的使用情况，便能应用得体，恰如其分。在使用谚语时必须结合上下文来考虑，即使同一谚语在不同的语境中意义也有区别，得细心体会。

如：All is not gold that glitters. 发亮的东西不一定都是金子。

(1) "I'm sorry to grieve you," pursued the wiclou; "but you are so young, and so little acquainted with men, I wished to put you on your guard, It is an old saying that All Is not gold that litters; and in this case I do fear there will be something found to be different to what either you or I expect." 在此句中该谚语保留原意。

(2) Yes, he's charming to talk to and has very pleasant manners; but "all that glitters isn't gold." Have you heard him talk to his brother? He's vefy different then. 目的，和他谈话很开心，他的态度很讨人喜欢；但"金玉其外败絮其中"。你听过他对自己的弟弟的谈话吗？那可完全不同了。

评价：谚语是源自于人们日常生活经验或教训的总结性或概括性的言语。口语性极强。英语谚语浩如烟海，要掌握它实属不易，因此了解其特点，掌握其译法、用法，并归类记忆是学习英语谚语的捷径。

数学学习法

"三要"学习法

(1) 例题要重读。"习题是数学的心脏",而教材中的例题是学习如何应用概念、定理、公式或或法则来解答习题的最一般的示范,应作为阅读的重点。阅读例题应先自己做一做,然后对照书上的解答,找出存在的问题及造成错误的原因。这种"尝试错误性"的例题阅读方法,对提高解题能力大有好处。

(2) 概念应精读。正确理解和使用概念是牢固掌握数学基础知识的前提,因而阅读概念时要一字一句地仔细阅读,要把概念中的每个字词都确切地弄清楚,关键性的字词更要反复推敲,例如同类二次根式的定义:几个二次根式化为最简二次根式以后,如果被开方数相同,这几个二次根式就叫做同类二次根式,其中的"最简二次根式"与"被开方数相同"几个字是关键字,它突出了同类二次根式的本质属性。

数学中的性质定理、公式法则是最核心、最基础的知识,也应精读。

(3) 关键要巧读。阅读数学课本,贵在"巧"字上下功夫,只有会读、善读,才能读有所获。这就要做到:

①学会点、划、批、问。阅读时,把关键词语"点"出来,把重点、公式和结论"划"出来,把自己的注解、质疑、释疑等三言两语"批"出来,没弄懂的坚持"问"明白。

②跳过障碍,对一时看不懂的地方,先承认它是对的,跳过去,继续往下读,等读完后面的再回过头来读这个地方,这样有时比较容易理解。

③手脑并用,勤于实践,读数学书不光要勤动脑,还应勤动手,"眼过千遍,不如手过一遍"。

阅读数学课本既要讲究重读、精读、巧读，又要注意预习初读和课后重读，循序渐进，由浅入深，步步提高。

评价：数学最大的特点是抽象化、概念化，理性思维要求较高。因此，数学学习的重点是概念。"三要"学习法针对数学这门学科的特性，抓住概念学习、辅以例题学习，效果较好。

数学审题法

写作文要重视审题，这个道理大家都懂，其实，数学课也非常重视审题，许多时候，做错了题，就是因为没审好题。

在数学题中，"增加了2倍"与"增加到2倍"，含义完全不同。例如"人数增加了2倍"，是表明如果原来有8人，现在增加了2倍，就是原来的3倍，应有24人。如"增加到2倍"，则应有16人。"下降了20%"与"下降到20%"大不相同。"下降了20%，现在为80%，而"下降到20%"，现在就是20%"。可见，审题十分重要，一个字看错了，题意就全理解错了，肯定不能做对题目。

那么，怎样审好数学题呢？

首先审要求干什么，如原题要求"求下面各组数的最大公约数"，如果你不仅求了几组数的最大公约数还求了最小公倍数，那么，你就做了一半的无效劳动。因为老师平时可能既要求最大公约数又要求最小公倍数，所以，你就按习惯把最小公倍数也求出来了。还好这无效劳动只是耽误了一点时间，别的倒无大碍。但是假若没仔细看题，把题目做错了，岂不是更冤枉？

其次，要审题目的条件。数学题要从"已知条件"求"未知的结果"如果把"已知条件"看错了，又怎么把题目做对呢？

所以，做数学题，首先要审好题。有以下几种审题方法极为有效：

一、想象审题法

首先让孩子默读、思考，弄明白应用题条件、问题。然后教师用纸遮盖某一条件或问题，让孩子说出条件或问题，逐渐到默读完应用题，闭上眼睛能把应用题中的情境再现。例如：小明做9朵红花，做的红花比黄花多2朵，做了多少朵黄花？

此题孩子看题后往往根据题中的"多"字错列式为：9＋2＝11(朵)。如果能根据题意，想象成图形（适应于低年级）或线段图（适应于中高年级），那就很容易得出正确的答案了。

二、标记翻译法

应用题由字、词、句构成。在审题时把重点的词、句画上不同的标记,以提醒自己,防止一字、一句之差,造成解答中的错误。例如:某车间原有工人420人,技术革新后,精简84人。精简百分之几?

此题"精简"一词是很关键的一词,需要"翻译"。"精简"的意思是谁比谁少了。通过"翻译"孩子很快就明白此题的含意及数量关系。

三、列表审题法

用摘录条件和问题的方法概括题意。例如:

用3台拖拉机4.5小时收割小麦162公亩,照这样计算,用5台拖拉机,收割780公亩小麦,需要多少小时?

3台——4.5小时——162公亩

5台——?小时——780公亩

从而使题意通过列表简明扼要地概括出来。

四、质疑审题法

读题时边读边想,边问几个为什么?并试着解答。其方法有下面两种:

1. 发现质疑法

发现质疑法 就是通过应用题的已知量、关系句、重点词边读边问与哪个量有关系,可以求出哪种数量,引起思考。例如:

某运输队要运货500吨,第二天运了80吨,比第一天多运20吨,剩下的要4天运完。平均每天运多少吨?

"比第一天多运20吨",由这句关系句可能求出哪种数量?看到"剩下"一词你可以想到先求什么?这样一问,一道比较复杂的应用题,就化为简单应用题,为解答此题铺平了道路。

2. 正读反思质疑法

在审题时,从问题到条件反思。例如:一个工人要制造600台机器,原计划每天制造20台,实际15天就完成了计划,每天比原计划多制造多少台?

要求"每天比原计划多制造多少台",必须知道哪两个条件?哪种量是已知的,哪种量是未知的?先求出什么?这样学生在解题之前,有一个明确的目标和解题思路。

评价:数学是一门严谨的学科。因此,做数学题时要格外认真。但是许多考生做题马虎,审题不清,因而导致解题错误、丢分,直接影响了成绩。该法专门针对审题提供了许多技巧,突出了审题的重要性。

趣味数学法

趣味数学学习法即是通过讲一些趣味故事来引发学生对数学的学习兴趣,从而提高学生数学成绩的方法。该方法主要适用于对数学缺乏兴趣的学生。

趣味数学题有很多,例如:

清朝乾隆五十年(公元 1785 年),朝廷为了向世人表明国泰民安,把全国 65 岁以上的老人请到了京城,为他们举行一次盛大的宴会,名为"千叟宴"。据说出席这次宴会的,竟多达 3900 人,其中有不少百岁以上的老人。

见此情形,乾隆皇帝龙颜大悦,便在宴会上以一位最高龄的老寿星的岁数,出了一个上联,并指名要大学士纪晓岚对下联。乾隆的上联是:

花甲重开,又加三七岁月

乾隆这上联一出,立即博得一片喝彩声。原来,这句上联竟是一道算式。此时,宴席上的人都把眼光投向了纪晓岚,心想:看你怎样对下联。不料纪晓岚不假思索,便脱口而出:

古稀双庆,更多一度春秋

众人一听,不约而同地称赞:"妙哉!"原来这下联也是一道加法算式。

请问,这位老寿星究竟有多少岁?

(提示:古人称 60 岁为花甲之年,70 岁为古稀之年,"重开""双庆"即是两倍的意思。)

评价:趣味数学法打破了人们的传统思维:数学枯燥。该法在引发孩子数学兴趣方面有着重大作用。

列表分析法

列表的过程实际就是分析的过程。经过列表,已知什么,未知什么,要求什么?一项项都清清楚楚。该方法的优势是直观、明确、清晰,很受孩子们欢迎。

具体操作举例如下:

某汽车从 A 地开往 B 地，如在原计划行驶时间的前一半时间内每小时行驶 40 公里，而在后一半时间内每小时行驶 50 公里，则按时到达。但汽车以每小时 40 公里的速度从 A 地到离 AB 中点还差 40 公里的地方时发生故障，停车半小时以后又以每小时 55 公里的速度继续向前开去，仍然按时到达 B 地，求 A、B 两地间的距离及原计划行驶时间。

列表分析：

	距 离	速 度	时 间
原计划	S		t
前		40	t／2
后		50	t／2
实 际			
前	S／2－40	40	
停			1／2
后	S／2＋40	55	

40×t／2＋50× t／2 和为 S

[S／2－40]／40＋(1／2)＋[S／2＋40]／55 和为 t

可得方程组：

40×t／2＋50× t／2 ＝ S

[S／2－40]／40＋(1／2)＋[S／2＋40]／55 ＝ t(解略)

评价："列表分析法"看伙费时费力，但实际上由于其直观、明确、清晰，因而其解题效率亦很高，受到众多学生的欢迎。

数学概念学习法

概念是思维的依据。对数学概念的学习应是重中之重。然而对概念的学习却又恰恰是一个难点。许多孩子对干巴巴的数学概念总也学不好。以下几个方法可供参考：

1. 仔细推敲法。

数学概念都是用文字来表达的，且文字精练、简明、准确，所以对有些数学概念的辨析简直需要"咬文嚼字"。

例如："数列中从第二项起，每一项与前一项之差都等于常数，则此数列称为等差数列"。这个定义粗看起来似乎是对的，仔细一想就会发现问题。应将"常数"改为"同一个常数"。否则"3，5，6，9…"不也成了等差数列吗？因为它们的"差"分别为2，1，3…都是常数。

2. 正反比较法。

为对概念作进一步理解，还可从正面辨析和反面比较。以"角"的概念为例，中学阶段出现过不少种"角"如直线的倾斜角、直线与平面所成的角、复数的辐角主值等。它们从各种的定义出发，都有一个确定的取值范围。

如直线与平面所成的角，是"平面的一条斜线和它在平面内的射影所成的锐角或直角，叫做这条直线与这个平面所成的角"。反过来说，如果不规定"锐角"就不是惟一的了。很容易发现斜线和它在平面内的射影所成的角有两个，一个是锐角，另一个是钝角。

又如，"直线 $y=-33x$ 的倾斜角是 $-\pi/6$ 吗？"由直线的倾斜角的概念"直线向上的方向与X轴正方向所夹的最小正角"，其范围是 $[0, \pi]$，$-\pi/6$ 显然是不对的，正确的答案应该是 $5\pi/6$。

3. 特例验证法。

对概念理解产生偏题的常见病之一是"忘记特例"。

例如，"任何数的零次幂都等于1"这句话是不对的，因为0无意义。"在极坐标平面内，如果规定 $\rho \geq 0, 0 \leq \theta < 2\pi$，那么平面内的点与一对有序实数是一一对应的"这句话也不对，因为极点的极角是不确定的。

"经过球面上任意两点一定可以作唯一的大圆"这句话粗看起来没有什么错误。因为球面上两点和球心一般只确定一个平面，但当这两点和球心在一条直线上时，就可以作出无数个大圆了。

4. 条件重视法。

对概念的理解产生偏颇的常见病之二是"忽视条件"。如果忽视了条件，就会曲解题意，使结果面目全非。

如"当z∈c时，|z-i|+|z+i|=1表示的图形是椭圆"这个判断是不对的。因为椭圆不只反映了平面内动点到两个定点的距离之和为常数，而且这个常数必须大于这两点定点间的距离。若将上面等式改为大于2的实数，判断就正确了。

评价：众所周知，数学学习的重点是概念学习。以上四种方法从精读、正反比较、特例选用、条件重读这四个方面对概念进行全方位的剖析学习，值得推崇。

把握"先后"学习法

把握"先后"是指按科学地学习规律进行学习，具体是指先预习后听课，先复习后做作业。这一方法看似简单却能产生令人意想不到的效果。

1. 先预习后听课

不事先预习，上课就会感到有些吃力，往往会听不懂或似懂非懂。但通过预习后，情况就两样了。首先，把明天要上的数学教材初步阅读一下，了解下节课要讲的基本内容和思路，再看看例题，然后取出自备的预习本，不看答案自己独立地做例题，再与书上的答案对一下。如果与书上的答案和式子不符，就应对照对本搞清楚自己错在哪里，以至下次不再重犯。如果搞不清楚的，就应马上抄录在预习本上，以便于上课时提问。这对知识的吸收和消化，起了促进的作用，养成了"不动笔墨不看书"的好习惯，可以"促醒注意"，使听学的知识印象更深刻。

通过预习，对老师讲课的内容就有所了解，提高了上课的积极性。上课时似懂非懂的问题也减少了。大大地提高了思维能力和记忆能力，同时对自身的自学能力也有了一定的提高，上课也更专心致志了。

2. 先复习后做作业

首先把老师每节课堂上所讲的知识的主要内容像放电影一样回忆一遍，使自己对所学的知识有一个初步的印象。回忆不起来的地方可看看例题和笔记。对所学的新课进行一番"消化"。这样在解答问题时就能做到"胸有成竹"了，使作业的错误减少，效率提高。接着，就要认真独立地做题目。每次练习都要仔细地分析，积极地思考，就当是测验一般认真对待，对于一些没有把握的题目，就要马上再次翻书，直至做对为止。决不能敷衍了事写了答案交差。做完作业要认真地检查,直到很有把握才算完成。

评价:做任何事情都要分轻重缓急,学习亦不例外。把握"先后",不仅符合学习规律,而且有利于学习效率的提高。

整体思想解题法

将需要解决的数学问题看作一个整体,然后通过对问题的整体形式、整体结构、整体功能等作种种整体处理后,达到顺利而简捷地解决问题的思维活动过程,就称为整体思想方法。具体例子如下:

1. 整体代入直达目标

例1. 已知 $\{a_n\}$ 为等比数列,且 $a_n > 0$,$a_2a_4+2a_3a_5+a_4a_6=25$,那么 $a_3+a_5=$?。

(91年全国高考题)

分析:欲求 a_3+a_5 的值,通常是先求数列的首项 a_1 与公比 q,而由题意无法求出确定的 a_1 与 q 的值但若把 a_1 和 q 的代数式看成一个整体,易求

解:设等比数列 $\{a_n\}$ 的公比为 q,则由 $a_2a_4+2a_3a_5+a_4a_6=25$ 可得 $[a_1(q^4+q^2)]^2=25$,

$\because a_n > 0$,$\therefore a_1(q^4+q^2)=5$,$\therefore a_3+a_5=a_1q^2+a_1q^4=a_1(q^4+q^2)=5$。

即 $a_3+a_5=5$ $\therefore$ 应填5。

评注:在求解某些问题时,若不易或不能分别求出各个量的具体值,则常考虑求出这些量所构成的某代数式的整体值,从而达到目的。

2. 整体换元 避繁就简

例2,求同时满足下列两个条件的所有的复数 z:(1)$z+10/z$ 是实数,且 $1 < z+10/z \leq 6$,(2)z 的实部与虚部都是整数。(92年"三南"高考夺轴题)

分析:本题若设 $z=a+bi$ 来解,则需要进行分类讨论,过程冗长。现根据 $z+10,z$ 实数的条件,进行整体换元,则可迅速求解。

解:设 $z+10/z=a(a \in R)$,则 $z^2-az+10=0$(1)

由(1)知 $1 < a \leq 6$,

∴方程(1)的判别式 $\triangle = a^2 - 40 < 0$，∴由求根公式得 $z = a/2 \pm (\sqrt{(40-a^2)}/2)i$ (2)

由(2)知 a^2 是整数，但 $1 < a \leqslant 6$。

∴ a 只在 2、4、6 中取值。

当 a=2 时，z 的虚部为 ±3，符合题意；

当 a=4 时，z 的虚部为 ±6，不符合题意；

当 a=6 时，z 的虚部为 ±1，符合题意；

∴满足条件的全体复数为 $1 \pm 3i$，$3 \pm i$。

评注：在解题中，常把某些量的复合视作一整体，用另一量代替解之。

3. 整体补形　恢复原貌

例3. 如图1，四面体 ABCD 中，AB、BC、BD 两两相互垂直，且 AB=BC=2，E 是 AC 的中点，异面直线 AD 与 BE 所成的角大小为 $\arccos\sqrt{10}/10$，求四面体 ABCD 的体积。(2000年上海考题)

图1

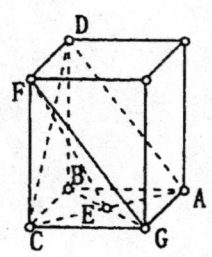

分析：由题意知，只要求出棱 BD 的长即可，由条件易知四面体 ABCD 为长方体的一部分，补成长方体即可。

解：把四面体 ABCD 补成长方体，如图1. 易知 AD∥FG，∵ AB=BC ∴ BG⊥AC 于 E ∴∠FGE 为异面直线 AD 与 BE 所成的角 又∵ FC⊥平面 ABC

∴ cos∠FGC　cos∠CGE=cos∠FGE

即 $\cos(\arccos\sqrt{10}/10) = \cos\angle FGC \cdot \cos 45°$

∴ $\cos\angle FGC = \sqrt{5}/5$，$tg\angle FGC = 1/2$，在 Rt△FGC 中，GC=2，

∴ FC=2CG=2AB=4

∴ $V_{D-ABC} = 1/6 \ AB \cdot BC \cdot BD = 1/6 \times 2 \times 2 \times 4 = 8/3$。

评注：对于非规则图形或非特殊图形，常经过添加辅助线转化为一个完整的特殊图形来解决。

4. 整体观察　高瞻远瞩

例6. 设 $\{a_n\}$ 是由正数组成的等比数列，S_n 是其前 n 项的和。

证明：$1/2(\lg S_n + \lg S_{n+2}) < \lg S_{n+1}$

(95年全国高考题)

分析：该题若考虑将等比数列的和求出来，再证不等式，是很麻烦的。我们若通过整体观察，将其视为一个整体，就容易多了。

证明：设 $\{a_n\}$ 的公比为 q，$\because S_{n+1}=a_1+qS_n$，(1) $S_{n+2}=a_1+qS_{n+1}$，(2) 将 $S_n \times (2) - S_{n+1} \times (1)$，

得 $S_n \cdot S_{n+2} - S^2_{n+1} = S_n(a_1+qS_{n+1}) - (a_1+qS_n)S_{n+1}$，即 $S_n \cdot S_{n+2} - S^2_{n+1} = a_1(S_n - S_{n+1}) = -a_1 a_{n+1} < 0$，

$\therefore S_n \cdot S_{n+2} < S^2_{n+1}$，

由函数的单调性知，$1/2(\lg S_n + \lg S_{n+2}) < \lg S_{n+1}$。

5. 整体配对联想创造

例7. 求 $\sin^2 20° + \cos^2 50° + \sin 20° \cdot \cos 50°$ 的值。(95年全国高考题)

解：设 $A = \sin^2 20° + \cos^2 50° + \sin 20° \cdot \sin 50°$

构造对偶式：$B = \cos^2 20° + \sin^2 50° + \cos 20° + \sin 50°$

有 $A+B = 2 + \sin 70°$

$A-B = -\cos 40° + \cos 100° - \sin 30°$，

则 $2A = 3/2 + \sin 70° - (\cos 40° - \cos 100°)$.

化简得　$A = 3/4$

评价："整体思想解题法"是山东刘允忠老师独创的。用整体思想处理问题，通过寻找问题的背景和参照物，使得具体问题在整体中看得清晰，求解简单，因而它是探求问题的一种良策。故而，在平时学习中，要强化整体意识，对学习内容多做整体性的处理。

通过上述几例的求解，足以说明整体思想方法在解高考题中的重要作用。它主要是从整体上观察、整体上分析、整体上处理入手。若运用得法，常起到事半功倍的解题效果。

"三算结合"学习法

所谓"三算结合",是指在小学数学学习过程中将口算、笔算、珠算相结合。"三算结合"学习法至少有以下五大优点:

(1) 适当地满足了孩子想动手的愿望。儿童从幼儿园到小学,自我意识从开始萌芽到逐渐加强,在家庭和学校遇到事情总想自己去动手试试、做做。课堂上的学习更有强烈的动手愿望,这一方法不是"满堂灌",而是适时地尽早、尽量地满足了孩子实现自己动手的愿望。在动手过程中,每个孩子都能够均等地感受着,实现了动手愿望的、自己的那份内心的满意和快乐。

(2) 拨动算盘珠,"能认数,能计算,又好玩"。孩子通过拨珠认数,看珠读数,有时看珠、拨珠、听报数进行计算,写得数或者口答得数……这些学习环节,使孩子边动手拨珠、边观察、边思考、边理解。动手与思维的过程,密切而自然地联系在一起,结合在一起。而且越是学习较差的孩子,手越闲不住,越想在动手的过程中,提高自己动手的能力,拨珠计算的能力,并时时想着在动手计算中赶上、甚至超过与自己程度不相上下的同学。差生尚且如此,其他孩子更不必说,都是通过自己动手,逐步培养出想做、敢做、会做、愿做、乐做的优良习惯和品格。

(3) 学习珠算的乐趣,迅速而及时地迁移到口算的学习之中。孩子在学习珠算中诱发出来的浓厚兴趣、愉快和美感,以及从每个孩子内心所产生的盼学、愿学、乐学和主动学的热情,很自然地、及时而迅速地迁移到口算与笔算的学习过程中。计算结果愈加准确,学习成绩蒸蒸日上。学习的热情、积极性也随之提高。

(4) 适量操作,思维活跃。孩子在口、笔、珠三种方法变换交替地学习与操作训练中,对于加与减、和与差、乘与除、积与商的相互变化,它们之间的对立统一关系,各个数学概念之间的联系和区别,数与计量的产生和发展等,都是通过几种学具的有效操作,尤其是在拨珠活动中,使儿童的思维更加活跃起来。对加与减、乘与除的相互依存、互相制约、互为逆算的道理,既对立、又统一的关系,在初步了解的基础上,通过操作、思考、练习,练习与思考多次往返、循环的过程,加深了理解,逐步懂得和掌握。

(5) 操作简便,智力活动丰富。外部的操作活动与内部的思维活动,在口、笔、珠三结合的学习中,将数学的抽象性、逻辑性、概括性具体化了,更接近儿童的生活实际和学习要求。学习数学,通过"三算结合"的形式和途径,儿童十分喜爱其中的算盘,觉得它档位清楚，摸得着、看得见，数有形、动有声、形声兼备，珠动数出。运用它来学习、练习、计算、应用，既可靠，又好玩，是个得力的学具，又是一个可爱的"玩具"，用它还可进行比赛、做游戏，真是一个"好朋友"。操作简便、易懂、易学、易掌握，简便的操作中却蕴藏着极其丰富的内涵、丰富的智力活动。从学生的反映来看，操作与思维的有机结合，使课堂上动、静交替，学、思有序，兴趣盎然，基础牢固，技能熟练。如果学生由个位、十位的档次出发，通过百位、千位、万位的认识和学习，他们便把"减补进一，退一加补"的拨珠法则，扩大而运用于多位数加、减法之中；同时，再由具体的个位、十位的学习、理解、抽象与概括为"本档"与"前档"。这种由具体的形象思维，过渡到抽象的逻辑思维，对概念理解得既深刻，又可以扩大概念的应用范围。如"本档"、"前档"两个概念，它们的内涵与外延，比"个位"与"十位"的内涵与外延，深得多，广得多，覆盖的面宽得多，运用的范围也大得多。

　　儿童思维逐步深化的过程中，通过珠算学到的法则和规律，不但能够迁移、运用到口算、笔算以及整数、小数的四则运算中去；同时，还初步懂得了加中有减、减中有加、乘中有除、除中有乘，进中有退、退中有进；其中，也孕伏着加与减、乘与除、进与退、多与少、分与合等对立统一观点的基本思想，潜移默化，自然熏陶。

　　评价：该方法将口算、笔算、珠算相结合，有利于培养孩子的动手能力和思维能力。

超级学习法

　　超级学习法是指利用巴洛克慢式音乐、讲故事、做游戏、演示示范和幽默短剧等放松技术进行学习的方法。

　　超级学习特别适用于科学和高科技方面的培训，因为它消除了经常与技术培训相联系的由认为数学、统计数字和技术无聊得要命而带来的恐惧感，解除了这方面的压力。

　　超级学习法课程步骤一般是这样安排的：

　　1. 在学生们陆续走进教室时放十分钟的情绪设定音乐；

　　2. 新知识讲解——用投影图片、方程等等做口头讲解；

　　3. 活跃部分——在同步呼吸时，匀速展出数据，

　　4. 展示部分——用投影来看屏幕上的数据；

　　5. 主动部分——有节奏地匀速展出数据；同时播放巴洛克音乐；

　　6. 结论——几分钟的快速而活泼的音乐。

实践证明上述样板课可以把数学恐惧症患者变成迷恋数学的人。下面介绍如何利用超级学习系统建立基本的算术图字：

1. 矩形是一个对边相等的四边形。

　　　　　　长
宽　　　　　　宽
　　　　　　长

2. 矩形的边长之和等于周长。

3. 矩形周长的公式是　P=2长+2宽

4. 面积等于矩形包含的方格面积之和。

5. 矩形面积公式是　A=长×宽

（摘自艾林·普利查德博士的《用超级学习法学基础数学》）

6. 大圆弧

在射线形成的中心角之外的圆的部分。

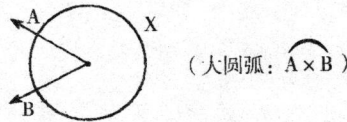
（大圆弧：$\overset{\frown}{A \times B}$）

7. 半圆

一个圆的所有点落在直径的一边。

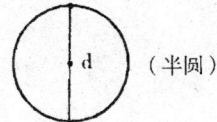
（半圆）

8. 小圆弧的量等于它中心角的量。

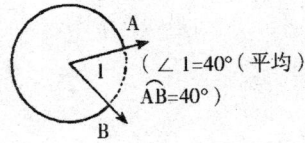
（∠1=40°（平均）
$\overset{\frown}{AB}$=40°）

9. 半圆角等于180°。

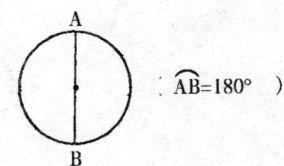
（$\overset{\frown}{AB}$=180°）

10. 垂直于一弦的直径平分这条弦和它的两个弧。

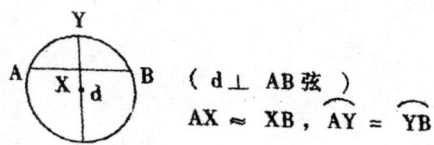

评价：超级学习法是一种新的学习方法，在社会上又掀起了一轮学习革命。当然，该方法也许并不适合所有人，但其初步显示出的效果的确不错，值得一试。

逆差口诀法

在数学上，5-4=1，差是1，称之为"顺差"。顺差题一般好算。麻烦的是常常有被减数个位小于减数的情况。比如14-5=9。被减数个位的"4"，不够减数个位的5减，还差1。这个差，即称之为"逆差"。逆差必须借助于退位减法。而"退位减法"，历来就是小学数学教学的一个难点。河南省的张国和、王翠兰老师解决了该难题，创制了逆差口诀。口诀列表如下：

口诀算式

少一得九 10-1；11-2；12-3；13-4；14-5；15-6；16-7；17-8；18-9

少二得八 10-2；11-3；12-4；13-5；14-6；15-7；16-8；17-9；

少三得七 10-3；11-4；12-5；13-6；14-7；15-8；16-9；

少四得六 10-4；11-5；12-6；13-7；14-8；15-9；

少五得五 10-5；11-6；12-7；13-8；14-9；

少六得四 10-6；11-7；12-8；13-9；

少七得三 10-7；11-8；12-9；

少八得二 10-8；11-9；

少九得一 10-9

说明：如例14-5=9，逆差是1(4与5比，少1)，按"逆差口诀""少一得九"，得出答案是9。凡是逆差是1的算式均如此用"少一得九"口诀计算，如12-3、17-8,等等。

其他以此类推。

或许有人会问，这是两位数减个位置，毕竟简单，用这个口诀还可以。数字大点，行不行呢？一样可以。请看下例：

例一：12221-6543=5678

位数	逆差	口诀
个位	2	少二得八
十位	3	少三得七

（2 已借去一位，记为 1）

百位	4	少四得六（同上）
千位	5	少五得五（同上）

评价：逆差口诀法特别适合于退位减法不过关的学生。该方法简单、快捷、不妨一试。

数学定理学习法

定理是对对象及其属性加以某种肯定或否定。掌握定理是学好数学的关键。通常用以下方法来掌握定理：

(1) 深刻理解定理的条件和结论

数字定理是反映数学对象的属性之间的关系的真理。

每一个定理，都要在一定的条件下才能成立，所以要学好定理，必须深刻理解定理的条件和结论，并掌握其适用范围。平行或垂直的判定定理和性质如果对于数学定理的条件与结论模糊不清，一知半解，就会导致思维混乱，结果错误。

如在计算 $(\sin 10° + i\cos 10°)^3$ 这个题目时，忽略了棣莫佛定理对于复数的三角形式才可以运用的条件，就会得到 $(\sin 10° + i\cos 10°)^3 = \sin 30° + i\cos 30° = 1/2 + (\sqrt{3}/2)i$ 的错误结果。

(2) 改隐式为显式

定理的叙述有"显式"与"隐式"等。有些定理把条件和结论叙述得很明显，甚至就是标准形式，我们不妨把这种定理的叙述形式叫做显式（完整式）。还有些定理的叙述，文字简洁，但其中条件和结论表现得并不是很明显，我们把它称为隐式（省略式）。

证题时，需要先把隐式变为显式，以弄清定理的结构，即正确区分定理的条件和结论。如"垂直于同一条直线的两个平面平行"。我们把它改变为"如果两个平面都垂直于同一条直线，那么这两个平面平行"。这样，条件和结论就明显了。改隐式为显式，是学习数学定理必须掌握的基本技能。

(3) 试作证明或推导

学习定理的证明或推导方法有两种，一种是直接阅读教材，按照教材中给出的解答过程，找出每一步的理论依据及其推算过程，从而弄懂推证方法。

另一种方法是，不先看书，而是通过认真审理，分析定理的条件和结论，联想有关的知识，运用分析与综合的方法，理出解决问题的思路，并且试写解答过程，然后再与教材中的解答方法相对照、比较，进行修改补充，从而准确地掌握证明或推导方法。

两种方法相比较，第一种方法便当省力，但不利于培养数学能力，有时会感到方法来之突然，甚至感到不可琢磨，而且所学到的方法也往往是僵死的；第二种方法比较费力，但对其推证方法感到自然，印象深刻，便于灵活运用，更有利的是在学习推证过程中，能较快地提高分析能力、想象能力、推理能力和解决问题的能力。

(4) 逆向分析

对所学的定理，要从不同的角度，不同的方面去分析，去思考，可提高解题的正确率，并促进思维能力的发展。

对于一个定理，应写出它的逆命题，并判断是否成立。正确的要加以证明，不正确的要举出反例。如 sin2a=2sina·cosa 要分析它的正向 sin2a=2sina·cosa，逆向 2sina·cosa=sin2a；sina·cosa=1／2sin2a。变形 sina=sin2a／2cosa；cosa=sin2a／2sina

(5) 重视定理的选择

证同一题目，寻求多种方法，再对最简捷、最合理的证法进行探索，这对于合理选择定理，灵活运用定理，简捷证题是很有益处的。

(6) 注意定理的推广

由于普遍性的规律寓于具体的事物中，因此我们在证明一个定理后，应该探究此定理能否推广，这对于丰富知识，深化认识，提高解题能力是很有益的。譬如由三角形内角和到 n 边形内角和，由 $(a+b)^2$ 的公式到 $(a+b)^n$ 的展开式，由 sin2a 的公式到 sina 的公式等等。对于这些问题的研究，必然大大提高我们的认识水平和解题能力。

定理的推广实际上是一个由特殊到一般的深化认识的过程。当我们证实了一些特殊的形(或数)的某种特性以后,再将条件一般化,采用类比或经验归纳的方法猜想结论,然后设法证明(肯定或否定)这一猜想。如果猜想得到证实,那么定理就推广了。

评价:定理学习是数学学习的重点。定理的学习有其自身的特点。该法针对定理的特性,提出了一些学习技巧,对学习定理作出了正确、有效的指导。

应用题图解法

应用题图解法是指在分析解答应用题的过程中,进行合理、有效的再造想象,积极地渗透形象思维。通俗地说即是把应用题画出来。该方法有以下三个具体步骤:

一、读题想物

孩子解不出题目,主要的困难在于题意不清,抽象的文字叙述是解题的"拦路虎"。因此要让孩子理解应用题中的数量关系,应首先要求在审题时,边读题,边展开积极、合理的再造想象,把应用题中的文字在头脑中"翻译"成一幅幅生动的图画,形成问题情境的表象,为分析题目的数量关系打下基础。为此需要做以下工作:

1.引导入静:孩子在解答应用题时常有"急于求成"的心理,往往对题目看了几眼,粗粗了解题意,就匆匆下笔。要教育孩子不可急于解题,摒弃杂念,集中注意,仔细审题。

2.指导读题:培养孩子掌握"一找二抓三析"式的读题方法。一找:找出题中有几个条件,几个问题,分别写上数字。二抓:抓住题中重点的词句,容易忽视混淆字词,标上记号。三析:联系题中已知的条件,还能分析得出哪些隐含的条件,推导出一些中间问题。把相应的条件在旁边写出来。真正做到"不动笔墨不读题"。

3.启发想象:在认真读题的基础上,启发孩子就问题情境展开合理的再造想象。先让学生就题中的每一句话分别说说你想到了什么,而后再就整个题目让孩子说说想到了什么,你看到了一幅怎样的画面。

二、整理简化

在孩子"读题想物"阶段所想象得到的还是一些零乱、琐碎的,含有许多无用信息的客观事物的表象,还需要找到问题的关键进一步整理简化,才能有效地帮助学生分析题中的数量关系。

例1:"小清集邮,他有动物邮票18张,比人物邮票5多张,风景邮票比动物邮票少4张。他有人物邮票多少张?风景邮票多少张?一共有邮票多少张?"这道题数据比较多,问题又有好几个,在学生充分进行想象之后,帮助学生用简要的文字,把想象的结果整理出来:

动物:18

人物:动物(18)比人物多5,也就是人物比动物(18)少5——?

风景:比动物(18)少4——?

在整理的过程中,用简要的文字表述题中的条件,并把一些想象得出的隐含的条件及一些中间问题的算式随后写出来。

三、表象外观

为了便于分析数量关系,让孩子把想象的结果通过演示、图示等方式外化,同时也是检查孩子想象能力的关键一步。把应用题"画"出来,也就是重视再造想象这种形象思维在应用题教学中的重要作用。在小学数学教学中要培养逻辑思维能力,这是教学大纲已经明确规定的任务之一。

评价:应用题考察的是应用能力,因此难度较大,许多考生都害怕应用题也是可以理解的。该法是徐新老师总结出的,以图来显示,直观、清晰,可有效提高学生的解题水平。

广义减元解题法

所谓的广义减元不仅是指减少变元的个数,而且还包括降低变元的次数以及减少变元出现的频率等。具体内容如下:

1. 多化少减元

(1) 少代多减元

在应用待定系数法解题时,有的问题根据题目的特点,可以使待定的系数尽量减少。例如三个数成等差一般可设为:$a-d$、a、$a+d$,四个数成等差可设为:$a-3d$、$a-d$、$a+d$、$a+3d$,同样三个或四个数成等比则可设为:a/q、a、aq 和 a/q^3、a/q、aq、aq^3,这样就把原来是三个或四个变元的问题变成仅有两个变元了。

(2) 消元减元

解方程时，一般是通过代入消元法或加减消元法使变元逐渐减少，直至化成一元一次或一元二次方程。对于有些数列中在 a_n 与 S_n 并存的情况下，往往可以用 $a_n=S_n-S_{n-1}$ ($n \geq 2$) 减元，将表达式转化为仅含 a_n (或 S_n) 的递推关系。而数列求和中的消项法，就是通过裂项，消掉中间的一些变元后化简或求值的。

例如：设数列 $\{a_n\}$ 的前 n 项和为 S_n ($n \in N+$)，已知 $a_n+s_n=2_{n+1}$，(1) 求数列 $\{a_n\}$ 的通项公式。(2) 求 $\lim_{n \to \infty}$

$1/2a^1a^2+1/4a^2a^3+\cdots+1/2^2a^na^{n+1}$ 。

(1) 首先利用 $a_n= S_n − S_{n-1}$ ($n \geq 2$) 将含 a_n、S_n、n 的关系式减元转化为 $a_{n+1}=1/2a_{n+1}$ 的形式。再通过构造得出新等比数列 $\{a_{n-2}\}$ 从而可求出 $a_n=2-1/2^n$。

(2) 从原式直接求和很难计算，若将通项拆开成为 $1/2aa^na^{n+1}=1/2^{n+1-1} − 1/2^{n+2-1}$ 的形式，就可以消项减元将其化为

$\lim_{n \to \infty}$

$1/3-1/2^{n+2}{}^{-1}=1/3$。

(3) 分离变量减元

在一个表达式中有两个变量，有时可以通过其中一个的变化来确定另一个的变化范围，这就需要将两个变量分离开。

例如：复数 z 满足 $z+1/z=1$ 且辐角为 θ，求证：(1) $k\pi=\pi/3 \leq \theta \leq k\pi+(2/3)\pi$ ($k \in Z$)，(2) $−(5+1)/2 \leq |z| \leq (5+1)/2$。

此题条件清晰，学生易想到设复数 z 的三角形式，即设 $z=r(\cos\theta+i\sin\theta)$，也不难化简得 r、$\theta$ 的关系式 $r^2+1/r^2+2\cos2\theta=1$。只要将 r 与 θ 分开，就使二元变成了一元。求角时，将角的三角函数用模的形式表示，利用不等式可得 $\cos2\theta \leq −1/2$；求模时，将模用角的三角函数表示，利用三角函数的有界性，可得到关于 r^2 的二次不等式 $r^2+1/r^2 \leq 3$。

(4) 换元引参减元

换元法在解决数学问题中倍受青睐的重要原因就是具有减元的功能。

例如：点 $P(x,y)$ 在椭圆 $x^2/4+y^2=1$ 上移动，求 $u=x^2+2xy+4y^2+x+2y$ 的最大值。设 $x=2\cos\theta, y=\sin\theta$，u 就从两个变元 x 和 y 减为一个变元 θ，再令 $\cos\theta+\sin\theta=t$，将 $\cos\theta$ 和 $\sin\theta$ 换成一个变元 t 的形式。通过配方再将 t 出现的频率由两次减为一次，即 $u=2t+(1/2)^2+\sqrt{3}/2, t \in [-2,2]$，由二次函数在闭区间上最值的求法可以顺利得出 u 的最值 $6+\sqrt{2}/2$.

(5) 整体代换减元

整体求解有时运用设而不求的方法，能使看似无法解决的问题迎刃而解。

例如：已知长方体的全面积为 11，其 12 条棱的长度之和为 24，求此长方体的对

角线的长。

设长方体的长、宽、高分别为 a、b、c，由题设得 2(ab+bc+ca)=11，4(a+b+c)=24，设对角线长为 L，则 $L^2=a^2+b^2+c^2$ 如何使这三个关系式联系起来是求解的关键，其纽带就是 $a^2+b^2+c^2=(a+b+c)^2-2(ab+bc+ca)$，有了此式就可通过整体代换求解两个方程三个未知元的问题，得出对角线长是 5。

2. 高次化低次减元

(1) 降幂减元

解高次方程通常是采用降幂的方法，即利用因式分解或换元法将其化成几个一次或二次方程求解，但如何转化也要讲究策略和方法。

例如：已知关于 x 的方程 $x^2+ax+b=0$ 有两个不相等的实根，求证：方程 $x^4+ax^3+(b-2)x^2-ax+1=0$ 有两个不相等的实根。

由题设条件易得到 $a^2-4b>0$ 的条件，但据此条件判定此四次方程根的情况却有难度。虽然降幂的原则人人皆知，但怎样将其分解成两个二次方程却无一般的方法。由于二次方程 $x^2+ax+b=0$ 有两个不等实根，可设其为 x_1 和 x_2，由韦达定理得 $a=-(x_1+x_2)$，$b=x_1x_2$，将其代入四次方程应用十字相乘法，原四次方程就可分解成 $(x^2-x_1x-1)(x^2-x_2x-1)=0$。由 $\triangle 1=x_1^2+4$ 和 $\triangle 2=x_2^2+4$，不难证明两个二次方程各有两个不等实根且无公共根。

(2) 变更主元减元

人们的思维习惯是以 x 为自变量，其它字母为变量。有时若打破定势，变更主元思考却能优化解题。

例如：设 $m=(\log 2x)^2+(t-2)\log 2x+1-t$，若 t 在区间 [−2, 2] 上变化时，m 值恒正，求 x 的取值范围。

此题从二次方程根的分布角度求解是很麻烦的，但若将 m 看成是 t 的函数，则把二次转化成一次 g(t)，易由 g(−2)>0 且 g(2)>0 求出 x 的范围是 (0，12) ∪ (8，+∞)。

3. 降低频率减元

(1) 配方或配项减元

有些函数在几处出现同一变量，由于多处都在变化，因此较难讨论其性质。比如对于二次函数 $f(x)=ax^2+bx+c$，$x \in [m, n]$，通过配方把函数化成 $f(x)=ax+(b/2a)^2+(4ac-b^2)/4a$ 的形式。就把函数从原来两处出现 x 变成一处，其性质就显而易见了。又对于形如 $y=ax^2+bx+c/(a^2x^2+b^2x+c^2)$ 的函数，当其系数满足一定的条件时求最值的问题，通过配方及配项可将 x 出现的频率减少，从而可以应用不等式或单调性求解。

(2) 异名化同名减元

有些结论和公式除了各自的功能外也具有减元的功能。例如，可以通过 $a\sin x+b\cos x=(a^2+b^2)\sin(x+\phi)$，将含两个函数 sinx 和 cosx 的表达式异名化同名，即化成一个角一个函数的形式，这样就有利于使用三角函数有界性解决有关问题。

评价：该法由浙江省宁波市镇海区龙赛中学曲长虹老师总结。该法将广义减元策略应用于多种数学方法之中，极大地提高了数学问题解决的能力。同时也为数学中的很多问题找到了突破口。

应用题解答"三读法"

所谓"三读"，是指在"解题前、解题中、解题后"读三次。

一、"解题前"的读

这是学生首次认识题，在读的时候要求学生必须摘清已知什么，求什么，使题目在学生大脑中形成表象，为解题打下基础。

二、"解题中"的读

这是学生用读来寻找解题的突破口。这个读主要训练学生能读出题中的数量关系。

三、"解题后"的读

即再次将题目、分析过程和列式、解答通读一遍。这一层次的读不同于前面的读，因为这时题已解完，前面两个层次的读是为了解题而读，是就题论题的读，对思维发展有其局限性，只是摸索性的读。而解题后的读则是在完全了解正确的解题方法后，重新将解题过程想一遍，这完全是总结性和归纳性的读，是从具体的题中读出规律，是寻找此题与彼题的联系，此类型和彼类型的区别。通过解题后的读使原解题正确的学生，有了明确的肯定，知道了为什么这样做而原解题错误的学生也知道了错在何处和应该怎样做。这样的读是从大处着眼、小处着手的读。

评价：该法严格来讲是一种审题方法，需要与具体的读题技巧结合起来使用。此外，该法也是一种解题程序法，需要在实践中注意总结经验。

数学日记学习法

"数学日记"学习法就是让学生以日记的形式记录下他们自己对每天数学教学内容的理解、评价及意见，包括自己在数学学习中的真实心态和想法。

数学日记的内容可以包括以下一些内容：

一、对某个知识点的理解。例如，对去括号法则，你是如何理解的？并举例说明。

二、对易混淆概念的区别。例如，学了合并同类项后，可以写出同类项与合并同类项的本质区别。

三、写学习数学的心得或某个知识点在实践生活中的运用。例如，列方程解应用题在银行存款，浓药配制，工厂车间人数搭配，商品价格计算等方面的应用。

四、对教学方法的建议和教学过程的评价。

例如，有位同学在学习了平行线的性质和判定后，便写出了如下一篇高质量的"数学日记"：平行线的性质与判定，是对同一个基本图形而言，它们的区别是，由两条直线平行得到有关角相等或互补关系的结论是性质；反之，由角相等或互补关系得到两条直线平行的结论是判定。掌握性质与判定的关键在于正确识别图形中的同位角、内错角、同旁内角及其关系。

评价：日记，本来就是自己与自己对话的一种方式。不过以往，人们只听说过学语文要记日记，好多练笔；学英语要记日记，好多用英语。好像还是头一回听说，学数学也要记日记。其实，人们记日记，无非是记下自己的感受、体会和想法，由此看来，学语文可以记日记，学数学当然也可以记日记了。该方法主要作用在于督促学生要善于总结。

其他学科学习法

"讨论式"历史学习法

"讨论式"历史学习法的具体步骤如下:

1. 选定论题。

2. 提出讨论要求。

讨论的基本要求:(1)提出问题要明确。(2)论说有据,观点鲜明。(3)史论结合。(4)有理性的思考。(5)语言简洁有条理。

3. 查找参考书目及资料。

4. 学生搜集整理相关资料,撰写小论文。

这是最重要、也是最富有意义的一环。学生围绕自己选定的论题,怀着极大的求知欲,广泛搜集、整理相关资料。在此过程中,学生将自己占有的资料进行分析、综合、比较、归纳,并草拟了小论文。这是自觉学习、自觉思考的过程,充分体现了学生学习的独立自主性,发挥了学习的潜能。在这一过程中,通过学生间不断的讨论,使学习不断深入。

5. 课堂讨论。

当学生做好了资料的搜集、整理,撰写小论文后,课堂讨论的条件成熟了。

教师不再是课堂的主角,而是课堂讨论中的一员,坐在学生中间,与学生平等交流、争论。课堂完全成为学生自主学习的场所,学生自己设计研讨的步骤和形式。

每个学生都畅所欲言,各抒己见。

在讨论过程中,当学生为某一个问题争论得离题太远时,教师要适当引导学生,不要偏离主题太远。

对学生提出的每一个议题，教师都虚心听取他们的论说，并友好地表达自己的观点，决不强行定论。

评价："讨论式"历史学习法激起学生前所未有的积极性。同是，讨论也有利于锻炼学生的思维。此外，在讨论过程中，学生的知识不断得到深化。

时间表述理解法

没有时间概念的历史知识是不存在的。如何在包括预习在内的学习过程中，快速、准确地判断历史时间，很重要的一环就是能正确地掌握历史时间的几种表述法。

以下就几个历史时间的表述（包括中国史）作一介绍：

"纪元"。历史上纪年的起算年代。我国纪元，当始于西周共和元年（公元前841年）。自汉武帝建元元年（公元前140年）以后，历朝诸帝皆立年号纪元；亦有中途改元者。在欧洲，希腊人曾以公元前776年（第一次奥林匹亚竞技会）、罗马人以公元前754—前753年（始建罗马城）为纪元。阿拉伯人以公元622年（穆罕默德由麦加迁麦地那）为纪元。今世界上多数国家采用公元纪年。

"公元"。即公历纪元，也叫基督纪元。以传说中耶稣基督的诞生年为公元元年。常以AD（拉丁文Anno Domini之缩写，意为"主的生年"）表之。始行于公元6世纪。今为世界上多数国家所采用，故称公元。又，公元前则以BC（英文before christ之缩写，意为"基督以前"）表之。"公元0年"是不存在的，BC1年（公元前1年）后，则为AD1年（公元1年）。"世纪"、"年代"。百年为一世纪，特指公历纪元之百年分期。每世纪中又以十年为一"年代"。如20世纪90年代，通常指1990—1999年，即以出现"90"为90年代开始。亦有主张1991—2000年者。

"绝对年代"和"相对年代"。在历史上可以确定的具体年代，称为绝对年代。如公元476年西罗马帝国灭亡，1640年英国资产阶级革命开始，1949年中华人民共和国成立等等。不能确立具体年代而仅能比较地推定先后时序者，称为相对年代。原始社会和缺乏历史记录的古代社会的某一时期，一般只能以相对年代纪时。例如我国夏王朝约为公元前21世纪—约前16世纪，仰韶文化期早于龙山文化期等等。

中学历史学科考查学生对时间概念的记忆，往往是要求能多侧面地理解和掌握重大历史事件的概念。如1987年高考试题中将"唐朝"用"7世纪—9世纪"予以代替；此外，有时将某一世纪分成早期（头30年）、中期（30—60年代）、晚期（70年代后），以及×××世纪初叶（或初期，即头10年）、末叶（末期，即最后10年），也是需要准确理解与掌握的。至于说到某一社会形态的初期、中期、末期，则表示的时间可长达数万年（如原始社会），短至数百年（如封建社会）不等。

值得一提的是，我国古代除了以帝王年号纪元之外，尚用10个"天干"和12个"地支"循次搭配，构成干支纪年，每60年循环一次。干支纪年是有中国特色的年代表示法，一直沿用至今。在中学历史教材上，以干支纪年表示的历史事件不少。如戊戌变法、甲午战争等。

评价：历史其本身即为一时间概念。学习历史、把握时间概念是关键。该方法紧扣时间二字，从多角度阐述了时间表达的形式及含义，不失为一种有效学习历史的好方法。

历史浓缩学习法

学习历史，不为繁杂的历史知识所困，从而达到执简驭繁，提高学习效益的目的，其中很重要的在于能读"薄"教材，学会"舍粗求精"、"剔肉存骨"的浓缩法。

运用此法第一步先对某一章、节或某一问题的内容进行归纳梳理；第二步再钩玄提要，"脱水浓缩"。例如19世纪中后期起（科技）新突破→（生产力）大发展→（生产、资本）高度集中→垄断形成。寥寥14个字就概括了垄断形成的原因和过程。

某些历史事件可以其发展过程中的几个相邻年代为标志附上要点，提纲挈领，调整和简化记忆程序，降低记忆难度，便于总体掌握。如第一次世界大战，可以联系五个年代中发生的大事勾出轮廓：1914年，萨拉热窝事件，战争重心在西线，马恩河会战；1915年，重心在东线，德军占领俄国大片领土；1916年，重心又转到西线，凡尔登、索姆河会战；1917年，俄国革命，美国参战；1918，奥匈瓦解、德国投降，战争结束。此法开始宜由教师指导，以后学生可独立操作。

评价：历史是一个很厚重的话题，历史课内容繁杂亦是十分正常的问题。如何去繁求精是学习历史的一个重要问题。该方法就如何浓缩历史知识做了阐述。方便记忆与理解，是一种有效的学习方法。

历史年代记忆法

1. 间隔推算法

(1)1911年,辛亥革命。1913年,二次革命。1915年,护国战争。1917年,护法战争。以上历史事件前后各相隔二年。

(2)1911年,辛亥革命。1921年,中国共产党成立,1931年,"九·一八"事变。1941年,皖南事变。以上历史事件各相隔10年。

(3)1789年,攻占巴士底狱。1889年,第二国际成立。二者相隔100年。

(4)1640年,英国资产阶级革命。1840年,英国发动鸦片战争。二者相隔200年。

2. 颠倒记忆法

(1)184年,黄巾起义。481年,克洛维建立法兰克王国。814年,查理曼帝国建立(现中学教材无此内容)。

(2)916年,耶律阿保机建立契丹政权。196年,曹操劫持汉献帝到许昌。961年,宋太祖赵匡胤"杯酒释兵权"。

(3)1127年,金灭北宋。1271年,忽必烈建立元朝。1721年,俄国迁都彼得堡。

(4)1069年,王安石变法。1690年,乌兰布通之战。1906年,萍、醴陵、浏阳起义爆发。

3. 数字特征记忆法

(1) 一肩双挑。①公元前525年,波斯帝国灭亡埃及。②公元前212年,秦始皇坑儒。③公元前202年,西汉建立。④383年,淝水之战。⑤646年,日本大化改新。⑥676年,新罗统一朝鲜。

(2) 双肩双挑。① 1661年,康熙帝继位;郑成功开始收复台湾。② 1881年,中俄《伊犁条约》签订;苏丹马赫迪反英大起义爆发。

(3) 重复数字。① 1616年,努尔哈赤建立后金。② 1818年,马克思诞生;智利独立。③ 1919年,"五四"运动;德国柏林起义;巴黎和会;共产国际成立;朝鲜"三·一"人民起义;匈牙利苏维埃共和国成立;德国巴伐利亚苏维埃共和国成立;埃及人民武装起义;土耳其凯末尔资产阶级革命开始。

4. 简单数字运算法

(1) 后两位数字的乘积等于前两位数字。① 1644 年李自成进占北京，16=4×4。② 1836 年，英国爆发宪章运动，18=3×6。③ 1892 年，俄法签订军事协定，18=9×2。

(2) 后两位数字之和等于前两位数字。① 1192 年，日本幕府统治建立，11=9+2。② 1688 年，英国政变，资产阶级和贵族统治地位的确立，16=8+8。③ 1486 年，葡萄牙人迪亚士到达非洲南端好望角，14=8+6。

5. 同一年代中外历史联系记忆法

(1) 公元前 594 年，鲁国实行初税亩；古希腊出现雅典的梭伦改革。

(2) 1689 年，中俄签订《尼布楚条约》；英国通过《权利法案》。

(3) 1804 年，拿破仑称帝，建立法兰西第一帝国；海地宣布独立。

(4) 1861 年，清政府设立总理各国事务衙门，曾国藩创立安庆军械所，慈禧太后发动宫廷政变；俄国农奴制改革；美国南北战争爆发。

(5) 1864 年，太平天国运动失败；第一国际在伦敦建立。

(6) 1941 年，皖南事变；苏德战争爆发；太平洋战争爆发。

6. 公元前后年代对称记忆法

(1) 公元前 1894 年，古巴比伦王国建立。公元 1894 年，朝鲜甲午农民战争；中日甲午战争。

(2) 公元前 525 年，波斯灭亡埃及。公元 525 年，北魏河北人民起义。

(3) 公元前 476 年，中国奴隶制崩溃，春秋时期结束。公元 476 年，西罗马帝国灭亡，西欧奴隶制崩溃，西欧封建制开始。

(4) 公元前 221 年，秦统一中国。公元 221 年，三国时期蜀国建立。

7. 年代连续记忆法

(1) 连续 2 年。例如：① 公元前 209—前 208 年，秦末陈胜、吴广起义。② 1497—1498 年，达·伽马开辟从西欧到印度的新航路。③ 1524—1525 年，托马斯·闵采尔领导的德意志农民战争。④ 1661—1662 年，郑成功收复台湾。⑤ 1895—1896 年，埃塞俄比亚抗意卫国战争。⑥ 1904—1905 年，日俄战争。

(2) 连续 3 年。例如：① 公元前 73—前 71 年，斯巴达克起义。② 1773—1775 年，俄国普加乔夫起义。③ 1857—1859 年，印度民族起义。④ 1918—1920 年，苏维埃俄国粉碎外国武装干涉和国内反革命叛乱。

(3) 连续 4 年。例如：① 公元前 206—前 202 年，楚汉战争。② 1861—1865 年，美国内战。③ 1914—1918 年，第一次世界大战。④ 1941 年—1945 年，苏联卫国战争；太平洋战争。⑤ 1945 年 9 月—1949 年 9 月，第三次国内革命战争时期。

(4) 连续 8 年。例如：① 755—763 年，唐朝安史之乱。② 1775—1783 年，北美独立战争。③ 1910—1917 年，墨西哥资产阶级革命。④ 1937—1945 年，第二次世界大战及中国全面抗战。

(5) 连续 10 年。例如：① 875—884 年，唐末农民战争。② 1927 年 8 月—1937 年 7 月，第二次国内革命战争时期。

8. 年代首尾填位记忆法

(1) 首位填"1"。如：① 386 年，北魏建立。1386 年，明朝建立。② 581 年，隋朝建立。1581 年，明朝实行一条鞭法。③ 843 年，查理曼帝国分裂，法、德、意三国雏形产生。1843 年，英国强迫清政府签订中英《五口通商章程》和《虎门条约》，作为《南京条约》的附件。④ 640 年，唐朝设安西都护府。1640 年，英国资产阶级革命开始。

(2) 尾位填"0"。如：① 22 年，成昌之战。220 年，魏国建立。② 23 年，昆阳之战。230 年，吴派卫温率万人船队到夷洲（今台湾）。③ 166 年，大秦王安敦派使臣到中国。1660 年，英国斯图亚特王朝复辟。④ 184 年，黄巾起义。1840 年，鸦片战争开始。

9. 表格记忆法

对同一性质和类型的历史年代，如有关资产阶级革命的年代，中国近代史上不平等条约的签订时间等，可列年代表帮助记忆。如有关资产阶级革命，改革运动的年代可列表如下：

历史事件	年代	世纪
英国资产阶级革命	1640 年	17 世纪
美国独立战争	1775—1783 年	18 世纪
法国资产阶级革命	1789—1794 年	18 世纪
俄国农奴制改革	1861 年	19 世纪
日本明治维新	1868—1873 年	19 世纪

10. 口诀法

中国共产党的一些重要会议："一二三七古，12379；遵瓦在 35，七大在 45；七届二中会，已经到 49。"这里概括了党的 9 次会议。古田会议分别在 1921、1922、1923、1927、1929 年召开；遵义会议，瓦窑堡会议都在 1935 年召开；七大在 1945 年召开；

七届二中全会在1949年召开。

11. 谐音形象法

利用某些历史年代的读音有时和我们日常生活中某些语言或声音接近，建立二者的联系以便记忆。如唐朝建立于618年，遂有"李渊分糖，留一把"。如马克思的生卒为1818—1883年，遂有"一爬一爬，一爬爬到山。"

评价：历史年代是历史事件的时间标记，无论是学习中国史还是学习世界史，都会碰到历史年代的记忆问题。上述11种方法记好历史年代提供了有效途径。

方位记忆法

方位记忆法即借助地理学科中的方向位置，利用形象的图形记忆历史地图及历史地理中的部分知识的一种方法。常用的有十种。该法有一定的局限性，采用时要酌情而定。

"一"字记忆法

多用于记忆行政区划的界线、行军作战的路线等。如南宋与金签订的"绍兴和议"中规定的金与南宋的界线，太平天国从永安到南京的进军路线，解放战争中平津战役的主要作战地点等。

  大散关   淮水 （金与南宋界线）
  张家口 新保安 北平 天津 塘沽 （平津战役的主要作战地点）
  ○   ○   ○   ○   ○

2. "十"字记忆法

多用于记忆疆域四至和历史知识点能成为四个方位的内容。

    长城一带
  陇西 + 大海
    象郡

（秦朝疆域）+

3. "×"号记忆法

用于记忆疆域范围以及与疆域有关的史实，也可记战役中的作战地点。如清初巩固疆域所进行的斗争和采取的措施就可用此法记忆。

东南记两件：清军进入台湾、设台湾府。东北记两件：雅克萨之战、《尼布楚条约》的签订。西北记六件：天山以北三件：平定噶尔丹叛乱、设将军驻乌里雅苏台、平定阿睦尔撒纳叛乱，天山以南记三件：平定大、小和卓叛乱、设伊犁将军、平定准格尔叛乱。西南记三件：赐于达赖、班禅封号和册封制度、设立驻藏大臣、驻藏大臣与达赖、班禅共管西藏。

4. "丁"字形记忆法

如果在三个方位上出现了历史知识，就可用此法。如中国唐朝的对外关系，古代拉丁美洲的三个文化中心，19世纪中期日本著名的"三都"等。

　　　　大食　波斯｜朝鲜　　日本
　　　　　　　　印度

（唐朝的对外关系）

5. "人"字形记忆法

如隋朝大运河的起点及四段名称，解放战争时期辽沈战役的主要作战地点等。（隋朝大运河）

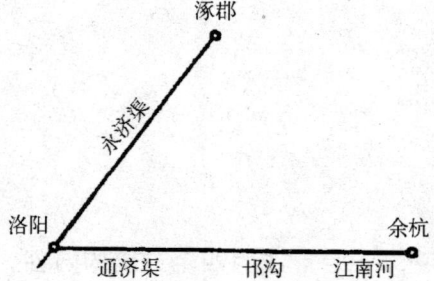

6. "大"字记忆法

能在五个方位上出现历史知识点的采用此法为宜。如抗日战争初期北方的主要抗日根据地、西周的主要诸侯国等。

（抗日战争初期北方的主要抗日根据地）

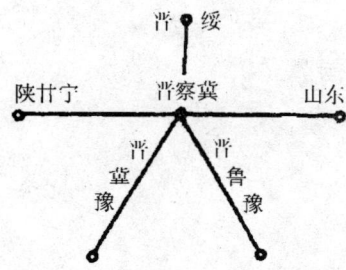

7. "米"字形记忆法

凡是可以出现五、六个或六个以上方位的历史知识用此法为宜。如清初的疆域，19世纪后半期中国边疆地区的新危机等。

（清初的疆域）

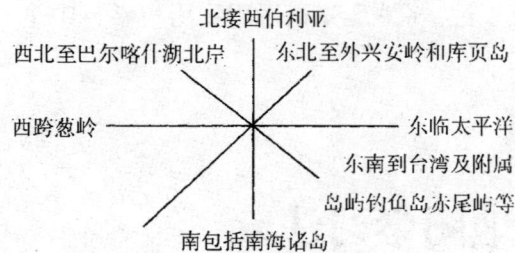

8. "口"字形记忆法

主要记忆历史地图内能略成四边形的各个地点及其有关的历史知识。如中国唐朝安西都护府下辖的安西四镇。

    碎叶   疏勒

    龟兹   于阗

9. "品"字形记忆法

多用于鼎足而立的国家、政权、地区。"品"字可正、可倒，也可横。如魏、蜀、吴三国鼎立，辽、宋、西夏的并存，解放战争时期我三路大军越过黄河、挺进中原进行战略反攻的形势等。

$$\begin{matrix} & 魏 & \\ 蜀 & & 吴 \end{matrix}$$

（三国鼎立）

10. "丰"字形记忆法

如"战国七雄"的位置等。

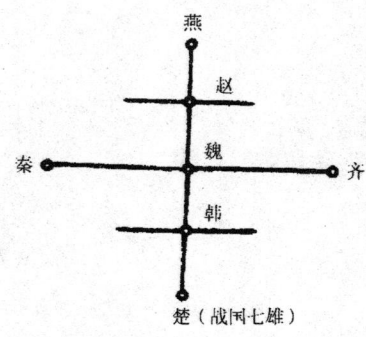

（战国七雄）

评价：上述10种方法具有强烈的直观性。将地理知识运用到历史学科中是一大创新。

历史地图学习法

（一）会看

首先看主题。每幅历史地图均有其要表达的主题。如《第一次世界大战形势》，主要看同盟国与协约国的战争态势：即双方的地理位置、主要战场。接着是看局部。如《第一次世界大战欧洲战场形势》图，可以先看"西线"战场形势，对凡尔登、索姆河可用色笔作一记号，弄清其分别在比利时与法国边境及德法边境的大致位置。然后看看1914年8月德军进攻巴黎时挺进的界线，1915—1916年的战线，1918年11月11日停战决定的战线，可分别用不同的色笔依次在图上勾勒。这样对德军在一战的失败会有更深刻的印象。对该图"东线"与"意大利战线"、"巴尔干战线"可用同样的方法阅读。

最后是看"细节"。如果说看主题，看局部分别是宏观、中观地看，那么"看细节"就是微观地看。如《德国法西斯的扩张图》，就捷克斯洛伐克而言，我们就应仔细地找出"苏台德区",因为这是"慕尼黑阴谋"的标志。然后就可发现:捷克在1939年3月为德占领,而斯洛伐克在同年沦为德国的"保护国";至于捷克斯洛伐克的切欣地区,在1938年已为波兰占领。以上的历史知识是这幅历史地图的隐性知识,教材中并无片言只语,只有通过微观地看才能了解。

(二)会记

记住某幅历史地图,既无这个必要,也不大可能。我们在学习中,能记住其大致轮廓、方位即可。如一战的欧洲战场,我们只要记住:英德在西,俄在东,德奥位置居当中。至于战争中的进攻、撤退等路线,和某些重要的地点可以借用抽象的方法去记。如9世纪西属拉美独立革命中,玻利瓦尔与圣马丁的进军路线一个南下,一个北上。在秘鲁的利马交汇,形成了一个"ε"字。

(三)会用

学习的目的全在于运用。用图可采用联系法、比照法。

1. 联系法。即某一重要地点前后数次出现可选最后一幅图在适当部位注明。如法国的"凡尔登"在18世纪末大革命中的因瓦尔密大捷、1916年的凡尔登战役而十分著名;同样,1870年8月底普法战争中的色当战役、二战中的德军绕过马奇诺防线、突破色当,使该地名载史册。

2. 比照法。即同一国家和地区的性质同类的历史地图放在一起对比观察,从而巩固新知识,得到新启示。

(四)会加工

①连线法。此法是按照时间顺序将历史事件与发生事件的地点用带方向的线段连接起来,构成一个易于掌握的点线体。此法适用于对起义形势、进军路线、海陆交通等图的学习与复习。采用此法时,还可根据教材内容配以简洁明了的文字。因此法不仅简化了内容较复杂的历史地图,而且使教材文字和历史地图有机结合,便于抓住重点、难点,也便于记忆。

②坐标法。此法是以适当的地名作中点,然后经过该点建立坐标,从而确定其他地名的相对位置。此法适用于对边疆、边疆军政机构、战争形势、扩张形势等图的复习。如对《三大战役作战示意图》中淮海战役的复习,可以徐州为中点,利用津浦、陇海两条铁路建立坐标,然后用彩笔在碾庄、双堆集、陈官庄等重要地点着色。此法简洁、清晰,便于记忆。

以上是一些普遍规律,下面针对具体类别的历史地图介绍一些方法。

(1) 人物图学习方法。

观察人物图，首先要"认识"这些历史人物，即知道这是谁，什么国籍、身份，大致生活时代。进而要掌握其主要事迹或思想主张。在此基础上，要注意观察：①人与物或景之间的联系。如《张衡与地动仪》、《邓世昌与致远舰》等。②人物的神态表情。如以下四幅照片：俾斯麦被迫告退时，大衣斜披，垂头丧气；维新变法运动中的谭嗣同，左手叉腰、直立，表情严肃刚毅；阿拉曼战役中，探出坦克、手持望远镜的蒙哥马利充满着自信；在德里兰会议上，罗斯福面露笑容、十分自得，斯大林神态安祥，微含喜色，与罗斯福一字平坐，丘吉尔在照片中比罗、斯二位矮了一截。结合教材提供的文字材料，可以说上述历史人物的即时心态跃然纸上。③领会漫画的真正含义。例如，《帝国主义轴心国》漫画中从上到下依次为墨索里尼、希特勒和日本军国主义者，正在用手摇动着三个互相连成一排的轴承，他们费劲和愚蠢的神态，昭示着逆历史潮流而动的可耻下场。此外，理解了《讽刺张伯伦绥靖政策失败的漫画》、《揭露清政府"预备立宪"的漫画》的含义后，有助于对教材内容的记忆。

(2) 场面图学习方法。

历史教材中的场面图是一些重要历史事件、历史知识的某些片断、侧面状态的再现，有助于教材某些内容的延伸或强化。观察、领会场面图，首先要掌握这些图画所反映的历史知识，如《攻占巴士底狱》、《凡尔赛和约签订仪式》、《德军入侵波兰》、《中苏友好同盟互助条约的签订》等图照中所反映的历史背景、后果或意义。接着要理解场面图的内容，如《俄国农奴对"解放"的失望》图，为什么场面如此冷清？拖儿带女的农奴为什么对自己被"解放"感到失望，因而神情木然？这恰恰有力地印证了列宁对1861年改革的评论："农民获得'自由'的时候，已经被剥夺得一干二净。"

分布图中还有一些古代城市的布局图与建筑景观图。对于建筑景观图，我们可以八个字掌握："以今推古，记住标识"，即以今天所见到的建筑景观去合理推想其古代的风采，读图时，要记住某一建筑景观的特有标识。对于古代城市布局图，也可以八个字去掌握："对照观察，求同求异"。如以《唐长安城》与《明朝北京城》平面图对照观察两图中宫城、皇城与京城的三者的关系；唐代是皇城、宫城南北平分，两者构成矩形座落在京城北部中央，京城与皇城、宫城形成凹凸镶嵌；而明朝北京城则是皇城包含宫城、京城包含皇城，形成大小两个同心"回"。此外，北京城在明中期于南面筑有外城，这也是唐长安城所无的。当然再从小的布局看，则差异更大。虽然唐长安城与明北京城布局有极大的差异，但它们毕竟是在中国大地上，由中国人设计的布局，所以尽管年代相距约700—800年，但总体内涵一致，即宫城座落于整个城市的中轴线上，布局呈对称。

(3) 器物图学习方法。

反映历史上物质文明与精神文明成果的器物，或是具有某种特定意义的器物，其照片与画图，在历史教材中占有一定的数量。器物大致可分：①古代的艺术品（如书法绘画、雕塑等）、农具、工具、生活器具、兵器等。②近代现代的机器、科技产品、武器等。③古代至近代现代的文献，如书报杂志、信函电报、诏令文告、法律条约等。

根据不同类别的器物，我们在看图识图时应有不同的要求。例如，对古代的艺术品，要求掌握其名称、作者、时代及其在艺术史上的地位。对近现代的机器、科技产品，要求掌握其发明者、国籍、用途及其意义。对于古今中外的重要文献，则要求掌握其时代特征、性质，有的还要弄清其主要内容、作者身份、颁布的机构、订约的国家或组织等。

评价：历史地图有很多类别，学会看历史地图就能从中发现许多隐含信息，这对学习历史极为有用。该方法从普遍到具体阐述了该如何学习、掌握历史地图，且伴有具体例子，十分浅显易懂。

人物评价法

科学评价历史人物应做到：

1. 坚持以"严格的历史性"为前提评价历史人物，即评价历史人物必须放在当时的历史条件下，按其本来面目，实事求是地进行评价。只有真实，才能接近真理。坚持"严格的历史性"，要防止全盘否定，苛求古人，或是把古人现代化，溢美古人。如对秦始皇的评价，肯定他顺应了历史发展趋势统一中国，结束了长期割据混乱的局面。对其统一后的政策措施，则从客观效果出发具体分析、评述。对其"废分封、立郡县"、"书同文"、统一度量衡、货币及"击匈奴、戍五岭"是肯定的；对于"焚书坑儒"，虽其含有坚持郡县制反对分封制的意图，但客观上起了钳制思想、摧残文化的恶劣作用，是暴政的体现，故应否定。

2. 以历史人物在历史发展进程中的客观作用作为评价历史人物的标准。不是根据他"没有提供现代所要求的东西，而是根据他们比他们的前辈提供了新的东西。"凡是对历史发展做出了有益的贡献，起推动、促进作用的历史人物应该给予肯定；反之，对历史发展起促退、阻碍作用的应持否定态度。同时，贡献与作用只能同辈与同辈人相比。坚持以客观作用为评价历史人物的标准，反对以主观因素、道德规范为评价标准。如王安石、张居正的改革，不仅在当时起到了富国强兵的作用，而且在一定程度上抑止了豪强势力，并多少减轻了人民的负担，对发展生产有着积极作用。对"王莽改制"

虽其目的是在于制止土地兼并，缓和阶级矛盾，但其措施有的违背历史发展的规律，是搞倒退（如颁布"王田"令）；有的是为了一己之利掠夺财富（如四次改变币制）；有的是为了显示威风（如挑起与匈奴的冲突）结果改制的目的根本没有达到，反而激化了阶级矛盾，破坏了民族关系，造成了整个社会的大混乱与大动荡，终于加速了农民起义的爆发。所以我们从客观作用上肯定王安石、张居正的改革，也以此否定王莽改制。

3. 采取"阶段论"、"方面论"与"综合论"相结合的方法评价历史人物。评价历史人物不能套用一个现成不变的公式。汪精卫年轻时反对清廷，因密谋暗杀清廷要员而被捕，狱中吟诗："慷慨歌燕市，从容做楚囚，引刀成一快，不负少年头！"然而，出狱后却投靠了袁世凯，后来又与蒋介石勾结，疯狂屠杀共产党人和革命群众，抗日战争爆发后终于堕落为大汉奸；杨度则恰恰相反，他早年替袁世凯复辟效劳，晚年却改弦更张，参加了中国共产党，为营救革命同志而奔忙。说明一个人由好变坏者有之，由坏变好者有之，或越变越好，越变越坏，都大有人在。对于一些亦好亦坏、情况复杂的历史人物，应以"阶段论"的方法进行评价。所谓"阶段论"，即从纵的方面，就历史人物一生的大节，根据其活动的不同性质，划分为不同阶段，结合所处的历史条件评论历史人物的功过是非。如对李秀成既未拿他后期写的《自白书》来否定他前期对太平天国运动所作的贡献，也没有把李秀成评价为完美无缺的英雄而掩盖他实际存在的失节行为。

应把"阶段论"和"方面论"并用，纵横交错，才能勾画出历史人物的全貌来。如意大利的马可尼，不因其支持墨索里尼的法西斯专政，而否定他试验无线电通讯获得成功的杰出贡献。对富兰克林 罗斯福实施"新政"作适当的肯定，并进一步肯定他为反法西斯战争作出贡献的同时，也不能无视他与英、法一起推行绥靖政策造成的不良影响。对中国近代史上的左宗棠不仅要区别其不同阶段，还应区别他在不同方面的所作所为，把他与李鸿章相区别。另外，对历史上重要的历史人物，还应抓住决定事物性质的主要方面进行综合评价，如就康有为一生来说，"维新变法"在历史上的积极影响是主要的，后期的保皇消极作用是次要的。

评价：历史是人活动的记录。历史人物可以加速或延缓历史进程。因此科学评价历史人物有助于深刻认识重大历史事件，同时亦有利于历史知识的融会贯通。当然，最重要的是在评价过程中可以增强学生的分析、思辨能力。

参与式政治学习法

所谓参与意识，就是学生对学习活动有效地积极地投入的意愿。学生有了参与的意识，才会有强烈的投入欲望，才会有积极的参与行动。但是，学生的参与意识不可能自发产生，必须依靠培养。

那么怎样在思想政治课中培养参与意识呢？在实践中，必须在课前预习、导入新课、课堂提问和质疑问难等环节中，精心安排学生的学习活动，提高学生的参与能力。

一、认真作好课前预习，激发学生的参与动机

预习作为一种个体的认识活动，不仅有利于培养学生的学习兴趣，而且有利于培养学生的自学能力。但预习作为学习活动的基本环节，又必须有明确的目标，合理的活动方式和可进行检测的行为结果。因此，首先必须确定好预习的目标，这个目标必须遵循个人认知的原则，具有操作性，指明思维的方向，明确学习的途径。如学《依法保护消费者的合法权益》时，设计以下几项预习目标：①为什么要保护消费者的合法权益；②消费者有哪些权利，这些权利与哪些市场交易的原则相联系；③我国保护消费者的合法权益的主要机构有哪些；④消费者如何保护自身的合法权益。四个预习作业，从为什么到有哪些再到怎么样，体现了学生自读教材的一般规律。其次，必须安排好预习活动的方式，无论在课上还是在课外，都必须给予充分的预习时间。书要靠自己去读，语感要靠自己领悟，知识必须自我构建。任何越俎代疱的分析、灌输都违背学习的规律，不仅难以提高学生的能力，而且还会影响学生学习的信心，禁锢学生独立思考的能力和创造性。第三，对预习的行为结果，必须进行检测。这样是为了了解预习情况，以便对学习情况作出分析。

二、创设情境导入、激发参与的欲望

好的开头等于成功的一半。导入新课时，能否有一个良好的开端，往往是一堂课的成功与否的关键。教师要善于设置情境，用言简意赅、精炼生动的语言开讲，能很快集中学生的注意力，激发他们的浓厚的学习兴趣。学生有了兴趣，就能引起内在兴奋。教时引出课题，明确学习目标，提供参与机会，示范或指导参与方法。这时，学生的内在兴奋又转化为外在兴奋，将参与的欲望外化为参与活动的行为。

例如教学《党的领导地位的确立和现代化建设必须由党领导》，一上课，就播放《没有共产党就没有新中国》、《走进新时代》等歌曲。在聆听优美旋律后，揭示课题，让学生谈体会或感受，学生兴趣盎然，各抒已见，课堂气氛活跃，受教育性强。

三、建立和谐的师生关系，创造良好的参与氛围

"亲其师才能信其道。"和谐的师生关系有助于发挥学生学习的主动性和积极性，反之，学生学习的主动性和积极性就要受到压抑。因此教师要不断调控自己的情感，做到热爱每一个学生，建立起平等和谐的师生关系。也只有在民主的氛围中，学生的参与水平才能得到提高。

四、精心设计课堂提问，强化学生的参与热情

有价值的问题能引人深思。提问既要考虑学生的接受能力，又要把握实质，问在点子上，要避免满堂讲，把答案直接告诉学生。问要有助引导学生积极思考，讲究一个"巧"字。一个恰到好处的设问，往往会产生"一石激起千层浪"、"一花引来百花香"的效果。学生一般都有很强的表现欲和成就感，听到老师的问题，都急于发表自己的见解，于是有了参与的热情。

五、安排学生的活动，落实学生的参与行为

要多选择那些适合于学生参与的活动形式，精心安排个人自学和小组交流，提供充分的参与时间，使全体学生以高涨的情绪参与到异步、高效的自主学习之中，使学生真正成为学习的主人。

活动课的活动安排可多种多样，从参与人员来分，可分为同桌、小组、全班；从参与的形式来分，又可分为自学、讨论、讲练、演讲等，有时一堂课也可安排多种形式和方式。

六、鼓励质疑问难，提高参与能力

课堂上尽量让学生质疑，既是培养问的能力的需要，也是课堂民主的表现。由于学生的年龄特点，他们的求知欲望十分强烈，课堂上急于解决碰到的疑难问题。教师要抓住这一心理特征，在课堂上安排一段时间，鼓励学生大胆质疑。

问题是思维的起点，也是思维的动力，能准确地发现并提出问题，是学生主体参与的充分体现。学生质疑能力并非一朝一夕能够形成，要允许学生有一个由不会到会的过程，教师要不断给以激励，使他们的主体作用真正发挥出来。

评价：该方法由浙江省王旭升老师独创。众所周知，学生始终是学习的主体，任何学习方法均应抓住这一关键。同时，实践亦证明，好的学习方法之所以好就在于能调动学生的积极性，让学生主动去学习。该法亦抓住了这一关键，十分有效。

化学复习五法

一、正反对比复习法

适用于本质特点相对立的横向并列知识的复习。

例如：中和反应和盐类水解反应，可列出下列对比式：

(H+)　　(OH−)　　中和　　(H_2O)

　　酸　　+　　碱

二、异同对比复习法

对本质特点既具有相同部分，又有相异之点的横向并列知识，运用异同对比复习法。

例如，对比几种平衡理论的异同，可列下表：

　　　　内容　　　　　　　　　　　　　　异同点
　　　　　　　　　　　　　　　　　相同点　　　不同点

平衡状态　在一定条件下，物质的正逆变化速度相等的状态。

影响平衡的因素　1. 与物质本性有关；
　　　　　　　　2. 与温度有关。

溶解平衡　指饱和溶液中物质溶解和结晶速度相等的状态。

化学平衡　指可逆反应中，正逆反应速度相等的状态。

电离平衡　指弱电解质在溶液中离子化速度和分子化速度相等的状态。

溶解平衡　①升（降）温，溶解度增大（减小）（气体除外）；
　　　　　②增压（降压），气体溶解度增大（增大）。

化学平衡　①升（降）温，平衡向吸（放）热方向移动；

②增（减）压，平衡向气体体积减小（增大）方向移动；

③减小浓度，平衡向增大此物浓度的方向移动。

电离平衡　　①升温电离度增大；

②增加浓度电离度减小；

三、纵向联系复习法

适用于纵向系列知识的复习。这种系列知识相互间的本质特点是具有缘脉关系的。纵向联系复习法的复习目的是寻求系列知识间的关联和脉络，疏通知识间的本质联系，勾划出系列知识的"干道"和"支渠"。

例如，几类有机物的重要化学性质决定于它们分子结构的特征，用纵向联系法复习，可画成下图：

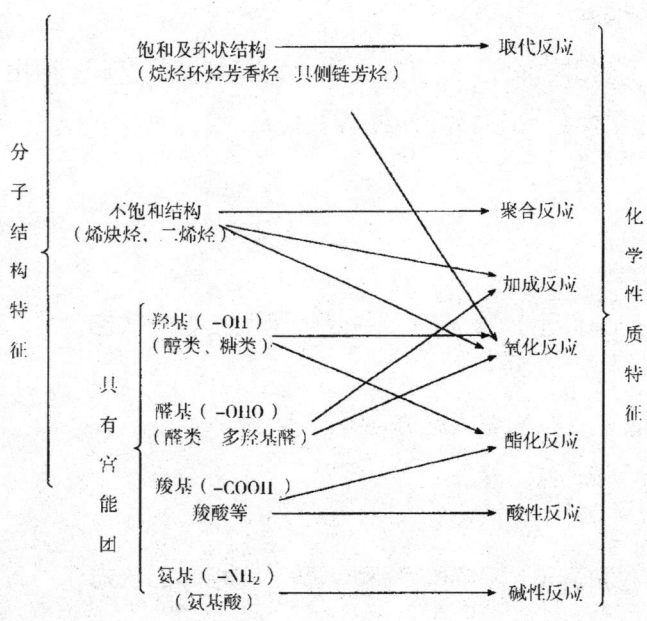

类似的如物质性质与物质用途的关系，物质性质与物质制法的关系等均可用纵向联系复习法进行复习。

四、知识网络归纳复习法

该方法是将"零散"的知识点，串成线，织成网，使知识点井然有序，纲举目张。知识网络归纳复习法，很适合元素化合物知识的复习。

五、列表归纳复习法

适用于同类知识的综合复习。这类知识的本质具有共同性和规律性，因此对同类知识进行归类整理，把它们逐个放入它的系统中去，可收到举一反三、触类旁通的效果。

例如，气体制取的综合复习表，就把中学阶段各种气体制取的知识进行了归类、整理（见表）。凡是类似的知识，或形异实同的知识，均可用列表归纳复习法，探索其共性。如下表：

组别	制取气体	药品状态	是否加热	发生装置	药品	反应方程式	检验	收集方法
I	O_2							
	NH_3							
	CH_4							
	H_2							
	H_2S							
II	CO_2							
	SO_2							
	C_2H_2							
	Cl_2							
III	HCl							
	C_2H_4							

评价：化学有"理科中的文科"之称，要记、要背的东西很多。化学课内容相差又较大，仅用一种复习方法未必合适。以上五种方法均由重点中学的教师在多年丰厚的教学经验之上提出的，能够提高化学复习效率。

物理实验复习法

实验是物理学习的重要一环，重视实验复习不仅有助于牢固掌握物理知识和提高实验技能，而且还会提高对物理概念和规律的记忆效果。

1. 通过现场操作复习　把实验仪器放在实验桌上，让孩子根据实验原理、目的、要求，分组进行现场操作。

如复习"用伏安法测电阻"时，电键、安培表、伏特表各两只，滑动变阻器、学生电源、小灯泡、小型电动机、待测电阻各一只，导线若干，由孩子选择实验所需的器材按要求连接好实物图，分组单独操作。比连图正确、比实验步骤规范、比实验误差要小。比答辩正确及其实验思维的灵活性。

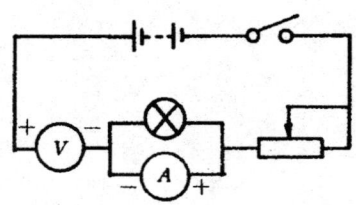

这种复习方法，优点是既能了解孩子对仪器的用途、使用方法，又能考查孩子对某一实验目的要求的掌握程度。同时也能培养孩子的动手能力，缺点是需要一定实习条件，且较费时。

2. 通过信息反馈复习　就孩子在实验过程中发生、发现的问题共同讨论，及时纠错，达到复习巩固物理概念的目的。

如在复习"测定物质密度"时，有的孩子使用量筒或量杯时，读数不准或记录错误，在测正方体木块的体积时有的学生不用刻度尺直接测量而盲目地也用排水法测，造成误差很大；在测定盐水密度时，有的孩子对"适量的盐水"不理解，致使盐水倒入玻璃杯时溢到杯外，也有的孩子在使用天平时，对游码数值读不准等等。可把这些信息及时反馈上来分析研究，指出纠正的方法。

利用此方法复习，能及时解决孩子"不起眼"的疏漏之外，取到"短平快"的效果。

3. 通过是非辨析复习　实验复习中，有意在仪器的连接或安装、实验的步骤、读数记数等方面设置错误，让孩子分辨是非，明确该怎样做好某个实验。

如复习"测定小灯泡的额定功率"时，可以故意将器材错连成下列情况，让孩子指出错误，提出改正意见，并动手实验一下正确的连接方法，说明理由。

这种复习方法能很好提高孩子的是非判断能力，也能考核孩子对实验基础知识和基本技能等方面的掌握程度，使孩子理解为什么这样做的道理，易于接受。

4. 通过列表复习　把实验目的、原理、步骤注意点或者把实验中观察到的现象、数据记录下来，通过列表的形式组织复习。

如复习"研究凸透镜成像"实验时，列表如下：

物距(U)	像距(U)	像的性质			应用
		倒立或正立	放大或缩小	实像或虚像	

U > 2f
2f > U > f
U < f

先让孩子自己独立填写，在交流的基础上再请周围同学补充完整。

此法简单、明了，条理清楚，实验的重点、难点、注意点突出，易懂易记易掌握，颇受孩子欢迎。

5. 通过联系复习　就是在复习某一实验时，把与之相关的其它实验联系起来复习。

如复习"测定物质的比热"时，在使用实验器材中，除了量热器外还有天平、量筒、温度计等，所以在实验中除了复习物质比热测定的操作过程外，还对天平、量筒（杯）、温度计的使用也分别进行复习。

这种方法能取得复习一点带动一片的效果。

6. 通过编口诀复习　将实验操作过程编成口诀或顺口溜，让孩子复习增加记忆。

如天平的使用是初中物理实验中重要的实验之一，要求人人掌握，为此，把书本上的操作过程和注意点编成如下顺口溜，帮助记忆。

　　小小天平准确精，脏物超重不能称。
　　使用之前先调整，水平放置后平衡。
　　左盘中央放称物，砝码放在右盘中。
　　取放砝码用镊子，切记不可用手碰。
　　指针示中为天平，称后砝码放盒中。

利用这种复习方法，孩子感到轻松愉快好掌握。

7. 通过提问复习　针对某一实验，总结几个问题提问，达到复习巩固有关物理概念的目的。如复习"温度计的使用"时，可以总结这样几个问题让孩子们讨论：(1) 煤油温度计，酒精温度计，水银温度计有什么不同？(2) 实验室里常用的温度计是什么温度计？它与医用温度计相比有什么不同？它们的制造原理是什么？(3) 温度计的细管中为什么不灌入水？使用时应注意哪些？(4) 伽利略温度计是怎样判断气温高低的？它有什么不足之处？

这种复习方法。能将实验知识挖得深，讲得透，有时和其它方法混合使用，复习效果更佳。

8. 通过问卷复习　通过试卷练习的形式对课本中的实验知识系统复习。这种方法大家常用，这里不再举例说明，它不同于试卷考核，主要通过试卷的形式发现问题对症下药。让孩子各自明了自己的弱点，以便取得花时少收效快的目的。

这种方法复习，面广量大，最能反映孩子的总体水平。

评价：该方法是江苏省海门县天补中学沈惠冲老师总结出的。该法针对物理实验与物理理论学习上的区别，提出重视从操作方面进行物理学习，十分有效。

生物"标本"学习法

制作生物"标本"的步骤如下：
1. 采集一些形态各异的叶子、花等植物。
2. 用晒干的草纸将标本进行压制。
3. 把干燥的标本摆在图画纸的适当位置，用玻璃纸条选几个点固定好。
4. 在规定的地方写上有关内容。标本应尽量做到美观，保持原来的本色。

在缺乏标本的情况下，可采用生物绘图法学习生物知识。做好一切制作之后，应仔细观察，将学到的生物知识与现实标本相联系。概括来讲，"标本"学习法可用下列"公式"表示：

制作标本
↓
绘制标本
↓
观察标本 + 细读教材 < 生物学习效率方

评价：该法的优点在于将大量的概念具体化、直观化，符合生物学习的特点。

地理学习八法

1. 直观读图法

各种地理图表中，有些图表的内容是较浅显易见的，直观读图法多适用于讲地理事物的空间分布。如在讲我国降水量的空间分布时，可先让学生在地图上找到年降水量最大的地方——台湾的火烧寮和年降水量最小的地方——新疆的托克逊，尔后在这两点间划一直线，再观察从东南向西北方向颜色的变化，便可知道"我国年降水量由东南沿海向西北内陆逐渐减少"。

2. 纵向联系法

　　学地理知识也和学其他知识一样，有一个循序渐进、由浅入深的过程。用联系方法读地图，方可知道新知识的来龙去脉。如中国气候特点之一的"气候复杂多样"，同学们只要在读好"中国温度带的划分"、"中国干湿地区"和"中国地形图"的基础上，把影响气候的诸因素联系起来，便可得出结论："疆域辽阔，南北跨纬度广，东西距海远近差别极大，地势高低相差悬殊，地形类型齐全，分布错综复杂是造成气候复杂多样的主要原因。"

3. 横向对比法

　　学习地理时，特别是进行横向比较时，往往需借助地图，这样容易掌握地理事物的特点及其成因等。如在学习南美洲的地势地形时，可与北美洲的地势地形相比较。通过读图便知道，北美洲和南美洲相似之处都是由三大地形组成；而南美洲不同于北美洲，南美洲西部为高大的山脉，东部是平原与高原相间分布，北美洲则是南北纵列的三大地形。这样通过观察、比较、加深了对南、北美洲地势地形的认识。

4. 形象记忆法

　　地理中有不少国家、省（区）、河流等的轮廓或形状要识记。如何尽快准确而又便捷地把它们记住，不妨采用看图形象记忆。如非洲大陆轮廓便像是一个梯形和三角形的组合。意大利版图则像一只穿了高跟鞋的靴子在踢足球。青海省轮廓则像是一兔子，西宁则似它的眼睛。黑龙江省轮廓亦像一只天鹅。江西省版图则像是一幅束了发髻的女人头像。长江则呈"W"形。黄河则呈"几"字形，上海浦东像是长江这条巨龙的头，江、浙、皖则是龙颈。

　　下面是一些具体的例子：

　　记忆时，可展开丰富的想象，以机器人为例，如将肚子部分看作湖南，脑袋看作湖北，两条腿的左边和右边便分别为广东、广西了。

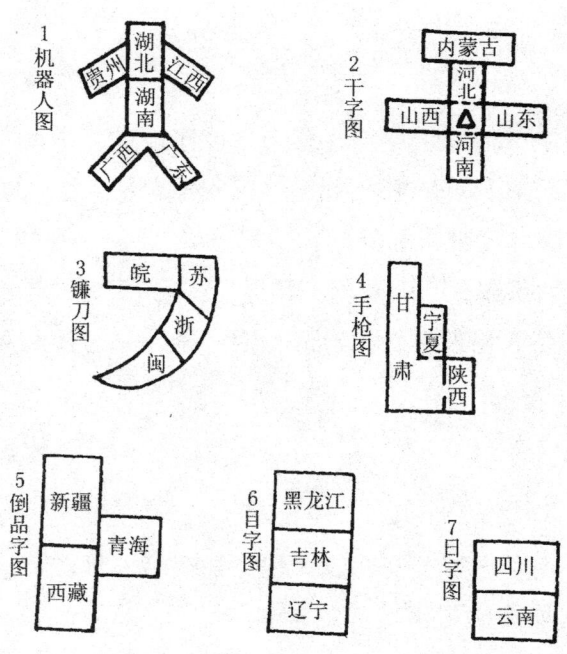

5. 图像记忆法

这实际上是一种将课本上的文字变成图或将课本上的图加以简化的方法。例如：
亚洲河流流向及下游平原分布图像

亚洲地形中间高，四周低，河流呈放射状分流。在河流中下游多分布着冲积平原或河口三角洲。

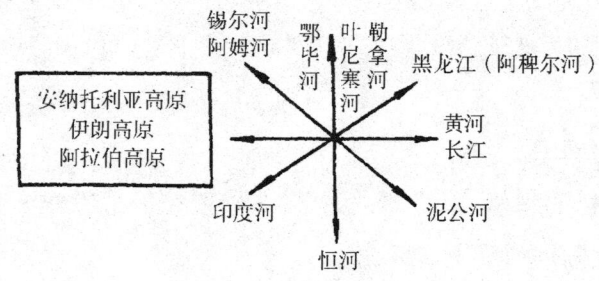

据上图可知其河流及平原分布规律。

地形倾斜座标系图像

有些国家，有些地区的地势有一定的倾斜方向，经整理，用图像所指方向表示倾斜方向，可减少文字叙述，便于直观对比记忆。

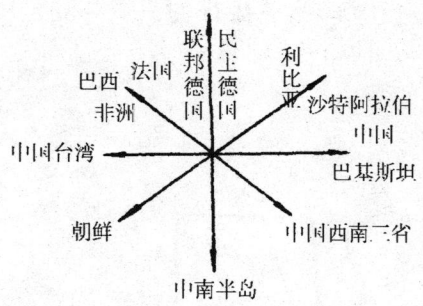

起自北京的放射状铁路图像：以北京为起点的铁路线很多，画出图像，按顺时针方向记。如图中 8 条铁路，只记终点的 8 个字：包通承哈，秦沪广原。

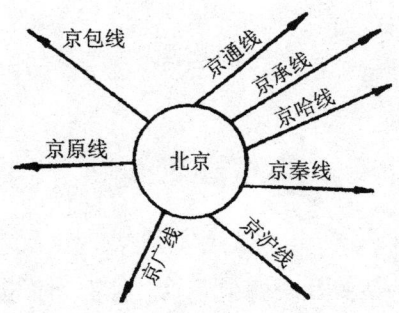

西南三省水陆交通井字形图表：

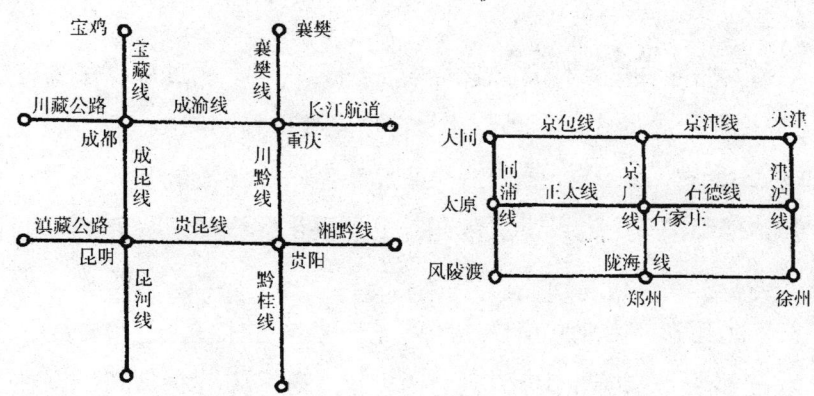

联结西南三省四个重要城市的铁路，构成环形铁路，加上与其联结的水路、公路、总体结构，大致成为"井"字形。

黄河中下游区田字形铁路主体架：黄河中下游区以铁路交通为主，是我国铁路交通比较发达的地区之一。

如上图，把铁路网想象成田字形的主体骨架，十分清晰而有条理。黄河外侧几字形铁路：

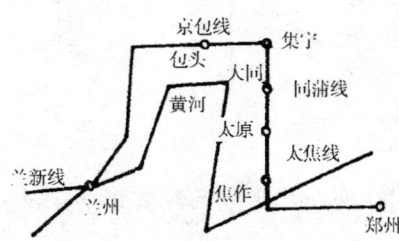

铁路的修建往往与河流有一定关系，在几字形黄河外侧可构思成几字形的铁路图像。

6. 分块记忆法

这一方法是上海市汇文中学万凌霄同学创立的，他写道：在中国地理的学习中，掌握省级行政区的划分是十分重要的，它关系到以后学习气候、河流、矿产等地理现象、地理事物的分布及分区地理等各知识点。而"中国政区"图中各省地理位置的分布似乎比较乱，名称也较多，较难记忆，这样就成了同学们学习中的难点。如何提高学习、掌握这张图的效果，做到事半功倍呢？这就必须运用正确的学习方法及记忆技巧。下面就介绍一种分块记忆方法。

首先，准备两张空白的"中国政区"填充图，在学习的过程中作练习用。

第二，先按地图册上的"中国政区"图，在预先准备好的其中一张填充图上填写一遍。这样，对我国23个省、5个自治区、3个直辖市有一个大概的了解。

第三，开始仔细阅读（也可说"背诵"或"强化"记忆）地图中的具体内容，进行分块学习与记忆。

第一块，东北三省：由北向南依次为黑龙江省、吉林省、辽宁省。

第二块，中部两市四省：北京市、天津市。然后从河北省开始，在"中国政区"图的中间通过一条线，由北向南，依次为河北省、河南省、湖北省、湖南省。

第三块，两岛及沿海五省一市一区：两岛为台湾省和海南省。沿海五省一市一区由北向南依次为山东省、江苏省、上海市、浙江省、福建省、广东省和广西壮族自治区。

第四块，在第二块与第三块的中间，由北向南夹着安徽省和江西省。

第五块，西北及北部四省三区：由山西省往西画一条直线，从东往西依次穿过山西省、陕西省、宁夏回族自治区、甘肃省、青海省、新疆维吾尔自治区,再加上北部的内蒙古自治区。

第六块,西南三省一区:四川省、贵州省、云南省和西藏自治区。

第四,练习与巩固。按这样的分块方法与步骤反复操练记忆,并且在另一张预先准备好的空白填充图上用铅笔试填。不要看已填好的图,自我检验学习的效果如何。如果出现差错,按上面的方法与步骤再次反复练习。六块内容一齐记忆有困难的话,可先练习第一至第四块内容,然后再练习第五至第六块内容。

7. 旅行读图法

孩子们都喜欢旅游。可以结合旅游来读图。比如让孩子制订旅游计划:第一站去什么地方,第二站去什么地方,走什么铁路,经过什么城市?等等。这样不知不觉就会学到许多知识。当然,如果条件许可,应该真带孩子出去走一走,那样会开阔孩子的视野,对孩子学习地理是大有好处的。

8. 读图分析法

教材中有些图表面上看不能激发起兴趣,但只要仔细地分析阅读,效果就大不一样。例如,"世界人口问题",如只讲文字叙述部分,印象就不深。而课文中八幅插图,虽没有文字旁白,但通过观察、思考得出了下列结论:"粮食短缺、住房拥挤、环境污染、就业困难、用水紧张、资源枯竭、教育卫生条件下降和交通拥挤"等便是世界人口问题。应该引导孩子学会通过"图"看出"字"来。

评价:地理是一门图文并茂的学科。记忆、识图是学习地理的重要组成部分。上述八法不仅方便记忆,而且直观性强,是学习地理的有效途径。

地理归纳法

地理归纳法是指把众多的地理知识点通过分类、推理、联想、分析、筛选等方法归纳成条理清晰、目标明确的知识系列,然后根据这个点的系列去理解、记忆有关的知识点，这种学习方法称之谓地理归纳法。

一般常用的地理归纳法有以下两种：

1. 地理思维归纳法

地理思维归纳法是指在地理学习中从个别的地理事物通过推理的思维方法归纳出一般普遍的规律，并从这个规律去分析和推测其他地理现象的学习方法。

例如，作为九大行星的成员之一，地球是一个特殊的行星，因为地球上有生命。地球上为什么有生命存在而其他行星上都没有生命？通过分析可以推测到地球上肯定存在着适合生命存在的条件：适宜的温度、液体状态的水和适宜于呼吸的大气。而要具备这些条件则必然与地球的质量大小和在太阳系中的位置有关系，因为质量和大小适中，就能产生足够的引力把大气吸附在地球表层形成大气圈；地球距太阳的位置适中，才能使地球上得到适中的光和热，使地球表面保持 0—100℃ 之间的温度，从而使水保持着液体状态。由此可得出地球上之所以有生命存在是与地球的两个适中有关，即在太阳系中的位置适中和地球大小和质量适中。根据这样的条件，在太阳系里是无法再找到第二个有生命的行星了，因而地球也就成为一个特殊的行星。但是并不能否认在茫茫的银河系乃至无尽的宇宙中就不存在这样的条件。从以上分析可看出地球上有生命这个知识点的思维归纳法的顺序是这样的：提出地球上有生命这个特殊性→分析这个特殊性形成的条件→分析地球上存在这个特殊性形成的条件→根据地球上存在的这个条件类比其他行星得出地球特殊性存在→推测银河系或宇宙中存在这种特殊性。通过这样的思维归纳不仅加深了对地球上有生命存在的理解，而且也认识到个别性和一般性是密切联系并且是互为条件的。

2. 材料归纳法

对众多的地理材料整理归纳，编制成简易的、一目了然的却包含了所有知识点的纲要，或编制成特定的表格，使这些知识点的相互联系、结构、范围等都能清晰地展现出来，便于对这些知识点进行分析、比较、理解和记忆，这种学习方法就是材料归纳法。使用这种方法首先必须对教材内容要熟悉，对教材中知识点的来龙去脉搞得很清楚，并掌握这些知识点的内在联系，才能编制成极有复习价值的纲要或表格。

例如，洋流在高中地理教材中既是重点也是难点，如果能把洋流的知识点归纳成以下的体系，那么对复习这部分内容是很有益的：

洋　流→成　因

风海流→由定向风引起

密度流→由于海水的温度、盐度不同造成海水密度差异所致

补偿流→水平补偿和垂直补偿流（上升流和下降流）

分布规律 以副热带为中心的反气旋型大洋环流北半球：顺时针方向流动 南半球：逆时针方向流动

北半球中、高纬度的气旋型大洋环流——逆时针方向流动

北印度洋海区的季风洋流 冬季：逆时针方向流动 夏季：顺时针方向流动

地理意义

对气候的影响暖流增温增湿，寒流反之

对海洋渔业的影响寒暖流交汇处上升流海区形成大渔场

对航海事业的影响—顺流航行比逆流航行快得多

对海洋污染的影响—既能加速污染物的净化，又能扩大污染范围

评价：地理归纳法能把一定范围或系统内的知识点通过学生自己的思维活动整理成一定的系列，便于地理知识点的理解和记忆，并能锻炼自己思考问题的能力。而材料归纳法的关键是对教材的来龙去脉搞得很清楚，其实质是学习心得的表格表现形式。材料归纳法因为是学生自己整理归纳的，因此掌握的知识点也较牢固，既使有所遗忘，只要看一下自己编制的表格，很快就能恢复记忆。该法不仅便于复习，而且可以使一些复杂的内容变得精练、清晰。

综合分析法

所谓综合分析法也就是对某一地理要素的影响而导致的一系列地理现象和地理事物进行综合分析从而达到强化对某一地理要素所产生的地理意义的认识。

例如：地形对地理现象的产生具有多方面的影响，因此对地形要素的综合分析也是很有意义的，归纳起来可从以下方面进行分析：

1. 地形对气候的影响。影响气候的因素虽然主要是纬度，但是地形的影响也是不能忽视的，它至少可从三个方面对气候产生影响：

(1) 对气温的影响。由于在对流层每升 100 米气温下降 0.6℃，因此地势越高气温越低。青藏高原就因其地势高而成为我国夏季气温最低的地区。而吐鲁番盆地却因是我国地势最低地区而成为我国夏季气温最高的地区。

(2) 对气流的阻挡作用。气流受地形的阻挡会起到两个作用。一是起到影响降水量的作用，暖湿气流运行中受到山地阻挡，被迫抬升，遇冷凝结降水，因而在山地迎风坡形成地形雨，而在山地背风坡则形成雨影，降水量少。南美洲的南端受安第斯山的

影响，西部和东部的气候和自然带就有很大差异。西部由于在山地迎风坡，降水量丰富，形成温带海洋性气候和温带落叶阔叶林的自然带，而东部地区则处在背风坡，降水量少，形成干旱的温带大陆性气候和温带荒漠的自然带。我国降水量最丰富的火烧寮，世界"雨极"乞拉朋齐都是位于山地的迎风坡而形成大量地形雨。

气流受阻挡另一个作用表现在对气温的影响。我国秦岭南北气温在一月份有很大差异，就是因为北方的冷空气在冬季南下时受到秦岭的阻挡作用。因而秦岭也就成为我国重要的地理分界线。美国由于缺少东西走向山脉，冬季北方冷空气很容易南下，夏季南方暖空气很容易北上，因此冬夏温差很大，中部广大平原地区表现为大陆性很强。加拿大由于西部是山脉，阻挡了暖温空气，也加剧加拿大气候的寒冷。

(3) 形成气候的垂直变化。在山地地区，由于气温和水都会随着高度变化而变化，因而就会形成独特的高地垂直气候，气候的垂直变化必然导致植被的垂直变化，这样就形成了自然带的垂直分布规律。我国的台湾山脉、横断山区、喜马拉雅山南坡以及欧洲阿尔卑斯山脉都有很典型的自然带垂直分布情况。

2. 地形对年太阳总辐射量分布的影响。世界年太阳总辐射量的分布，总体上自赤道向两极减少，世界热量分布总趋势大致与纬度平行成带状分布，但在海拔高、空气稀薄、大气透明度很好的高山、高原地区，年太阳总辐射量也大。如我国的青藏高原，平均海拔 4000 米以上，大气密度只及同纬度地区的一半，大部分地区年太阳总辐射量可达 200 千卡／厘米^2 以上。其南部成为全国年太阳总辐射量的最高值区。

评价：经常在复习中使用综合分析法，能不断提高自己的思维能力。这样的学习方法，知识点掌握牢固，并且学得活，确实是一种很好的学习方法。

重点复习法

地理内容庞杂，琐碎。学生复习时往往会感到这部分内容虽然理解并不难但却无从复习起，花的时间不少，却很难记住，又很容易忘记。这主要是由于学生在复习时不能有效地抓住重点，平均使用力量所造成。因此，复习地理时应善于发现重点，善于抓住重点。地理的重点是每个章节中反映这一章节内容最本质的部分，或者是这一章节内容的综合。这些重点内容掌握了，其他内容也就很容易掌握了。而一些内容繁杂，文字叙述冗长而又抓不住要领的部分可以少看甚至不看。

例如：在《农业》这一节中，重点应放在世界农业生产地域类型，因这部分内容实际是整个农业部分的综合,六种农业类型不仅反映了农业生产的地域差异,农业技术水平的差异,也反映了农业受自然条件的影响。因此掌握了这部分内容复习农业生产特点,影响农业生产和布局的主要因素以及粮食作物和经济作物等内容就很方便了。其他如在《工业生产》这一节内容中,《影响工业布局的主要因素》是重点。在《人口和城市》这一章内容中,重点是人口问题。在《协调人地关系与可持续发展》这一章中,人地关系的内涵是重点。

评价:俗话说的好"擒贼先擒王"。做任何事情都要善于抓重点,抓主要矛盾。因此重点复习法是符合科学规律的。

辐射联系法

地理环境是由各种地理要素组成,各地理要素之间是相互联系相互影响的,不同地理要素的组合,就会形成不同的地理现象。因此我们在进行复习的时候,可从某一地理事物或地理现象出发,然后向周边的地理事物或现象辐射,找出它们之间的因果联系,从而达到复习巩固的效果。这种学习方法称之谓辐射联系法。

例如,从地球的形状出发可以辐射到地球上风的形成,由于地球的自转产生的惯性离心力,使地球形状成为赤道稍鼓、两极略扁的旋转椭球体。由于地球的形状是球形,因而使地球不同地区太阳高度角不同,地球表面受热不均匀,受热多的地区,空气膨胀上升,使地面压力减小形成低气压;受热少的地区,温度低,空气收缩,密度增大而下沉形成高气压。同一水平地面由于气压不同,而产生气压梯度力,空气就从高气压流向低气压,空气的水平运动而形成了风。这样从地球的自转出发,辐射到地球的形状,地球的形状辐射到地球上受热不均,再辐射到地球上空气的垂直运动,辐射到地球上高低气压的形成,最后辐射到空气的水平运动——风的形成。

评价:该方法最适合于复习自然地理知识,而且辐射的面越广则效果越好。如果在复习时经常使用这种方法,就会很自然地对教材融汇贯通,而且辐射的面也就会越来越广,如此就会形成良性循环状况。

综合系列比较法

学生在复习地理时会发现有许多知识点如农业、经济概况、工业、外贸、人口等都存在着发达国家和发展中国家的差异性。因此，学生在复习时可打破章节进行综合性的系列比较。具体比较方法如下：

比较内容：

1. 农业发达国家

(1) 技术水平高，现代技术渗透进农业生产每个环节人均农业产值 比发展中国家3倍

(2) 农业结构中畜牧业比重高

(3) 商品化程度高

(4) 从事农业人数少，占世界农业劳动力5%

发展中国家

(1) 技术水平低，传统生产方式占很大比重

(2) 农业结构以种植业为主

(3) 商品化程度除热带企业化种植园外，商品率都比较低

(4) 从事农业人数多

2. 工业发达国家

(1) 生产水平和技术水平高，人均工业产值比发展中国家高11倍

(2) 工业部门结构部门齐全，以重工业为主，技术密集型和资本密集型部门尤为发达，机械工业一般均为全国最大工业部门

发展中国家

(1) 技术水平低

(2) 工业部门结构，一般以劳动密集型的轻工业为主，重工业部门薄弱，高科技产业少

3. 人口问题和人口政策

发达国家

(1) 人口问题 人口严重老龄化，人口增长极其缓慢，甚至持续衰减

(2) 人口政策 鼓励生育，接纳外来移民

发展中国家

(1) 人口问题 出生率高，自然增长快、少年儿童比重大

(2) 人口政策 实行或赞同计划生育，以期降低过高的人口增长率

评价：通过这样的综合比较，许多知识关系就串在一起了，同时也有利于记忆。

技 能 篇

音乐学习法

达尔克劳兹音乐学习法

艾米尔·贾奎斯·达尔克劳兹(Emile Jacquees Dalrcroze，1865—1950)，瑞士人，著名音乐教育家。其音乐学习法主要内容是韵律体操。所谓韵律体操是指将儿童身体的运动与音乐节奏感结合起来。具体操作如下：

①让儿童随钢琴伴奏，踮起脚在屋里走来走去的练习，音乐停止，儿童要站住不动。

②随着儿童的进步，让他们合着音乐拍子走路，当音乐声大时，儿童走路的步伐大且重；音乐声音小了，走路的步子随之小且轻；当音乐的拍子变化时，儿童适当地变换步伐的速度。

③最后，连续、流畅的音乐应让儿童流畅地做动作且在有间断，跳跃的音乐时，儿童的动作应快而轻。

总之，达尔克劳兹就是以游戏的方式完成音乐学习的。

柯依达音乐学习法

佐尔丹·柯依达(Zoltan Kodaly，1882—1967)，匈牙利人，著名作曲家和音乐教育家。

柯依达音乐学习法是从教幼儿唱民歌开始的。

具体操作如下：

①严格选择教材。大量选用民歌。幼儿教材以短歌，演唱游戏、童谣和儿童歌曲开始。

②教3—4岁的幼儿学唱幼儿歌曲，合着歌曲踏步、拍手、玩简单的打击乐器。

③教儿童认识高音与低音的不同，快拍与慢拍的差异。可通过唱一些歌曲让儿童来辨别的方法进行。

④在教学过程中可利用音乐"手势语"。即用7种不同的手势表示音阶中7个不同的音。此法可帮助儿童在识谱方面形成认知知识，极大地提高儿童照谱视唱的能力。"手势语"如下图：

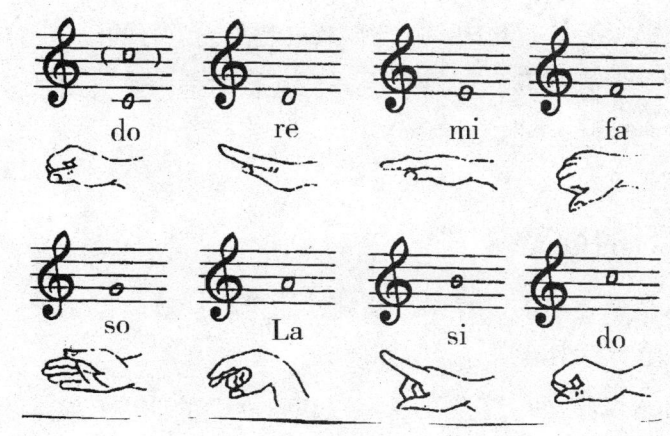

奥尔夫音乐学习法

卡尔·奥尔夫(Carl Orff，1895—1982)19世纪末，20世纪初的音乐作曲家和音乐教育家。

奥尔夫音乐学习法具体操作如下：

①从有节奏地朗诵儿歌或顺口溜开始。

②按朗诵节奏拍手。而后采用跺脚、拍手、拍腿、捻拍的顺序引入，构成一个由易到难的过程，合起来可为儿歌——舞曲——器乐曲伴奏。

③设计一套适合儿童节奏训练的简单乐器以配合音乐学习。如敲击棒、沙球、串铃、响木、三角铁、手鼓、竖笛、玻璃杯等。这些乐器型小、易掌握、容易突出节奏。

辅导儿童音乐学习的基本方法

1. 确实依照已设定的课程内容发展

①孩童须先行大致了解被教导的内容是什么,帮助他们做事前预习的心理准备。同时,学习结果的好坏应该如何评估,也是重要的课题。

②父母或师长们应准备好教材,并与孩童一起预设学习的段落和目标。

③音乐性概念的学习过程,要讲求合理与延续渐进。过快或过慢、过多或过少地要求孩童,都无法使学习达到良好的效果。

2. 激发孩童学习的欲望

①孩童都是从亲自学习的过程中,发掘新的世界。他们也知道,如何运用新学得的知识技巧,与其他事物相互结合,交替使用。

②在不同的音乐经验里,孩童往往可以获得立即的回馈反应,并从中感到满足。父母和师长应借此多给予鼓励,以刺激孩童对学习的期待和好奇。

3. 选择适合年龄、不同阶段的教导方式

音乐相关性活动,必须针对孩童不同的体能、智慧与成熟度,有弹性地设计运用。如果不能切合孩子的需要,极可能因此产生反效果,使他们对音乐失去兴趣。

4. 维持一种轻松愉快的学习气氛

①让孩童自由自在地发挥,表达心中的想法与情感。他们从发现、质疑到解决问题的过程,其实是学习的关键。孩子若能无拘无束、没有压力地接受指引,将会取得最佳的学习效果。

②父母师长应多给予孩子赞美,增加他们的自信心。最重要的是,让孩童感受父母师长无限的关爱。音乐活动,决不能受到任何威胁、处罚等强制干扰。音乐的学习,需要在充满自然与爱的环境中进行。

5. 让孩童接触多性质的学习方式

①无论是家中或学校，音乐学习的环境力求多样化与弹性活泼。

②孩童是透过身体不同的感官部位去感受音乐：用耳倾听、用眼观察、用手触摸、用心感觉……用身体的每一根神经参与各种音乐活动。

③孩童是由不断地探索与发掘学得音乐，而不是反复无聊地或机械式地背诵练习。填鸭式教学只会破坏孩子的学习，阻碍孩子健康的成长和创意的发展。

6．随时吸收，永不停歇

①现实生活中，父母师长可以随时安排预设一些问题，让孩童去接触、解答。孩童往往会就自己对音乐已知的部分，提出不同的看法。在彼此脑力激荡的互动下，成人常会讶异于孩子们的想法，竟如此新颖奇特且富有哲理呢！

②一般除了父母和师长以外，其他的成人和孩童亦都是孩子们模仿学习的对象。尤其在一些特殊环境下，孩童受到越多新鲜的刺激，越能促使他们寻求不同的技巧来应对挑战。

③音乐学习的金科玉律：师长说得越少，孩子学得越多。

7．融会不同的学习风范

①在开放创意的学习环境下，孩童越能发挥奇想。学习音乐的成长过程，可以协助孩童成为一位独立思考的学习者。

②依照孩童不同的性向能力、脑力发展与熟练程度，采取不一样的音乐教学方式。不同风格的表演，是孩童参考模拟的最佳取材。

儿童音乐学习七法

1．吟诵法

吟诵是一种表达性较强的说话方式，如朗诵诗词、哼唱童谣等都算是。吟诵对持续性拍打的发展、节奏的流动感和段、句的认识，都属重要且必要的练习。当孩童对吟唱的方式感到熟悉舒适时，他们便会随之发展出节拍感和对多种韵律持续性的感悟。

吟诵的另一大优点，是能够协助语言技巧的学习。因为吟诵是一种非常机动式的表现，能发现音高层次与构造组织的不同。所以，千万别低估了吟诵对早期幼儿的音乐教育之潜在价值。

2．唱歌法

孩童天生便具备了歌唱的能力，歌唱亦是最直接方便的"乐器"。即使是年幼尚未学得歌唱技巧的孩子，都会在游玩时不成调子地唱起歌来。如果成人能施以正确的引导，孩童不但学得了歌唱的方法，同时也可以享受不同歌曲的美妙意境。

歌唱练习的次数越多，歌唱表达就越好。好的示范教学相当重要，比如唱歌时声音要清楚明朗、避免使用颤音、多做眼睛的接触等等，都是良好歌唱教学的基本要求。另外，像歌剧与艺术歌曲，对提供孩子了解诠释歌曲的品质和风格，亦有莫大的助益。

3．身体舞动法

对儿童而言，舞动身体是再自然不过的事了。舞动身体意味着孩子对节奏、旋律、和谐、音色、表现方式与风格等的意念体会，它比透过言语传达后产生的行动更为细腻贴切。

在一般的情况下，律动必须配合音乐，以提升它对稳定节奏感的认知。当孩子逐渐成熟，他们会特别喜欢一切与音乐有关的舞动，这表示了他们对音乐感受的程度。尤其音乐性的活动，对孩童身体大小神经的配合有极大的帮助。

4．弹奏乐器法

几乎每个孩子对使用乐器都有强烈的欲望。使用富有美妙音色的、乐器，弹奏出和谐又具节奏的音乐来，使孩子对音乐概念和音乐产生的现象有更深、更明确的了悟。

弹奏乐器不仅有趣，同时对孩童的音乐发展亦是一个重要的关键，儿童们在一起时，运用他们的声音、身体摆动与乐器弹奏，共同制造出美妙的音乐，乃是世上最完美的画面。

5．聆听法

音乐，是一种听觉艺术。对任何想进入音乐世界的人，聆听无疑是最基本的第一步。主动积极地聆听音乐，显示了孩童对所参与的音乐有强烈的观察态度。成人不能要求孩童在聆听音乐时，只是个安静不动的娃娃。若孩子在聆听音乐时，能安排一些活动进行，比如当听到鼓声时就拍拍手、点点头等动作，不但能加强听力的训练，同时也增加许多乐趣。

6. 创造法

任何学习都需要综合探险的勇气、实验的精神和即兴的尝试练习三种因素，才会有突出的创造表现。越早让孩子接触不同的乐器音乐越好（并不特指乐器演奏），这可以帮助他们熟悉来自各种乐器不同的声音特质。

创造是孩童对音乐了解程度的一种回馈。孩童借此机会，付出热情的自我表达，就像一名演奏者、作曲家或指挥家一样，令人着迷感动。

孩子的音乐经验越是丰富，对于创造越是大胆成熟。

7. 视谱法

阅读能力强的儿童，可较一般人更提早享受生活知识带来的乐趣。同样地孩童开始大范围地接触音乐时，他们则会因为求知欲望的驱使，企求从各种角度来寻得音乐。

视谱的训练，对协助孩童音乐教育的发展有直接的影响。一旦孩子从视谱的过程中，了解如何表达音乐作品的强弱大小音符，他们在使用乐器、歌唱游戏时，便可以更快进入情况。但是，有许多孩子因为受到错误的引导，或是过早被强制学习视谱，因而对视谱产生畏惧感，从此不再靠近音乐，这真是一件极为遗憾的事。所以，适切地引导孩子，协助他们健全地发展，才是一切学习的本质。

音乐概念学习法

音乐的学习步骤，是先从音乐基本概念开始，它包括了：

1. 音调

音调乃儿童最早具有的音乐概念之一。即使是仅五个月大的婴儿，已显现出对不同音调的兴趣。一岁半的孩子在听闻奇奇怪怪的声音之后，亦能用自己的喉声仿效出高低强弱不同的音调。

又，音调是由以下几种元素所组织而成的：

强度：与声音大小、强弱有关。

持久度：与声音持续的长短有关。

音高：与声音的高低有关。

音质：与声音的品质有关，比如乐器声与歌声的不同。

2．节奏与速度

节奏是一段时间内音调的流动。孩童由节奏中，可以感受到不一样的音乐速度。我们可藉由以下的说明，了解速度在音乐中所扮演的角色：

有些音乐与快慢的不同变换有关。

大部分的音乐是保持一致性的速度。

作品的速度，影响音乐的律动。好比越快的曲子，律动越强。

作品的速度，影响音乐的旋律。即越快的曲子，旋调越见刺激；越慢的曲子，旋调就较为平和。

3．节拍

产生节奏变化的另一个原因是——节拍。儿童在节拍概念的发展上，主要是透过以下几种概念而来：

大部分音乐的节拍，都是稳定持续地进行。

有些音乐包含了较快与较慢两种节拍。

有些音乐含有强烈的节拍，如进行曲，摇滚乐；有些音乐则含有较缓和的节拍，如童谣、浪漫曲。

同一首曲子中，节拍的速度可能会有几种不同变化。

乐曲中，强烈的节拍后，往往伴随以轻柔的节拍。

4．节奏形式

节奏形式乃结合了长音调与短音调而成。一首旋律与词句包含了几种节奏形式。认识速度、节拍与节奏的形式，儿童对节奏的掌握会更为精确。

5．音亮幅度

此与音乐的响亮或轻柔有关。音亮幅度与音乐的互动，说明了：

曲子的响亮与轻柔会相互变化。

音乐的音亮可能时而强，时而柔，或是逐渐地变化。

响亮的程度会影响音乐的旋律。

突然增强的音亮，会使人感到不适。

6．旋律

不同的音高流动，产生出旋律。儿童在很早的阶段，就能哼唱出自己的曲调来。旋律的概念，可藉由以下的说明来了解：

成人唱给孩童听的调子，就是所谓的旋律。每一首歌曲的调子，都有它特殊的旋律。

每首旋律是由不同音高所组成的音调。

每首旋律有不同的节奏。

伴随歌词的旋律，称之为歌曲；无歌词的旋律，称之为演奏曲或乐曲。

一首旋律含有许多音调形式，使旋律具有不同的特色。

7．音色

不同的声音品质，产生不同的音色。孩童可就不同的声音，判别出自何处（人），并有分辨音色好坏的能力。

一般的情况下，儿童主要是透过以下一些基本的方式，获得对音色更广泛的认识：

来自大自然不同的声响有所不同。

人们的说话声有所差异。

乐器声有所不同。

歌声、乐器声及自然界的声音，可以组合成各种乐音。

8．和声

和声由两种以上的音调同时产生调和而成；如合唱，就需要相当调合的技巧。一般孩童对和声的了解，包括：同时由两种或多种不同音调组合的结果，会产生和谐的声音。

一首旋律可以用歌唱或弹奏乐器表达，如当成人唱歌给孩子听时，可以乐器弹奏来伴随歌声。

和声可以不同的歌声组合或乐器组合，或者结合两者。

音乐游戏法

音乐游戏是以音乐为主导，以发展幼儿音乐能力与音乐才能为目的的游戏或游戏动作。因为游戏是幼儿最喜爱的活动，通过游戏对幼儿进行声乐教育能取得理想的效果。幼儿在边唱、边听、边玩、边跳的活动中可以培养音乐的兴趣、增强节奏感、提高辨别音乐性质的能力；可以学习唱歌的技能、促进动作的协调性与灵活性；可以发展音乐的记忆力、想象力、感受力、表现力，使得身心愉快、健康。总之，音乐游戏可以培养幼儿综合性的、全面的音乐能力。

这种游戏形式自由、方法简便，不受时间地点的约束，只要幼儿高兴可以随时进行。常玩的游戏列举如下：

一、十个小矮人

美国儿童歌曲

1 = F 4/4 汪爱丽、何芸改词

```
1  1  1  1  | 3  5  5  3  1  | 2  2  2  2  |
一 个 两 个    三 个 小 矮 人    四 个 五 个
7  2  2  7  5 | 1  1  1  1  | 3  5  5  3  1
六 个 小  矮 人   七 个 八 个    九 个 小 矮 人
2  2  5  5  | 1 — — —
十 个 小 矮    人
```

说明：做几个形象的小矮人和幼儿一边唱一边有节奏地指点着唱，以帮助幼儿学点数，做点数游戏；可以做小矮人的模仿动作（半蹲）走路；可以指点自己的手指，边唱边指点；可以编创其他有趣而又形象的模仿动作，或戴上头饰做木偶形象地动作。

二、从窗户里穿来穿去

1 = G 4/4 英国儿童游戏曲

1 | 5 1 3 ⌒4 | 3 2 — 2 | 5 7 2 3 | 2 1 — 1

绕 村 子　 转　 一 圈,绕 村 子 转 一 圈,　 绕
V | 5 1 3 ⌒4 | 3 2 — 2 | 5 5 4 2 | 1 — —
　 村 子　 转　 一 圈　 像 以 前 那 样 做。

说明:在室内摆好几把椅子,大人手拉幼儿边唱边按节拍走路,同时绕过椅子,走出走进门里或门外(做走"窗户"穿过的样子)。唱熟第一段歌词后可以填新词:"从窗口穿来穿去……""快去找一个朋友……"(让幼儿去找家中任何一人)"我拉着朋友转圈……",让孩子在游戏中学会唱歌,学着自编歌词,感受音乐的愉悦。

三、如果孩子非常好动,又喜欢做"开火车""开飞机"的游戏,怎样引导呢?

你可以引导他们用声乐做伴奏,来加强游戏的声势,增加游戏的情趣,并可培养与发展幼儿的音乐听觉。

具体做法可参考下面几点:

①学唱下面这首短歌"开火车",一定要把强弱唱出来,才能表现火车由远至近,由近而远。如果大人高兴,最好和孩子一起玩。

火车开走了
1 = F　2/4 张军词
汪玲曲
p p mf
× × 　× × | × × 　× × | 3 5 5 6 | 5 — | 2 4 3 2 | 1 ⌒5 |

卡嚓　卡嚓　卡嚓　卡嚓　火 车 开 来 了,火 车 开 来　 了,
mp
1 1　 1 1 | 2 2 2 2 | 3 3 3 3 | 4 4　 4 4 |
卡 嚓 嚓 嚓 卡 嚓 嚓 嚓 卡 嚓 嚓 嚓 卡 嚓　 嚓 嚓
f mp p
5·⌒— ‖ 4 4 4 4 | 3 3 3 3 | 2 2 2 2 | 1 1 1 1 |
呜　　 卡　 嚓 嚓 嚓 卡 嚓 嚓 嚓
pp
2 3 2 1 | 2 — | 2 3 2 5 · | 1 — ‖

说明:mp(稍弱)、p(弱)、pp(很弱)、mf(稍强)、f(强)。游戏的目的是:通过

开火车、教幼儿练唱 do、re、mi、fa、so 五音的级进上行、下行音准，增强音乐力度的表现能力，认识音乐力度在音乐表现中的重要作用。

②和孩子一起玩"打电报"或"请你像我这样做"的游戏，敲击出由简及繁的节奏，让孩子模仿，培养幼儿敏锐的反应能力、记忆力与节奏感。

可以从你会唱的歌曲提炼出二至四小节的节奏为一乐句，逐句地敲击如 × × — ×× | ×× |（"国歌"前奏的两小节；）××× | ××× | ××× ×× ——— | | ×××（"卖报歌"第一乐句的节奏）。反过来可以让孩子自己随例敲打，大人通过游戏的方法模仿，在模仿过程中应及时纠正不合节拍的地方，使幼儿的敲击能符合一定的节拍规律，如二拍子、四拍子、三拍子等。例：

2／4
×× ×× | ×× | ×× ×× | ×× × 3 4 ×××
　强 弱　强 弱 强　弱 强 弱　　　强弱弱 |
××× | ×　 ×× | ×— —
强弱弱　强　 弱弱　强 弱 弱

③如果你的孩子四五岁了，可以和他们一起玩玩有主题的游戏，他们一定会很高兴，试试看下面几则游戏孩子喜欢吗？

小老鼠吃米

1=F　6/8 韩德常曲

1 1 1 2 3 1 | 2 1 2 1 | 1 1 1 2 3 1 | 2 1 2 3 1 ：

①黑 夜 里 小 老 鼠 来 了 来 了，黑 夜 里 小 老 鼠 来 了 来 吃 米，

②小 花 猫 这 就 要 醒 了 醒 了，小 花 猫 这 就 要 醒 了 捉 住 你，

2 ⌒1　0 2　⌒3 | 1 0 0 0

来　了 来 吃 米。

醒　了 捉 住 你。

说明：大人或幼儿可轮流扮演小老鼠与小花猫。在屋内放一个盆或其他东西（纸盒、小凳子等）做"米缸"，"小花猫"坐在距米缸1米左右的椅子上做睡觉状。唱第一段歌词的，"小老鼠"双手握拳伸出食指相对放嘴边做小老鼠的嘴，轻轻走到米缸前做偷吃米状（指尖向前屈伸手臂）。至第二段歌词的最后一句时，"小花猫"要喵喵叫两声，伸腰（两臂向上举）后，再抓小老鼠。此时老鼠应马上回到自己的窝中（指定一个地点），小猫就不能再捉老鼠了，如老鼠被猫捉住，可与大人互换角色。

狐狸抓小鸡

1 = C　2/4 佚名词曲

5 5 5 3 | 2 ⌒3 5 | 1 5 5 4 2 | 1 1 | 2 5 6 5

狐　狸　蒙　上　眼 喽，谁 也　看 不　见 喽，它 在 那 里

| 4 3 2 5 6 1 ⌒6⌒5 4 | 5 5
打 主 意， 大 家　　要　小 心 哟。

说明："狐狸"蒙上眼睛坐在椅子上，"小鸡"在屋内任何地方做声响，请"狐狸"指出发声的地点。游戏开始时，"小鸡"可先唱歌，然后再做声响。幼儿应多抢演"狐狸"，以培养其听辨声音方向的能力。

四、如果孩子喜欢表演，可以玩儿《小兔乖乖》和《动物园》的游戏。

小兔乖乖

1 = C　4/4 民间游戏

5 1̇ 6 5 5 | 3 5⌒6⌒1 5 5 | 6 5 3⌒2 2 |
（狼）小　兔 子 乖乖，把　门　儿 开 开，快 点 儿 开　开，
（兔妈）小　兔 子 乖乖，把　门　儿 开 开，快 点 儿 开　开，

3 5⌒3 2⌒3 1 |　　 6 5 6 5 | 3 6　5 — |
我　要　　进　　来。（小兔）不　开 不 开 我　不　开，
我　要　　进　　来。（小兔）就　开 就 开 我　就　开，

5　5 3 2 1 — | 1 1 2 3 1 — :
妈　妈 不 回 来，谁 来 也　不 开。
妈　妈 回 来 了，我 就 把　门 开。

说明：3个人分别扮作兔妈妈、小兔和大灰狼（可由一家3口人分别扮演，也可由一人扮演两个角色）。游戏开始时，兔妈妈说，"孩子们，你们在家好好玩，妈妈出去拔萝卜，一会儿妈妈回来唱歌叫你们（如有更多的幼儿扮演小兔时），你们听见妈妈的歌声再开门，如果不是妈妈的声音，不要开门，可不能让大灰狼进来。"说完，妈妈和小兔告别而去。躲在屋后的大灰狼听见了兔妈妈的话，就跑到小兔门前学着兔妈妈的声音边敲边说："乖乖，妈妈给你带萝卜回来了。"接着又唱了一段（狼的唱词）。小兔子们听见不是妈妈的声音就唱了一段（小兔的唱词），表示不开门。这时兔妈妈回来了，狼见兔妈妈回来了就吓跑了。兔妈妈边唱（兔妈妈唱词）边做敲门动作，小兔们听见是妈妈的声音就高兴地边唱边开门。

动　物　园

1 = C　4/4 包恩珠　作

5 5 6 6 | 5 5 3 — | 2 3 4 — | 3 4 5 — | ,
小 小 兔子 出　来 玩，跳 呀　跳，跳 呀 跳

5 5 6 6 | 5 5 3 — | 2 2 3 2 — | 1 0
小 小 兔子 出 来 玩，跳 呀 跳 呀　跳。

说明：可以把词中的"小小兔子出来玩"一句改填成其它动物，让幼儿自己边编边唱，如"小小鸭子出来玩""小小鸟儿出来玩"等。让幼儿做自己喜爱的动物模仿动作。

胎 教 法

声音认识始于出生之前。科学家发现给未出生的婴儿提供音乐或其他令人愉快的声音，能促进他们的听觉系统发育，并对他们出生后对音乐和其他声音的反应有积极影响。因此，胎教十分重要。

胎教法具体内容如下：

阅读 如果妈妈们在宝宝出生前的6～8周，每天给宝宝读相同的故事2～3次，那么宝宝出生后看起来会更熟悉更容易接受这些故事。妈妈们可以从广泛可利用的大量当代文学、名著、儿童故事集、诗歌和歌谣书中挑选——当然，对孩子发育的这一阶段来说，素材本身并不重要，重要的是挑选那些你喜欢的简单的东西去阅读，这样你就能和你的孩子一起享受阅读的快乐。

放松 留出2～3个20分钟的时间段，让自己到一个安静的地方，躺下来，闭上眼睛，沉浸在自己喜爱的抒缓、冥想的声音和音乐中。熟悉的声音，尤其是妈妈和宝宝能学会如何休息放松的声音，可以在宝宝降生后播放，有助于安抚新生儿，使他平静下来。

你每一声柔和的呼吸会发出这样的信息：你的宝宝即将进入的世界是一个安全的地方。

倾听 妈妈听的音乐，尤其是最后3个月听的，似乎在以后吸引新生儿的注意力以及刺激或安慰他们的时最有效。鼓励妈妈们从自己的音乐喜好中选择曲子。大部分居住在欧洲和北美的成年人喜欢西部的遵循稳定节奏的和谐的音乐，所以他们的宝宝也喜欢。

巴洛克时期的作曲家如巴赫、维瓦第、科莱利、泰勒曼、史卡拉第、帕海贝尔、韩德尔所作的音乐，一些新时代音乐，还有莫扎特华美的旋律看来都非常有效。新生儿似乎也喜欢八音盒的旋律、摇篮曲和儿童歌曲，尤其是当这些曲子用妈妈的母语表演时。

播放喜欢的乐曲 尽可能经常地将自己沉浸在你觉得抒缓、放松、平和的音乐中，这会引起对胎儿有积极作用的声音共鸣，对帮助你放松并直接将你的轻松感觉传达给胎儿有双倍好处。

跟随心跳　大部分婴儿会被适当放松的心跳声和搏动（每分钟69～72次）所安抚。使用能持续发出人造心跳声的发声器的新生儿妈妈报告说，这种持续、有节奏的搏动能非常有效地帮助她们使孩子安静下来，甚至使他们非常容易地入睡。研究结果不仅支持这些结论，而且指出处于这种有镇定作用的心跳声中会促进这些更放松更安静的婴儿的体重增长。

弹奏乐器　弹奏乐器是与胎儿共享声音和有积极作用的震颤的另一种方式。如果你曾经想拿起某种乐器，这也许是你暂时能获得的最后一次机会了！全神贯注地弹奏乐器帮助我们的大脑摆脱生活的折磨，过一个"迷你假期"，给我们一个使用大脑另一部分的机会，而让过度操劳的那部分休息一下。而且，弹奏乐器帮助你集中精神、使你放松，并给你的声音环境增加愉快的刺激。只要有可能，就拿起一件乐器并学习演奏。很多从事音乐工作的父母说他们未出生的宝宝在他们演奏自己的乐器时变得更加生气勃勃。你从乐器接收到的震颤会传到体内，在从另一方面培养对音乐的热爱和理解的同时，按摩你和你的宝宝。

同宝宝说话，为他唱歌　人们发现胎儿特别善于接受人类的声音。新生儿乐于转向妈妈的声音所在的方向。

哼哼曲子、喃喃而唱、用特殊腔调说话　哼哼曲子，喃喃而唱或热情的腔调、有安抚作用的声音是给你自己和你的宝宝进行"内部按摩"的非常好的方法。孕期妇女经常报告说她们的宝宝在她们歌唱、哼哼曲子、喃喃而唱或用特殊腔调说话的时候显得更加安静。

吹曲调愉快的口哨　胎儿对节奏的音调反应最活跃。吹口哨可以提供五彩缤纷的振动采样，将你的宝宝带入一个变幻的愉悦听觉的世界中。

提高整个家庭的音乐认知　爸爸可以哼哼、歌唱或用口哨吹他喜欢的调子，这样爸爸声音和振动就变得和妈妈的一样熟悉。如果家里有其他孩子，他们可以给他们的新弟弟或妹妹唱他们喜欢的歌或歌谣，这样婴儿就会愉快地适应他们的声音。

听不同类型的声音——父母的嗓音、声调、口音、尤其是曲调——会有益于提高你孩子的音乐食品将在未来的日子里继续发挥作用。

简而言之，从满意的母亲们那里得到并被大量的研究结果支持的结论就是：母亲怀孕期间播放、倾听的音乐和唱的歌将对塑造孩子的终生音乐喜好和声音认知产生深远的影响。

蜡笔画学习法

1. 准备工作：

蜡笔画的工具材料主要有彩色蜡笔（包括油画棒）和纸，纸以不光滑、不脆、稍厚的白色画纸为宜；另外还需准备一把小刀，以备刮色用。

2. 了解蜡笔画的特点：

蜡笔质较脆，不耐磨，画出的线条较粗，宜于表现造型单纯的物像，在质地较粗的纸上作画，线条更见深厚、粗犷。蜡笔画配色一般使用重置法和并置法，配色不宜太复杂。如果需要两色重置，第一遍不可涂得太重、太厚，否则第二遍较难涂上去。作蜡笔画无法使用橡皮，画时要预想到效果，万一画得不理想而非改不可时，可用小刀将错处的蜡色轻轻刮去重画。白色蜡笔通常用来改变色彩明度，使用时可将白色覆盖在第一层色上，使色彩变浅，以达到表现要求。如果画面上需有白色块，可利用白纸本色。如果在其他色块中需要有白线条，可用刀尖轻轻刮出。

3. 学会蜡笔画的表现技法：

①单线画法：用蜡笔画线，表现物体的结构和轮廓，不加任何涂染。

②涂染画法：直接用蜡笔涂染出形象。

③单线平涂画法：先勾轮廓（一般用深色勾线），然后可选用与物体相似的颜色平涂。涂色时，要从均匀涂色练习开始，逐渐学会深浅浓淡的涂法。如果需要色浅，就需轻涂、

薄涂；如果需要色重、色艳，就需重涂、厚涂。

④刀刮法：是蜡笔画的辅助性技法，也是一种特殊技法。刀的用途有时是为修改画错的部分，有时是为了在深色中代替白笔画线，有时则为了表现一些特殊效果和细节，总之是用笔无法表现的一些效果。

⑤磨拓法：磨拓法有时也可作为独立手段来完成一幅画，即用表面有凹凸花纹的质物体，如刻花玻璃、硬币等，衬在纸下，用蜡笔在纸上磨拓而成；也可以先在硬纸上画成单独的图形，再剪贴一块底板，把纸蒙在上面用蜡笔进行磨拓。这种作品会产生一种浮雕感，别有一番情趣。

⑥蜡笔画的辅导要点：涂鸦期幼儿不要给太多蜡笔，开始时给一支即可，给多了他会不时停下来，因挑选蜡笔而分散注意力，打断他的思路和作画情绪。提供的纸张以开张大些为宜，以供幼儿手臂自由运动的需要；纸的质地要白，这样可将涂画的痕迹得到显著的展示。当幼儿能力有了一定提高时，可教他们用涂染方法表现形象。以后逐渐引导他们正确握笔，运用勾线，画法和单线平涂去表现他们在生活中的体验，使他们的技能不断提高到新的阶段。

水墨画学习法

水墨画是具有悠久历史和优良传统的中国民族绘画的一种，属写意画范畴，是用毛笔蘸墨或颜料画在吸水性较强的纸上的一种绘画形式。

1. 准备工作：

毛笔：大、中、小毛笔各一支。小笔勾线，大笔涂面。墨：用墨汁即可。纸：生宣纸最好，皮纸、毛边纸、高丽纸等都可用。颜料：国画色一盒，水彩色也可代用。

另外，准备一个调色盘，也可用白盘子代替；再准备一个大口瓶子盛水涮笔；还需准备垫画的报纸（代替毡子）及舔笔用的纸。

2. 水墨画的辅导要领：

①从欣赏入手：开始时，让幼儿观看画家和好的幼儿作品，以激起他们的学习兴趣，增强他们的感性认识。最好家长自己或请人当场画一幅水墨画给他们看，使他们具体观察到水墨画是怎样画出来的，它与蜡笔、彩色铅笔的画法有什么不同，并向幼

儿介绍水墨画的工具、颜料的名称、用途和使用方法，还要教幼儿如何保管好画画用具，为作画做好准备。

②运用儿童语言：在辅导幼儿学习基本技能时可采用幼儿语言，这样易于引起幼儿兴趣，并能收到较好的效果。比如，教幼儿执笔时，可以一边做示范动作一边说：

拇指按，食指压，
中指勾过来，
四指顶住它，小指来帮忙，
五个小兄弟，团结有力量，
画画赛过小王冕，
要做神笔小马良。
在给幼儿讲用笔方法时，可以形象地告诉他们：
笔直画的线，线条细又圆；
侧笔画的线，线条扁又宽。
在讲干湿时可以说：
水少画得快，出的线条干；
水多画得慢，一湿湿一片。
在讲蘸墨法时可以说：
毛笔先浸水，边上舔一舔；
不流又不干，再把墨来蘸，
画到纸上去，一笔分深浅。

在示范步骤时可采用歌谣配合，如教幼儿画大白菜和红辣椒时可边画边说歌谣：

一条线，二条线，
画得白菜帮儿圆。
蘸清水，蘸绿色，
画得菜叶有深浅。
半干半湿画叶脉，
再把菜根来画全。
蘸红色，画辣椒，
一笔下去尖又尖。
用深绿，勾椒蒂，
红绿相配真美丽。

③由浅入深安排内容：水墨画基本练习要从最简单的点、线、勾、染画起，为避免枯燥，可把画面处理得有一定的内容和主题。如学画线，可画成"方格布""电线杆""我为小鸡画栏杆"等；学画点，可画"草地上的小红花"等。当幼儿掌握了一定的笔黑方法之后，可以教他们作画的顺序并学习画面（如菜叶）。幼儿逐步熟悉笔墨性能后，可以教他们画自己喜欢的小鸡、金鱼、熊猫等；还可以画人物画、情节画，画幅也可以逐步增大。通过不断地启发引导，让幼儿用水墨画的技法进行大胆创作，会收到好的效果。

图案画学习法

图案画是运用简单的花纹样子在纸上和谐地有规律地作画。

1. 一般常识

纹样构成、色彩是画好图案画所必须具备的知识。

纹样：经过艺术处理过的各种形态，为图案的形象，可分为具象造型和抽象造型两大类。图案的形象是由自然形态通过变化而形成的，变化的方法一般有省略法、夸张法、添加法、适合法、几何化法等。

纹样的组织形式：可归纳为单独纹样和连续纹样。单独纹样是指具有相对独立性，并能单独用于装饰的纹样，包括自由纹样和适合纹样。连续纹样：以单独纹样作重复排列，成为可以无限循环的图案。连续纹样可分为二方连续和四方连续。二方连续是以一个单位纹样为基础，向任何两个相反的方向连续排列，其骨式主要有散点式、折线式、波浪式和结合式；四方连续是以一个单位纹样为基础，同时向上、下、左、右四个方向重复排列的纹样，其骨式主要有散点式、连缀式、结合式等。

2. 色彩配置

①同种色配合：指同一色相，明度不同的颜色配合。其特点是很协调但易单调，配合时可适当拉开色之间的明度差。

②类似色配合：指含有同一色相的颜色配合。其特点也是较协调，配合时也要注意保持一定的明度差。

③对比色配合：指不含有共同色相的颜色之间的配合，如红与黄、青、绿等色的配合。

其特点是鲜明、强烈，但容易杂乱、炫目，可通过一定的方法进行处理，使强烈的对比得到缓冲从而达到协调。

3. 图案画的辅导方法

①通过欣赏引起兴趣：进行练习前，应给幼儿欣赏一些花纹简单、色彩鲜艳的图案，如毛巾、围巾、花布、热水瓶、茶杯等上的图案；也可以用硬纸剪成类似的图形，在上面装饰一些有规律的、色彩鲜明的简单花纹给孩子们欣赏，以丰富他们的印象，激发他们学画的兴趣。

②采用游戏法：根据幼儿不同年龄特点，可将实物（纽扣、叶子、塑料管等），自由地摆来摆去，使幼儿从无意识到有意识地排列出有规律、有变化的图样。在游戏中，在认认、摆摆、玩玩的基础上再去画，就显得格外有趣。随着年龄的增长和绘画能力的提高，可以让幼儿进行仿制日用品创造性的美术游戏，如做小手帕、小裙子、小衣服、小扇子、小花伞、小手套等等。

③线条的练习和花纹的描绘：幼儿最初的练习，应从点（小点、圆点、椭点）到线（短线、直线、折线、曲线、水波线）；并逐渐地由线到简单的几何图形（长方形、正方形、圆形、三角形、菱形等）；再从几何形到自然界的花草、树木、鱼虫等以及具有民族传统的花纹（螺旋纹、云头纹、回纹、波纹等），由浅入深，由易到难地教幼儿练习。

④注意色彩配置和运用多种工具、颜料绘制图案画：图案画的颜色要求鲜明、协调，要教给幼儿一些配色方法，使幼儿懂得哪几种颜色配置在一起更恰当，更美丽。绘制方法上可采取多种有趣的方法，比如：用蜡笔勾浅涂染纹样，用水彩或水粉颜料涂染底色；还可以用纸团蘸色随意的打印在不同地色的纸上，会形成很好看的不规则的花纹；也可用湿布蘸色，在涂有底色的纸上，有规律地滚动，成为美丽的壁纸图案；还可以用生宣纸等吸水性较强的纸通过折叠、蘸、划、点染成色彩鲜明的图案。幼儿对这些具有游戏性的活动会感到是一种艺术享受。

书法学习法

临 摹 法

学习书法必须通过临摹这一途径。临与摹是两种不同的学习方法。宋代书法家黄伯思解释道：

"临"谓以纸置古帖旁，观其形势而学之，若临渊之临，故谓之"临"。"摹"谓以薄纸覆古帖上，随其细大而拓之，若摹画之摹，故谓之"摹"。(《东观余论》)

临与摹，各有不同的学习效果。明代李日华说：临得势，摹得形。(《紫桃轩杂缀》)清代朱和羹认为：临书易失古人位置，而多得古人笔意；摹书易得古人位置，而多失古人笔意。(《临池管见》)可见临与摹是不可偏废的，必须临摹并举，才能有效地提高学习质量。因为人的视觉不是很精确的，光临不摹，往往只看到字的大势，只有将纸蒙在原件上仔细地照描一遍，才能认识古人用笔的精微之处，才能准确地记住其实际结构，这才算入了门；反之，如果光摹不临，则难以领会古帖的笔势、章法和神韵。一般的做法是先摹后临。或者在进入临的阶段之后，发现对字的结构和笔法的变化还记不清楚时，可以掉过头再摹，摹后再临；也可临、摹同时进行，当视具体情况而定。

摹的方法有两种，即双钩与摹写。

双钩　用透明而不透水的薄纸蒙在帖上，依笔画轮廓用细线条钩成空心字。钩时要细心，不可使钩线偏离字的边沿，力求准确，不失点画的原形；钩线须均匀挺劲，表现出字的笔势神韵。同时还要努力将点画的形态、字的结构，清晰地记在脑子里。

双钩完成后，可用红笔把空心字填写一遍，再用墨笔在红字上描写一遍，这样就多了两次练习机会，更能加深印象(图1)。

摹写　用薄纸蒙在字帖上，用墨笔按照纸上映出的字形笔画进行摹写。要注意每一点画的位置、形态和用笔的方圆、轻重。不仅要力求写得一模一样，还要努力记住。康有为说：学书必须摹仿。不得古人形质，无由得其性情也。故欲临碑必先摹仿，摹之数百过，使转运之笔尽肖，而后可临焉。（《广艺舟双楫》）

图1

可见摹帖是初学的必要手段。通过摹写先掌握住字的"形质"（指构成字的形体的基础，如点画的长短、肥瘦、方圆、刚柔等），奠定用笔的基础；再通过临写以获得其"性情"（指字所表现的神采、风格、如笔意、笔势等的不同特点），即从形似走向神似。现代的生活节奏不同于古代，为了节约时间，双钩这种方法不一定用，但摹写的过程是不可省去的。

临的方法也有两种，即对临与背临。

对临　临写前最好准备一个帖架，如无帖架，也要在帖后放一摞书，把字帖竖立起来放在前面，使字帖的用笔、结体、笔势、章法，都一览无余。切不可平置桌上，更不能逼近观看，因为这样看会产生视觉上的差错，而不能准确地把握字帖的笔意、笔势，影响临写效果。对临虽然是照着字帖上的字，一点一画地学着书写，但决不是依样画葫芦地机械摹仿。前人提出临帖要有三到：眼到、心到、手到。眼到，是要仔细观察，看准一点一画的形态、笔势，一字一行的结构关系。心到，是要认真研究，领会每一笔画如何下笔、行笔、收笔，如何藏锋、出锋等用笔方法；研究每个字的结体特点，点画之间如何呼应，偏旁如何搭配，体形是方、是长还是扁，风格是严谨还是开朗等。这些都要作一番剖析，才能有所领悟，所以古人有"临帖不如读帖"之说。这就是强调临帖必须心到，如果心不在焉地照样写一通了事，那是绝对写不好字的。手到，是说笔下毫不马虎、起、行、收、出，都要笔笔送到，特别是临帖要有一定功夫，对某种字帖已非常熟练以后，更要严格按规范临写，切忌油滑轻浮。

临写的字要比原帖的字略微放大一些。有些帖字形较小，如现在书店里出售的《化度寺碑》、《孔子庙堂碑》，字形都不过一寸，至少要放大一、二倍临写，才能充分展开笔势，练出腕力。临写之初不必贪多，要用心写，宁可精一些。最好是选同一类型的字十来个，反复临写数日，直至这些字的用笔、结体熟记于心中，娴熟于笔下时，再换另一批新字。

如此日积月累，触类旁通，掌握其书写规律，自然能够得心应手，把一种字帖学好。

背临　对临一段时间后，对原帖的用笔、结体已熟记在心里，这时就可进行背临了。即不看字帖，凭记忆将临过的字写出来。这是在追求形似的基础上力求神似，是学习书法的高级阶段，可以加深对原帖的理解，并能有效地锻炼记忆力。

在背临之前，要反复读帖。可把字帖竖立在对面，默默地观察、领会、记忆。或以指书空，品味其笔势、章法，把字帖烂熟于胸中，储存于脑海。闭目静思，原帖的体势意态，都清晰地呈现在眼前。这时移去字帖，调墨落笔，边写边忆，更能用笔自如，气脉连贯，以达到神形兼备的境界。

古人有"对临不如背临"之说，这是有道理的。打个比喻，对临好像是柱着拐杖走路，背临是丢了拐杖走路；当一个人习惯于拄拐杖时，丢了拐杖就举步艰难了。但是人不能总是依赖拐杖，学写字也是如此，不能长期依赖字帖。有的人对临可以达到形态逼肖的程度，而一丢开字帖就落笔茫然。这就需要加强读帖、记帖，并通过背临，把古人的法度化为自己掌握的技巧。学会抛开拐杖走路，背临是必不可少的方法。

学习书法的进程大致如上所述，但摹与临之间又不是截然分开的。如在摹与临之间可以插入一个摹临并进的方法，即在摹写的两行字之间，留出一空行，待整页摹完以后，再对着摹字在空行中临写一遍。这样可以加深对字形结构的记忆，有效地过渡到对临。又如，在对临中，当你发现对有些字的笔法、间架还掌握不住时，可以有针对性地插入一些摹写。同样，在背临中，对有些字记忆不清，也可即时插进去作一些对临。总之，学写字不能像走路一样，一往无前，直达目的地。而是要走走停停，瞻前顾后，把自己写的字同原帖多作比较，及时发现问题，纠正缺点，或摹或临，要根据实际情况灵活掌握。

执 笔 法

执笔法不能仅限于握管方法，它包括写字时头、身、足、臂、掌、指等有关部位，即整个身体各个部位的姿态。所以有人把它分为"身法"与"执笔法"两个方面来研究。

1. 身法，即写字时身体的姿势。一般有坐姿、立姿、蹲姿三种。

坐姿　这是常用的写字姿势，它要求头正、身直、臂开、足安。写字时，头要端正、不可偏斜；可以略微前倾，但不可俯向桌面。腰背要挺直，不可弯腰驼背；两肩要平，略微含胸，前胸不可紧贴桌沿，要有二三指的距离。两臂张开，左手按纸，右手执笔。

两足分开，与肩同宽，自然地平放地上。这样的姿势活动范围较大，视觉能够平衡而准确，有利于用笔的横平竖直，左右开张，把字写端正。

立姿　两腿分开，左足略向左前方伸出，平踏地上，身子略向前倾，左手按纸并起支撑作用，右手执笔，悬肘书写。立姿书写时两腿不动，以腰为轴心，腰以上可以自由转动，肘臂活动范围更大，笔力容易发挥；视野更为开阔，便于掌握通篇气势。写大字、作行草都宜站着写。立姿除了在桌上平写以外，还可将纸挂在壁上书写，称为"题壁法"，它对腕力的要求更高。

蹲姿　将纸放在地上写字，须用蹲着的姿势。双足蹲立地上，头身前倾，左手支撑在地上，右手执笔挥毫。也可用左脚平踏地上，右膝跪着的姿势。写大幅巨作宜用这种姿势，书写者就蹲在纸上进行工作，取居高临下之势。执笔也打破常规，右臂向下倾斜，手指倒垂，虎口搚住笔管，这样写出的特大的字，古人称为"擘（bò）窠书"。

2. 执笔法，即写字时手指握住笔管的姿势，它包括指、掌、腕、肘等各个部位的动作形态。早在唐代，颜真卿就提出了"指实、掌虚、掌竖、腕平、肘起"五项执笔要领，成为后世遵循的准则。

指实　是说五个指头都要实实地贴着笔管，食指、中指、无名指、小指要个挨个地靠紧，"五指齐力"，牢牢地握住笔管。这五个指头的姿势和作用，在前一章《五字执笔法》中已论述了，读者可参看前面，现再将具体动作说明一下：

拇指，斜向上方，将指腹紧贴笔管，与笔管约成四十五度角，由内向外用力。

食指，自然弯曲，第一指节斜向下方，用第一道横纹前的指腹部紧贴笔管，由外向内用力，与拇指相对夹牢笔管。

中指，紧靠食指，用第一道横纹的自然弯曲钩住笔管，指腹贴住笔管，由左向右用力。

无名指，紧靠中指，用甲肉相连处紧贴笔管，由右向左用力，与中指的钩力相抗，以保持笔管的垂直。

小指，紧贴无名指，辅助无名指抵住中指的压力。

五个指头从四面八方向中间用力，就保持了笔管的平衡稳定，挥运自如。执笔坚实稳定，才能使书写的力量通过笔管达于毫端，写出的字才有骨力。

执笔还涉及到一个松、紧，高、低的问题。一般都主张执笔略为紧一些更能使得上力。但也不可过紧，过紧则筋肉僵硬，转换不灵。宋代姜夔说得好："执之欲紧，运之欲活。"可见执笔紧的程度，要以不妨碍运笔为准，求其自然适中。至于执笔的高低，要看写什么字而定。虞世南有"真一（寸），行二，草三"之说。一般说来写大字握管要高些，写小字握管可低些，写草则非握高点不可。低握管易于著力，但有挥转不灵的缺点；高握管虽有利于灵活使转，如腕力不够则易犯浮软之病。所以初学者握管的高低也要适中才好，一般以距笔头一至二寸为宜。

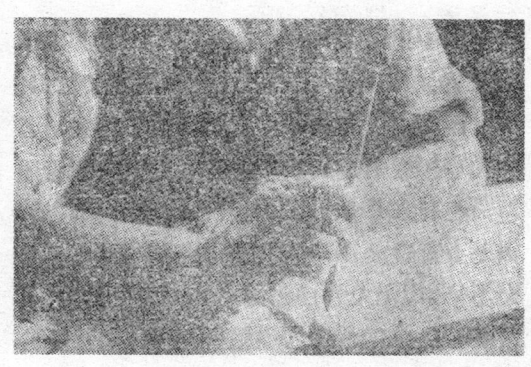

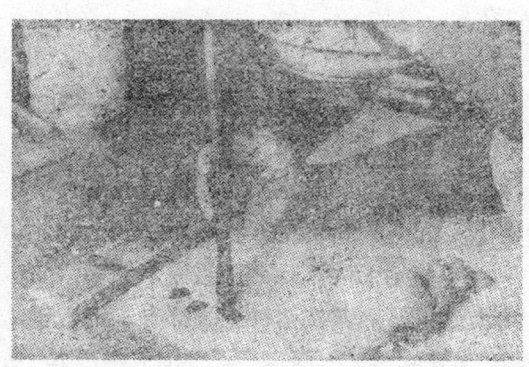

掌虚　五指握管后，要使手掌空起来。古人有"令掌虚如握卵"之说，形象地说明了手心空起来的状态。要控制住无名指尖到手掌鱼际肌之间的距离，不小于一寸。初学者如果一时难于做到，不妨在手心里握一个纸团，习惯一下。

为什么要求掌虚？因为手指的力量来源于手掌，手指的活动也受手掌支配。光有五指齐力，不把手掌空起来，力量就不能达到毫端；手指的活动受到限制，笔毫也就难于灵活运转。所以前人说："掌实，如枢不能转，岂能自由。"这个比喻倒是确切的。

掌竖　即把手掌竖起来。"掌竖则锋正"，"掌能竖起，腕才能平"，这些都是前人的经验体会。竖掌也是执笔法的重要内容。

腕平　写字主要靠手腕的运动。沈尹默说："执笔是手指的职司，运是手腕的职司。"为了达到手腕的灵活运转，手腕必须放平。再说腕与肘是相连的，只有腕平，肘才能自然而然地悬起。

肘起　即将肘部悬起，不要靠在桌面上，也称为"悬肘"。肘部悬起，活动范围增大，运笔就更灵活了，这样才能充分发挥写字的力度和气势。悬起的肘腕离桌面不必太高，大约有一二厘米的距离就行了。悬得过高徒然多费力气，对于运笔也不会增加多少好处。初学悬肘稳不住笔，写字战抖，甚至不能成形，书写时间稍长就感到腰酸背痛。这是学执笔的一道难关，但是不必气馁，只要坚持两星期，笔头就可稳住，二三个月以后，就会运用自如。习惯之后，反而觉得肘搁在桌上写字不自由。学会悬肘书写，大有好处，对此明代革新派书画大家徐渭曾有过精彩的论述：

把腕来平平挺起，凡点画波撇屈曲，皆须尽一身之力而送之，……古人贵悬肘者，以可尽力耳。大小诸字，古人皆用此法。若以掌贴桌上，则指便粘着于纸，终无气力。轻重便当失准，挥运终欠圆健。（《徐文长集》）

徐渭说的"悬腕"，实际上是指肘腕并悬，因为光悬腕而不悬肘，腕是不可能"平平挺起"的，而且也不可能"尽一身之力而送之"。对此沈尹默先生的见解很精辟，他说："肘不悬起，就等于不曾悬腕，因为肘搁在桌上，即使腕悬着，也不能随己左右地灵活运用，这是显而易见的事情。"

用　笔　法

用笔，也叫运笔。用笔法，即运用笔毫的方法。我们的书写工具是柔软的毛笔，点画形态的审美价值，完全从笔毫的抑、扬、顿、挫、轻、重、徐、疾等运动中产生。要使笔毫写出优美的点画，就必须掌握运用笔毫的种种方法。所以康有为说："书法之妙，全在运笔。"（《广艺舟双楫》）笔毫运动受指、腕、肘的支配，写字要靠这几个部位的互相配合，但起决定作用的却是腕部，所以前人把它作为一专题来讨论。

运腕　指腕部的运动。写字时手腕悬空，当书写者需要笔锋作出提、按、顿、挫、轻、重、徐、疾等动作时，就要靠手腕的摆动去完成。写字大，摆动幅度大；写字小，摆动幅度也小。腕的摆动需要力量去控制，所以写字非常强调"腕力"。所谓"力能扛鼎"、"入木三分"，都是古人赞美腕力的词语。有了强劲的腕力，才能有效地控制笔锋的运动，或者轻提，或者重按，或者外拓，或者内　，都能得心应手，挥洒自如，及时调整笔锋，展开笔势，写出的字有骨力，有血肉，有气势。腕与肘是相连的。肘悬起来，腕运则肘也随之而运，肩臂之力通过肘而达到腕。肘与指也是相连的，那么指是否也要随着腕运而活动呢？这问题在书法界是有争议的。如宋代姜夔说："不可以指运笔，当以腕运笔。"

而欧阳修、苏轼则主张："当以指运而腕不知。"两派主张，后世都有信奉者，令初学者莫衷一是。其实两种主张都有一定道理，不妨分别对待。写字光靠指运，活动范围不大，力量也薄弱，用以书写小楷尚无妨，如写大字则虚浮乏力；光靠腕运，手指如果完全不动，虽力量充足，但不能表现运笔的细微变化，用以写大楷尚无妨，如写草书则使转不灵、变化不够丰富。初学者最好先学会运腕，更有利于锻炼腕力，打好基础，然后进一步学习运指，只有指、腕、肘都能运用，才能适应各种用笔的需要。

三折法　三国魏大书法家钟繇教育他的学生，一点一画"皆须三过其笔"。王羲之题《笔阵图》也说："每作一波，常三过折笔。"都是说写每一笔画，运笔必须有三个动作：起笔、行笔、收笔。后人称之为"一波三折"，或"三折法"。宋代米芾倡导的：无垂不缩，无往不收。（姜夔《续书谱》）　现代书法家潘伯鹰指出用笔要：直笔横下，横笔直下。（《书法杂论》）郭沫若教导后辈的运笔要诀是：逆入平出，回锋转向。（《书法》）这些都是从"三折法"演化出来的。"三折法"是运笔的总纲，任何笔画的运行，都必须遵循这个原则。

起笔　起笔要采取"逆势"。说具体些就是"欲下先上"、"欲右先左"、"欲左先右"，即按照笔画前进的方向采取一个反方向的动作落纸。这就像一个有经验的拳师出手一样，当他向前拳击时，总要把拳头缩回来，再猛冲出去，这样的拳击才有力量。所以逆势起笔，前人又称为"蓄势"。它能使笔画饱满含蓄，刚劲有力。

逆势起笔的动作要迅疾，可分为三个步聚。以横画为例：第一步，笔锋先逆势向左，笔尖可碰在纸上，也可做成一个向左的空中动作，称为"凌空取势"；第二步，迅速折转笔锋，直落纸上，铺开笔毫；第三步，提起笔锋，缓缓向右推进。这三个动作，即是独立的，也是连续的。第二个动作是重点，必须掌握"横画直落笔，竖画横落笔"这一要领（如图2）。

图2

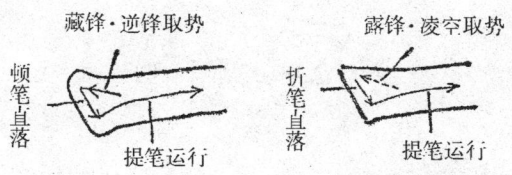

起笔的点画形式表现为两种：一是藏锋；一是露锋，也称出锋。藏锋的用笔方法是，笔锋先取逆势向左落纸，然后折转向右运行，这个"逆"的动作实实在在落在纸上，古人称为"逆入法"。用逆入法写出的笔画，锋藏笔画之中，表现为圆浑含蓄、精华内蕴的意趣。露锋的用笔方法是，笔锋先取的逆势动作没有接触纸面，而是一个虚动作，然后在空中迅速折转，直落纸上，状如刀切，古人称为"切入法"。用切入法写出的点画，锋毫外露，给人以方劲挺拔，精神焕发的感受。

藏锋与露锋，各有其审美价值，古人有"无锋以含其气味，有锋以耀其精神"之说。优秀的书法作品，常是有藏有露，内美与外美皆备，才有艺术魅力。藏锋起笔常与中锋行笔相连，初学者宜从藏锋学起。

行笔 行笔是指笔毫铺开后，笔锋按预定方向运动前进的动作。行笔时笔锋运动一般有两种方式：一是"中锋"，也叫"正锋"。即笔毫铺开后，主毫在笔画的中心线运行，通过腕的运动和腕力的控制，笔锋副毫饱满地向两边铺开，写出的笔画圆浑厚重，富于立体感。擅长中锋行笔的书法家，写出的字在灯光下照映，可看到沿笔画中心有一条较浓的黑线，那就是主毫运行的路线。

与中锋相对的是"侧锋"，这是行笔的另一种方式。即开始运行时笔毫斜铺纸上，主毫不在笔画中心，在运行中才逐渐收回笔画中心。写出的点画斫切爽利，妍美遒劲，故古人有"正锋取劲，侧锋取妍"之说。与侧锋相似而极易与之混淆的是"偏锋"。偏锋行笔，指运行时笔锋横卧纸上，主毫在笔画的一边，而笔肚则在笔画的另一边。写出的笔画，一边光，一边毛，扁平浮薄，是一种不可取的败笔。

中锋行笔是最基本的运笔方法，初学者一定要就此打下坚实的基础。故清代笪重光说：能运中锋，虽败笔亦圆；不会中锋，即佳颖（笔毫）亦劣。（《书筏》）初学者必须从中锋入手，才能写出好字来。但是任何好方法都是有极限的，有的古人要求写字"须笔笔中锋"，这似乎没有必要。学书者在掌握了中锋行笔之后，必须学会侧锋行笔，以后在书写中可以中侧锋并用，使二者协调配合，相得益彰，才能臻于书法艺术的妙境（如图3）。

图3

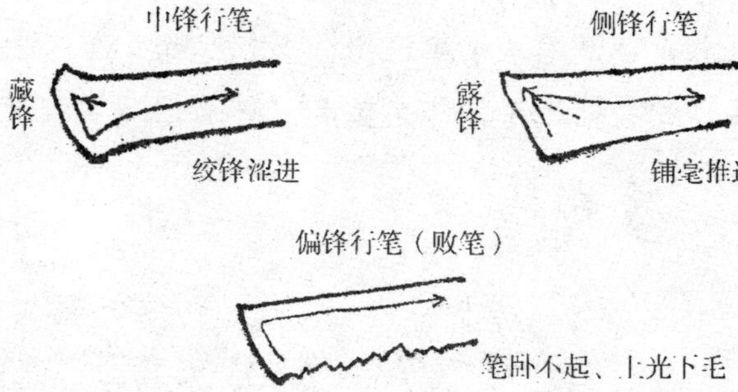

中锋行笔　　　　　　侧锋行笔
藏锋　　　　　　　　露锋
　　绞锋涩进　　　　　　铺毫推进

偏锋行笔（败笔）
笔卧不起、上光下毛

行笔，除了笔锋运动有不同的方式以外，还有一个速度问题。书论中称之为"迟速"，或"徐疾"，或"疾涩"。写字的速度应该适中，故明代书法家祝枝山说："不可太迟，迟则缓慢无神气；不可太疾，疾则窘步而失势。"但是，初步用笔，还是从"迟"入手为好。明代书论家倪苏门说：轻、重、疾、徐四法，惟徐为要。徐者缓也，即留得住笔也。此法一熟，则诸法皆可运用。（《论书法》）可见在行笔速度上，迟是基本方法。初学者的毛病往往是留不住笔，行笔一快，就任笔锋自行滑去，形成没有力度的"甩笔"，写出的字必然浮薄无力。如果行笔慢一些，徐行涩进，笔笔送到，写出的字就能厚重有力。有人主张运笔"宁迟毋速"，这对初学者的确是重要的。但在掌握了这一基础笔法之后，也不可"专溺于迟"。迟与速是相对的，也是相辅相成的，迟与速须交替运用，才能表现出书法艺术的节奏美。就一个字而言，往往横画迟些，竖画速些，捺笔慢些，撇笔快些；就一篇字而言，也是忽徐或疾，时轻时重，表现出丰富的笔法、章法变化。所以东汉女书法家蔡琰说：书法有二：一曰疾，一曰涩，得疾涩二法，书妙尽矣。

收笔　行笔结束时的动作。"无垂不缩，无往不收"是这一运笔动作的要领。

"无垂不缩"，指的是竖画。古人把竖画分为"悬针"、"垂露"两种形式。悬针形的竖画，其运笔方法是在行笔末了时，将笔锋轻轻提起，出锋收笔，成为针形。但在笔锋离开纸面的瞬间，要作一个空中回锋动作，称为"空收"。撇捺等出锋收笔的笔画，都要作空收运作，才能把笔力送到笔画的末端，避免飘浮的毛病。垂露形的竖画，行笔末了时将笔锋轻轻一顿，然后逆向回锋，将笔锋送到笔画中去，才离开纸面。这样写出的竖画，末端像露珠一样下垂，所以叫"垂露"，是一种藏锋收笔的方法。

"无往不收"，指的是横画。其运笔方法基本与竖画一致。露锋收笔时，将笔锋轻轻提起，往下一切，回锋空收。魏碑中的方笔多用这种收法。藏锋收笔时，将笔锋轻轻提起（笔锋不能脱离纸面），再往下一顿，回锋实收。唐楷多用这种收笔方法（如图4）。

图4

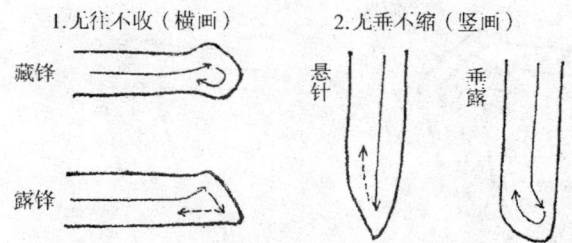

从上可见，"三折法"显示了一点一画的完整用笔过程。从起笔、行笔、收笔中，已经运用了中锋、侧锋、藏锋、露锋、提笔、顿笔、疾笔、徐笔、逆入、切入、实收、空收等种种用笔方法。下面再介绍几种常见的用笔方法：

提按　唐孙过庭说："一画之间，变起伏于锋梢。""提按"即是"起伏"。在行笔过程中不能平拖过去，要提与按交替，有节奏地移动，笔画才能产生轻重粗细等丰富变化。前人的经验是，"才提便按，才按便提，不得停止"。以一横为例，起笔时逆锋入纸为提，转笔铺毫为按，敛锋右移为提，走笔运行为按，画末又要提，停笔又要按，最后以提笔回锋结束。而且在行笔过程中也不是一滑而过平均用力的，而是要有不断提按的意味，所以蔡邕说"横鳞，竖勒之规"（《九势》）。他要求写横画要像鱼鳞那样，看似平滑，而实际并不平。黄庭坚说："用笔妙于起倒。"起倒也是提按的意思，善于起倒的用笔，写出的笔画才会具有凝重劲健，沉着痛快之美。

提笔以不离纸面为适度，而按笔则又有轻重之分。古人把按得重的称为"顿笔"，稍重的称为"蹲笔"，轻按称为"驻笔"，提而再按并稍向前移动的称为"挫笔"。可见前人对笔法的研究是极尽精微的。当行笔出现偏锋或散锋之时,常用提按笔法加以调整;在笔画转折、钩、捺之处,也须用提按笔法加以转换,保持中锋行笔。可见提按笔法是至关重要的,初学者要细心体会,掌握这种用笔方法,才能提高书写的质量。

转折 当行笔从横的运动变为竖的运动时,笔锋需要转变方向。使笔锋改变方向的笔法有两种:一是"转笔",也叫"转锋";一是"折笔",也叫"折锋"。

转笔,书写时用中锋行笔,至横画末处,将笔锋轻轻提起,作环形绞动,缓缓调转笔锋前进方向,再顿笔下行,形成圆形转角。故古人有"转以成圆"之说。这种笔法也可用于藏锋收笔。转笔写出的笔画锋颖内敛,圆浑劲健,如"折钗股",富于立体感。

折笔,书写时行笔至转角处,不作环转,而是提起笔锋,翻笔转换笔锋前进方向,切入一顿,继续运行,形成棱角分明的方形转角。故古人有"折以成方"之说,这种笔法用于笔画的起笔和收笔者,称为"虚折",前面已介绍过;用于笔画的转角者,称为"实折",就是这里所介绍的方法。折笔写出的点画锋芒外露,斫劲爽利而有厚重之感(如图5)。

图5

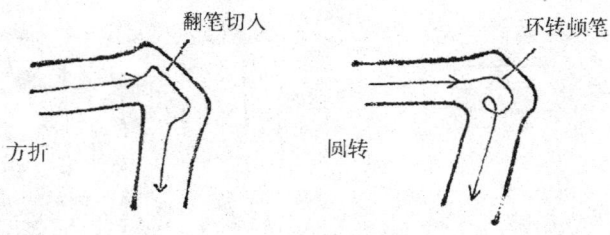

圆笔,来源于篆书笔法,故又称为"篆法"。其起笔用"逆入法",行笔用中锋,徐行涩进,收笔处顿笔回锋,转角处提笔绞锋环转。这正如蔡邕所说:"藏头护尾,力在字中。"圆笔写出的点画,圆浑遒劲,不露圭角,具有筋骨内含的质地美;用以写草书,宜于表现萧散超逸的风格。

方笔,来源于隶书笔法,故又称"隶法"。其起笔用"切入法",行笔多用侧锋,铺毫推进,收笔时用顿笔方折回锋,转角处翻笔方折。写出的字方整峻利,骨力外拓;用以写隶书、魏碑,最能表现其雄强朴厚的风格。

学习书法,必须掌握方圆两种笔法。可以从方笔入手,也可以从圆笔入手,熟练一种之后,再学习另一种。"解此二法,即可触类旁通,变化无尽矣。"(李健《笔通》)在实际运用中,方笔与圆笔不是截然划分的,二者常常相辅相成,相互为用。所以康有为又说:"妙处在方圆并用,不方不圆,亦方亦圆,或体方而用(笔)圆,或用方而体圆,或用笔方而章法圆,神而明之,存乎其人矣。"如王羲之的《兰亭序》被认为是圆笔的百代楷模,然在"取妍处时带侧锋",表现出方笔的意趣,成功的书法,全在于方笔与圆笔的巧妙运用。

附：学习格言

举一而反三，闻一而知十，及学者用功之深，穷理之熟，然后能融会贯通，以至于此。

——朱熹

如果你掌握了学习方法，那么不管技术、社会和经济发生了什么样的变化，你就总能够适应。

——约翰·奈斯比特（美国）

记忆为智慧之母，方法乃记忆之母。

——富勒

这世上没有所谓记性差的人，大家都有很好的记忆力，只是没有发挥出来而已。那些自认为记忆力差的人，只要学习了记忆术的诀窍，就能拥有高超的记忆力。

——威廉哈姆·韩森（美国）

不愿思考的人是固执者，不能思考的人是愚人，不去思考的人是奴隶。

——佚名

智慧是知道下一步该做什么，技能是知道如何来做以及这样做的益处。

——戴维·S·乔丹

辛勤劳动所能得到的最高的奖赏不是付出辛苦的人由此得到了什么，而是他们由此成为了什么。

——约翰·罗斯金

记住，浪费时间，就是浪费机会。

——拿破仑·希尔

盗贼利用时间，谋士创造时间。有效率的成功人士既是谋士又是盗贼，他们能从无关紧要的事或休闲活动中窃取时间，创造精彩人生。

——拿破仑·希尔

当上帝清楚地看到我们所可能达到的一切，我们所已经浪费的才能，我们本可以做到却并未去做的一切时，地狱就开始于这一天……

对我而言，"地狱"的意念便存在于两个字当中：太迟。

——基安卡罗·孟诺提

没有什么东西像时间这样易为我们所荒废，也没有什么东西更应该为我们所渴望，因为没有它，世界上什么也做不成。

——威廉·彭因

"了解你自己"确是一句有力的劝诫。但是这与任何科学一样，只有着手去做的人才会发觉困难。我们必得先推一推门，才能知道它究竟上闩了没有。

——米盖·埃昆·得·蒙太纳

我们对自己所有的信心，会产生我们对别人的信心。

——法兰沙·得·拉·罗谢福果

满足的秘诀，在于发现自己的能力和限制所在，在能做好的活动中找到满足，再加上智慧以明白自己的处境，不论多重要或多成功，在宇宙中永远也算不得什么。有勇气做真正的自己，单独屹立，不要想做别人。

——林语堂

让我们学习如何接受自己——接受以下的事实：我们在某方面很行，在别的方面则有极限；天才稀有，而平凡几乎是所有人的命运，但是善用自己技能的仓库，便能丰富我们平凡的生活。让我们接受自己感情上的脆弱，了解人人心中都有某种恐惧潜在，而正常人则是愿意快乐而勇敢地接受生命的极限与机会的人。

——乔西亚·罗斯·李曼

行动不一定带来快乐；但是无行动则决无快乐。

——本杰明·狄斯拉理

不满意自己的人会成长；不确定自己正确的人，会学到许多事物。

——中国格言

永远保持无知的秘方非常简单而且有效：满足于自己的意见，并满足于自己的知识。

——艾伯特·赫巴德

如果春天一世纪只降临一次，而非一年一次，或者它不是默默地来，而是挟着地震的爆裂声而来，在所有的心中，将会以怎样的惊奇和期望，来观看这奇迹似的改变。

——亨利·华兹华斯·朗费罗

你若不能做条大路，那就做条小径，你若不能做太阳，就做颗星星；不要以大小来决定你的输赢，但要做，就要做最好的你。

——佚名

烹调"成功"的秘方是：把"抱负"放到"努力"的锅中，用"坚韧"的小火炖熬，再加上"判断"做调味料。

——卡耐基